LE SANATORIUM

Diplômée de littérature anglaise et d'écriture créative, Sarah Pearse emménage dans les Alpes suisses à l'âge de vingt ans. Fascinée par l'histoire d'un sanatorium qu'elle découvre au détour d'une balade, elle s'en inspire pour son premier roman, véritable phénomène d'édition en Angleterre et aux États-Unis.

SARAH PEARSE

Le Sanatorium

TRADUIT DE L'ANGLAIS (GRANDE-BRETAGNE) PAR ÉRIC BETSCH

MICHEL LAFON

Titre original :

THE SANATORIUM

Publié en Grande-Bretagne en 2021 par Bantam Press, un département de Transworld Publishers, du groupe Penguin Random House

ISBN : 978-2-253-94021-0 – 1re publication LGF

Pour ma famille

« On nous apprend à vivre quand la vie est passée. »

Michel DE MONTAIGNE

« Je raffole des contraintes. Elles me réconfortent. »

Joseph DIRAND

Prologue

Janvier 2015

Du matériel médical abandonné gît un peu partout sur le sol : des instruments chirurgicaux rouillés, des bouteilles brisées, des flacons, la carcasse éraflée d'un antique fauteuil roulant. Un matelas éventré est avachi contre un mur, maculé de taches jaunes qui évoquent de la bile.

La main crispée sur son attaché-case, Daniel Lemaître ne peut réprimer un violent dégoût : le temps semble s'être emparé de l'âme du bâtiment pour la remplacer par quelque entité pourrie et maladive.

Il remonte rapidement le couloir, l'écho de ses pas résonnant sur le carrelage.

Ne quitte pas la porte des yeux, s'intime-t-il. *Ne te retourne pas*.

Les objets en décomposition attirent tout de même son regard, chacun racontant une histoire. Il n'a guère d'effort à fournir pour imaginer les malheureux qui ont séjourné en ces lieux, crachant leurs poumons. Il lui arrive même de percevoir l'odeur qui autrefois régnait en cet endroit – la puanteur âcre et agressive des produits chimiques qui persiste dans l'air, en provenance des anciens blocs opératoires.

Soudain, alors qu'il n'a parcouru que la moitié du couloir, Daniel se fige.

Il a remarqué du mouvement dans une pièce – comme une ombre difforme. L'estomac noué, il ouvre grand les yeux, cherchant à percer les ombres de la pièce, mais ne voit que des documents éparpillés sur le sol, les tubes tordus d'un appareil respiratoire et un sommier défoncé dont les attaches pendent tristement. La peau saisie de picotements sous l'effet de la tension grandissante, il s'attend à tout… mais rien ne se produit. Le bâtiment reste parfaitement silencieux.

Il expire bruyamment et reprend sa marche.

Ne sois pas idiot, se sermonne-t-il. *Tu es épuisé. Tu te lèves tôt et te couches tard trop souvent.*

Enfin parvenu à la porte d'entrée, Daniel l'ouvre. Le vent s'engouffre furieusement dans le couloir, repoussant violemment le battant. Daniel est aussitôt aveuglé par une rafale de neige glacée, néanmoins il éprouve un réel soulagement d'être sorti du bâtiment.

L'ancien sanatorium le déstabilise. Bien que sachant ce que l'endroit doit devenir – il a dessiné chaque porte, chaque fenêtre et chaque interrupteur du futur hôtel –, il ne peut s'empêcher de songer à ce qu'il était autrefois.

L'extérieur ne vaut pas mieux que l'intérieur, se dit-il en levant la tête. La structure rectangulaire est mouchetée de neige. Négligée depuis longtemps, elle semble dans un état de décomposition avancé, avec ses balcons, ses balustrades et sa longue véranda qui croulent et pourrissent. Quelques fenêtres restent intactes, mais la plupart sont condamnées, si bien que la façade de l'édifice est constellée de hideux panneaux de bois aggloméré.

Il pense à sa maison de Vevey, en surplomb du lac, et à son design contemporain ; elle se résume plus ou moins à quelques blocs majoritairement constitués de verre, de façon à offrir des vues panoramiques sur les eaux. Elle est en outre dotée d'une terrasse sur le toit et d'un ponton où amarrer son bateau. Il a tout conçu lui-même.

Avec ces images s'invite celle de Jo, son épouse. Elle sera tout juste rentrée de son travail, l'esprit encore en ébullition après une journée passée à manier budgets de publicité et communiqués de presse, poussant les enfants à faire leurs devoirs. Elle sera dans la cuisine, préparant le dîner, sa chevelure auburn tombant sur son visage tandis qu'elle coupera et tranchera efficacement. Un plat simple, des pâtes ou du poisson frit – ils n'accordent ni l'un ni l'autre une grande importance aux tâches ménagères quotidiennes.

Daniel n'est que momentanément enhardi par cette perspective. En traversant le parking, il éprouve les premiers signes d'appréhension à propos du trajet du retour.

L'ancien sanatorium n'est pas facilement accessible même par beau temps, du fait de sa position isolée, très haut en montagne. C'était un choix délibéré, de façon que les patients souffrant de tuberculose profitent d'un air pur, loin de la pollution des villes et de leur foule grouillante.

La conséquence directe est que la route qui y mène est cauchemardesque, constituée d'une série de virages en épingle à cheveux à travers une forêt de sapins très dense. Le matin même, la chaussée était à peine visible – des flocons s'abattaient sur le pare-brise telles des fléchettes, empêchant d'y voir à plus de quelques mètres.

À deux pas de sa voiture, il remarque quelque chose, un morceau de carton en lambeaux à demi couvert de neige. Et dessus, une inscription grossièrement griffonnée en caractères rouges :

« NON AUX TRAVAUX[1] !! »

Daniel le piétine d'un geste rageur. Les manifestants sont venus la semaine précédente. Ils étaient plus de cinquante, hurlant des insultes et agitant leurs pancartes criardes sous son nez. Ils ont filmé avec leurs téléphones et posté de nombreuses vidéos sur les réseaux sociaux.

Ces envahisseurs ne représentent qu'une des interminables batailles qu'il a fallu remporter pour mener ce projet à bien. Les gens réclament du progrès, et les francs suisses des touristes qui vont avec, mais rechignent dès qu'il est question d'agir, de bâtir, de rénover.

Et Daniel sait pourquoi.

Les gens n'aiment pas les vainqueurs.

C'est précisément ce que son père lui a dit un jour, et telle est la vérité. Pourtant les locaux étaient fiers de lui au début, approuvant ses modestes succès, comme le centre commercial de Sion ou les immeubles bâtis à Sierre, avec vue sur le Rhône, mais par la suite il en a trop fait. Il a connu trop de réussite, et sa personnalité était trop forte.

Daniel a le sentiment que la population juge qu'il a eu sa part du gâteau, qu'en en voulant davantage il se montre trop gourmand. À seulement trente-trois ans,

---

1. En français dans le texte original.

il dirige un cabinet d'architecture en plein essor, avec des agences à Sion, à Lausanne et à Genève. Et une quatrième qu'il envisage d'ouvrir à Zurich.

Il en va de même pour Lucas, le promoteur immobilier à l'origine du projet – un de ses meilleurs amis – qui, à trente-cinq ans, est déjà propriétaire de trois hôtels de luxe.

Les gens leur en veulent à tous les deux pour leur succès.

Ce projet a provoqué le coup de grâce. Ils ont eu droit à la totale : trolls sur Internet, e-mails agressifs, courriers reçus au bureau, contestations.

Ils s'en sont d'abord pris à Daniel, répandant sur les blogs locaux et les réseaux sociaux des rumeurs selon lesquelles ses affaires périclitaient. Puis ils ont attaqué Lucas, colportant des ragots similaires et faciles à nier, cependant un de ces commérages est resté ancré dans l'imaginaire collectif. Et cela trouble Daniel plus qu'il ne veut bien le reconnaître.

Il est question de pots-de-vin, de corruption.

Daniel a essayé d'en discuter avec Lucas, qui n'a pas voulu en entendre parler.

Ce problème l'irrite aussi sûrement qu'une démangeaison persistante, à l'image de tant d'autres obstacles relatifs au projet, mais il s'efforce de le chasser de ses pensées. Il doit l'ignorer. Cet hôtel renforcera sa réputation. Le dynamisme de Lucas et son obsession du détail ont incité Daniel à imaginer un design aussi spectaculaire qu'ambitieux pour ce bâtiment, un rêve qu'il n'avait jusque-là pas cru envisageable.

Parvenu à sa voiture, il constate que le pare-brise est couvert d'une épaisse couche de neige contre laquelle les essuie-glaces seront impuissants ; il devra la dégager à la raclette. Au moment où il plonge la main dans sa poche pour en extirper ses clés, il remarque quelque chose.

Un bracelet a été oublié là, à côté d'un pneu avant du véhicule. Il s'accroupit et le ramasse ; assez fin, il semble fait de cuivre. Daniel le retourne dans sa main et remarque des chiffres gravés à l'intérieur. Une date, peut-être ? Son propriétaire est forcément monté ici aujourd'hui, sinon l'objet serait noyé sous la neige. Mais que fichait cette personne si près de sa voiture ? Des images des manifestants enragés de la semaine précédente lui reviennent à l'esprit. Serait-ce l'un d'eux ?

Daniel s'impose une profonde inspiration, puis il glisse le bracelet dans sa poche. Sur le point d'ouvrir le coffre, il perçoit dans sa vision périphérique un mouvement sur la gauche, au-delà de la masse de neige accumulée contre le mur du parking.

Une silhouette floue, indistincte. Daniel se rend compte qu'il a les mains moites, serrées sur son porte-clés. Il presse brusquement la télécommande pour ouvrir le coffre… et perçoit une présence. Quelqu'un s'est matérialisé tout près, entre la voiture et lui.

Daniel reste un instant paralysé, tandis que son cerveau mouline frénétiquement pour trouver une explication à ce phénomène. Comment cet individu s'est-il débrouillé pour s'approcher si vite sans qu'il le remarque ?

L'intrus est vêtu de noir et a le visage dissimulé sous une sorte de masque à gaz, si ce n'est qu'il y manque le filtre. En lieu et place de cet accessoire, un épais tube de caoutchouc noir et nervuré relie la bouche au nez et tremble tandis que l'être porte son poids d'un pied sur l'autre.

Cette chose produit un effet terrifiant, monstrueux, et fait resurgir les peurs les plus sombres enfouies dans l'inconscient.

Réfléchis ! s'ordonne Daniel, envisageant diverses possibilités, cherchant comment rendre cette vision innocente, inoffensive. *Réfléchis !* Il est victime d'une farce, voilà tout. Un manifestant a décidé de lui flanquer la frousse de sa vie.

L'inconnu s'approche de lui ; ses mouvements sont précis, tout en contrôle. Daniel ne voit que du noir, le noir du caoutchouc et du tube strié de nervures. Une respiration se fait entendre, un étrange bruit de succion provenant de sous le masque. Il est prêt à jurer que son cœur va faire éclater sa cage thoracique.

— Qu'est-ce que c'est que cette blague ? s'emporte-t-il, conscient de son ton apeuré, du tremblement qu'il essaie pourtant de maîtriser. Qui êtes-vous ? Qu'est-ce que vous voulez, exactement ?

Un filet liquide dégouline paresseusement sur son visage. Est-ce de la neige fondue au contact de sa peau brûlante ? De la sueur ? Il ne saurait le préciser.

Arrête de paniquer ! peste-t-il en pensée. *Contrôle-toi ! Ce n'est qu'un connard qui cherche à t'emmerder. Contourne-le et grimpe dans ta bagnole.*

C'est alors qu'il remarque la présence d'un autre véhicule, qui n'était pas garé sur le parking à son arrivée. Un pick-up Nissan noir.

Allez, Daniel, ne reste pas planté là !

Ses jambes refusent de lui obéir. Son corps est comme pétrifié. Il ne réussit qu'à écouter l'étrange son qui émane du masque, à présent plus sonore, plus rythmé, plus laborieux – au léger bruit de succion succède invariablement un sifflement aigu.

La silhouette s'approche. Elle tient quelque chose dans la main. Un couteau ? Daniel ne distingue pas vraiment l'objet presque entièrement caché par d'épais gants.

Bouge-toi ! Fiche le camp !

Il trouve la force d'avancer d'un pas, puis d'un autre, mais la peur le paralyse. Son pied droit se dérobe et il s'effondre dans la neige. Il se redresse… trop tard.

La main gantée se plaque sur sa bouche. Daniel sent l'odeur moisie du gant mais également celle du masque – une curieuse odeur de caoutchouc brûlé mêlée à autre chose… à un parfum familier.

Sans lui laisser le temps de rassembler ses souvenirs, une aiguille lui perce la cuisse, provoquant une vive douleur. Ses pensées s'éparpillent de tous côtés, puis un grand calme s'impose.

Un calme qui, en quelques secondes, se mue en néant total.

Communiqué de presse
Ne pas publier avant le 5 mars 2018 à minuit

Le Sommet
Hauts de Plumachit
Crans-Montana 3963
Valais
Suisse

OUVERTURE PROCHAINE D'UN HÔTEL 5 ÉTOILES DANS LA STATION DE CRANS-MONTANA

Situé sur un plateau montagneux ensoleillé surplombant Crans-Montana, dans les hauteurs des Alpes suisses, Le Sommet est né de l'imagination du promoteur immobilier suisse Lucas Caron.

Au terme de huit années de préparation et de travaux de grande envergure, l'un des plus anciens sanatoriums de la ville est sur le point de rouvrir en tant qu'hôtel de luxe.

Fort de son bâtiment principal conçu à la fin du XIXe siècle par Pierre Caron, l'arrière-grand-père de Lucas, ce centre a acquis une renommée mondiale dans le traitement de la tuberculose, avant que l'arrivée des antibiotiques ne le contraigne à se diversifier.

Plus récemment, son architecture novatrice a été internationalement reconnue et a valu en 1942 à Pierre Caron un prix suisse d'art à titre posthume. Ses lignes pures, ses immenses baies vitrées panoramiques, ses toits plats et ses formes géométriques dépourvues d'ornements ont notamment incité un membre du jury à le qualifier d'« édifice révolutionnaire qui, en plus d'être parfaitement à la hauteur de sa fonction hospitalière, prolonge le panorama entre ses murs, offrant une transition sans heurt entre intérieur et extérieur ».

« Il était temps d'insuffler une nouvelle vie à ce bâtiment, commente Lucas Caron. Nous étions convaincus qu'avec la vision adéquate, nous serions en mesure de créer un hôtel restauré avec tact et rendant hommage à son riche passé. »

Sous la direction de l'architecte suisse Daniel Lemaître, une équipe a été chargée de rénover le bâtiment, mais également d'ajouter un spa ultramoderne et un centre culturel.

Finement rafraîchi, Le Sommet fait l'objet d'une utilisation novatrice de matériaux naturels et locaux tels que le bois, l'ardoise et la pierre. En plus de proposer un puissant écho de la topographie environnante, les intérieurs modernes et élégants de l'hôtel puiseront dans le passé des lieux pour écrire une nouvelle histoire.

« Ce sera assurément le plus beau bijou de la couronne qu'est déjà cette station touristique hivernale, l'une des plus belles au monde », déclare Philippe Volkem, P.-D.G. de Valais Tourisme.

Contact presse : Leman PR, Lausanne.

Renseignements et réservations sur www.lesommet.ch.com et www.crans-montana.ch

1

Janvier 2020
Premier jour

Le funiculaire reliant la ville de Sierre, nichée dans la vallée, à Crans-Montana frôle par endroits la verticale sur le flanc de montagne.

Fendant les vignes couvertes de neige et les villages de Venthône, Chermignon, Mollens, Randogne et Bluche, ce trajet de plus de quatre kilomètres sur un dénivelé de plus de neuf cents mètres ne prend que douze minutes.

Hors saison, le funiculaire est généralement à moitié vide – il existe d'autres moyens de se rendre en montagne, comme la voiture et l'autocar – mais aujourd'hui il est plein, les routes étant surchargées par une circulation très dense.

Debout sur le côté gauche du compartiment bondé, Elin Warner ne perd pas une miette du décor : les épais flocons massés sur les vitres, les sacs empilés sur le sol de l'habitacle trempé de neige fondue, les adolescents dégingandés se bousculant pour entrer. Ses épaules se crispent ; elle avait oublié combien les jeunes peuvent se montrer égoïstes, inconscients de tout ce qui ne les concerne pas.

Une manche mouillée lui racle la joue. Elle perçoit diverses odeurs : l'humidité, la cigarette, la friture et le parfum trop fort d'un après-rasage bon marché musqué et citronné. S'ajoute à cela une toux caverneuse, puis un rire.

Quelques hommes embarquent sans délicatesse en parlant trop fort, leurs sacs The North Face pleins à craquer. Leurs gesticulations contraignent la famille installée à côté d'Elin à reculer un peu plus et s'approcher d'elle jusqu'à la toucher. Un bras la heurte, et une haleine empestant la bière se répand dans son cou.

Cela s'arrêtera-t-il un jour ? se demande-t-elle, saisie de panique, tandis que son cœur s'emballe.

L'affaire Hayler date d'un an, à présent, et elle y pense encore, elle en rêve encore. Elle s'éveille en pleine nuit, les draps trempés de sueur, son cauchemar encore net : la main serrée sur sa gorge, les parois humides de la grotte qui se referment sur elle. Puis l'eau, salée et chargée d'écume, qui se déverse dans sa bouche, dans son nez…

Tu dois contrôler ce souvenir, s'ordonne-t-elle tout en se forçant à lire les mots griffonnés sur la paroi du compartiment. *Ne le laisse pas te contrôler.*

Ses yeux dansent au-dessus des lettres barbouillées sur le métal :

« Michel 2010 »

« BISOUS XXX »

« HÉLÈNE & RIC 2016 »

Au fil de ces inscriptions, son regard remonte jusqu'à la vitre. Elle a un sursaut. Son reflet est douloureux à voir. Elle est maigre. Trop maigre. Comme si on l'avait vidée de sa substance. Au-dessus de ses pommettes saillantes, ses yeux bleu-gris en amande paraissent globuleux, impression que n'adoucissent en rien sa tignasse blonde et la cicatrice sur sa lèvre supérieure.

Elle fait sans arrêt du sport depuis la mort de sa mère. Des footings de dix kilomètres, du Pilates, de la musculation, du vélo sur la route côtière, entre Torquay et Exeter, même sous la pluie et le vent cinglants. Elle en fait trop mais ne sait pas comment se calmer, bien que sachant qu'il le faudrait. Le sport est son seul remède, son unique méthode pour chasser ce qui rôde dans son esprit.

Elin se détourne des autres occupants du funiculaire. La sueur perle sur sa nuque. Elle s'efforce de se concentrer sur le visage de Will, sur sa barbichette de quelques jours familière et sur les touffes indomptables de sa chevelure blond foncé.

— J'ai chaud, Will…

Les traits de Will se durcissent. Sur ce visage préoccupé, Elin devine les futures rides, en étoile autour des yeux et plus légères sur le front.

— Ça va ?

Elin secoue la tête, au bord des larmes :

— Je ne me sens pas bien.

Will baisse la voix :

— Parce qu'on est ici ? Ou bien… ?

Elle sait à quoi il fait allusion : Isaac. En vérité, ces deux soucis l'angoissent tout autant : sa dernière enquête et Isaac… Ces troubles sont entremêlés, connectés.

— Je ne sais pas, murmure-t-elle, la gorge nouée. Je pense sans arrêt à cette invitation surgie de nulle part. Ce n'était peut-être pas une bonne idée de venir, finalement. J'aurais dû réfléchir plus longtemps avant d'accepter, au moins avoir une bonne discussion avec lui avant de le laisser nous réserver une chambre.

— Il n'est pas trop tard pour faire demi-tour ; on peut prétendre qu'un problème me rappelle au bureau, propose Will, souriant, avant de rajuster ses lunettes de l'index. Ça nous offrirait le record du monde des vacances les plus courtes, mais on s'en fiche.

Elin s'oblige à lui rendre son sourire, silencieusement dévastée par le contraste entre autrefois et aujourd'hui. Il a accepté la nouvelle donne avec une facilité déconcertante. Elle, à l'inverse, n'est plus capable de réagir comme à l'époque de leur rencontre. Elle se trouvait alors au pic de sa vie – du moins c'est ainsi qu'elle le voit à présent –, à l'apogée de ses trente et quelques années d'existence.

Elle avait tout juste acheté son premier appartement, près de la plage, au dernier étage d'une vieille demeure victorienne. Il était minuscule mais pourvu de hauts plafonds, et de sa fenêtre elle apercevait une petite portion de mer.

Tout se passait à merveille au travail – promue lieutenant, elle s'était vu confier une importante enquête –, et sa mère réagissait correctement à sa première chimiothérapie. Elle pensait avoir passé le plus dur concernant son chagrin à propos de Sam, et elle gérait la situation. Tandis qu'aujourd'hui…

Sa vie s'est contractée, réduite à un point inimaginable quelques années auparavant.

Les portes se ferment, les épais panneaux de verre coulissant de conserve. Le funiculaire s'ébranle, secouant ses passagers, puis s'éloigne de la station en prenant de la vitesse. Elin ferme les yeux, ce qui ne fait qu'empirer les choses. Le moindre son et le moindre cahot semblent amplifiés sur l'écran de ses paupières closes. Rouvrant les yeux, elle voit le décor qui défile, traînées floues de vignes, boutiques et chalets enneigés.

— Je veux sortir, se plaint-elle, saisie de vertiges.

— Qu'est-ce que tu racontes ? réagit Will, qui s'est retourné vers elle.

Il a beau tenter de la masquer, elle décèle la frustration dans sa voix.

— Il faut que je sorte d'ici.

Le funiculaire s'engouffre dans un tunnel et les plonge dans l'obscurité. Une femme laisse échapper un petit cri.

Elin inspire lentement. Prudemment.

Trop tard.

Surgit en elle la sensation d'un malheur imminent. Instantanément, son sang lui semble poisseux dans ses veines, même s'il se propage simultanément partout dans son corps.

Elle enchaîne les inspirations, de plus en plus lentement, comme elle a d'elle-même appris à le faire. *Inspire quatre secondes, retiens ta respiration, puis expire sept secondes*. Cela ne suffit pas. Sa gorge se contracte et son souffle s'accélère, de plus en plus saccadé. Ses poumons luttent désespérément pour aspirer de l'oxygène.

— Où est ton inhalateur ? intervient Will.

Elle farfouille dans sa poche et en sort son remède, qu'elle glisse dans sa bouche et actionne. *Parfait.* Elle sent le gaz propulsé au fond de sa gorge, jusque dans sa trachée.

Quelques minutes plus tard, sa respiration a retrouvé son rythme normal. Mais alors qu'elle a tout juste repris ses esprits, elle les voit en pensée.

Ses frères. Isaac et Sam.

Ces visions défilent en boucle. Elle voit leurs visages enfantins, leurs joues constellées de taches de rousseur, leurs grands yeux bleus – mais si ceux d'Isaac sont froids, déroutants d'intensité, ceux de Sam sont pleins d'une énergie attirante.

Elin cille, incapable de s'empêcher de penser à la dernière fois qu'elle a vu le regard de Sam – vide, sans vie, son pétillement éteint. Elle se tourne vers la fenêtre mais cela n'efface en rien les visions surgies du passé.

Isaac. Il lui sourit avec son rictus si familier. Il lève les mains mais, en lieu et place de ses doigts, Elin ne voit que du sang.

Elle lève la main, elle aussi, sans pouvoir le toucher. Jamais.

2

Le minibus de l'hôtel patiente sur le minuscule parking de la station du funiculaire. Gris foncé avec des vitres teintées chargées de neige, il arbore en bas à gauche de sa portière coulissante l'inscription « Le Sommet » en discrètes lettres argentées.

Elin s'autorise son premier élan d'enthousiasme. Jusqu'à présent, elle n'a cessé de dédaigner avec une certaine négligence cet hôtel lors de conversations avec des amis :

« Un bâtiment prétentieux. »

« Le style privilégié à l'essence. »

En réalité, elle a soigneusement retiré le Post-it collé par Isaac sur la brochure éclatante, puis fait courir ses doigts sur l'épaisse couverture cartonnée dans les tons mats, savourant la découverte de chaque page minimaliste.

Sur le moment, une curieuse sensation l'a envahie, mystérieux mélange d'excitation et de jalousie, comme un regret d'avoir manqué quelque chose d'indéfinissable, quelque chose qu'elle n'était même pas consciente de désirer.

Will, quant à lui, n'a pas caché son enthousiasme,

s'extasiant sur l'architecture et le style de l'établissement. Après avoir dévoré la brochure de la première à la dernière ligne, il a aussitôt effectué quelques recherches sur Internet pour en découvrir davantage. Le soir même, tandis qu'ils dégustaient un curry d'agneau Madras, il lui a cité des extraits d'articles vantant la décoration intérieure « influencée par Joseph Dirand » et témoignant d'un « nouveau genre de minimalisme faisant écho au passé du bâtiment [...] pour écrire une nouvelle histoire ».

Elin a toujours été émerveillée par la capacité de Will à assimiler de tels détails ; cela lui donne la sensation d'être en sécurité auprès de lui, certaine qu'il détient les réponses à toutes les questions imaginables.

— Mademoiselle Warner ? Monsieur Riley ?

Elin se retourne. Un individu grand et sec s'approche d'eux. Il porte une polaire grise ornée des mêmes caractères argentés que le minibus.

« Le Sommet. »

— C'est bien nous, sourit Will.

S'ensuit un instant de confusion, lorsque le nouveau venu et Will ont à la même seconde le réflexe de se saisir de la valise d'Elin, mais Will le laisse faire.

— Vous avez fait bon voyage ? leur demande l'employé de l'hôtel, qui hisse leurs bagages à l'arrière du véhicule. Vous venez d'où ?

Elin tourne la tête vers Will, sur qui elle compte pour faire la conversation ; de tels échanges de banalités sont une épreuve pour elle.

— Du sud du Devon. Le vol était à l'heure, c'est du jamais-vu. J'ai dit à Elin que la ponctualité suisse avait un effet bénéfique sur EasyJet. (Will sourit, puis hausse les sourcils en prenant un air navré.) Pardon, c'est un peu cliché, ce que je viens de dire, non ?

L'homme venu les accueillir rit. Tel est le *modus operandi* de Will avec les inconnus : il les neutralise au moyen d'un mélange d'enthousiasme et d'autodérision. Les gens sont systématiquement désarmés puis charmés. Avec lui, ces moments semblent… faciles à vivre. *C'est précisément ce qui m'a attirée chez lui ; c'est son truc*, se dit aussitôt Elin, suivant son compagnon.

Réussir sans effort.

Rien n'est insurmontable à ses yeux. Il n'y a là aucune fanfaronnade, c'est simplement sa façon d'être ; il lui suffit de quelques instants pour réduire n'importe quel problème en étapes logiques faciles à résoudre. Une liste, une recherche, un coup de téléphone ou deux… et il trouve les réponses, règle le souci. Elin, en revanche, panique facilement dès qu'il lui faut gérer les tâches les plus banales de la vie quotidienne, qui prennent systématiquement des proportions terrifiantes. Pour ce voyage, par exemple, elle a stressé à l'idée de prendre l'avion, d'être massée contre des inconnus à l'aéroport puis dans l'appareil, sans parler des éventuelles turbulences et du retard possible.

Même la question des bagages l'a contrariée, et pas seulement parce qu'elle a dû acheter de nouveaux vêtements ; elle s'est en outre torturée pour déterminer lesquels, en fonction de la météo, des marques…

En définitive, elle ne porte que du neuf, et elle le sent. Elle glisse un doigt dans son pantalon et rentre l'étiquette qui la démange et qu'elle avait prévu de couper chez elle.

Will, quant à lui, a rempli son sac en un quart d'heure,

pourtant il a fière allure : chaussures de randonnée qui ont bien vécu, doudoune noire Patagonia et pantalon The North Face usé mais pas trop.

Cependant, leurs différences les rendent complémentaires. Will accepte les manies d'Elin, qui est bien consciente que ce n'est pas le cas de tout le monde, et elle lui en est reconnaissante.

Leur chauffeur ouvre la portière coulissante d'un geste ample et plein d'aisance. Elin grimpe dans le minibus et jette un regard discret vers l'arrière. Une des familles montées avec eux à bord du funiculaire a déjà pris place : deux adolescentes aux cheveux brillants ont la tête baissée chacune sur sa tablette. La mère feuillette un magazine, tandis que le père est concentré sur son téléphone, le pouce sur l'écran.

Will et Elin s'installent sur la banquette centrale.

— Ça va mieux ? s'inquiète Will avec douceur.

Elin acquiesce. Elle se sent plus à l'aise sur ces sièges en cuir, sans cris et surtout sans voisins trempés plaqués contre elle. Le minibus démarre. Il tourne à droite et, après quelques cahots sur le sol rendu inégal par la neige, s'extirpe du parking.

Progressant lentement, le véhicule parvient à une bifurcation. Le chauffeur prend à droite, ne ménageant pas les essuie-glaces pour écarter la neige qui tombe à gros flocons. Tout se passe bien jusqu'au premier virage en épingle à cheveux, que le véhicule franchit en un instant pour se retrouver dans la direction opposée. Elin se raidit sous les secousses lorsque la route se dresse soudain.

La chaussée n'est plus bordée de neige ni d'arbres, pas même d'une fine bande d'herbe. Non, la route longe à présent le flanc de la montagne. Seule une mince glissière de sécurité métallique sépare Elin du gouffre vertigineux jusqu'à la vallée.

Elle sent la tension de Will, à côté d'elle, et devine sa réaction : il tente de masquer son malaise par un trait d'humour ponctué d'un léger sifflement.

— La vache, je me vois mal conduire ici de nuit.

— On n'a pas le choix, c'est la seule route qui permet d'accéder à l'hôtel, explique le chauffeur en leur lançant un regard dans le rétroviseur. Pour tout vous dire, ça décourage certaines personnes de s'y rendre.

— Vraiment ? dit Will, une main sur le genou d'Elin.

Sa pression est un peu trop appuyée, et il lâche de nouveau un rire qui sonne faux.

— On en parle sur des forums Internet, poursuit le chauffeur. Des gosses postent des vidéos sur YouTube ; ils se filment en hurlant quand leur véhicule aborde un virage, mais l'angle de la prise de vue dramatise la situation ; ils plaquent leur téléphone sur la vitre et le braquent vers le vide… (Sa voix s'estompe, et il se focalise sur la route.) Voici le passage le plus délicat. Une fois qu'on l'aura franchi…

Elin lève la tête… et sent son estomac faire le yoyo. La chaussée, qui s'est encore rétrécie, est maintenant tout juste assez large pour permettre le passage du minibus. La fine bande de bitume est d'un gris blanchâtre parsemé de plaques de verglas étincelantes. Elin se force à regarder droit devant, vers l'horizon déchiqueté que forment les pics enneigés.

Le supplice ne dure que quelques minutes. La pression de la main de Will se fait plus légère à mesure que la voie s'élargit. Il sort son téléphone et prend quelques photos du paysage, le front ridé sous l'effet de la concentration.

Elin sourit, touchée par sa minutie. Il attend depuis longtemps d'admirer le paysage, de découvrir l'hôtel. Elle sait qu'il retravaillera ses photos un peu plus tard sur son ordinateur portable ; il les critiquera, puis les modifiera encore, avant de les partager avec ses amis à l'âme artiste. Il se tourne vers le conducteur :

— Depuis combien de temps êtes-vous employé à l'hôtel ?

— Un peu plus d'un an.

— Et ça vous plaît ?

— L'endroit a quelque chose de spécial… Le bâtiment, son histoire… On est facilement pris par tout ça.

— Je me suis renseignée sur Internet, intervient Elin, qu'un frisson surprend. J'ai eu du mal à croire que tant de patients aient vraiment…

— Je préfère ne pas trop y penser, l'interrompt le chauffeur. Fouiner dans le passé, surtout là-bas, a de quoi rendre fou. Si vous vous amusez à creuser les détails de ce qui s'est produit…

Il hausse les épaules.

Elin se saisit de sa bouteille d'eau. « On est facilement pris par tout ça… » Les paroles du chauffeur résonnent dans ses pensées.

Elle se dit qu'elle est tombée sous l'emprise de ce lieu dès lors qu'elle a parcouru la brochure et vu les photos sur Internet.

Le Sommet.

Plus que quelques kilomètres.

3

Adèle Bourg glisse son téléphone dans sa poche et pousse l'aspirateur sur le seuil de la chambre 301.

Non qu'elle soit réellement nommée ainsi. Non, Le Sommet est un établissement trop… conscient de son prestige pour cela. Ses concepteurs ont écarté jusqu'aux moindres clichés alpin tels qu'une ambiance chalet avec fourrures synthétiques, ou des menus « traditionnels », etc. Ils ont notamment préféré se passer d'un détail aussi bassement matériel que les numéros de chambre. Pour cette raison, cette chambre, à l'instar de toutes les autres, a été baptisée d'après un pic de la chaîne montagneuse se dressant de l'autre côté de la vallée.

La Bella Tola.

En cet instant, Adèle en aperçoit le sommet qui déchire le ciel, à travers la porte-fenêtre. Cette vision la saisit, lui fait mal, car c'est le cadre d'une de ses dernières ascensions avant de tomber enceinte de Gabriel. C'était en août 2015.

Elle n'a rien oublié : le soleil et le ciel bleu azur, ses lunettes de soleil à monture fluo, le frottement de son baudrier contre ses cuisses, la roche grise et froide sous ses doigts, les jambes bronzées d'Estelle loin au-dessus d'elle, dans une position invraisemblable.

Son fils Gabriel, aujourd'hui âgé de trois ans, est né en juin de l'année suivante, fruit d'une courte amourette avec Stéphane, un camarade d'études comme elle amoureux de la montagne, lors d'un week-end à Chamonix. Tout s'est alors interrompu dans sa vie : l'escalade, les randonnées, les études, les nuits d'ivresse avec ses amis. Adèle aime son fils plus que tout au monde, toutefois elle éprouve parfois des difficultés à se rappeler celle qu'elle était autrefois, à quoi son univers ressemblait avant qu'il ne soit démonté et réagencé du tout au tout, avec ses responsabilités et ses soucis, ultimes rappels de ce qu'elle est devenue. Et puis ce job sans intérêt qui rythme ses journées – changer les draps, nettoyer les meubles, aspirer les saletés laissées par d'autres personnes.

Déglutissant péniblement, elle se penche et branche l'aspirateur à la prise murale. Puis elle se redresse et considère le désordre relatif dans la chambre. *Ça ne prendra pas trop longtemps*, estime-t-elle. Adèle apprécie cet instant, quand elle jauge le temps et l'effort qui lui seront nécessaires. C'est presque un art, ce sont les seuls moments de sa journée de travail où elle fait fonctionner son cerveau.

Son regard se pose sur le décor minimaliste : le lit, les fauteuils près du sol, les tourbillons abstraits qui font office de tableaux, sur le mur de gauche, les housses de couette en cachemire aux nuances douces.

Pas mal, pense Adèle.

Cette chambre accueille des clients soigneux. La couette est à peine froissée et le dessus-de-lit plié de façon complexe est intact. La présence des clients n'est trahie que par les tasses à moitié vides délaissées sur les tables de chevet et une veste noire suspendue à la chaise du coin. Adèle s'intéresse à l'écusson brodé sur un bras : Moncler. Autant dire trois mille francs suisses. Adèle a toujours cru qu'une telle insouciance ne venait qu'avec la richesse. Cette estimation est confirmée par ce qu'elle découvre dans les chambres. La plupart des clients ne semblent pas conscients des détails qui font le luxe des lieux, tels les meubles sur mesure, les salles de bains en marbre ou encore les tapis touffetés tissés à la main ; elle doit presque systématiquement rattraper leur négligence – draps tachés, restes de nourriture collants écrasés sur les tapis. Elle revoit même en pensée le préservatif usagé, minuscule sachet gluant, qu'elle a repêché dans des toilettes la semaine précédente.

Ce souvenir la picotant comme une éraflure, elle le chasse et glisse ses écouteurs dans ses oreilles. Elle a toujours travaillé en musique, effectué ses tâches en rythme. Sa playlist préférée est à base de rock et de heavy metal des années 1980 – Guns N' Roses, Slash, Metallica.

Sur le point de lancer la musique, Adèle se fige. Quelque chose a changé à l'extérieur. Le ciel s'est légèrement assombri ; il est à présent de ce gris très particulier, d'une uniformité menaçante, qui précède les fortes chutes de neige. Des flocons tombent déjà dru, d'ailleurs, et des congères se forment autour des panneaux de signalisation de l'hôtel et sur les voitures garées devant l'établissement.

La poitrine comprimée par l'angoisse, elle songe qu'elle risque d'avoir du mal à rentrer chez elle si la tempête s'intensifie. Cela n'aurait pas d'importance un jour ordinaire – la nounou de son fils s'adapte facilement aux imprévus –, mais ce soir le père de Gabriel le prend pour une semaine.

Elle tient à être de retour à temps pour lui dire au revoir, un au revoir qui reste systématiquement bloqué dans sa gorge sous le regard impassible de Stéphane, qui a déjà une main sur Gabriel.

Une terreur sombre et irrationnelle s'empare d'elle chaque fois que son fils la quitte – elle redoute qu'il ne revienne jamais, qu'il ne veuille pas la revoir, qu'il décide de vivre avec Stéphane.

Adèle devine cette peur dans son reflet dans la vitre et voit ses cheveux noirs noués en queue-de-cheval, ses pommettes marquées et ses yeux en amande plissés d'inquiétude. Elle détourne le regard ; voir son reflet ainsi déformé et confus revient à plonger dans la part la plus sombre de son âme.

Baissant les yeux sur son téléphone, elle s'apprête à lancer la musique lorsqu'elle remarque du coin de l'œil quelque chose sur la balustrade du balcon.

Quelque chose qui brille dans la neige.

Sa curiosité attisée, elle ouvre la porte-fenêtre. Un air glacial s'engouffre dans la chambre, accompagné de flocons portés par le vent. Elle s'approche de la balustrade.

C'est un bracelet. Elle se saisit de l'objet et le retourne entre ses doigts. Il est en cuivre et lui évoque les dispositifs que portent les personnes souffrant d'arthrite. De minuscules chiffres sont gravés à l'intérieur.

Il doit appartenir aux occupants de la chambre, décide-t-elle. Elle rentre et, après avoir refermé la porte-fenêtre, pose le bracelet sur une table de chevet. Elle s'attarde ensuite de nouveau sur les épais flocons et les congères qui grossissent autour du balcon.

Si elle est en retard, Stéphane ne l'attendra pas. Elle ne trouvera qu'un appartement silencieux, un vide qui la rongera jusqu'au retour de Gabriel.

4

— Tu viens, Elin ?

Le dernier mot de Will est noyé sous le bruit du drapeau qui claque au-dessus de lui, malmené par les rafales de vent.

D'épais flocons tombent sur le visage d'Elin, qui sent son estomac se crisper. Malgré la présence de Will et l'hôtel qui se dresse face à eux, elle est saisie par l'isolement de l'endroit. Le trajet s'est éternisé plus d'une heure et demie, les routes sinueuses les portant toujours plus haut dans la montagne, et Elin n'a pu se défaire d'une sensation de malaise grandissante.

Ce transfert a pris plus de temps que d'ordinaire du fait de la neige, néanmoins elle ne peut s'empêcher de se dire qu'ils se trouvent très loin de la civilisation. En dehors de l'hôtel, elle ne voit que des arbres, de la neige et la masse sombre des montagnes qui les dominent.

— Elin ! Tu viens, oui ou non ?

Will se remet en marche, poussant leurs valises dans la neige, vers l'entrée de l'hôtel.

Elin hoche la tête, une main serrée sur la sangle de son sac. Immobile face à ce bâtiment, elle perçoit quelque chose de très étrange, comme une perturbation dans l'air, une curieuse fébrilité sans aucun lien avec l'averse de neige. Elle regarde autour d'elle ; l'allée et le parking sont vides. Il n'y a plus personne ; les passagers du funiculaire sont tous entrés dans l'hôtel. *C'est à cause de ce bâtiment*, se dit-elle, assimilant l'imposante structure blanche. Plus elle l'observe en détail, plus elle sent de la tension.

Une anomalie.

Elle n'a rien remarqué de tel sur la brochure envoyée par Isaac, sans doute parce que les photos ont été prises de loin, de façon à mettre en valeur le décor spectaculaire que forment les pics enneigés et les forêts de sapins couvertes de givre. Les auteurs de ce document publicitaire ne se sont pas focalisés sur le bâtiment lui-même, sur sa noirceur et son aspect sauvage. Son passé – son ancienne nature – ne fait aucun doute ; il y a quelque chose de brutalement clinique dans son architecture. L'ambiance du sanatorium se devine dans ses lignes pures et ses multiples motifs rectangulaires, jusqu'aux toits plats modernes. Le verre est omniprésent, étourdissant ; on aperçoit son reflet dans les immenses baies vitrées.

En s'en approchant, Elin constate que certains détails invisibles sur la brochure jurent avec le côté clinique de l'ensemble, comme les balustrades et balcons sculptés et la magnifique véranda en bois du rez-de-chaussée.

C'est là que se trouve l'anomalie, estime-t-elle, comprenant ce qui a déclenché de la tension en elle. Cette juxtaposition – les touches de beauté ajoutées au centre de soins – a de quoi glacer le sang. C'était probablement délibéré de la part des architectes ; ces somptueux ornements avaient certainement vocation à dissimuler le fait que l'on ne venait pas ici pour s'amuser. En ce lieu, des malheureux se battaient contre la maladie, et certains mouraient.

Elin comprend à présent pourquoi son frère a voulu fêter ses fiançailles ici : comme Isaac, cet endroit est pourvu d'apparences trompeuses dissimulant sa véritable nature.

5

— Merde ! peste Adèle, insistant sur la clé qu'elle a glissée dans la serrure.

Pourquoi refuse-t-elle de tourner ? Ce genre de problème survient toujours quand on est pressé…

La porte du vestiaire cède enfin dans un souffle d'air frais. Adèle tressaille et fait tomber ses clés.

— Ça va ?

Une lueur de soulagement ; cette voix ne lui est pas inconnue. Il s'agit de Mat, un Suédois aux cheveux d'un blond presque blanc, un des nombreux employés étrangers de l'hôtel. Il travaille au bar. Assez suffisant, il est doté d'yeux vert pâle qui vous balaient violemment avant de vous traverser.

— Oui, ça va, répond Adèle, qui s'accroupit pour récupérer ses clés. Je suis en retard, c'est tout. Cette semaine, Gabriel va chez son père, qui vient le chercher ce soir. J'aimerais bien être de retour chez moi à temps pour lui dire au revoir.

Ayant enfin ouvert son casier, elle s'empare de son sac et de sa doudoune.

— On vient d'apprendre que le funiculaire est fermé,

annonce Mat en glissant sa clé dans la serrure de son casier. Il ne rouvrira pas avant demain matin.

Adèle jette un regard par la fenêtre. La tempête fait rage et le vent secoue les flancs de l'hôtel.

— Et les bus ?

— Ils roulent encore, mais ils doivent être pleins à craquer.

Mat a raison. Adèle se mordille la lèvre et consulte sa montre. Elle a prévu d'être dans la vallée d'ici une heure ; c'est encore possible, si elle se hâte.

Elle salue Mat et sort par la porte latérale, puis elle marque un temps d'arrêt, saisie de frissons et sidérée par la puissance du vent. Les violentes rafales l'agressent à coups de particules glacées qu'elle reçoit en plein visage et dans les yeux, et la piqûre du froid se fait instantanément sentir sur ses joues.

Son écharpe remontée jusque sur le nez, elle s'engage sur l'étroit sentier qui mène à l'avant de l'hôtel. Elle s'enfonce à chaque pas dans la neige, qui traverse en un instant le cuir fin de ses bottines. *Quelle idiote ! J'aurais dû enfiler de vraies bottes.* Ses pieds seront trempés d'ici quelques minutes. Esquivant soigneusement les plus grosses congères, elle poursuit sa marche. Soudain, son téléphone vibre dans sa poche. Elle s'arrête, le sort et découvre un message de Stéphane : « Je quitte le boulot. À tout de suite. »

Le boulot…

Ce mot fait resurgir en Adèle une rancœur familière, et elle s'en veut pour cela.

Elle a conscience que s'appesantir sur ce qu'aurait pu être sa vie – une ascension rapide dans la hiérarchie, avec le salaire qui va avec, sans oublier les voyages – ne lui apporte rien de bon, mais elle ne peut s'en empêcher.

Quel que soit l'angle sous lequel elle considère la question, il est flagrant que c'est elle qui s'est sacrifiée, et non Stéphane. Il n'a pas eu à renoncer à son université ni à son avenir professionnel à la naissance de Gabriel. Diplômé avec mention très bien, il a aussitôt été embauché par une boîte de marketing multinationale établie à Vevey. Stéphane est très bien noté, multiplie les succès et empoche des fortunes.

Sa copine est employée dans la même société et gagne certainement un salaire tout aussi impressionnant, estime Adèle. Lise n'est pas du genre tape-à-l'œil mais son allure – qui doit lui coûter cher – et son assurance naturelle sont éloquentes.

Si Adèle peut supporter tout cela – ce n'est que de la jalousie mesquine, rien de plus –, elle s'inquiète de l'effet potentiel de la situation sur Gabriel. Elle devine que son fils ne tardera pas à remarquer que ses parents n'ont pas du tout le même genre de travail.

Elle redoute qu'il n'en arrive à la mépriser, qu'il ne la juge inférieure à Stéphane, qui lui offre tant de choses.

Anticiper les choses ainsi est stupide, elle le sait, car pour l'heure les plaisirs de Gabriel ne sont pas liés à l'argent : câlins et histoires avant de dormir, chocolat chaud à la crème, jeux dans le bac à sable, luge…

Elle sourit en songeant à leur escapade la semaine dernière. Serrés l'un contre l'autre sur la luge, ils ont pris tant de vitesse qu'ils ont foncé droit sur une clôture au pied de la colline. Gabriel s'est retrouvé sur elle, bras et jambes écartés, riant à en pleurer.

Ce souvenir l'aide à relativiser ses angoisses.

Reprends-toi, s'ordonne-t-elle en esquivant une branche morte. *Cesse d'envisager le pire*.

Soudain, elle sent une pression sur sa cheville.

S'est-elle pris le pied dans une autre branche ?

Elle baisse les yeux et se fige. Une main gantée s'est refermée sur sa cheville et la tire en arrière.

Adèle s'effondre la tête la première dans la poudreuse. Sa bouche et ses yeux se remplissent de minuscules particules glacées.

6

Les attaches blanches du lustre sont si longues, lâches en hauteur puis tendues sur plusieurs mètres, qu'Elin y voit une corde de pendu. Le luminaire en lui-même se résume à un imbroglio de câbles, comme un violent spasme filaire formant un nœud complexe.

Cette horreur a certainement coûté une fortune justifiée par un concept artistique qui échappe totalement à la jeune femme. Quoi qu'il en soit, il est à ses yeux très étrange d'avoir installé cette chose dans un hall d'hôtel. Cette création est si monstrueuse, si sinistre, qu'elle ne semble pas à sa place en un lieu censé être accueillant.

Le reste du décor ne vaut guère mieux, des fauteuils en cuir disposés autour d'une étroite table basse en bois à la large plaque de pierre grise qui fait office de comptoir de réception. Le tableau suspendu au-dessus de la cheminée est tout aussi lugubre, n'offrant qu'une toile furieusement badigeonnée de tourbillons gris et noirs.

— Qu'en penses-tu ? demande-t-elle à Will, ponctuant sa question d'un petit coup de coude. C'est un rêve d'architecte, tu crois ?

Elle devine d'avance les expressions lues dans

la brochure qu'il lui ressortira plus tard : « frontières repoussées », « expressif », « immersif ».

Elin a absorbé ces termes comme par osmose car elle y voit de la poésie. La façon dont il parle d'architecture, dont il s'émerveille devant des briques et du mortier, est très révélatrice de ce que Will pense et ressent.

— J'adore, sourit Will. Les bâtiments tels que celui-ci ont eu une influence majeure sur l'architecture du XXe siècle. C'est sur les sanatoriums que sont apparus pour la première fois les traits que le grand public associe aujourd'hui au modernisme. (Will s'interrompt et cherche à lire l'expression d'Elin.) Mais toi, tu n'as pas l'air d'apprécier.

— Je ne sais pas trop. C'est froid, non ? Aseptisé. Cet immense volume est presque vide. Quelques fauteuils et des tables.

— C'est délibéré. (Elin perçoit la tension dans les mots de Will, qu'elle devine frustré qu'elle ne comprenne pas immédiatement où il veut en venir.) Les murs blancs, le bois, tous ces matériaux naturels sont un clin d'œil à l'ancien sanatorium.

— Ses concepteurs voulaient qu'il ait l'air si stérile ?

Il lui semble étrange de volontairement priver un bâtiment de confort et de chaleur.

— Oui, pour des questions d'hygiène, mais ils estimaient également que tout ce blanc apporterait une sorte de « propreté intérieure ». (Il mime des guillemets.) À l'époque, les concepteurs d'un lieu cherchaient à influer sur ses occupants par son architecture. Un bâtiment tel que celui-ci était presque un instrument médical en lui-même, le moindre de ses détails étant pensé de façon à aider les patients à guérir.

— Mais pourquoi tant de verre ? Je ne suis pas certaine que ça m'aiderait à me sentir mieux.

Elin se tourne vers la gigantesque baie vitrée, sur laquelle s'abat la neige en furie. Des congères s'élèvent déjà plus haut que le cadre. Elle a la sensation qu'aucune barrière ne la protège du monde extérieur. Malgré la chaleur dispensée par le feu dans l'âtre, elle frissonne.

— Ils estimaient que la lumière du jour et les vues panoramiques contribuaient au bien-être des patients, réagit Will.

— Oui, peut-être.

Regardant un peu plus loin, Elin aperçoit une petite boîte en verre suspendue au plafond par un câble métallique assez fin. Elle s'en approche et découvre qu'elle renferme une minuscule flasque argentée. Une inscription figure juste en dessous – en anglais et en français.

« CRACHOIR – SPITTOON. Communément utilisé par les patients afin de réduire la propagation des infections. »

Elin fait signe à son compagnon de la rejoindre :

— Tu vas me dire que ça, ce n'est pas bizarre ? Pendu là, comme une œuvre d'art moderne dérangeante ?

— C'est une sorte d'exposition, justement, dit Will en lui effleurant le bras, avant de poursuivre avec douceur. Tu es nerveuse, n'est-ce pas ? Tu appréhendes de le revoir ?

Elin hoche la tête et se penche vers Will, inspirant le parfum rassurant de son après-rasage – basilic poivré et thym, le tout légèrement fumé.

— Ça fait presque quatre ans, Will. Beaucoup de choses peuvent se produire en quatre ans. J'ai l'impression de ne plus le connaître.

— Je sais, mais ne te tracasse pas trop avec ça. Laisse le passé où il est. Tu es venue, c'est l'occasion d'un nouveau départ – non seulement concernant Isaac, mais aussi à propos de l'affaire Hayler. Le moment est venu de tirer un trait sur tout ça.

C'est si facile pour lui, songe Elin. Pour son cerveau d'architecte, chaque jour est une page blanche à remplir. Il passe son temps à créer à partir de rien. C'est d'ailleurs cette qualité qui l'a frappée lors de leur première rencontre. Cet homme semblait tellement… frais, tout sauf désabusé. Sur le moment, elle s'est demandé si elle avait déjà croisé quelqu'un d'aussi optimiste, d'aussi enthousiasmé par la vie jusque dans ses moindres détails.

Elle faisait un footing, ce jour-là. Elle avait terminé son service qu'elle avait essentiellement passé à son bureau à se battre avec de la paperasse, et avait décidé de courir sur le sentier côtier, de son appartement, à Torhun, jusqu'à Brixham. Soit facilement dix kilomètres aller et retour.

S'étant arrêtée sur la promenade surplombant la plage afin de s'étirer, elle a remarqué Will de l'autre côté du mur, noyé dans une fumée tournoyante en suspens dans l'air marin. Il préparait un barbecue – du poisson, des piments et du poulet parfumé au cumin et à la coriandre.

Elle a aussitôt senti son regard se poser sur elle. Une minute plus tard, il l'a interpellée au moyen d'une plaisanterie, quelque chose d'assez cliché, du genre : « On dirait que je fais moins attention à ma ligne que vous. » Elle a ri et ils ont entamé une conversation.

Elin s'est instantanément sentie attirée par cet

homme au physique d'une agréable complexité, qui l'intimidait autant qu'il l'excitait. Ses cheveux blond foncé étaient en bataille, il portait des lunettes à monture noire de style nordique et un polo bleu marine à chevrons boutonné jusqu'au cou.

Pas le type d'Elin, autrement dit.

Son apparence s'est quelque peu expliquée lorsqu'il a évoqué son boulot : architecte. Il lui en a décrit les détails avec enthousiasme ; directeur de conception, il s'intéressait particulièrement aux développements diversifiés et à la revitalisation du front de mer.

Il avait notamment imaginé le nouvel hôtel-restaurant érigé en bord de mer – une sorte de navire de croisière blanc échoué, brillant de mille feux, dont Elin savait qu'il avait reçu mille louanges et remporté des distinctions. Will n'a pas perdu davantage de temps pour lui confier qu'il raffolait du beurre de cacahuètes, des musées, du surf et du Coca-Cola. Elin était frappée par l'aisance qui s'était imposée entre eux, bien loin de la gêne habituelle quand on s'adresse à un inconnu.

Elle avait conscience que ce miracle était dû au fait que Will était parfaitement à l'aise avec lui-même. Il était inutile de se poser des questions à son sujet ; cet homme était comme un livre ouvert. En retour, Elin s'est confiée à lui comme jamais depuis une éternité.

Ils ont échangé leurs numéros de téléphone. Il l'a appelée le soir même, puis le suivant, sans aucune trace d'angoisse ni de faux-semblants dans leurs échanges. Il l'a interrogée sur son métier, sur la politique en vigueur au sein des forces de l'ordre, sur ses enquêtes.

Elin a rapidement eu le sentiment qu'il ne la considérait pas comme elle s'était toujours jugée, ce qui a eu sur elle un effet enivrant. Cela l'a décidée à se montrer à la hauteur de ce qu'il voyait en elle, du moins de ce qu'il croyait voir.

Avec lui, elle s'adonnait à de nouvelles activités : galeries, musées, bars à vin tendance sur les quais d'Exeter. Ils discutaient art et musique, échangeaient des idées, achetaient des beaux livres qu'ils lisaient vraiment, s'offraient le plus naturellement du monde des virées le week-end.

Elin n'était pas habituée à tout cela. Avant de rencontrer Will, elle menait une vie résolument dépourvue de culture : télévision ou lecture de magazines bas de gamme le samedi soir, poulet au curry, sorties au pub.

Elle aurait dû savoir que cette nouvelle existence ne durerait pas. Elle aurait dû deviner, au plus profond d'elle-même, que la véritable Elin referait surface un jour. La solitaire. L'introvertie. Celle pour qui il était plus facile de fuir que de tendre la main vers l'autre.

En repensant à ces quelques mois où tout a fonctionné à la perfection, Elin se reproche son insouciance d'alors. Si elle avait su que ce bonheur ne tenait qu'à un fil, était à deux doigts de voler en éclats, elle s'y serait mieux accrochée.

Tout a changé en quelques semaines. Les malheurs ont fondu sur elle avec une synchronisation parfaite. Le traitement suivi par sa mère a cessé d'être efficace, une nouvelle patronne est arrivée et une enquête difficile lui a été confiée.

Sous tant de pression, elle a opté pour la fuite. Elle s'est repliée sur elle-même, refusant de confier à Will ce qu'elle ressentait. Presque immédiatement, elle a perçu une évolution dans leur relation. La femme qu'elle était devenue ne lui suffisait pas. Leur couple n'avait plus de sens.

Les limites qu'elle a imposées et qui ont semblé parfaitement convenir à Will dans un premier temps – l'espace dont elle avait besoin, son indépendance, ou encore les soirées qu'elle souhaitait passer seule à se laisser vivre – se sont muées en obstacles.

Elin a senti qu'il la testait subtilement, comme les enfants titillent une dent de lait sur le point de tomber, en lui proposant de sortir le soir en semaine, de l'accompagner pour des vacances avec ses amis ou de dormir plus souvent chez lui.

Elle a compris que s'il ne recevait plus tout ce qu'il avait jusque-là réussi à obtenir d'elle, alors il voudrait aller plus loin, qu'elle dévoile une autre partie encore cachée de sa personnalité. Un engagement. Des certitudes. Will souhaitait que leurs vies se rapprochent, s'unissent, s'emmêlent.

Le moment critique est survenu six mois auparavant. Dans leur restaurant thaï préféré, il a proposé qu'ils s'installent tous les deux dans un nouvel appartement. « On est ensemble depuis plus de deux ans, Elin. Ce ne serait pas une folie… »

Elin a décliné son offre en s'excusant, mais elle a conscience que la patience de Will n'est pas éternelle. Elle doit prendre une décision. Le temps presse.

— El…

Elin se retourne et laisse échapper un petit cri.

Isaac.

Isaac est là.

7

Submergée de terreur, Adèle tente de fuir à quatre pattes. L'emprise sur sa cheville se détend. Dans son dos, elle entend un grognement, un bruissement agité. Pas un mot d'excuse. Rien n'indique qu'il s'agit d'un accident. Quelqu'un était tapi dans l'obscurité et l'attendait pour la faire trébucher. Elle chasse les questions qui défilent dans sa tête ; elle doit filer. S'enfuir.

Enfin, elle trouve la force de se relever et s'élance en courant. N'osant pas se retourner, elle considère l'étendue sombre qui se présente face à elle. *Réfléchis, Adèle. Réfléchis !*

Regagner l'hôtel n'est pas une solution car il lui faudra sortir son passe pour ouvrir la porte, ce qui lui prendra trop de temps – son agresseur la rattrapera.

La forêt.

Si elle parvient à l'atteindre, à se fondre dans l'obscurité des feuillages, alors peut-être sèmera-t-elle son chasseur. Elle s'engage à toutes jambes sur la légère côte menant à la lisière de la zone boisée. Derrière elle, les bruits de pas se font toujours entendre, ainsi qu'une respiration.

Elle aura peut-être un avantage sur ce sentier qu'elle

connaît pour l'avoir arpenté en été. Il s'enfonce paisiblement dans la forêt et franchit quelques-uns des ruisseaux qui dévalent le flanc de la montagne, apportant l'eau fondue du glacier à la vallée.

Ces chemins, qui rejoignent une voie principale, sont empruntés par les cyclistes en été. Elle décide de modifier sa trajectoire pour se lancer sur l'un d'eux ; cela l'aidera à se débarrasser de son poursuivant.

Le corps dopé à l'adrénaline, elle court, ses bottines fendant la couche de neige. Bien qu'à bout de souffle en seulement quelques minutes, elle est certaine d'avoir semé l'inconnu – elle ne l'entend plus.

Vingt mètres plus loin, elle applique son plan. Après avoir viré sur la gauche, elle plonge au cœur d'un modeste bosquet de sapins et se tapit dans l'ombre. Un filet de sueur se forme sur sa colonne vertébrale. Elle ose à peine respirer.

Et s'il repère ses traces de pas dans la neige ? Elles le guideront droit vers elle… Il ne lui reste plus qu'à espérer qu'elles soient peu visibles sur la couche de neige irrégulière, parmi les congères massées contre les rochers et les branches mortes.

Enfin, elle l'entend passer. Elle perçoit nettement les sons étouffés d'un individu qui court. Revenant sur ses pas, elle s'élance sur le sentier puis sur un chemin qui part sur la droite. Elle jette un regard derrière elle, afin de localiser l'inconnu, mais elle ne voit que des arbres et de la neige. La forêt est trop dense. Écartant les branches des deux bras, elle progresse lentement et prudemment à travers la végétation.

Soudain, elle s'arrête net en raison d'un mouvement sur sa gauche. Un coup d'œil la rassure ; ce n'est qu'une marmotte surgie d'un monticule de neige. La petite créature s'ébroue pour chasser quelques flocons de sa fourrure, puis, après avoir observé Adèle un bref instant, disparaît dans les buissons.

Un autre mouvement. Un autre bruit. Une toux.

Et merde. Il l'a retrouvée…

Elle fait appel à ses neurones.

La cabane… L'abri qui sert de réserve à l'hôtel. Il se trouve tout près, un peu plus bas, elle en est certaine, sur un sentier parallèle.

Si elle y parvient avec quelques mètres d'avance sur le fantôme, peut-être pourra-t-elle s'y terrer. Il est possible que ce refuge soit fermé à clé, certes, mais avec un peu de chance…

Encore du bruit. Une respiration.

Reste calme, s'ordonne-t-elle. *Tu es tout près du but.*

Elle recule de quelques centimètres.

Silence.

Après une longue et discrète expiration, Adèle décide de jouer son va-tout et redescend lentement vers la vallée. Elle a beau guetter l'apparition de la cabane entre les feuilles, rien ne se présente. Elle ne voit que la forêt. Et toujours plus de neige.

Elle lâche un juron à mi-voix ; ne serait-elle pas montée trop haut sur le premier sentier ? Celui qu'elle suit maintenant ne lui ressemble pas du tout…

Les yeux embués de larmes, elle comprend qu'elle s'est trompée à cause de la neige qui masque les points de repère habituels, les rochers, les souches d'arbres et les clairières. Elle n'a plus qu'à regagner le sentier principal, à présent. Rebrousser chemin et rentrer par où elle est venue…

Une brindille craque dans son dos… Adèle se retourne vivement. Une silhouette se dresse face à elle.

Une silhouette sans visage.

Elle cligne des paupières, mais ses larmes floutent la forme humaine. *Ce n'est qu'un rêve*, espère-t-elle en s'essuyant les yeux. Ce n'est rien d'autre qu'un cauchemar. Peut-être s'est-elle allongée sur le lit, dans la dernière chambre, et s'est-elle endormie…

Tandis que sa vision se fait plus nette, elle se rend compte qu'elle est bel et bien éveillée et non victime d'une hallucination. Si la personne qui se trouve devant elle n'a pas de visage, c'est parce qu'elle porte un masque.

De côté, cet accessoire évoque un masque chirurgical, avec ses fines lanières sur les joues et passées sur la nuque, mais de face, Adèle comprend que c'est autre chose.

Un masque à gaz, se dit-elle, saisie d'une terreur glacée, en détaillant le tube à nervures qui relie la bouche au nez. Un masque à gaz un peu étrange, si gros qu'il dissimule tout le visage de l'individu.

Celui-ci s'approche d'Adèle, qui sent ses genoux se dérober sous elle.

Il n'est plus question de s'enfuir en courant. Elle en est totalement incapable.

8

Elin se raidit. Elle regrette d'être venue. Jamais elle n'aurait dû accepter cette invitation…

Isaac s'approche, hésite une seconde, puis l'attire à lui, ce qui fait déferler en elle une véritable onde de choc.

Les cheveux de son frère, plus longs qu'autrefois – des boucles sombres tombent sous sa mâchoire –, effleurent le visage d'Elin. Son odeur a également changé, devenue un mélange de tabac et d'un savon inconnu.

Elle ferme les yeux. Trop tard. Les images surgissent l'une après l'autre, au hasard, entremêlées.

Une mer scintillante nappée d'écume blanche. De l'eau épaissie d'algues versée dans des seaux rouges. Les mouettes qui piaillent.

Isaac recule d'un pas et regarde Elin, qui décèle dans ses yeux un étrange mélange d'émotions. De l'amour ? De la peur ? Impossible de le préciser. Elle ne sait plus lire sur son visage ; le temps a brouillé cette capacité. Il est la seule famille qui lui reste et pourtant il est presque devenu un étranger pour elle ; ce constat la fait souffrir.

Il se racle la gorge et se gratte une paupière, du côté

du canal lacrymal. Ce geste est coutumier de sa part, car il souffre d'eczéma – son enfance a été rythmée par les poussées déclenchées par divers facteurs tels que la chaleur, les vêtements synthétiques ou encore le stress.

— On a vu l'arrivée du minibus, dit-il. Laure était certaine que vous n'aviez pas eu le temps d'attraper si tôt le funiculaire, mais j'ai tout de même voulu vérifier…

— On a réussi à le prendre plus tôt que prévu, explique Elin, qui doit se faire violence pour articuler ces mots. Où est Laure ?

— Elle a été appelée par sa patronne pour régler un détail à propos de la réception. Elle n'en a pas pour longtemps. (Isaac se tourne vers Will.) Heureux de faire enfin ta connaissance, mec.

Il lui serre vigoureusement la main et se penche légèrement pour une vague étreinte. Il donne quelques tapes dans le dos du compagnon d'Elin, qu'il domine de toute sa taille. C'est un comportement typiquement masculin qui a pour vocation d'affirmer sa position ; cette intrusion subtile dans l'espace intime de Will lui sert à en prendre le contrôle.

Will ne perçoit rien de tout cela et répond, tout sourire :

— Moi aussi ! Et félicitations, quelle nouvelle !

— Je pourrais te dire la même chose. Tu sais que tu as accompli un exploit que je pensais impossible ?

— Comment ça ?

— Elin, précise Isaac, le menton tendu vers sa sœur.

Un silence passe. Will se raidit et redresse les épaules, la mâchoire en avant, réaction qu'il n'a que lorsqu'il se sent menacé. Il rougit, ce qui est rare chez lui, car il n'est que très rarement embarrassé, mais il faut dire qu'Isaac a toujours eu le chic pour déstabiliser et mettre à cran les gens.

— Ma sœur est casée grâce à toi ! ajoute Isaac, après avoir brisé le silence d'un grand rire. Je n'y croyais plus ! Cela dit, elle a toujours été très secrète.

Ils rient tous les trois de cette vanne clichée, mais Elin a saisi son intention. Il lui montre qu'il sait toujours lire en elle, qu'il est toujours aux commandes.

— Je pourrais en dire autant te concernant, réplique-t-elle, pour aussitôt regretter ses paroles.

Sa réaction a été trop tardive, trop forte, trop cassante, trop chargée de sous-entendus, si bien qu'elle tombe à plat. Les joues en feu, elle détourne le regard.

Will change de sujet :

— Quand êtes-vous arrivés, Laure et toi ?

— Il y a quelques jours. On avait prévu de skier mais les remontées mécaniques ont été fermées. (Il tend le menton vers les tourbillons de neige, à l'extérieur.) C'est comme ça depuis qu'on est arrivés.

Elin se rappelle qu'il se débrouille très bien à ski. Il a passé une année sabbatique en France, avant son troisième cycle d'études, ainsi que quelques vacances. Il a vécu à la dure pendant cette période, travaillant et économisant. Sans héritage ni coup de pouce financier parental, ils n'ont pas eu la vie facile, tous les deux.

Il semble affûté, juge-t-elle en examinant les contours de ses muscles à travers sa chemise. Et fort. Comme elle, il a maigri et ses traits se sont affinés, cependant ses yeux bleus sont restés les mêmes – immenses et intenses. Illisibles. Si elles le voyaient en cet instant, les amies de classe d'Elin diraient qu'il n'a pas changé, avec sa barbe de trois jours et son allure débraillée, que c'est toujours le même batteur de rock indé.

— Quand les autres doivent-ils arriver ? s'enquiert-elle.

— D'ici quelques jours. On a pensé que ce serait sympa que Will et toi nous rejoigniez les premiers pour une sorte de fête d'avant fiançailles, un peu de temps en famille.

Il effleure le pendentif d'Elin :

— Je vois que tu le portes toujours.

Elin tressaille et, d'instinct, enferme le crochet argenté dans le creux de sa main pour empêcher son frère de le toucher. Isaac retire sa main et désigne le hall d'un grand geste :

— Alors, que penses-tu de cet endroit ?

Elin se crispe car elle reconnaît le ton de la voix de son frère. Il attend sa réaction au fait que cet établissement a autrefois été un sanatorium, mais également au minimalisme étudié du décor… Il veut qu'elle en soit gênée.

— C'est fantastique. Unique.

Cherchant par réflexe à rejeter ses cheveux en arrière, elle se rappelle qu'ils sont courts, désormais. Cette nouveauté date d'après la mort de sa mère.

— Et toi, Will ? relance Isaac. Qu'en pense l'architecte ?

Tandis que son compagnon s'enthousiasme, en terrain familier, citant précisément les expressions qu'elle a prédites, et même davantage, évoquant la « netteté, l'exécution parfaite et la retenue idéale » des lieux, Elin observe Isaac. *Il n'a pas vraiment changé*, se dit-elle. Il n'écoute déjà plus Will, et son regard se pose imperceptiblement sur elle. Un regard bref mais lourd, qui dit tant de choses. Il lui indique que Will le barbe, qu'il sait qu'elle en a conscience et, pire encore, qu'il sait que Will n'a rien remarqué. *Il est plus que jamais lui-même.*

Quelques minutes plus tard, Will se tourne vers elle :

— Je demandais à Isaac comment il a fait sa demande en mariage.

— Ah oui, je…

Elle n'a pas le loisir d'achever sa phrase :

— De façon efficace, je ne vois pas comment mieux la décrire. Il a glissé la bague de fiançailles dans ma botte de ski.

C'est Laure.

Elle s'est subitement matérialisée derrière Isaac. Souriante et rougissant légèrement, elle étreint vaguement Elin puis s'écarte pour saluer Will.

Incapable de réprimer un élan de jalousie en voyant Will contenir un instant trop tard une mimique admirative, Elin constate que les photos récentes de Laure qu'elle a vues ne lui rendaient pas justice ; cette femme fait partie de ces personnes qui ne rayonnent qu'en chair et en os. Ses traits assurés, sans compromis, complètent ses yeux noirs et une frange parfaitement horizontale coupée juste au-dessus d'épais sourcils bien dessinés.

Elle a changé. Elle a aujourd'hui un maintien et un calme qu'elle ne possédait pas autrefois. La Laure dont Elin se souvient était plus détendue, l'air plus candide, ouverte. Désormais, ses traits semblent plus durs.

Elle est vêtue d'une façon qu'Elin n'aurait pas un instant envisagée. Celle-ci s'efforce de ne pas détailler trop ouvertement son jean gris taille haute et ses deux ou trois maillots de corps enfilés les uns sur les autres sous un gilet vert citron finement tricoté. Son écharpe, également grise, est négligemment enroulée autour de son cou, et elle porte des bracelets en argent.

— Désolée de vous avoir prévenus si tard, s'excuse-t-elle. Tout s'est décidé à la dernière minute…

C'est un euphémisme. Elin n'a reçu l'invitation que le mois précédent, un colis renfermant la brochure avec son Post-it fluo, sur lequel étaient inscrits ces mots :

« Nous nous sommes fiancés et nous fêtons l'événement dans cet hôtel. (Une flèche était tracée vers la brochure.) Tu n'auras que le voyage à payer – Laure travaille dans cet établissement. Tiens-moi au courant. Tu as mon numéro. Isaac. »

Cette invitation était inattendue ; depuis que son frère s'est installé en Suisse, près de quatre ans plus tôt, leurs contacts ont été au mieux sporadiques. Quelques e-mails et appels téléphoniques, pas davantage.

Il l'a tenue au courant de l'évolution de sa vie par bribes – sa nouvelle compagne, Laure, son poste de maître de conférences à l'université de Lausanne, mais c'est à peu près tout. Il est fréquent que plusieurs mois s'écoulent sans qu'ils communiquent.

Même l'enterrement de leur mère ne l'a pas incité à se rapprocher d'elle. Il s'est réfugié derrière des prétextes bidon tel que « je ne peux pas laisser tomber le boulot » ou encore « une urgence avec un étudiant ». Ce souvenir piquant, acide, donne envie à Elin d'avaler sa salive, comme si un morceau de viande caoutchouteuse était coincé dans sa gorge.

Laure l'observe, l'air perplexe :

— Tu ne ressembles pas… dit-elle, avant d'hésiter. Je me rappelle que…

Sa voix s'estompe de nouveau.

— Quoi ? réagit Elin sur un ton cassant. De quoi tu te souviens ?

Laure sourit, aucunement stressée :

— Non, rien. Ça fait longtemps, c'est tout.

Will jette un regard appuyé sur Elin, laquelle n'a aucun mal à deviner la question qu'il sous-entend : elle ne lui a jamais révélé qu'elle connaît Laure, que leurs chemins se sont croisés autrefois.

— Ça vous tenterait de dîner avec nous ce soir ? propose Isaac. Mais on peut remettre ça à demain, si vous êtes trop fatigués.

— Non, ce serait sympa. Vers quelle heure ? répond Elin avec un empressement qui la gêne après coup.

— Aux alentours de 19 heures ? dit Isaac en se tournant vers Laure, qui acquiesce. Mais avant ça, il faut qu'on vous fasse visiter les lieux. Je…

Il n'achève pas sa phrase, interrompu par un claquement sonore, le bruit d'une vitre qui vole en éclats. Un courant d'air glacé s'engouffre dans le hall, réduisant à néant le bourdonnement des conversations.

Tout le monde s'est tu.

Elin se retourne, le cœur battant. Une fenêtre claque furieusement sur ses charnières, tandis que des débris de verre et d'énormes lis blancs se partagent une mare d'eau grandissante.

Bien que consciente qu'il n'y a là aucun danger – une fenêtre a simplement cédé sous la puissance de la tempête, renversant un vase –, Elin sent son cœur qui s'emballe et l'adrénaline qui se propage à toute allure dans son système sanguin. Elle serre les poings malgré elle, jusqu'à enfoncer ses ongles dans ses paumes.

Un employé de l'hôtel fait son apparition, referme

la fenêtre et demande aux clients de s'écarter des morceaux de verre.

Elin ouvre les mains ; ses paumes sont marquées par ses ongles. Des demi-lunes. Des croissants parfaits.

9

Dehors, la tempête gagne en vigueur. La neige, soufflée par un vent furieux, fouette les panneaux de verre. Rien de cela ne distrait Laure, qui guide Elin et Will dans l'hôtel avec une efficacité parfaite. Du restaurant à l'espace salon, de la bibliothèque au bar.

Le verre est omniprésent, ainsi que les murs blancs, formant un tout des plus austères.

— Et le meilleur pour la fin… dit Laure, ouvrant une porte au fond d'un couloir. Le spa.

La réception de l'endroit est vaste, avec une paroi faite d'immenses plaques de marbre gris veiné de traînées noires. Un luminaire aussi abstrait que celui du hall, mélange complexe de fils métalliques piquetés de minuscules ampoules, est suspendu au plafond, au-dessus de l'employée chargée de l'accueil.

— C'est du stuc marmorino, explique Laure, effleurant le mur. On l'obtient à partir de poussière de marbre et de mastic de chaux. C'est ce qui donne cette illusion de daim. Il capte la lumière et évolue au fil de la journée. On retrouve ici l'effet voulu sur les murs de l'ancien sanatorium, qui, bien que mats de façon à ne pas éblouir les patients, restaient lumineux.

Malgré le volume de la pièce et son haut plafond, il y fait une chaleur insupportable, et l'air épais est saturé d'un parfum de menthe et d'eucalyptus. Dans un coin, Elin remarque comme dans le hall une boîte en verre suspendue au plafond. Elle renferme un casque à visière, sans doute en cuivre, avec son texte explicatif : « CASQUE CLIAS : casque de pompier adapté en instrument de rééducation. Servait à renforcer les muscles du cou. »

Isaac suit son regard :

— Ça fait partie de l'« histoire » de l'endroit, dit-il, mimant des guillemets du bout des doigts. On trouve des artefacts de l'ancien sanatorium dans la plupart des parties communes.

Elin hoche la tête, déroutée.

Laure murmure quelques mots à la réceptionniste puis revient à ses invités :

— Margot vous fera visiter le spa plus en détail un peu plus tard. Pour le moment, je vous fais découvrir la piscine, le joyau des lieux.

Sa voix n'est plus la même, plus forte, presque plus noble. En tant que directrice adjointe, elle est clairement habituée à donner des ordres.

Elin l'imagine gérant des clients, des employés, répondant à des questions, donnant des instructions. En l'observant, elle éprouve un sentiment d'infériorité. Ont-elles vraiment le même âge, Laure et elle ? Laure semble plus âgée, une authentique adulte, une meneuse. Cela dit, elle a peut-être toujours été comme ça, songe Elin.

Elle revoit en pensée leur première rencontre. À huit ans, Laure était minuscule et sèche, avec deux épaisses tresses dans le dos. Elle savait d'instinct quel était son rôle en ce monde : commander, organiser, proposer des jeux, distribuer les personnages. « Tu es la sirène et moi le pirate. » Ses camarades ne la contredisaient jamais, trop heureux de participer à ses jeux.

Et Elin sait pourquoi : Laure dégageait un charisme qu'elle-même n'avait jamais eu. *Elle se foutait de tout.*

Laure assumait pleinement celle qu'elle était. Elin lui enviait ses certitudes, la solidité qui semblait l'ancrer au monde. À l'inverse, Elin s'inquiétait d'un rien ; n'était-elle pas trop discrète ? Trop bruyante ? Pas assez cool ?

Malgré cela, leurs différences n'avaient jamais été un frein à leur solide amitié, qu'elles prenaient toutes deux soin d'entretenir, surtout Elin, car Laure était sa première véritable amie. C'était la première fille à l'avoir acceptée telle qu'elle était, à ne pas avoir cherché à la changer, à ne pas rire parce qu'elle n'était pas comme les autres.

Vois comme tu l'as récompensée, grince une petite voix dans sa tête. *Elle t'a acceptée, elle est devenue ton amie, et regarde ce que tu as fait.*

Laure ouvre une grande porte sur sa droite. Elin la suit dans ce passage et cligne des yeux, aveuglée par la luminosité soudaine. Le bassin est entouré de parois de verre. Ainsi, sa première vision de cet espace n'est pas la piscine proprement dite mais la neige tourbillonnant à l'extérieur, avec pour toile de fond un gigantesque ciel gris acier.

De l'autre côté des baies vitrées, elle distingue une terrasse en bois et plusieurs bassins extérieurs. Dans le plus proche, qui frôle les panneaux de verre, de la vapeur d'eau s'élève paresseusement en tourbillons dans les airs.

— Je ne m'attendais pas à ça, avoue Will après un petit sifflement.

— Une extension a été bâtie afin de profiter au mieux de la vue, explique Laure, dont la voix résonne dans le vaste volume. Tout ce verre, c'est délibéré, bien entendu. Par beau temps, on jouit ici d'une vue à trois cent soixante degrés sur les montagnes et la lumière naturelle…

— Oui, j'ai justement décrit à Elin l'importance de la lumière dans la conception de cet endroit. Les architectes estimaient qu'elle aidait les patients à guérir.

— En effet, dit Laure, qui se retourne. Les soins apportés aux tuberculeux étaient essentiellement d'ordre environnemental, à l'époque. De l'air frais et du soleil. On pensait alors que les rayons ultraviolets étaient bénéfiques, aussi les patients étaient-ils installés sur les balcons et les terrasses pour en profiter, même en hiver.

Elin a du mal à assimiler l'ensemble, la neige et l'eau miroitante, l'extérieur et l'intérieur. Ce spectacle a quelque chose d'étourdissant. Elle se sent affreusement vulnérable, comme si aucune barrière ne la protégeait de la tempête. Les doigts sur les tempes, elle se détourne des immenses baies vitrées, des tonnes de neige volante.

— Ça va, El ? s'inquiète Will.

— Oui, j'ai seulement la tête qui tourne un peu.

— C'est sans doute dû à l'altitude, assure Laure. Pour un établissement accueillant du public, nous sommes situés très haut – à plus de deux mille deux cents mètres.

— Non, ce n'est pas ça, dit lentement Isaac. Ça t'arrivait souvent quand on était enfants. Tu te sentais mal à l'aise à la moindre nouveauté.

— Tais-toi, Isaac, lâche-t-elle, plus sèchement que prévu. Ça ne veut rien dire, je ne suis plus une gamine.

Il lève les mains en un geste défensif.

— Du calme, je disais juste que…

Il se tait et secoue la tête. Elin est furieuse ; ce comportement de frère attentionné n'est qu'une comédie ; son sourire supérieur, quoique fugace, ne lui a pas échappé.

Quand ils étaient enfants, il ne cessait d'orienter la conversation de façon à exposer sa sœur, à la rendre vulnérable. Elle se revoit parler à sa mère d'une nouvelle amie, pendant le dîner ; Isaac a aussitôt réagi avec un commentaire désobligeant : « On nous a changé notre Elin, la fille bizarre qui d'habitude est toujours toute seule ! »

Will la prend par la main et la serre :

— On y va ?

— Oui, lui répond-elle, reconnaissante, avant de jeter un regard en direction du bassin.

Celui-ci est nettement plus vaste que ceux qu'on trouve habituellement dans les hôtels. Le fond et les parois sont là encore couverts de tuiles de marbre gris striées de minuscules veines vacillant telles des flammes sous la surface ondulante. Dans l'eau se reflètent aussi les mirages chatoyants des forêts enneigées.

Le bassin n'accueille en cet instant qu'une femme en maillot de bain noir qui enchaîne les longueurs, son corps musclé illuminé par les spots disposés sous la surface. Ses bras et ses jambes fendent l'eau au rythme de son crawl d'athlète.

— Ce ne serait pas Cécile, par hasard ? dit Isaac, les sourcils froncés.

Laure suit son regard et se raidit.

— Cécile ? répète Elin, intriguée.

— Cécile Caron, la directrice de l'hôtel, précise Laure d'une voix crispée. C'est la sœur du propriétaire. Elle nage tous les jours ; plus jeune, elle a fait de la compétition au niveau national.

— Ça se voit, dit Elin, fascinée par les gestes pleins d'aisance de la nageuse.

— Tu aimes nager ? lui demande Laure, qui a suivi son regard.

Elin rougit, le dos et le cou soudain inondés d'une bouffée de chaleur. Submergée par l'habituelle vague de honte, de peur et de frustration, elle comprend qu'Isaac n'a jamais expliqué à sa fiancée combien les choses ont changé après la mort de Sam.

Il ne lui a rien dit sur ce qui s'est passé autrefois.

10

C'est avec un soulagement infini qu'Elin s'éloigne de la piscine. Expirant violemment, elle s'appuie contre un mur, la respiration laborieuse.

Qu'est-ce qui ne va pas chez elle ? Elle est censée être en congé, se détendre. Mais elle sait que ne pas travailler a un inconvénient : son esprit passe en mode hyperactif tout en ayant la sensation de ne plus servir à rien.

C'est ton choix, se rappelle-t-elle, songeant au texto envoyé par Anna, sa capitaine, une semaine plus tôt.

« J'ai parlé à Jo. Il nous faut ta décision à la fin du mois. À +. »

Deux semaines. Elin a deux semaines pour décider si elle souhaite mettre un terme à son congé longue durée et réintégrer la police. Elle n'a pas encore répondu car elle ne sait que dire. Elle revoit sa dernière conversation avec Anna, dont la frustration et la déception ne lui ont pas échappé. « Tu es une trop bonne enquêtrice de police pour laisser tomber, Elin. »

Inspectrice.

Même ce simple mot la blesse. Il sous-entend trop de choses – pas seulement des espoirs et des rêves, mais aussi du sang, de la sueur, du boulot, du temps passé en uniforme, des examens, des entretiens…

Aujourd'hui, tout cela est remis en question.

Chassant ces pensées, Elin suit Laure dans le couloir. Un peu plus loin, deux hommes sont en pleine conversation.

Laure ralentit, et Elin surprend le regard qu'elle échange avec Isaac.

— Qui est-ce ? s'enquiert-elle.

— Un employé et le propriétaire de l'hôtel, Lucas Caron.

Laure rejette en arrière une mèche de cheveux imaginaire d'une main tremblante.

Elle est troublée. Pourquoi ?

— Il n'était pas parti ? murmure Isaac.

Laure hoche la tête :

— Si, avec Cécile. Ils n'étaient pas censés être de retour avant la semaine prochaine.

— Voici donc le fameux Lucas Caron… dit Will, qui n'a pas quitté des yeux le barbu blond.

Elin considère cet homme et comprend ce qui a éveillé l'intérêt de son compagnon. Lucas Caron possède une aura impressionnante ; c'est clairement quelqu'un de puissant, d'important. Un chef.

Grand et athlétique, il doit surtout son charisme à sa posture, jambes écartées, et à ses grands gestes. Seuls les individus influents et fortunés sont dotés de la conviction instinctive qu'ils ont le droit de s'approprier tant d'espace.

Ses bottes de randonnées et ses vêtements ordinaires – polaire grise et pantalon de sport – ne font qu'amplifier cet effet, telle une carte de visite indiquant : « Je suis si important que je n'ai pas besoin de l'afficher. »

— Tu as entendu parler de lui ? demande Isaac à Will.

— On parle beaucoup de lui dans le monde de l'architecture… de son style et de son approche qui renversent tout sur leur passage. (Will hésite un instant.) Si ça ne te pose pas trop de souci, je serai ravi de lui être présenté.

— Je suis certain que Laure peut arranger ça, mais je ferais attention à ta place, dit Isaac sur un ton léger. Il ne porte pas bonheur aux architectes…

— Isaac… le reprend Laure avec un regard d'avertissement.

— Tu penses à Daniel Lemaître ? dit aussitôt Will.

— Tu es au courant ? s'étonne Isaac.

— L'architecture est un monde minuscule, sourit Will. On n'a toujours pas retrouvé son corps ?

— Non, répond Laure.

— Que s'est-il passé ? demande Elin, les yeux toujours rivés sur Lucas Caron.

— Daniel était l'architecte en chef de l'hôtel. Il a disparu peu avant le lancement des travaux. Un soir, il n'est pas rentré chez lui. Il est parti d'ici dans l'après-midi, et personne ne l'a jamais revu. Sa voiture était toujours là, sur le parking, mais il n'a plus donné signe de vie. Il s'est envolé. (Isaac claque des doigts.) Pas de traces de pas, rien du tout. On n'a jamais retrouvé son sac, ni son téléphone.

— Ça a fait la une des journaux, à l'époque, ajoute Laure. Cécile et Lucas le connaissaient bien ; ils étaient amis d'enfance. Lucas a été dévasté. Le projet a été suspendu un temps. L'hôtel devait ouvrir en 2017 mais cela ne s'est fait qu'un an plus tard.

— Personne ne sait ce qui est arrivé à Daniel ? insiste Will.

— Des théories ont été avancées. Certains ont prétendu qu'il avait des ennuis avec ses affaires. (Isaac hausse les épaules.) Il se serait développé trop vite, ce qui lui aurait valu des problèmes d'argent…

— Les gens ont cru qu'il avait décampé ?

— Oui, ou alors…

— Tais-toi, Isaac, il va t'entendre ! intervient Laure. Bon, je crois qu'on a fait le tour du spa.

— Merci, je… commence Elin, qui s'interrompt lorsque son regard se pose sur la porte près de laquelle se tient Laure.

Sans commune mesure avec ce qu'elle a vu dans l'hôtel jusqu'à présent, ce panneau est finement orné de sculptures de sapins et de pics montagneux.

— Sur quoi donne cette porte ? s'enquiert-elle.

Laure serre son écharpe avant de répondre :

— C'était autrefois une salle de consultation. Elle est aujourd'hui fermée ; les clients n'y ont pas accès.

— Elle est vide ?

— Non, pas vraiment, dit Laure, rajustant de nouveau son écharpe. C'est une salle d'archives, en quelque sorte. Des artefacts datant de l'époque du sanatorium y sont entreposés. Il était prévu d'en faire un mini-musée, de façon que nos clients en apprennent un peu plus sur l'histoire de l'hôtel.

— Ça ne s'est pas fait, finalement ?

— Ce projet a été reporté. (Laure hésite un instant, puis se décide.) Si ça t'intéresse, tu peux y jeter un coup d'œil.

— Pas maintenant, Laure, intervient Isaac. Ils ont certainement hâte de défaire leurs bagages.

— Bien sûr, convient Laure. Une autre fois, alors.

— Non, je serais ravie de découvrir cette pièce dès maintenant, assure Elin. Je suis fan de tout ce qui touche à l'Histoire.

Même si elle dit vrai, elle remarque le ton de défi qui lui est naturellement venu. Tel est l'effet que produit Isaac sur elle ; il la rend plus irritable, plus pugnace.

— On vient d'arriver, Elin, s'agace Will. J'ai envie de m'installer dans notre chambre.

— Vas-y, si tu veux. Isaac va t'accompagner. Moi, je reste avec Laure, on n'en a pas pour longtemps.

— D'accord, dit-il, les dents serrées. On se retrouve dans la chambre.

Non sans un léger trouble, Elin suit des yeux son frère et son compagnon qui s'éloignent. Est-ce vraiment une bonne idée de farfouiller dans un lieu interdit au public ?

— Écoute, si tu n'es pas censée me faire entrer dans cette pièce, ce n'est pas grave, laissons tomber, je…

— Ça ne pose aucun problème, sourit Laure. Mais je te préviens, c'est un sacré bazar. Tout ce qui a été récupéré pendant la rénovation a été fourré là-dedans.

Sur ces mots, elle glisse une clé dans la serrure et ouvre la porte.

— Ah oui, en effet, tu n'exagérais pas, murmure Elin.

Dans cette pièce sont empilés jusqu'au plafond ou presque divers instruments médicaux : aspirateurs, bouteilles, un antique fauteuil roulant, ainsi que d'étranges appareils en verre dont elle est incapable de deviner l'usage. Tout est couvert d'une fine pellicule de poussière. Il n'y a là aucun semblant d'ordre : certains objets sont entassés dans des cartons, d'autres abandonnés à même le sol. Parmi le matériel médical, on remarque des fournitures de bureau – des cartons et des meubles de rangement.

— Je t'avais prévenue, dit Laure, un sourcil haussé.

— Ça va, j'ai vu pire.

Chez moi, par exemple. Le désordre s'est imposé dans son appartement. Ses placards débordent, ses livres s'accumulent en piles et ses vêtements sont toujours suspendus à une tige métallique fragile qui se tord sous l'effet de cette charge trop importante. Elle n'a ni la volonté ni l'énergie de remédier à tout cela.

— Intéressant, non ? dit Laure, la regardant droit dans les yeux. Que de choses... Tout ça représente le passé de cet endroit.

Elin perçoit une infime modification dans le comportement de Laure, dont le calme cède la place à une énergie et un enthousiasme familiers, reflets de la fillette qu'elle a connue autrefois. Elle assimile l'ensemble de la pièce. L'air est en cet endroit plus dense qu'ailleurs dans l'hôtel. Suffocant. Épaissi par la poussière, dont elle imagine les particules microscopiques voletant entre les documents.

Elin se force à regarder de plus près l'étagère qui se trouve sur sa droite. En voulant se saisir d'un classeur, elle fait tomber plusieurs feuillets au sol.

— Je les ramasse, dit Laure, avançant d'un pas.

Son pied droit glisse, heureusement Elin la retient par le bras et l'empêche de chuter.

— Je l'ai échappé belle ! lâche Laure en se redressant.

— Ça va ?

— Oui, grâce à tes réflexes.

— J'ai de l'expérience dans le domaine, sourit Elin. La dernière année avant sa mort, maman perdait souvent l'équilibre. Elle en plaisantait, prétendant envisager de remplacer les tapis par des matelas.

Sa voix reste coincée dans sa gorge. Elle se détourne de Laure, horrifiée par les larmes qu'elle ne peut contenir. Son chagrin restera-t-il éternellement si violent ? Si brut, au point d'en être gênant vis-à-vis d'autrui ?

— C'est toi qui t'occupais d'elle ?

— Oui, presque à plein temps les derniers mois. J'avais pris un congé longue durée, alors… (Elle s'écoute se justifier, se dévaloriser, puis rectifier.) Je tenais à le faire. Des aides à domicile passaient également la voir, mais maman aimait m'avoir auprès d'elle.

— J'ignorais que tu t'étais dévouée pour ta mère, souffle Laure.

Elin hausse les épaules.

— Je suis heureuse de l'avoir fait.

Et c'est la vérité. Elle ne saurait mieux l'expliquer. Jusque-là, elle ne s'était jamais imaginée dotée des capacités nécessaires – patience, altruisme –, mais elles lui sont venues naturellement.

S'occuper de sa mère, lui rendre ce qu'elle lui avait apporté, a été un réflexe. Elle a trouvé dans les tâches à remplir, et notamment leur caractère précisément déterminé, quelque chose d'immensément gratifiant, bien loin de l'imprévisibilité de son travail d'enquêtrice et de l'impression de ne jamais aller au fond des choses.

— C'est merveilleux de se consacrer pleinement à quelqu'un, la félicite Laure en l'observant de près, avant d'hésiter un instant. Je suis vraiment désolée, tu sais. Ta mère… était une femme adorable.

Elin cille, prise de court. *Encore un aperçu de l'ancienne Laure.* Celle qui ne craignait pas les émotions, ni les siennes ni celles des autres, sans jamais rien réclamer en retour.

Elle ouvre la bouche, sur le point de répondre, mais ses mots restent coincés dans sa gorge. Leurs regards se croisent, puis Elin détourne le sien.

Elle s'accroupit et rassemble les feuillets tombés par terre. Ce faisant, elle s'aperçoit qu'à ces documents s'ajoutent quelques photos. Sur la première, tremblante, des femmes sont assises dans la véranda. D'une maigreur maladive, elles regardent l'objectif. Elles regardent Elin.

Ce sont des patientes, devine-t-elle, surprise par des frissons tandis qu'elle fait ressurgir le passé de l'hôtel. Elle prend brusquement conscience du peu qui la sépare de cette époque pourtant révolue.

Soudain, Elin sent sa gorge se comprimer. Inspirant de plus en plus difficilement, elle croit voir l'air lui échapper, filer hors de portée. Très vite, sa poitrine se soulève frénétiquement ; elle est prête à jurer que ses poumons s'emplissent non pas d'oxygène, mais d'un liquide sirupeux.

Ne panique pas. Ne te laisse pas dominer par ce mal. Pas ici. Pas en présence de Laure.

— Il y a un problème ? s'inquiète Laure, qui l'observe attentivement.

Elin farfouille dans sa poche et en extirpe son inhalateur.

— Non, ça va, répond-elle en envoyant une longue bouffée de produit dans ses poumons. Je suis asthmatique. Ça empire depuis un an environ, et l'altitude n'arrange rien, je pense. C'est peut-être aussi à cause de la poussière qu'il y a dans cette pièce.

Laure ne la quitte pas du regard.

C'est un mensonge. Son malaise n'est en rien lié à son asthme. D'autre part, ce n'est pas la première fois qu'elle grimpe jusqu'à une telle altitude, et jamais elle n'a éprouvé quoi que ce soit de similaire.

C'est cet endroit. Ce bâtiment.

C'est la seule explication logique. Son organisme réagit à une entité présente ici, à quelque chose de vivant, qui respire, incrusté dans l'ADN de l'édifice, dont il fait autant partie que les murs et les sols.

11

— Ils ne vont pas venir, râle Will, qui, sans cesser de remuer sa cuiller dans les restes de sa mousse au citron, jette un regard à sa compagne.

Faisant mine de ne pas l'avoir entendu, Elin engloutit une grosse portion de sa part de tarte au chocolat. La pâte est douce et friable, mais la texture du chocolat noir et amer est décevante – épaisse et écœurante. Elle repousse son assiette.

— Elin ? insiste Will, cherchant à capter son regard.

Les yeux d'Elin ne quittent pas la table. Entre eux, deux bougies courtaudes laissent couler leur cire sur des assiettes en céramique, leur lueur vacillante éclairant le fil ondulant du bois. Subsistent en outre quelques reliefs du repas, à savoir deux verres de vin à moitié vidés, une carafe d'eau glacée couverte de condensation, ainsi que la corbeille à pain obligatoire que Will refuse systématiquement de laisser tranquille.

— El ? Tu m'écoutes ?

— On a dit vers 19 heures.

Will consulte sa montre.

— Il est 21 heures passées. Je ne crois pas que…

Elin se saisit de son téléphone. Aucun appel en

absence, aucun message. Laure et Isaac ne sont pas venus, tout simplement. En proie à une vive colère, elle s'inonde d'un torrent de reproches. *Il n'a pas changé et ne changera jamais. Pourquoi y ai-je cru ?*

Les yeux embués de larmes de frustration et de honte, elle détourne la tête et fait mine de balayer la pièce du regard. La salle du restaurant est bondée, presque toutes les tables sont prises, et les discussions mêlées forment un bourdonnement sourd. Cet endroit est moins agressif de nuit, juge-t-elle, le blanc éclatant des murs est adouci par la lueur du feu et des bougies. Reste tout de même le verre. Tout ce verre, partout.

Elin en a horreur, tout comme elle déteste que cela la fasse se sentir si vulnérable. Même de nuit, la baie vitrée semble tout dominer ; sur toute la largeur d'une paroi, elle forme comme une scène béante sur laquelle les ténèbres extérieures se mêlent aux reflets criards et hachés de la salle et des clients attablés.

— Je sens que tu es déçue, dit Will, glissant ses doigts dans les siens. Tu t'attendais à... à autre chose de sa part.

Elin se saisit de la carafe et remplit son verre.

— Oui, mais je n'aurais pas dû. C'est... typique de lui. Il a un problème avec le pouvoir. Il prend son pied en sachant que je lui en voudrai. C'est ce qu'il cherche. Il veut provoquer une réaction.

— À propos de réaction, tu ne m'as jamais dit que tu connaissais Laure, fait remarquer Will tout en douceur.

— Ça ne m'a pas paru important, se justifie Elin, hypnotisée par la lueur tremblotante des flammes. C'était il y a une éternité. On était gamines... (Will reste muet, attendant qu'elle poursuive son récit.) Sa mère et la mienne étaient amies depuis l'école. Elle s'est mariée avec un Suisse rencontré alors qu'elle enseignait l'anglais au Japon. Ils se sont installés ici à la naissance de Laure. (Elin hausse les épaules.) Elles ne se rendaient pas souvent visite. Au total, je n'ai vu Laure que trois ou quatre fois.

Elle minimise, c'est le moins qu'on puisse dire. En vérité, Laure et elle étaient inséparables dès l'instant où sa mère – Coralie – et elle débarquaient au mois d'août, chargées de bagages.

Elles passaient des heures à nager, à faire du kayak, à pique-niquer dans les bois, derrière la plage, se régalant de baguettes fourrées de fromage doux et d'énormes tranches de pain d'épices collant.

Quand Laure repartait, Elin avait la sensation que l'été était terminé. Elle passait alors des heures à écrire à son amie et lui téléphonait chaque samedi.

Elin sait pertinemment pourquoi elle offre une version édulcorée de cette histoire à Will. Les souvenirs de Laure en font remonter d'autres, d'elle-même avant la mort de Sam, et elle ne peut s'empêcher de comparer celle qu'elle était autrefois à celle qu'elle est devenue.

Mais ce n'est pas tout ; il y a aussi ce qu'elle s'efforce d'ignorer depuis son arrivée ici : sa culpabilité vis-à-vis de Laure, la façon dont leur amitié s'est brusquement terminée.

— Tu es déjà venue la voir ici ?

— Non. Maman aurait bien aimé, mais on n'était pas bien riches.

— Vous n'êtes pas restées en contact ?

— Non, lâche-t-elle sèchement. Après ce qui est arrivé à Sam, on a coupé les ponts.

Elin se souvient des lettres de Laure, puis, plus tard, des textos. Elin n'y a répondu qu'à contrecœur, et seulement une ou deux fois avant de laisser tomber. C'était plus facile comme ça. Mieux valait mettre un terme à ces échanges. Pas seulement à cause des souvenirs, mais aussi parce que Elin était plus ou moins devenue jalouse de son amie, dont la vie n'avait pas changé, contrairement à la sienne.

Cela lui avait permis de passer à autre chose.

— Tu sais comment Isaac et elle se sont mis ensemble ?

— Ils se sont retrouvés grâce aux réseaux sociaux, je crois. Il a déménagé ici pour le boulot… L'université de Lausanne est proche de Sierre, où Laure habite. Elle l'a aidé à s'installer. Il a agi de façon délibérée, j'en suis à peu près certaine. Il savait que ça me ferait enrager…

— Ignore-le et amuse-toi. Ne lui donne pas ce qu'il attend de toi. Détends-toi. (Will se cale contre le dossier de sa chaise.) Ce… Enfin, ces vacances ne te seront profitables que si tu réussis à oublier ce genre de choses.

— J'essaie, mais cet endroit… dit Elin, considérant la grande salle. Cet hôtel a quelque chose de bizarre, quelque chose de flippant.

— Flippant ? Non, pas du tout, sourit Will. Tu ne l'apprécies pas parce que tu n'es plus dans ton univers familier, c'est tout.

Il ne plaisante qu'à moitié. Même s'il ne le lui a jamais avoué, Elin sait que son inflexibilité l'agace. Incapable de comprendre cette attitude, il la tourne en dérision.

— Tu plaisantes ? lâche Elin avec un sourire contraint. Je suis la spontanéité incarnée. Je peux m'envoler au bout du monde sur un coup de tête.

— Ça, c'était avant, dit Will, redevenu sérieux. À l'époque où on a fait connaissance…

— Tu sais parfaitement ce qui m'est arrivé, rétorque Elin d'une voix peu assurée, une main crispée sur son verre. Tu sais bien ce que j'ai enduré depuis un an.

— Bien sûr, Elin, mais tu ne dois pas laisser ces soucis te détruire. L'affaire Hayler, ta mère, Sam, sans parler de cette tension avec Isaac… Tu fais de tout ça une telle montagne que ça ruine ta vie. Ton monde… se réduit de plus en plus. (Il sourit mais elle devine qu'il se force.) J'attends toujours que tu dises oui pour qu'on parte camper ensemble. J'ai acheté la tente et tout ce qu'il faut…

— Arrête…

Elin repousse sa chaise, horrifiée de se sentir haletante. Elle va de nouveau fondre en larmes, ici, au restaurant, devant Will. C'est un avertissement qu'il lui a lancé à l'instant. À l'image de sa capitaine, il ne compte pas l'attendre éternellement.

Elle se lève, incapable d'affronter la perspective de perdre encore une fois un être cher.

— Elin, je te taquine, c'est tout…

— Non, le coupe-t-elle, submergée par une bouffée de chaleur. Je ne veux pas parler de ça, Will. Pas maintenant. Pas ici.

12

Il est de retour. Adèle entend le raclement de ses pieds et le bruit de succion de sa respiration.

Elle reste immobile, assise le dos contre le mur. Elle n'a pas bougé depuis qu'elle est enfermée ici.

Tends l'oreille. Capte le moindre indice. Ne gaspille pas d'énergie.

Soudain, on la pousse sur le côté, et elle heurte le sol. Une violente douleur se propage dans son épaule et son cou. Elle hurle et se pelotonne sur elle-même, les jambes repliées et les yeux fermés.

N'ouvre pas les yeux. Quoi qu'il se passe, n'ouvre pas les yeux.

Tel est le mantra qu'elle ne cesse de se répéter en pensée. Elle ignore tout de l'endroit où elle se trouve, de son agresseur et de ce qu'il projette pour elle, mais elle devine que son masque, cette horreur sur son visage n'a servi qu'à l'effrayer. Or elle sait que si elle se laisse gagner par la peur, elle sera d'autant plus faible et n'aura plus aucune chance de revoir Gabriel un jour.

Son père lui a expliqué les effets de la peur sur le cerveau, réaction primitive impossible à maîtriser.

Comment appelle-t-on cette partie du cerveau ?

Réfléchis... Tout ce dont elle se souvient, c'est que cette minuscule partie du cerveau, quand elle perçoit une menace, prend le pas sur la pensée consciente de façon que le corps consacre toute son énergie à contrer l'agression. Le problème étant que ce réflexe met plus ou moins le cerveau sur pause. Le cortex cérébral, où sont concentrées les facultés de raisonnement et de jugement, se trouve si dégradé qu'il est impossible de réfléchir à la meilleure réaction pour contrer la crise.

Un autre bruit se fait entendre, peut-être une fermeture Éclair, manifestement suivi d'une fouille. Adèle déglutit. *Qu'est-ce qu'il fiche ?*

Réfléchis ! Réfléchis. Tu as encore du temps devant toi... Tant que tu n'ouvres pas les yeux, tu peux t'en sortir...

Ce n'est qu'au moment où elle sent une main se poser sur elle qu'Adèle comprend que fermer les yeux était une erreur stratégique, que ses facultés de raisonnement ont déjà été amoindries, sans qu'elle s'en rende compte. En fermant les yeux, elle a facilité la tâche à son agresseur. Elle a tué dans l'œuf son unique chance de s'enfuir, si infime soit-elle.

La peur a fait son œuvre dévastatrice.

Adèle ne perçoit pas immédiatement la piqûre car le froid et l'épuisement ont engourdi sa peau. Elle n'enregistre que la pression des doigts. Ce n'est que lorsque la pointe métallique, après avoir traversé la peau, touche le muscle, qu'elle ressent la douleur.

Une douleur sourde.

Elle tente de se débattre, de hurler. Elle ouvre les yeux mais ne voit rien, déjà noyée dans les ténèbres, dans une obscurité impénétrable qui étouffe tout.

13

— Je t'en prie, réagit Will, qui rattrape Elin et lui prend la main. Rassieds-toi.

— C'est au-dessus de mes forces.

Chancelante, Elin se sent de nouveau près de sombrer dans la panique.

— S'il te plaît, Elin, insiste Will, dont l'emprise se fait plus forte. Si tu continues de fuir à la moindre discussion, à quoi bon rester ensemble ? Si nous ne sommes plus capables de partager quoi que ce soit, plus rien ne nous unit.

Elin lève les yeux vers Will. Le visage écarlate, au bord de la colère, son regard reste tout de même chaleureux derrière ses lunettes. Un élan de culpabilité s'abat sur elle : il se fait du souci pour elle, voilà tout. Il souhaite discuter, ce qui est bien normal au sein d'un couple. Normal. Elle doit se comporter normalement, du moins essayer. Pour Will. Enfin, elle cède. Elle hoche la tête et le suit jusqu'à leur table. Will lui effleure le bras.

— Tu veux qu'on en parle ?

— Oui…

Elin hésite. Elle aimerait ne pas le dire, ne pas

relancer le conflit, mais les mots jaillissent de sa bouche sans qu'elle puisse y faire quoi que ce soit :

— Tu t'es trompé, tout à l'heure, en parlant de moi. Je fais tout pour passer à autre chose. Regarde-nous…

— Oui, c'est vrai, mais depuis quelques mois tu es bloquée, Elin. Le passé est comme un obstacle pour toi. Tu n'aimes pas sortir de chez toi, si ce n'est pour aller courir, tu ne fréquentes plus personne… Je t'ai entendue, tu sais, l'autre nuit, au lit. Tu appelais Sam dans un demi-sommeil. Je pensais que tu avais résolu ce problème, que tu avais surmonté ce chagrin, que tu allais mieux.

Que j'allais mieux ? se dit Elin, assimilant cette diatribe. Comment serait-ce possible ? La douleur d'avoir perdu Sam, son petit frère, est ancrée dans chacune de ses cellules. Elle ne sait pas comment gérer cette souffrance. Comment peut-on ne serait-ce qu'envisager d'oublier quelqu'un qui incarne le ciment qui vous maintient en vie, ni plus ni moins ?

Elle sait que c'est difficile pour Will – il veut qu'elle évolue, voir des signes indiquant qu'elle s'en remettra un jour, à défaut d'immédiatement. Parfois, elle se demande s'il a vu un projet en elle le jour où ils se sont rencontrés, à l'image d'un de ces vieux bâtiments ayant besoin d'une rénovation. Quelques retouches et elle serait comme neuve. Sauf que non, ça ne fonctionne pas. Le planning – le planning de Will – n'est pas respecté, et il n'en est pas ravi.

— Ton attitude m'effraie, Elin, poursuit Will. J'ose à peine imaginer jusqu'où ça peut aller. Ton boulot… ne t'attendra pas éternellement, tu le sais très bien.

Bien sûr que je le sais, a-t-elle envie de riposter. *Je*

le sais mais je ne suis pas certaine d'avoir encore envie de faire partie de la police.

Elle ne cesse de se répéter que découvrir la vérité à propos de la mort de Sam arrangera tout le reste, qu'elle sera alors en mesure d'aller de l'avant, mais que se passera-t-il si tel n'est pas le cas ? Si elle reste engluée dans ce statu quo ?

Un sanglot s'échappe de sa gorge et jaillit avec un petit bruit bizarre, entre hoquet et déglutition. Will lui prend la main et la serre vivement :

— Écoute, j'aurais mieux fait de me taire. Je suis épuisé et toi aussi. (Il s'empare de son verre.) Tu as été durement éprouvée en t'occupant de ta mère, le voyage a été interminable aujourd'hui, et maintenant ça…

Il n'a pas tort, reconnaît Elin. Elle a passé les deux dernières soirées à trier les affaires de sa mère jusque très tard. Chaque objet – les livres, les vêtements, les photos fanées encore sous cadre – a fait resurgir des souvenirs qui lui ont donné la sensation d'être étrangement seule, à la dérive. Sa mère est décédée depuis plus de six mois, pourtant la douleur est toujours aussi vive.

Will vide son verre de vin et ajoute à mi-voix :

— Ce qui me fout le plus en rogne, c'est qu'il t'ait laissé te dépatouiller avec les affaires de ta mère, sa maison, les échanges pénibles avec l'Administration, ses effets personnels… Aujourd'hui, tu as pris la peine de te déplacer pour lui, et il continue à jouer avec toi.

— Je sais, dit Elin, à cran. En fait, j'espérais que ça se passerait autrement cette fois. (Will l'interroge du regard.) Il devrait avoir envie d'être avec nous, Will ! Ça ne devrait pas être si difficile… et il nous l'a promis. Il a dit qu'il nous retrouverait pour le dîner.

— Arrête avec ça, l'interrompt Will. On est en train de mordre à l'hameçon. On s'agace, on se pose des questions, on analyse la situation dans tous les sens… C'est exactement ce qu'il espère, d'après ce que tu dis. Oublions-le et profitons de la soirée. (Il s'empare de la carte des boissons et le parcourt rapidement.) Un cocktail ?

Elin hésite puis se redresse.

— Tu as raison, dit-elle, calmée. Profitons de cette soirée.

Will appelle un garçon et, l'index sur la carte, passe commande :

— Apportez-nous ceci… et ceci.

Les boissons servies, il s'esclaffe :

— Ils sont aussi minimalistes que le décor !

En effet, ces cocktails sont on ne peut plus sobres, dépourvus de toute décoration colorée. Le Martini-litchi d'Elin est d'une nuance rosâtre des plus douces, un fruit entier enfourché sur le bord du verre, tandis que le breuvage de Will est quasiment incolore.

Elin s'octroie une gorgée ; la douceur caractéristique du litchi s'impose dans un premier temps, bientôt submergée par l'alcool. La vodka lui brûle la gorge et libère une chaleur soudaine. Ce cocktail est très fort.

— Tu veux goûter le mien ? propose Will, poussant son verre dans sa direction.

Il ponctue ses mots d'un sourire quelque peu crispé. Il se force un peu, pour l'instant, mais d'ici quelques verres ce sourire sera redevenu sincère.

Elin se saisit du bout des doigts du pied du verre, tandis que le poids sur ses épaules se fait plus léger. Will a raison. Elle n'a pas le droit de laisser son frère prendre le dessus sur elle. D'autre part, elle n'est pas venue ici pour renouer des liens familiaux.

Elle est là pour qu'Isaac reconnaisse enfin une fois pour toutes ce qu'il a commis.

14

Will pousse le battant et entre dans la chambre en titubant. D'un geste maladroit, il tente d'introduire la carte magnétique dans la fente du mur. Sans succès : le plastique se plie et glisse au-delà de sa cible.

— Donne-moi ça, dit Elin en riant.

Elle lui prend la carte et l'insère délicatement à l'emplacement prévu. Aussitôt, la chambre s'illumine sous l'éclat des plafonniers. Elin est instantanément surprise par un frisson. Tout la trouble, dans cette pièce, le moindre détail la met sur les nerfs.

Non qu'elle soit vide, puisqu'elle comprend un lit, un canapé, une table et des chaises, mais son œil n'y retrouve pas les éléments de décoration auxquels il peut se raccrocher, à savoir des coussins, des rideaux et des vases. Le cadre du lit fait partie intégrante du mur, guère plus qu'une saillie d'une surface ininterrompue, tout comme la penderie, qui en outre flotte au-dessus d'un vide étrange. Le canapé, tout en longueur, semble se fondre dans le décor, son épais tissu blanc quasiment de la même nuance que le mur. Cette sensation d'inconfort en dit peut-être beaucoup sur Elin, qui n'a pas oublié le dernier compte rendu professionnel à son sujet : « Elin éprouve des difficultés à s'acclimater au changement. Ce handicap risque d'être un frein pour sa carrière… »

— Qu'est-ce qui cloche ? marmonne Will.

Un sourire en coin et le regard lourd, peu focalisé, il se débarrasse de ses chaussures. Cela fait longtemps qu'elle ne l'a pas vu beurré à ce point.

Son téléphone, qu'il tient dans la main, émet un bip peu discret. Elin y reconnaît le signal de son groupe WhatsApp, qu'il partage avec ses vieux copains d'école et sur lequel ils ne cessent de s'échanger des vannes.

Avec ses potes, Will communique d'une façon bien différente de celle d'Elin avec ses amies ; ils ne s'envoient rien d'autre que des blagues, et éventuellement une brève réaction – civilités et bavardages sont interdits entre eux.

— Regarde celle-là, sourit-il, les yeux rivés sur son écran, avant de brandir son téléphone.

Elin s'approche et lit : « Le temps passe mais les œufs durent. »

Elle ne peut s'empêcher de rire. Même si elle ne le reconnaîtra jamais, la plupart de ces blagues sont plutôt bonnes. Comme Will, elle ne s'est jamais vraiment lassée de ce type d'humour basique et puéril.

— Il n'a toujours pas appelé, soupire-t-elle après un coup d'œil sur son téléphone. Pas de texto non plus.

Elle jette l'appareil sur le lit et se masse les tempes ; un mal de crâne se dessine, une sorte de palpitation sourde dans la nuque. Elle remplit un verre d'eau minérale et s'offre une longue gorgée qui ne suffit pas à chasser le goût des cocktails, devenu aigre, métallique.

— Oublie ton frère, sourit Will. Ne ruine pas la soirée, maintenant que tu es détendue.

Elin se raidit et récupère son téléphone. L'effet de l'alcool se dissipant, elle sent son irritation revenir.

— Si on s'offrait un moment romantique, pour notre première nuit ici ? propose Will, faisant glisser ses mains sur la taille puis les hanches d'Elin.

— Pourquoi pas, répond celle-ci en se dégageant.

En vérité, elle sait qu'il ne se passera rien entre eux ce soir. Plus elle s'efforce de ne pas penser à Isaac, au lapin qu'il leur a posé, plus elle se sent gagnée par la frustration. *Pour notre première soirée ensemble, il nous a carrément laissés tomber. Jamais un individu normalement constitué ne se comporterait de la sorte. Ce n'était pourtant pas si compliqué ! Il suffisait d'un petit effort des deux côtés, d'un peu de communication.*

Elin traverse la chambre d'un pas peu assuré, ouvre la porte-fenêtre et sort sur le balcon. Les lattes de bois sont couvertes d'une couche de givre laiteux. Elle inspire à pleins poumons l'air pur et glacé. Et recommence.

Ses pensées se font peu à peu plus nettes, à mesure que les brumes de l'alcool se dissipent.

— Viens voir, Will. On peut enfin admirer la vue.

Les nuages s'écartent, révélant quelques traînées du ciel nocturne. Une demi-lune voilée de brume dispense une douce lueur sur les pics qui se dressent de l'autre côté de la vallée. Ce spectacle est splendide, à première vue, mais plus elle s'y attarde, plus les montagnes lui paraissent sinistres, déchiquetées, acérées. Le sommet le plus élevé est recourbé, telle la serre d'un rapace.

Elin frissonne en pensant à ce qu'Isaac leur a appris à propos de Daniel Lemaître, l'architecte disparu. *Pas de corps, pas d'indice.*

On imagine facilement que cet endroit puisse engloutir quelqu'un pour toujours, se dit-elle en contemplant le panorama.

— Superbe, commente Will depuis la porte-fenêtre. Mais tu ferais mieux de rentrer. Ton haut n'est pas bien épais. J'ai entendu des histoires d'ivrognes insensibles au froid, qu'on retrouve le lendemain à peine vêtus et morts d'hypothermie. (Il considère avec admiration le siège disposé à côté d'elle.) Ce fauteuil inclinable est du même style que ceux qu'ils utilisaient du temps du sanatorium…

— Arrête de penser archi et déco, espèce de geek, sourit Elin.

Soudain, elle se fige, l'index sur les lèvres. Elle entend quelque chose. Des bruits de pas, le crissement de la neige, puis un briquet qu'on allume, et enfin une voix… en français. Elin se penche par-dessus la balustrade et aperçoit un peu plus loin une chevelure noire et une écharpe.

Elle sursaute en la reconnaissant.

C'est Laure…

Tout juste sortie de la réception, elle marche dans la neige, non loin de l'entrée de l'hôtel. Elle porte une grosse doudoune noire ouverte et a desserré son écharpe grise, qui tombe jusqu'à sa taille.

Elle s'immobilise exactement à l'aplomb du balcon de la chambre de Will et Elin. Elle tient une cigarette, dont les volutes de fumée s'élèvent dans les airs. Elle parle assez fort et rapidement, gesticule, l'extrémité incandescente dansant sur fond de ciel noir telle une luciole.

Elin ne bouge pas, terrifiée à l'idée d'attirer l'attention

de Laure au moindre geste. Celle-ci se retourne légèrement, offrant son visage à l'éclairage extérieur ; la lumière souligne ses traits anguleux, notamment sa mâchoire, son nez et ses sourcils. Les yeux plissés et les lèvres légèrement retroussées, elle semble folle de rage. Elin ne comprend pas ce qu'elle dit – elle s'exprime en français – mais l'intonation de son propos est évidente. Ses mots sont acérés, violents, sans commune mesure avec la femme qu'elle a saluée quelques heures plus tôt. Fascinée, Elin prend conscience que cette personne lui est devenue étrangère.

15

Deuxième jour

Avant toute autre chose, Elin perçoit les odeurs : pain tout juste sorti du four, café amer, fromage délicieusement piquant. Elle considère la table chargée de corbeilles de croissants luisants, de baguettes et de petits pains saupoudrés de flocons de sel. Un serveur aux cheveux noirs muni d'une pince en bois dépose avec adresse des pains au chocolat dans une corbeille vide. Puis il s'écarte, dévoilant du jambon, du salami, du saumon fumé et des bols en céramique remplis de yaourt crémeux. Elin est vaguement écœurée.

— Voilà un petit déjeuner digne de ce nom ! se réjouit Will en se frottant les mains.

— Tu es sûr de pouvoir avaler tout ça ? plaisante Elin.

L'appétit de Will est légendaire. Toutes ses connaissances savent qu'après une session de surf, il a pour habitude de dévorer non pas une mais deux pizzas géantes, suivies d'une quantité industrielle de glace. Le petit déjeuner est son repas préféré – le grand plein du matin.

Tout sourire, il lui donne un petit coup de coude :

— Et toi, qu'est-ce que tu prends ?

— Je n'ai pas très faim, dit Elin, qui tend la main vers la carafe de jus d'orange pour se servir.

Sa main la trahit alors qu'elle n'a rempli que la moitié de son verre.

— Et merde ! peste-t-elle en voyant la mare orangée absorbée par la nappe.

— Tu ne tiens pas l'alcool ? chuchote Will en souriant.

Elin en fait autant, s'efforçant d'ignorer la douleur sourde au niveau de ses tempes. Voilà pourquoi elle ne boit pas, d'ordinaire. Elle s'est trop forcée hier soir, juge-t-elle en repensant à la soirée. Au quatrième cocktail, elle n'a plus éprouvé de plaisir, ne songeant qu'à oublier.

Cela ravive de dangereux souvenirs. Sa mère a suivi la même route à la mort de Sam, buvant pour chasser la souffrance. Elin revoit ces jours où sa mère ne quittait quasiment plus la maison, passant des heures à contempler la plage, un verre souvent vide à la main.

Son père, à l'inverse, a choisi d'accélérer, multipliant les activités. Il a vidé la chambre de Sam, jeté les journaux décrivant le drame et éteint la télévision chaque fois que celui-ci y était évoqué.

Elle a toujours jugé que son départ, seulement quelques années après la mort de Sam, a été la continuation naturelle de cette réaction. Il a entamé une nouvelle vie au pays de Galles, où il a fondé une famille. Passer à autre chose en effaçant le passé était le meilleur moyen d'aller de l'avant.

Elin, quant à elle, n'a jamais su oublier les mots

qu'il a tant voulu fuir mais que l'on trouvait partout, à l'époque, des journaux du kiosque du bord de mer à la télévision de la baraque à frites.

« Noyade d'un jeune garçon. La ville pleure encore le décès tragique de Sam Warner, huit ans. »

Elin chasse ces souvenirs et s'adresse à Will :

— Ils sont là ?

Tout en attrapant une assiette, elle balaie la salle du regard. Elle a beau tout faire pour voir les choses du bon côté, elle sait qu'un moment gênant s'annonce, vu le lapin posé par Isaac la veille et Laure qu'elle a surprise en colère, depuis le balcon de la chambre.

— Non, personne en vue, répond Will en jetant un coup d'œil par-dessus l'épaule d'Elin avant de se servir en salami.

La vue des épaisses tranches de charcuterie constellées de points de gras blanc et luisant déclenche une vague de nausée chez Elin.

— Voyons ce que donne le pain, dit-elle.

Elle se saisit d'un petit pain et n'ajoute qu'un peu de confiture rouge vif dans son assiette. Après s'être installée à une table près de la baie vitrée, elle goûte le jus d'orange à petites gorgées. Il est épais et frais, sa pulpe fibreuse nettement perceptible sur sa langue.

L'esprit peu à peu libéré des derniers effets de l'alcool, Elin tourne la tête vers l'extérieur. De la neige fraîche s'empile assez haut sur les panneaux de verre, d'une blancheur hallucinante, avec en toile de fond un grand ciel bleu. Pour la première fois depuis leur arrivée, cet endroit lui paraît accueillant et non sinistre. La proposition de Will – une promenade – n'est peut-être pas une mauvaise idée, après tout.

Celui-ci la rejoint, chargé d'une assiette remplie à ras bord :

— Ne regarde pas vers la porte, mais Isaac vient tout juste d'entrer dans la salle. Il est seul. (Il s'assied et baisse la voix.) Il s'approche.

Elin lève la tête.

— Salut, lance-t-elle à son frère sur un ton neutre, préparant déjà ses mots, ses phrases pertinentes à venir.

Quelque chose ne va pas, devine-t-elle aussitôt, notant ses cheveux ébouriffés et son regard paniqué.

— Laure a disparu, lâche-t-il dans un souffle, s'assurant que personne ne l'écoute.

— Quoi ? s'exclame Elin tandis que son cœur s'emballe.

— Elle a disparu, répète Isaac. Il a dû lui arriver quelque chose.

16

Jérémie Bisset accélère sur l'étroit sentier qui, derrière Le Sommet, s'enfonce dans la forêt. Tout s'assombrit en un instant, la piste dégagée cédant la place à un chemin bordé de sapins serrés. Prisé en été par les randonneurs pour accéder au glacier, le sentier rocailleux est pour l'heure couvert de neige. Étouffé.

Jérémie lève la tête et constate que le ciel s'est dégagé pendant la nuit, offrant maintenant une nuance d'un bleu laiteux strié de quelques filaments nuageux. Cela ne durera pas. Les prévisions météo pour la semaine suivante sont pessimistes.

Il lui suffit de quelques minutes pour trouver le bon rythme, alternant tel un métronome l'avancée des skis et le planté de bâton. Euphorique, il raffole de cet effort, il aime se mesurer à la montagne. En hiver, il s'offre ce plaisir tous les matins avant d'aller travailler. Levé avant l'aube, il suit la piste qui mène à Aminona.

C'est sa seule habitude. De façon générale, il a horreur de la routine, qui lui rappelle l'hôpital et les derniers jours auprès de son père, chaque jour se résumant à une boucle d'une régularité fragile, avec les rondes

des infirmières dans les pavillons, l'administration des médicaments et l'extinction des feux.

Jérémie chasse ce souvenir. Haletant, il a déjà les ischio-jambiers et les quadriceps en feu. Cette ascension n'a rien d'évident mais c'est ce qu'il aime. Peut-être y a-t-il une explication psychologique à cela ; multiplier ces grimpettes ne serait-il pas pour lui une façon de dissiper son impression constante d'être en chute libre ? Ce matin encore, alors que le jour pointait à peine, il s'est éveillé dans des draps trempés de sueur, accablé par le chagrin, par le travail, par la bataille pour la garde parentale qui n'en finit plus. Il visualise le visage de son ex et son mépris manifeste quand elle a fait grimper Sébastien dans la voiture.

Jérémie se contraint à ne plus y penser et accélère le rythme. Il ne lui faut que quelques minutes pour traverser la zone boisée. Soudain, la neige se fait aveuglante sous l'éclat du soleil ; la canopée a cédé la place à une cuvette où aucune végétation ne pousse. Seule une paroi de calcaire gris et plissé aux ondulations incrustées de neige le sépare encore du glacier qui le surplombe.

Marquant une pause, il écoute ses courtes expirations saccadées. Un filet de sueur ruisselle dans son dos, sous ses couches de vêtements thermiques. En attendant de retrouver son souffle, il profite du panorama jusqu'au fond de la vallée où des grues semblent fendre la ville, angles droits géants dressés au-dessus des masses cubiques d'une zone industrielle. Cette géométrie monolithique si humaine n'a rien de commun avec le caractère brut de la nature sauvage qui l'entoure à cette altitude.

Sa parka secouée par des rafales de vent, Jérémie

frissonne et songe aux prévisions météo, à la tempête qui approche. En quelques gestes vifs, il retire les bandes adhérentes qui, fixées sous ses skis, lui permettent de gravir des pentes. Elles ont la particularité de glisser vers l'avant sur la neige, mais pas vers l'arrière. Il les enroule avec adresse, les pliant du côté des filets de façon qu'elles ne se collent pas l'une sur l'autre, puis il les remise dans leur sac. Au moment de refermer celui-ci, il se fige.

Un bruit. Des pas dans la neige ?

Jérémie se retourne et scrute les environs.

Rien. Aucun signe de vie.

Encore le bruit.

Plus feutré, cette fois, à peine audible.

Il balaie de nouveau le paysage du regard, plus lentement. Il n'y a personne par ici. Retenant son souffle, il n'entend rien d'autre que les bourdonnements dans ses oreilles.

Encore le bruit.

Peut-être vient-il de plus haut…

Il considère le mur de roche qui se dresse face à lui.

Soudain, il sursaute. Son pouls s'emballe.

Plus il les observe, plus les montagnes semblent avancer vers lui. Sous la couverture neigeuse épaisse comme jamais depuis des décennies, corniches et crêtes, d'ordinaire si familières, lui apparaissent sinistres, étrangères…

Jérémie arrache son regard de la montagne et se rappelle qu'il est fatigué. Quatre heures de sommeil… Ça a de quoi vous vriller le cerveau. Il s'accroupit, serre ses chaussures et règle les fixations de ses skis en mode alpin. Puis il s'élance, en quête de la piste parallèle à la forêt. Ce versant de la vallée n'étant pas équipé en remontées mécaniques, la couche de neige est épaisse et immaculée, immense nappe blanche que rien ne trouble. Dès l'entame de la première courbe, il sent l'adrénaline se propager dans son corps. Ses skis projettent des nuages diaphanes de poudreuse dans les airs.

Il ralentit à mi-pente, étonné par un reflet anormal dans la neige.

Un morceau de métal ? Difficile à dire.

Il s'immobilise à sa hauteur.

C'est un bracelet, dont seule une petite partie est visible. En cuivre, apparemment. Puis il remarque autre chose, du tissu bleu délavé. Le souffle coupé, il distingue un bouton sous le tissu. C'est donc un vêtement.

Il détache ses skis et s'approche du mystérieux objet, s'enfonçant jusqu'aux genoux dans la poudreuse à chaque pas. Parvenu près du bracelet, il s'agenouille et tente de l'arracher. L'objet enfoui ne cédera pas facilement. Il est coincé, comme cimenté par la neige et la glace.

Plongeant la main dans la neige, il essaie d'en dégager un maximum afin de passer ses doigts autour du bracelet, qui résiste encore. Il doit creuser plus profondément et sur les côtés. Il retire ses gants et s'y emploie à mains nues.

En vain.

En quelques secondes, ses doigts sont rouges et engourdis. Il sort son canif de son sac à dos, en fait jaillir la lame et s'attaque violemment à la neige durcie, ce qui lui permet d'arracher quelques blocs de glace.

Voilà qui est mieux.

Ayant creusé sur quelques centimètres, il distingue mieux le bracelet et le tissu. Il tire sèchement.

L'objet enfoui cède enfin, entraînant avec lui autre chose. Jérémie en reste pétrifié, les yeux écarquillés.

Alors que de la bile monte dans sa gorge, il lâche son canif et le bracelet pour vomir dans la neige.

17

— Si c'est encore une de tes stupides plaisanteries, Isaac… dit enfin Elin, mettant un terme à un silence étrange.

Quand il était enfant, son frère était un habitué de ce genre de farces. Ne s'interdisant rien, il était prêt à tout pour provoquer des réactions.

— Pas du tout, se défend Isaac en la regardant franchement. Laure n'était plus là quand je me suis réveillé.

Le visage pâle, il a des taches violettes sous les yeux.

— Elle est peut-être allée nager ? Ou faire un peu de gymnastique ? L'hôtel est gigantesque, les endroits où elle peut se trouver ne manquent pas.

— Je l'ai cherchée mais personne ne l'a vue. Ce n'est pas dans ses habitudes de se volatiliser comme ça. (Il s'assied.) J'ai aussi trouvé ça près de la porte de notre chambre.

Il sort un objet de sa poche et le pose sur la table.

Une chaîne. Les délicats maillons semblent se déverser sur la nappe, telle une rivière sinueuse d'or liquide. Elin s'y intéresse et remarque le petit L en or.

— Elle s'est peut-être simplement détachée sans qu'elle s'en rende compte, Isaac.

— Regarde attentivement, la chaîne est cassée. Quelque chose a tiré dessus.

— Quoi ? s'agace Elin.

Une frustration familière mais oubliée refait surface ; son frère cherche à capter son attention, ce qui a toujours provoqué des heurts.

— Je ne sais pas, mais Laure aurait forcément senti ce maillon se briser, Elin. Elle aurait ramassé la chaîne. C'est un cadeau de Coralie, elle y tient beaucoup. (Il hésite un instant.) Elle lui est tout aussi précieuse que le pendentif de Sam pour toi.

La main d'Elin se referme automatiquement sur la chaîne qu'elle porte autour du cou. Sa mère a fait faire ce bijou pour elle quelques années après la mort de Sam : le crochet à crabe porte-bonheur de son petit frère enrobé d'un placage d'argent.

— Qu'est-ce que tu cherches à me dire, exactement ?

— On dirait qu'elle était pressée, qu'elle n'a pas pris le temps de ramasser sa chaîne, précise Isaac, ou qu'elle n'a pas pu le faire…

— Oui, c'est possible.

Un serveur se matérialise auprès d'Isaac :

— Du café, monsieur ?

— Oui, noir, s'il vous plaît, répond ce dernier avec un signe de tête presque brutal.

— Et si elle était sortie se promener ? hasarde Will sans cesser de mâcher. Pour profiter du beau temps ?

— Peut-être, mais dans ce cas pourquoi ne pas m'avoir laissé un petit mot ? s'étonne Isaac. Je suis certain qu'il lui est arrivé quelque chose. En tout cas, ce n'est pas normal. Jamais elle ne serait sortie sans m'en avertir.

L'angoisse d'Isaac est contagieuse. Elin sent ses côtes martyrisées par son cœur paniqué, même si son frère réagit à coup sûr de façon excessive. Pourquoi est-il convaincu qu'elle a disparu ? Cela ne fait que peu de temps qu'il la cherche ; cette absence peut s'expliquer de mille façons.

C'est alors que lui revient à l'esprit la scène de la veille au soir : Laure au téléphone, apparemment folle de rage.

— Quand l'as-tu vue pour la dernière fois ?

— Hier soir, au lit, quand on lisait. On a éteint la lumière vers 23 heures.

— Tu n'as rien entendu pendant la nuit ? Pas de bruit louche ?

Will observe Elin, clairement surpris. Celle-ci comprend que c'est la première fois qu'il la voit en mode boulot – du reste, elle s'en étonne autant que lui. Cela fait un an qu'elle s'est mise en congé de la police, pourtant ses réflexes restent présents ; elle multiplie les questions, rassemble les informations.

— Non, rien du tout, répond Isaac.

Le serveur fait son retour et pose une cafetière sur la table. De la fumée s'en échappe et file en zigzag vers le plafond.

— On entend sans arrêt ce genre d'histoire au boulot, tu sais, dit Elin. Des gens qui paniquent dès qu'un proche s'absente sans prévenir. Ils s'inquiètent parce que c'est inhabituel, mais on se rend généralement compte que la personne qui a filé avait une bonne raison de le faire, une urgence quelconque, un ami ayant besoin d'aide…

— Sans laisser de message ? s'agace Isaac. Sans

le moindre coup de téléphone ? Attends, vous venez d'arriver, tous les deux, et on avait un programme prévu aujourd'hui.

Elin revoit Laure au téléphone, le bout incandescent de sa cigarette dansant furieusement dans la nuit.

— Tu n'as donc pas la moindre idée de l'endroit où elle peut être ?

— Non, répète Isaac, la mine sombre.

Il verse du café dans sa tasse d'un geste un peu trop vif, si bien qu'il en fait déborder sur la nappe.

— Ses affaires sont toujours dans votre chambre ou pas ? reprend Elin. Son téléphone, par exemple ?

S'il s'agit d'une disparition, il faut avant tout déterminer si elle s'est produite de façon inattendue ou si elle a été planifiée.

— Oui, tout est là ; son téléphone, son sac… répond Isaac en essuyant la tache de café avec une serviette. Idem pour ses vêtements et ses affaires de toilette… Elle n'a rien emporté. On n'abandonne pas tout ce qu'on possède quand on s'enfuit volontairement.

— Il arrive que certaines personnes décident de disparaître, tu sais, dit prudemment Elin. Même sans emporter quoi que ce soit. Ce genre de chose se produit de temps à autre. (Elle se tait une seconde, ne sachant pas vraiment comment formuler la question qui la taraude.) Isaac… Il ne s'est rien passé de spécial hier soir ?

— Non, rien du tout.

Le ton employé par son frère le trahit : il lui cache quelque chose.

— Isaac, je t'en prie, sois franc avec moi.

Le dernier coin intact de la serviette, à son tour gagné par la mare de café, prend une teinte marron.

— D'accord. Laure était de mauvaise humeur. À cran. J'ai mis ça sur le compte du stress lié au fait de te revoir mais maintenant, je me dis que c'était autre chose. Elle ne se sentait pas bien. Elle me semblait préoccupée. Alors que je me préparais pour le dîner, elle m'a annoncé en sortant de la douche qu'elle avait décidé de ne pas y aller, qu'il était arrivé quelque chose. Je me suis agacé et je lui ai dit que quelle que soit la contrariété qui lui était tombée dessus, il fallait qu'elle l'oublie parce qu'on avait prévu de dîner avec vous.

— Tu comptais vraiment dîner avec nous, alors ? s'étonne Elin sur un ton neutre, non sans noter qu'il ne s'est pas excusé.

— Évidemment, mais je voulais que Laure m'accompagne, raconte Isaac en se frottant les yeux. Je ne sais pas, j'aurais peut-être dû la laisser tranquille et vous rejoindre seul, mais vous veniez d'arriver… On s'est engueulés et ça a dégénéré. Laure est quelqu'un de très têtu ; une fois qu'elle a pris une décision…

— Elle t'a dit pourquoi elle ne voulait pas venir ? Ce qu'elle comptait faire à la place ?

— Non, et c'est ça qui m'a fait enrager. Elle m'a seulement dit que c'était lié à l'hôtel.

— Un problème de boulot ?

— Oui, c'est la folie depuis quelques mois.

Il vide sa tasse et se lève, visiblement très tendu, puis ajoute :

— Je vais contacter ses amis, sa famille et ses voisins à Sierre. Si tu me dis qu'il est possible qu'elle ait filé sans ses affaires, ça vaut le coup d'essayer.

— Tu es sûr de ne pas vouloir avaler quelque chose avant ?

Pas de réponse : Isaac s'éloigne déjà.

Dès qu'il est hors de portée de voix, Will s'adresse à Elin :

— Quand tu disais que ce séjour serait particulier…

Malgré la légèreté du propos, Elin perçoit de la tension chez son compagnon, qui s'en prend à sa tranche de saumon.

— Il y a de bonnes chances qu'elle soit quelque part dans l'hôtel, estime Elin avec un sourire forcé. Ils se sont disputés hier soir, elle est à tous les coups planquée dans un recoin de l'espace salon, en train de siroter son café…

— C'est comme ça que tu me punirais si ça nous arrivait ? demande Will, le visage de marbre, en avalant son saumon. En te cachant ?

— Ne plaisante pas avec ça, Will.

— Pardon, dit-il en souriant.

S'ensuit un long silence, puis il reprend :

— Il est trop tôt pour affirmer qu'il lui est arrivé quelque chose de grave.

— Pourtant, Laure était énervée hier soir, au téléphone, près de notre chambre. Si elle a vraiment disparu, ce détail prend une grande importance.

Ses mots restent en suspens. Elin se reproche de partir de l'hypothèse que Laure a disparu. Pour l'heure, ils n'ont aucune certitude. Cela lui rappelle pourquoi elle n'est pas encore prête à reprendre le travail. Sauter si vite sur des conclusions n'est pas une bonne chose.

— Elin, ton frère t'a déjà mise sur les nerfs.

— Qu'est-ce que tu proposes ? Que j'ignore ce que me dit Isaac ? s'emporte Elin, les doigts si crispés sur son verre que ses jointures blanchissent.

— Non, mais à mon avis, c'est des conneries. Ils se sont pris le bec et tu en subis les conséquences.

Elin ne répond pas. Levant la tête, elle voit Isaac approcher de la porte de la salle. Elle le suit du regard alors qu'il sort à grands pas, les jambes légèrement arquées. Cette vision est si familière qu'elle la touche en plein cœur. Elle cligne des yeux, tandis que des souvenirs jaillissent telles des bulles remontant à la surface.

Le ciel.

Les nuages qui défilent.

Les oiseaux noirs en formation.

Et le sang. Toujours le sang.

— Je ne sais pas si tu t'en rends compte, mais tu prends toujours un air particulier quand tu le regardes, dit Will.

— Un air particulier ? répète Elin, troublée.

— On dirait que tu as peur, précise Will en écartant son assiette. Chaque fois que ton regard se pose sur ton frère, tu sembles effrayée.

18

La gorge encore piquante de bile, Jérémie s'essuie la bouche du dos de la main et se force à se retourner vers sa sinistre découverte. Sous le bracelet, il y a un os tordu selon un angle inhumain. Il change de position, tout juste capable de reprendre son souffle et le front perlé de sueur.

Quelques découvertes de ce genre se sont produites ces dernières années : le retrait des glaciers dû au réchauffement climatique laisse de temps à autre apparaître des corps disparus depuis des dizaines d'années. On a ainsi récemment retrouvé un couple du côté de Chandolin, soixante-quinze ans après sa disparition. Les deux malheureux avaient chuté dans une profonde crevasse, sur un glacier.

Des photos ont été publiées dans les journaux et sur Internet, crues et indiscrètes malgré le passage des années. Un sac en cuir usé, une bouteille de vin, des bottes à talon noires avec des semelles grossièrement cloutées à l'ancienne.

Jérémie est resté subjugué non seulement par ce que ces clichés révélaient d'un style de vie oublié, mais également par la force du clap de fin qu'ils représentaient :

il a imaginé les familles et les descendants du couple enfin en mesure de faire leur deuil.

Sous le bracelet, Jérémie remarque une grosse montre, un bijou de prix à en juger par ses maillons en or et les minuscules diamants ornant le cadran. En l'écartant, il découvre une inscription gravée du côté intérieur. Il se penche pour la lire.

« Daniel Lemaître. »

Jérémie a un mouvement de recul. *L'architecte porté disparu.*

Sans perdre une seconde, il sort son téléphone de sa poche et compose le 117, le front de nouveau en sueur.

19

— Isaac… Isaac, c'est moi…

Elin toque à la porte. Des picotements de chaleur se multiplient sur sa poitrine, le maillot de corps en mérinos qu'elle porte étant conçu pour l'extérieur. Le battant s'ouvre. Isaac a le visage marbré de rouge.

— Désolée de ne pas t'avoir appelé plus tôt, dit Elin, hésitante. Will a voulu faire un tour dehors après le petit déjeuner. (Elle se force à sourire.) On n'est pas allés bien loin, il y a trop de neige.

Isaac affiche une curieuse expression, si fugitive qu'elle la distingue à peine. Elle a vu mille fois son frère réagir de la sorte quand ils étaient enfants. Réprimant un mouvement de recul, elle se demande ce qu'il a en tête.

Il ne cesse d'aller et venir dans la chambre.

— Je peux entrer, Isaac ?

Elle se sent ridicule de devoir poser cette question, mais il lui est impossible de deviner s'il souhaite ou non sa présence.

— Oui, lâche-t-il sèchement.

Elle le rejoint et remarque un peu plus loin ses

chaussures de randonnée trempées, les lacets noirs étalés et constellés de miettes de neige glacée.

— Tu es sorti, toi aussi ?

— Je rentre à l'instant, lui répond son frère en passant devant la porte-fenêtre.

Elin ne réagit pas, décontenancée par la vitesse à laquelle il s'exprime ; il est tendu, c'est évident, comme en témoignent ses gestes nerveux et son visage écarlate.

Il panique.

— Pourquoi es-tu sorti ?

— Je cherchais Laure. J'ai marché vers la forêt ; je me disais qu'elle avait peut-être fait une chute en se promenant. (Ses traits se durcissent.) J'ai regardé partout, j'ai fouillé l'hôtel, j'ai appelé ses amis, sa famille, ses voisins. Personne ne l'a vue, personne n'a de ses nouvelles.

Elin l'observe et se sent quelque peu oppressée, comme si quelqu'un la serrait trop fort contre lui : les gestes d'Isaac et sa façon de faire les cent pas lui semblent subitement exagérés.

— Alors ?

— Rien. Je viens de prévenir la police.

— Déjà ? s'étonne-t-elle, s'efforçant de conserver un air neutre.

— Mais ça n'a servi à rien. On m'a expliqué qu'elle a disparu depuis trop peu de temps pour que l'on lance des recherches. D'après eux, si rien n'indique qu'elle est partie skier ou se promener ni qu'elle a des ennuis, mieux vaut ne rien faire pour le moment. Elle ne s'est volatilisée que depuis peu, je sais bien, mais je n'aime pas ça. Si elle va bien, pourquoi elle ne m'a pas appelé à l'heure qu'il est ?

— Je ne sais pas, avoue Elin en entrant dans la pièce. Il est possible que…

Elle s'interrompt.

L'immense porte-fenêtre. Une fois de plus, elle se sent comme submergée par le verre omniprésent. La chambre d'Isaac est orientée vers la forêt et donne sur une vaste étendue de nature sauvage, une masse dense de sapins enneigés qui s'élève sur le flanc de la montagne. Elin cherche à la percer du regard. Même si les branches sont couvertes de neige, la zone boisée lui fait l'effet d'une entité sombre et impénétrable.

Le cœur battant, elle déglutit, consciente d'être incapable de se contrôler. Pourquoi réagit-elle ainsi ? Cette réponse viscérale de son corps donne l'impression que chaque cellule en elle est repoussée, dégoûtée par la vue qui s'offre à elle.

— Laure a horreur de la forêt, signale Isaac, impassible, qui a vu le regard de sa sœur. Elle dit toujours qu'elle offre un poste idéal pour nous espionner. On ne voit personne, d'ici, mais n'importe qui peut nous épier. Avec toutes ces vitres et ces lumières… la vue doit être idéale de là-bas.

— Elle n'a pas tort.

Plus elle s'attarde sur la forêt, plus son image lui semble se déformer, comme si les arbres se dupliquaient sous ses yeux.

— Et toi, ça va ? lui lance Isaac en l'observant.

— Oui, oui…

— Tu n'as plus ces crises de pani…

— Non, l'interrompt-elle.

Elle compense sa réaction trop vive par un bâillement exagéré et sonore, puis elle se force à s'intéresser à la pièce. Agencée comme la sienne, cette chambre est cependant plus spacieuse, le tableau suspendu au mur plus grand, et les meubles aux lignes apaisantes sont d'un gris plus laiteux. Son esprit s'imprègne des détails : l'ordinateur portable, la télévision, les bouteilles d'eau pas encore ouvertes, ainsi que des vêtements et des chaussures éparpillés au sol. Notamment celles de Laure : ses baskets New Balance bleu marine, ses chaussures de randonnée éraflées et ses mocassins en daim.

À vrai dire, la plupart des affaires qui traînent appartiennent à Laure. Les bijoux sur la table de chevet, une écharpe vert mousse posée sur la porte de la penderie, un tube de crème pour le visage sans bouchon.

Elin retrouve des traces d'Isaac sur le lit : la légère empreinte de son corps sur les draps et la couette roulée en boule. Comme quand il était enfant. Elin aussi se réveillait toujours avec sa couverture dans cet état, comme si leurs lits ne suffisaient pas à contenir leur énergie. Aujourd'hui, elle ne retrouve plus sa couette ainsi au réveil ; son énergie l'a désertée depuis des mois.

Sur une des tables de chevet se dresse une pile de livres en équilibre instable. Des livres en français. Un des ouvrages est ouvert et posé à l'envers, le dos cassé en son milieu.

Isaac a raison. La vie semble s'être suspendue dans cette chambre. On jurerait que Laure est simplement descendue prendre son petit déjeuner. Rien n'indique qu'elle ait décidé de s'en aller.

— Où est son téléphone ?

— Son téléphone ? répète Isaac, le regard dur.

— J'essaie de t'aider, c'est tout, se défend-elle, irritée par le ton qu'il a employé.

Il s'impose un sourire mais, une fois encore, il affiche avant cela une brève expression, si fugace qu'Elin ne peut l'interpréter.

— Ici.

Isaac le sort de sa poche et compose un code sur le clavier, puis le donne à sa sœur en ajoutant :

— J'ai farfouillé dedans, il n'y a rien qui sorte de l'ordinaire.

Il est presque totalement chargé et connecté au même réseau qu'Elin a capté en atterrissant à Genève – Swisscom.

Elle fait défiler le journal des appels, le dernier datant de la veille en journée. Un certain Joseph. Comment est-ce possible ? Elle a pourtant entendu Laure téléphoner après le dîner – cet appel devrait apparaître.

— C'est son cousin, précise Isaac, qui regarde par-dessus son épaule, lui soufflant dans le cou une haleine chaude désagréable.

— Et tu connais toutes les autres personnes avec qui elle a discuté ?

— Oui, bien sûr. Des amis, comme je te l'ai dit. Et il n'y a rien non plus sur sa messagerie électronique. (Il rougit légèrement.) J'aurais préféré ne pas fouiller comme ça, mais bon…

— Et sur son ordinateur portable ?

— Rien non plus, dit Isaac, qui se saisit de l'appareil, posé sur la table, et le tend à sa sœur. Il est synchronisé avec son mobile, et il n'y a pas d'autre messagerie. Tout le reste concerne son boulot, apparemment.

Elin s'assied au bout du lit et farfouille parmi les documents et l'historique d'Internet. Son frère a raison : tout cela semble lié au travail de Laure. Il n'y a là rien d'alarmant.

Elle repose l'ordinateur et se dirige vers la salle de bains, suivie par Isaac. Des produits de maquillage – poudrier, crème hydratante – sont disposés autour du lavabo. Plusieurs serviettes de toilette forment un vague S à même le sol. Sur l'étagère au-dessus du lavabo, une trousse de toilette blanche en tissu est ouverte. Elin y trouve une grosse pince à épiler rose, des bandes de cire à épiler, un pinceau et un boîtier de fard, une crème hydratante teintée et du mascara. Des tampons sont calés dans une poche latérale, avec des antihistaminiques et une plaque de comprimés d'ibuprofène.

Elin ferme la trousse, gagnée par un malaise angoissant.

Jamais Laure n'aurait filé sans tout ça.

Si elle lui ressemble un tant soit peu, Laure, dans l'hypothèse où elle avait prévu de s'en aller, n'aurait pas oublié cette trousse de toilette contenant les ingrédients de son armure quotidienne, sa couverture de survie, pour ainsi dire.

Sur le point de se retourner pour s'adresser à Isaac, elle surprend son reflet dans le miroir : il a attrapé quelque chose sur l'étagère et l'a glissé dans sa poche. Elin reste de marbre. Isaac se retourne, souriant ; il n'a pas remarqué qu'elle a surpris son geste.

Il a fait vite, mais pas assez. *Il a pris quelque chose à mon insu – du moins c'est ce qu'il croit. Il fait mine d'être bouleversé par la disparition de sa fiancée mais il me dupe.*

Elin regarde ailleurs, écœurée. Comment a-t-elle pu réagir d'une façon aussi stupide ? Elle l'a presque cru, elle a presque avalé ses paroles mielleuses, son émotion simulée, mais en vérité personne ne change. Sa tendance à mentir, à tromper, est si profondément ancrée en lui que rien ne l'arrachera jamais.

Quand ils étaient enfants, Isaac mentait en permanence. Il avait en horreur son statut « intermédiaire », plus jeune de deux ans qu'Elin et l'aîné d'autant de Sam. Mentir est ainsi devenu son mode par défaut, sa façon d'attirer l'attention, de prendre l'avantage, de remettre son frère et sa sœur à leur place.

Elin se souvient du jour où Sam a fièrement rapporté à la maison son premier trophée de natation ; Isaac a à peine masqué sa souffrance lorsque leurs parents ont étreint Sam. Deux semaines plus tard, ils ont trouvé le trophée salement éraflé – entaillé, même. Certainement pas un accident.

Isaac a toujours nié mais ils ont tous compris qu'il était coupable. Ils savaient de quoi il était capable.

— Tu dois avoir l'impression d'être au boulot, fait remarquer Isaac en ramassant une des serviettes par terre pour la glisser sur le porte-serviettes. Je n'aurais jamais cru que tu resterais si longtemps dans la police, tu sais.

— Oui, je sais.

— Tu n'as jamais dit pourquoi tu t'étais décidée. Quand on était gosses, tu voulais devenir ingénieur.

Elin le regarde droit dans les yeux, sent les mots qui montent dans sa gorge, puis qui redescendent. Ce serait si facile de les lâcher.

J'ai choisi ce métier à cause de toi, Isaac. À cause de ce que tu as fait.

20

— Tu travailles sur quoi, en ce moment ? demande Isaac, sortant Elin de sa rêverie.

Mentir serait facile mais elle s'y refuse. Il est pour elle hors de question d'ajouter une couche de non-dit supplémentaire à cette situation déjà bien trop complexe.

— En fait, je ne travaille plus pour l'instant… dit-elle en regagnant la chambre. Je suis en congé longue durée.

— Ah oui ? dit Isaac, se figeant près de la porte-fenêtre.

— J'ai été chargée d'une enquête, une grosse affaire… (Voilà qu'elle bafouille, tandis qu'une onde de chaleur se propage dans son cou.) J'ai déconné.

Des images surgissent, se succédant à toute allure : des doigts écartés s'abattant sur son visage, la roche striée de marbrures grises et noires. Et l'eau. Toujours l'eau.

— Qu'est-ce qui s'est passé ?

— Je n'ai pas vraiment le droit d'en parler…

— Allez, Elin, je ne vois pas à qui j'en parlerais.

— Cette affaire – un meurtre – a été très médiatisée.

Ma première enquête en tant que lieutenant. Deux jeunes filles de quinze ans avaient été assassinées. Le tueur les avait attachées à l'arrière d'un bateau et avait laissé l'hélice faire le boulot. (Elin se raidit, assaillie par les souvenirs.) Nous n'avions aucun indice sérieux. Le bateau avait été volé, aucune empreinte digitale n'avait été relevée et la vidéosurveillance du port était hors service. On a fini par lancer un appel à témoin sur Internet et dans les journaux, puis une conférence de presse avec les parents a été organisée. (Elin se racle la gorge.) Un mois plus tard, il y a eu du nouveau. Un indicateur anonyme nous a donné un nom – Mark Hayler –, qui figurait dans notre base de données. Cet individu avait déjà été arrêté pour détention de drogues de classe A et condamné pour agression

— Une piste intéressante, commente Isaac en se grattant le coin de l'œil, dont la peau est dans un sale état.

— En effet. On a foncé chez lui mais il avait filé. Il avait dû être mis au courant que la police le traquait. On l'a repéré chez son ex, mais il nous a pris de court et s'est enfui vers le front de mer. Mes équipiers et moi nous sommes séparés, puis je l'ai eu en visuel. J'ai voulu lancer l'alerte mais ma radio avait rendu l'âme. Sans réfléchir, j'ai suivi le type. Il a traversé la plage en courant et s'est engouffré dans une grotte. J'en ai fait autant mais je l'ai perdu de vue. J'y suis restée si longtemps qu'au moment d'en sortir, la marée avait monté ; j'avais de l'eau jusqu'au cou. Alors que je nageais pour regagner la plage, il m'a surprise ; il était déjà dans l'eau et m'attendait. Il m'a frappée avec une pierre. (Elle effleure sa lèvre.) C'est ce qui m'a valu cette cicatrice.

— Oui, je l'avais remarquée.

— Il a voulu me noyer, poursuit Elin. Et moi, je… je me suis figée. Comme si mon corps refusait de m'obéir. En fin de compte, je me suis laissée couler sans remonter à la surface. (Elle lâche un petit rire nerveux.) Il m'a crue morte, je pense, et m'a abandonnée.

Elin ne précise pas qu'une part d'elle-même, en ces instants où elle était maintenue sous l'eau, a été à deux doigts de cesser de lutter, sous l'effet d'un violent désir de renoncer, d'arrêter de se battre. En définitive, sa volonté de vivre – mais aussi de découvrir un jour la vérité à propos de la mort de Sam – a repris le dessus.

Cette pensée la secoue, une fois de plus, et lui rappelle la raison de sa présence ici.

— J'ai ensuite pris un congé maladie, qui s'est transformé en congé longue durée. Et me voici officieusement au chômage.

— Tu n'as pas envie de reprendre le boulot ?

— Ce n'est pas que je n'en aie pas envie, c'est surtout que je ne m'en sens pas capable. Je n'ai pas réussi à digérer cet échec, les erreurs que j'ai commises, le fait de ne pas avoir pris le temps de réfléchir à la situation, de ne pas avoir attendu des renforts… Je me suis posé des questions sur ma capacité de jugement, sur mes aptitudes… et surtout sur le fait de ne pas avoir lutté sous l'eau. Tout ça m'a fait prendre conscience que je n'avais pas réglé certains problèmes, contrairement à ce que je pensais.

— J'ignorais tout ça, dit Isaac en la regardant droit dans les yeux. Je suis vraiment navré de l'apprendre.

Elin soutient enfin son regard, sur ses gardes dans un premier temps, puis subitement elle éprouve une colère plus confortable, plus familière, plus facile à gérer.

— On ne se parle jamais, Isaac. C'est pour ça que tu n'étais pas au courant. On n'a quasiment pas communiqué depuis que tu es parti.

— Je sais, reconnaît Isaac d'une voix peu assurée. Mais à l'époque, je ne pouvais pas deviner ce qui se passerait…

— Le cancer de maman, tu veux dire ? lâche Elin sur un ton glacial.

— Oui, répond Isaac, la tête baissée. Quand je l'ai appris, je n'ai pas su comment reprendre contact, ni même si c'était la chose à faire. Je n'ai pas voulu créer de troubles, faire de vagues.

Elin le dévisage, incrédule, tandis qu'une fureur sans nom grandit en elle. *Il n'a rien compris*. Aujourd'hui encore, il ne comprend toujours pas les ravages causés par son absence, à quel point celle-ci a dévasté leur mère.

— Tu n'as pas voulu créer de troubles ? Maman voulait te voir, Isaac, pas seulement entendre ta voix au téléphone ou lire tes e-mails à la con… (Elle frémit de rage.) Tu n'es même pas venu à son enterrement. Tu as conscience de l'effet que ça a fait ? De ce qu'ont pensé les gens ?

— C'est tout ce qui compte, pour toi, pas vrai ? Les apparences ?

Et voilà, le véritable Isaac refait surface, avec ses piques aussi acérées que des fléchettes, songe Elin.

— Arrête de me renvoyer la balle ; c'est de toi qu'il est question !

— Je n'ai pas pu me libérer du boulot, je te l'ai expliqué.

— N'importe quoi, c'est une excuse bidon.

Isaac se frotte de nouveau l'œil et tire sur sa paupière.

— Tu ne vas même pas essayer de te justifier ? le relance Elin.

— Bon, d'accord, répond enfin Isaac après un silence. Tu veux la vérité ? Je me sentais merdeux, Elin. Et coupable. Coupable de ne pas être rentré, de ne pas avoir suffisamment téléphoné, de la façon dont j'avais filé.

— Tu as quand même envisagé de venir, alors ? dit Elin.

— Je me demandais sans cesse si je devais rentrer, lui rendre visite, mais je craignais plus ou moins que mon apparition soit plus néfaste que positive. Que ça la fasse souffrir.

— Que ça la fasse souffrir ? Maman souffrait déjà depuis des années ! Depuis la mort de Sam !

Entendre le prénom de son frère fait tressaillir Isaac. Elin a soudain une furieuse envie de lui demander s'il pense encore à Sam.

Parce qu'elle, elle pense sans arrêt à lui. Sam bondissant de son kayak, son corps maigrelet se dessinant dans les airs. Sam sur le massif des Downs, son cerf-volant découpant le ciel en morceaux bleus. Sam qui lui tenait la main quand Isaac s'énervait. Et ses chuchotements dans son oreille : « Je ne te lâcherai pas. »

— Ce qui est arrivé à Sam a détruit maman, tu le sais très bien. Ce jour-là, quand on l'a trouvé…

Ses mots sortent trop vite, elle craint de ne plus pouvoir les contrôler, de ne plus pouvoir s'empêcher de lui poser directement la question.

C'est toi, Isaac ? C'est toi qui l'as tué ?

La panique d'Isaac se lit dans son regard :

— Ce n'est pas le moment de parler de ça. Tu m'as demandé pourquoi je n'étais jamais rentré à la maison ; tu veux une réponse ?

Elle hésite. Elle peut toujours dire ce qu'elle a sur le cœur, mais que se passera-t-il si elle le fait fuir ? Elle n'aura plus personne. Elle cède et hoche la tête.

— Maman… allait mieux, dit-il d'une voix faiblarde. Avec toi, avec le temps, elle a trouvé un semblant d'équilibre. Tu t'es toujours mieux comportée que moi avec elle. Quand elle est tombée malade, j'étais convaincu que me revoir… ne ferait qu'empirer son état. Elle aurait stressé en m'imaginant ici, ayant un mal fou à trouver un boulot…

Elin le regarde fixement, les joues brûlantes, incapable de croire qu'il cherche à justifier son égoïsme. Elle s'apprête à répliquer lorsque son attention est attirée du côté de la porte-fenêtre. Elle tourne la tête et aperçoit un hélicoptère rouge et blanc décoré d'étoiles.

— Que se passe-t-il ?

Elle entend à présent le vrombissement rythmé des pales.

— C'est un hélicoptère Air Zermatt, répond Isaac, suivant des yeux l'engin volant qui file au-dessus de la forêt.

— Mais qu'est-ce qu'il fabrique ici ? s'étonne Elin.

Les pales de l'appareil sont invisibles, réduites à une tache floue.

— Aucune idée. En général, on s'en sert pour transporter des matériaux de construction ou des systèmes de protection contre les avalanches. C'est le moyen le plus économique de livrer un chargement en montagne.

Elin remarque alors deux 4 × 4 qui gravissent la route

sinueuse menant à l'hôtel ; leurs pneus projettent une fine poussière de neige dans les airs. Les gyrophares du véhicule de tête sont allumés. Des bandes d'un orange criard traversent leur capot, et des étoiles blanches et orange forment un drapeau sur leurs flancs. Et juste à côté, un mot en caractères noirs, intégralement en minuscules : « police ».

Les voitures s'immobilisent devant l'entrée de l'hôtel et libèrent deux groupes d'individus. Six… Non, sept. Les deux policiers sortis du véhicule de tête sont en pantalon bleu marine et veste bleue bicolore avec « police » inscrit dans le dos. Les cinq autres portent des vêtements plus spécialisés d'un bleu plus clair – une parka sans manches par-dessus un coupe-vent.

Sans perdre une seconde, ils ouvrent le coffre de leur 4 × 4 et en sortent divers équipements. Adossés au hayon, ils retirent leurs chaussures, qu'ils remplacent par des chaussures de ski. Parfaitement coordonnés, ils enfilent ensuite un imposant baudrier noir comportant mousquetons, poulies et sangles qui se balancent contre leur torse à chaque mouvement. Un frisson de terreur descend le long de la colonne vertébrale d'Elin :

— Qui sont ces gens ?

— C'est le groupe d'intervention[1], répond Isaac, la gorge nouée. Les forces spéciales de la police, en quelque sorte. Ces flics sont capables de gérer les mêmes situations de crise que les militaires – prises d'otages, terrorisme… Certains, comme ceux-là, sont formés pour intervenir en haute montagne.

— Mais qu'est-ce qu'ils fichent ici ?

---

1. En français dans le texte original.

La mâchoire crispée, Isaac considère l'hélicoptère qui survole le flanc de montagne à basse altitude.

— Aucune idée.

Les policiers enfilent de gros sacs sur leur dos puis se coiffent de casques et sortent des skis de leur véhicule. Puis ils s'élancent d'un pas rapide sur le sentier qui mène à la forêt. Elin note alors la présence d'un barbu en polaire grise, qui discute avec les deux policiers restés près des voitures et désigne la zone boisée située à l'arrière de l'hôtel.

— Lucas Caron, murmure Isaac.

— Exact, confirme Elin.

C'est alors qu'elle remarque quelques taches sur le tapis, à ses pieds.

Du sang.

À peine visibles à moins de les chercher du regard, ces minuscules éclaboussures forment plusieurs cercles irréguliers.

21

Adèle tremble de tout son être, ses bras et ses jambes engourdis et saisis de picotements. Combien de temps est-elle restée inconsciente ? Une heure ? Toute la nuit ? Impossible de l'estimer : le monde qui l'entoure semble s'être dissous. Quelle que soit sa prison, elle est plongée dans les ténèbres. *Non,* se reprend-elle. *L'obscurité n'est pas totale.* Un morceau de tissu rêche est serré sur son crâne, sur ses yeux, qui accroche ses cils quand elle tente de soulever ses paupières.

Soudain, la panique fond sur elle sous la forme d'une violente crise de claustrophobie. Elle se débat, tente de remuer bras et jambes, hélas ses membres ne lui obéissent pas.

Arrête ! s'ordonne-t-elle. *Calme-toi. Tu dois comprendre ce qui se passe.* Elle tente de nouveau de bouger, cette fois plus lentement, un geste à la fois. En remuant les doigts, elle constate qu'elle a les mains liées dans le dos. Idem pour les chevilles. Elle est toujours assise à même le sol, le dos contre un mur.

Continue comme ça, s'encourage-t-elle. *Si tu es toute seule, et c'est probablement le cas, tu dois à tout prix trouver des repères, déterminer où tu es enfermée.*

Parfaitement immobile, Adèle tend l'oreille mais ne perçoit qu'un bruit de liquide coulant goutte à goutte. Est-elle encore dans l'hôtel ? Son agresseur n'a certainement pas eu la possibilité de la conduire très loin sans être aperçu.

Et si elle hurlait ? Pour attirer l'attention d'éventuelles personnes à portée de voix. C'est alors qu'elle note un goût cuivré, salé, dans sa bouche. Il lui faut un moment pour le reconnaître.

Du sang.

De la langue, elle tente de repérer une blessure sur ses gencives, en vain car quelque chose la gêne dans sa bouche… Un bâillon. Elle est si engourdie que jusque-là, elle n'a pas senti cette chose. Adèle voit ses pensées s'emballer. *Je vais mourir ici ! Jamais je ne sortirai d'ici. Je ne peux ni bouger ni crier. Personne ne me retrouvera.*

Elle inspire profondément. *Calme-toi.* Il faut qu'elle s'en tire. Pour Gabriel.

Réfléchis !

Grâce aux exigences physiques de son métier, elle est en pleine forme. Elle va trouver une solution. Une idée prend corps : elle peut profiter du fait que l'individu qui l'a enlevée restera peut-être absent un certain temps. Ce délai lui permettra peut-être de s'orienter, de réfléchir aux options pour se libérer…

C'est ma seule chance, se dit-elle, luttant toujours pour contenir la panique qui se développe en elle. *Car je ne manquerai à personne.* En effet, elle ne doit récupérer Gabriel que dans une semaine. Son ex ne s'alarmera pas si elle n'appelle pas pendant quelques jours ; Stéphane aime profiter seul de son fils quand c'est à son tour de le garder. Ce qui a toujours arrangé Adèle, en toute franchise, car elle est peu désireuse d'entendre en fond sonore les piaillements trop enthousiastes de Lise, la copine de Stéphane. Ses collègues de travail ne s'inquiéteront pas davantage puisqu'elle a quelques jours de repos devant elle.

Soudain, Adèle se fige. Elle entend des bruits de pas. Ses plans d'évasion sont bien jolis… mais il est trop tard. Son agresseur est de retour. Il est tout près ; elle sent une odeur chimique et caustique d'eau de Javel typique d'un environnement hospitalier.

Il y a également autre chose qui plane dans l'air, une senteur plus lourde, plus primitive, qui évoque l'excitation, l'adrénaline, l'impatience. *Il veut te brutaliser.* Un autre son : une respiration, laborieuse. Il est à présent tout près d'elle.

Elle s'agite, terrifiée, mais ses poignets la lancent, ses liens lui brûlant la chair. Soudain, elle sent des doigts sur son visage, des doigts qui cherchent quelque chose. Le bandeau lui est arraché, avec une telle violence que ses joues sont douloureusement étirées. Elle sent des larmes venir mais trouve la force de les contenir.

Le faisceau d'une lampe torche ricoche furieusement du sol au plafond à plusieurs reprises avant de se stabiliser sur le visage d'Adèle. Aveuglée par cette agression lumineuse, elle cligne des yeux et, par réflexe, cherche à lever la main pour s'en protéger, mais cela lui est impossible, bien entendu.

Le rayon s'abaisse momentanément. Adèle saisit sa chance et lève les yeux. Pas encore remise de l'éblouissement, elle ne distingue pas grand-chose. Chaque fois qu'elle bouge la tête, le vague décor qu'elle devine semble pivoter. Néanmoins, un détail la marque plus que le reste : les contours d'un masque. La silhouette floue et sans forme s'accroupit. Du fait de ses vêtements amples et du masque, il est impossible de déterminer s'il s'agit d'un homme ou d'une femme. L'inconnu pose la lampe torche sur le sol, orientée vers le mur du fond, puis il fouille dans un sac.

Qu'est-ce qu'il fabrique ?

Elle n'a d'autre choix que de patienter dans le silence durant quelques instants étranges, comme si le temps était suspendu.

Elle prend alors une décision : si ce type s'approche d'elle, elle se servira de la seule arme à sa disposition, à savoir l'inertie de son corps. Elle se jettera en avant et lui assènera un coup de tête, de toutes ses forces, de façon à le blesser le plus gravement possible. Elle n'a pas l'intention de lui faciliter la tâche.

Il ne s'approche pas. Il tend le bras, un bout de papier entre les doigts. Une photo. Il l'abaisse à quelques centimètres du visage d'Adèle, si près que l'image se brouille, ses formes et ses couleurs se chevauchant. Puis sa vision s'adapte.

Adèle reconnaît instantanément le sujet. C'est un corps masculin. Sans vie. Mutilé. Ensanglanté.

Alors elle comprend qu'il n'y a pas erreur sur la personne. Elle n'a pas été enlevée par hasard. Cette opération a été méticuleusement planifiée. Il s'agit d'une vengeance.

L'estomac instantanément retourné, elle sent qu'elle va vomir, ce qu'elle doit à tout prix éviter, sous peine d'étouffer à cause du bâillon dans sa bouche. Cherchant à maîtriser sa respiration, elle inspire profondément.

Ne bouge pas le moindre muscle, ne réagis pas. Ne lui montre pas qu'il t'a touchée en plein cœur. Elle se force à penser à Gabriel, puis remplace la vision atroce qui lui est imposée par des souvenirs heureux, comme les petits orteils de son bébé qui remuent de plaisir quand elle le nourrit. Ses mains potelées, pareilles à des étoiles de mer, cherchant à saisir des bâtonnets de concombre. Ses iris hésitant entre le vert et le bleu… Les images de Gabriel sont chassées par la nouvelle photo que son agresseur brandit devant elle.

Il s'agit cette fois d'un gros plan.

Le cliché, lâché, tombe au sol. Adèle sent du mouvement dans son dos, puis des doigts qui s'affairent dans ses cheveux. La pression sur ses lèvres se relâche. Il a retiré le bâillon. *C'est peut-être terminé*, se prend-elle à espérer. Ce type ne voulait peut-être rien d'autre que lui montrer ces photos. Et maintenant, il va la laisser partir. C'est alors qu'elle voit un autre masque, droit devant elle, son caoutchouc percé de craquelures. Voit-elle double ? À moins que son ravisseur n'ait un complice ? En voyant l'immonde chose s'approcher d'elle, elle comprend qu'il n'y a personne d'autre. Ce masque lui est destiné.

22

Isaac suit le regard de sa sœur et ouvre grand les yeux :

— Merde ! Je n'avais pas vu ça.

— Vraiment ? s'étonne Elin sans hausser le ton. Tu n'avais pas remarqué qu'il y avait du sang sur le tapis ?

— Non. Il faut dire qu'on le distingue à peine, dit Isaac en s'accroupissant. Quelques gouttes. Au fait, qu'est-ce qui te fait croire que c'est du sang ? Ça peut être n'importe quoi, une tache quelconque…

— Non, c'est du sang, affirme Elin, le poing serré.

— Dans ce cas, il doit dater.

De minuscules perles de sueur sont apparues sur la lèvre supérieure d'Isaac.

— Non, je ne pense pas. Ces taches me semblent récentes, sans compter que la propreté des chambres est forcément impeccable, dans un hôtel de ce standing. Le tapis aurait été nettoyé, voire changé, s'il avait été dans cet état avant que vous ne preniez cette chambre.

Elin s'est exprimée sur un ton détaché mais elle bout de rage. *Il a toujours réponse à tout. Rien ne le perturbe.*

Isaac se redresse et écarte une mèche de son visage :

— Tu penses que c'est le sang de Laure ?

— Oui, ou le tien, vu qu'il est frais. Vous vous êtes blessés ou coupés depuis que vous logez ici ?

Isaac est soudain clairement soulagé :

— Ah ! Je sais. Laure s'est coupée en se rasant les jambes l'autre soir. Une entaille assez profonde qui a saigné assez longtemps. J'ai dû aller demander un pansement au rez-de-chaussée. Elle a sans doute marché sur le tapis entre-temps.

Elin prend le temps d'assimiler cette explication, qui est la plus probable, mais une autre pensée reste présente dans son esprit. *Il m'a menti une fois, il est capable de recommencer.*

Elle garde les yeux fixés sur le vase disposé dans un coin ; le verre reflète une version ondulante de la chambre. La tête sur le point d'éclater, elle ne sait plus que penser, qu'éprouver.

Elle se sent déjà comme aspirée, retournée dans tous les sens, sans aucune notion du haut et du bas. Elle avait oublié qu'avec Isaac, tout peut à tout instant changer. Essayer de le jauger revient à observer l'eau d'une piscine : on jouit parfois d'une visibilité parfaite, jusqu'au fond du bassin, et l'instant d'après l'eau se trouble et on ne voit plus que du flou.

— Ça va, Elin ? s'inquiète Isaac, une main sur le bras de sa sœur.

— Oui, pas de souci, répond celle-ci avec un temps de retard.

Elle esquisse un sourire hésitant, mais son regard se pose sur d'autres taches de sang.

D'autres points couleur rouille parmi les douces fibres du tapis.

De retour dans sa chambre, Elin referme la porte et s'adosse contre le battant en attendant que la nausée se dissipe.

Sur la table, il y a un message de Will.

« Je suis parti nager. Tu me rejoins ? »

Elle se débarrasse de ses chaussures et s'approche de la porte-fenêtre. Comme annoncé, les conditions météorologiques se sont dégradées ; le ciel bleu pâle a été dévoré par d'épais nuages gris, et il neige à gros flocons. Le décor est d'un blanc immaculé : les voitures garées de ce côté du bâtiment, les panneaux indicateurs de l'hôtel, les luminaires extérieurs… Pourtant, chaque fois qu'elle cille, elle voit non pas du blanc, mais du rouge. Du sang.

Du sang sur le tapis. De minuscules gouttelettes.

Elle pense soudain au geste d'Isaac, quand elle se trouvait dans sa salle de bains. Il lui a caché quelque chose, qu'il a glissé dans sa poche. Les questions ricochent dans son esprit. *Quel est cet objet ? Est-il en rapport avec Laure ?*

Elle se dirige vers la porte-fenêtre et l'ouvre. Tandis que l'air glacial s'engouffre dans la chambre, elle s'efforce de faire le point : la logique voudrait que l'explication d'Isaac, à propos du sang, soit rationnelle, que ce qu'il a empoché soit de nature intime, en aucun cas lié à la supposée disparition de Laure, mais cela la tracasse malgré tout. *S'il me cache ce genre de détail, de quoi d'autre est-il capable ?*

Le fait est qu'elle n'en a aucune idée. Elle ne sait rien de lui, de sa relation avec Laure. Ces dernières années, elle n'a fait qu'entrevoir de loin l'existence de son frère, filtrer les bribes d'informations qu'il lâchait de temps à autre.

Sa vie avant son départ d'Angleterre est mieux connue : sa mention très bien en informatique à Exeter, puis l'année sabbatique au cours de laquelle il a suivi une formation de moniteur de ski. Il est ensuite revenu en Angleterre pour effectuer un troisième cycle, puis il a été embauché par l'université. Il y a enseigné deux ans avant de s'installer en Suisse, en 2016. Et après ? Mystère. Elle ne sait rien de ses activités sur de longues périodes.

Elin sort son MacBook de son sac, l'installe sur la table et l'allume, puis tape « Isaac Warner Suisse » dans la barre de recherche de Google. Les liens s'affichent. Quelques lignes plus bas, elle repère un site intéressant, celui d'une école de ski de Crans-Montana. Isaac figure parmi les moniteurs.

Elin clique sur le lien et, quelques secondes plus tard, découvre une vignette de son frère, un simple photo-portrait sur lequel il apparaît bronzé et affublé de lunettes de soleil. Quelques lignes donnent des précisions : « Moniteur à temps partiel, diplômé BASI[1] niveau 2, spécialisé dans l'enseignement aux enfants et aux débutants. »

Un job à temps partiel, d'accord, se dit Elin. *Mais qu'en est-il de son poste de maître de conférences ?* De retour sur Google, elle procède à une nouvelle recherche, plus précise : « Isaac Warner Informatique Université de Lausanne. » Rejetant une mèche de cheveux derrière son oreille, elle constate que les quelques résultats obtenus sont sans rapport avec l'université. Aurait-elle mal retenu ce qu'il lui a dit ? Non, il en a

1. *British Association of Snowsports Instructors*, Association britannique des moniteurs de sports d'hiver.

fait état à plusieurs reprises. Dans ce cas, pourquoi ne trouve-t-elle rien ? Elle étouffe l'alarme qui résonne dans son esprit et s'intime d'éviter les jugements hâtifs, de ne pas sauter trop vite sur une conclusion.

Elle consulte cette fois directement le site de l'université. Progressant lien après lien, elle déniche enfin la page du département Informatique, où sont cités ses membres, avec leurs photos.

Isaac n'y figure pas.

Elle parcourt une seconde fois la liste, s'imposant une concentration totale. Rien.

Elle lève les yeux de l'écran et se saisit de son téléphone, non sans une certaine crainte ; elle a la sensation que quelque malheur est sur le point de survenir, qu'une catastrophe prend de l'ampleur et sera bientôt hors de contrôle.

Elle n'est pas fière de cette… fouille dans le passé de son frère, de cette invasion dans sa sphère privée en raison d'une vague intuition, mais elle doit en avoir le cœur net. Elle doit savoir si le geste d'Isaac, dans la chambre, n'était qu'une aberration, une exception, ou s'il n'a pas changé. Elle doit savoir si Isaac ment toujours autant. Au comble de la nervosité, elle est mise en attente par le standard de l'université, le temps que son appel soit transféré au département Informatique. Une petite musique inconnue l'aide à patienter avant d'être brusquement interrompue :

— Marianne Pavet, bonjour[1].

Prise au dépourvu, Elin doit lutter pour trouver les mots justes :

1. En français dans le texte original.

— Bonjour… Rachel Marshall à l'appareil. On m'a transmis le CV d'un certain Isaac Warner. Serait-il possible de m'entretenir avec quelqu'un de votre département ayant collaboré avec lui ?

Marianne répond sèchement, dans un anglais teinté d'un épais accent français :

— Non, impossible, je ne peux rien vous dire.

S'ensuit un silence embarrassant.

— Je vous en prie, il fait partie de votre département.

— Je ne comprends pas, soupire l'interlocutrice d'Elin. Ça m'étonne que M. Warner vous ait donné notre établissement comme référence, étant donné qu'il en a été renvoyé l'année dernière.

— Il a été renvoyé ? s'étrangle Elin. Vous êtes certaine que nous parlons de la même personne ? D'Isaac Warner ?

— Oui, c'est bien lui, confirme l'employée de l'université, à présent plus cassante, clairement impatiente de mettre un terme à la conversation.

— Je peux vous demander pour quel motif ?

Encore un mensonge. Isaac l'a encore trompée. Il a dit ne pas être venu à l'enterrement de leur mère à cause d'une contrainte professionnelle.

— Pour avoir intimidé des collègues, lâche enfin Marianne, après un silence à couper au couteau. Je ne veux pas vous en dire plus, désolée.

Un clic, puis le silence. La personne a raccroché. Elin pose son téléphone sur le bureau. Que faire à présent ?

Elle doit en avoir le cœur net. Et si Isaac lui cache la vérité, elle doit s'adresser à quelqu'un d'autre.

Mais qui ? Qui, ici, connaît à la fois Isaac et Laure ?

Elle revoit en pensée Laure murmurant et riant avec

Margot, la réceptionniste du spa ; elles s'entendent bien, visiblement…

Cela étant, la perspective de l'interroger dans le dos d'Isaac réveille une terreur glaçante en elle.

Elle ferme les yeux ; des menaces surgissent du passé et résonnent dans sa tête :

« Seuls les bébés cafardent, et tu es un bébé ! »

« Si tu le dis, ta langue tombera. »

Un mal de crâne atroce s'invite.

« Refais ça et je te tue. »

23

— Vous venez pour la visite guidée ? dit Margot, souriante, le visage à moitié dissimulé par son immense écran d'ordinateur. Votre ami l'a déjà faite. Il est dans l'eau ; il a la piscine pour lui tout seul.

— Non, pas vraiment, répond Elin alors que la porte du spa se referme dans un chuintement. En fait, j'aimerais bavarder un instant avec vous.

Margot écarquille les yeux, la bouche arrondie sous l'effet de la surprise. *Elle me fait penser à Laure*, songe Elin, retrouvant chez cette femme cette vivacité à l'européenne qui, en comparaison, lui donne toujours l'impression d'être à côté de la plaque. Margot a les cheveux courts et les ongles vernis de gris, et son maquillage se limite à un unique et élégant trait d'eye-liner et à son rouge à lèvres sombre. Des épingles à cheveux ornées d'étoiles maintiennent sa frange relevée.

Cela étant, cette illusion vole en éclats à mesure qu'Elin s'approche du comptoir ; les ongles de Margot se révèlent rongés et son rouge à lèvres coule légèrement sur les coins de sa bouche. Elin aperçoit en outre un croissant à moitié croqué plus ou moins dissimulé sur une étagère, un peu plus bas.

— C'est à propos de Laure ? demande l'employée, qui a encore quelques miettes sur les lèvres. Elle n'est toujours pas rentrée ?

Margot tire sur son haut noir, de façon à masquer son estomac rebondi. Entre le croissant qu'elle s'est hâtée de cacher et ce réflexe de dissimuler ses rondeurs, Elin devine que cette femme n'est pas bien dans sa peau. Elle n'est pas aussi solide qu'elle le voudrait et elle en est consciente. Elle est en outre assez grande, estime Elin, à en juger par ses longues jambes repliées sous le bureau.

— Non, je…

Elin hésite, surprise par un début de panique. Ne commet-elle pas une erreur ? Ne s'emballe-t-elle pas trop, poussée par son imagination ? Laure n'est introuvable que depuis quelques heures, après tout…

Trop tard. Elle est lancée.

— Elle n'est pas passée ici ?

— Non, répond Margot, jetant un coup d'œil vers la porte, comme si elle s'attendait à voir Laure apparaître. Et je suis là depuis l'ouverture du spa, ce matin. Elle est sans doute en train de travailler.

— Non. Isaac a vérifié ; personne ne l'a vue.

— Vous croyez vraiment qu'elle a disparu, qu'il faut s'inquiéter ? dit Margot, la mine soudain plus sombre.

Elin remarque des reflets argentés dans ses oreilles, de minuscules flèches nervurées pointées vers le bas.

— On n'en sait rien, mais mon ami et moi sommes là pour fêter ses fiançailles avec Isaac. J'ai du mal à croire qu'elle ait filé. Isaac assure que ce n'est pas son genre.

— Je confirme. J'imagine mal Laure créer des soucis à quiconque. Pas volontairement, en tout cas.

Elin médite un instant ces propos ; il lui faut à présent progresser avec prudence.

— Elle ne vous a rien dit de particulier ? Elle ne vous aurait pas fait part d'un problème quelconque qui pourrait expliquer qu'elle soit partie si subitement ? (Elle se force à sourire.) J'ai posé la question à Isaac, mais bon…

De nouveau un silence de plomb. Margot baisse la main et tire sur le tissu qui lui comprime l'estomac.

— Écoutez, c'est un peu gênant… dit-elle enfin, rougissant légèrement. C'est votre frère, tout de même.

— Ça n'a pas d'importance, affirme Elin d'une voix aussi douce que possible. Je veux simplement m'assurer que tout va bien.

— Il me semble qu'il y a quelques… soucis entre Isaac et Laure, dit Margot, se mordant la lèvre. Ces derniers temps, Laure se sentait un peu… comment dire… étouffée par cette relation.

Elin remarque le rythme étrange des propos de cette femme. En plus de son accent quand elle s'exprime en anglais, son discours est quelque peu… saccadé. Ses mots sont entrecoupés de silences un peu trop longs.

— Depuis qu'ils se sont fiancés ?

— Non, ça date d'avant.

Penchée en avant, Margot s'en prend à ses ongles. Quelques fragments de vernis tombent sur le comptoir. Elle les balaie aussitôt de la main.

— Pourquoi s'être fiancée, si elle avait des doutes à propos de sa relation avec Isaac ?

Margot regarde Elin un peu trop longtemps avant de répondre :

— Laure a pensé qu'un tel engagement l'aiderait à

surmonter ce problème. À mon avis, elle a cru qu'en se fiançant, Isaac aurait moins peur de la perdre.

Elle balaie de la main les fragments d'ongles. Dans la manœuvre, elle pousse involontairement son sac, qui tombe au sol. Son contenu se répand : des épingles à cheveux, du vernis à ongles, un livre, une enveloppe… Elle se hâte de remiser son fatras dans son sac.

— Ça a marché ?

Margot hausse les épaules, le visage à présent écarlate.

— Je ne sais pas trop comment vous dire ça, mais elle m'a récemment confié qu'Isaac se montrait agressif ces derniers temps, qu'il n'était plus lui-même.

— C'est-à-dire ?

Elin fait de son mieux pour conserver un air neutre.

— Elle n'est pas entrée dans les détails, précise Margot. Mais attendez, dire ça froidement peut laisser croire qu'ils n'étaient pas heureux ensemble ; en vérité, tout allait bien. Laure se posait simplement quelques questions… C'est normal, quand on s'apprête à franchir une telle étape, non ? (Elle reste muette un instant avant de reprendre.) Je doute qu'elle ait réellement pensé ce qu'elle disait.

Elin cherche à contenir son malaise grandissant.

— Elle ne vous aurait pas fait part d'autres problèmes, par hasard ? Concernant des amis, sa famille ? (Margot secoue la tête.) Au travail, peut-être ? D'après Isaac, elle y passait un temps fou dernièrement.

Une curieuse expression se dessine sur le visage de Margot, si fugitive qu'Elin se demande si elle ne se fait pas des idées.

— C'est vrai, mais Laure ne subit pas de pression dans son travail. Elle adore son job.

D'un signe de tête, Elin indique qu'elle comprend. Margot s'éclaircit la gorge et enchaîne :

— Écoutez, j'en ai probablement trop dit. Laure et Isaac ont leurs problèmes, comme tout le monde, mais comme je vous l'ai expliqué, je ne pense pas qu'il faille s'en inquiéter.

Pourquoi m'en avoir parlé, dans ce cas ? Pourquoi Margot a-t-elle mentionné leurs problèmes de couple si son esprit n'a pas automatiquement fait le lien entre ces derniers et la disparition de sa collègue ? Peut-être préfère-t-elle ne pas aller si loin dans la spéculation, mais c'est trop tard.

— Je comprends. Une dernière chose : savez-vous pourquoi la police est venue ?

— Son intervention n'a rien à voir avec Laure, si c'est ce que vous craignez, répondit hâtivement Margot.

— Pourquoi est-elle montée jusqu'ici, alors ?

— Je ne suis pas censée être au courant, hésite Margot, rougissant un peu plus.

— Je vous en prie…

S'ensuit un silence interminable. *Allez, dis-moi tout !* crie Elin en pensée, retenant son souffle.

— Des restes humains ont été découverts, révèle enfin Margot à mi-voix. Un cadavre… Dans la montagne, au-dessus de la forêt. La police pense que c'est celui de l'architecte de l'hôtel. Il a disparu il y a quelques années.

Daniel Lemaître… pense Elin, infiniment soulagée. *Ce n'est pas le corps de Laure qui a été retrouvé.*

— Isaac nous en a parlé hier, dit-elle. Les gens ont cru qu'il avait des soucis professionnels, c'est ça ?

— C'est une théorie, oui.

— Il y en a d'autres ?

— En toute franchise, cette rénovation a déclenché des… comment dire… de mauvaises vibrations. (La voix de Margot grimpe soudain dans les aigus.) Et à mon avis, les gens croient que la disparition de l'architecte est liée à ça.

— Qu'entendez-vous par de mauvaises vibrations ?

— Certains locaux ne voulaient pas d'un hôtel ici, explique Margot, les lèvres pincées. Il y a eu des manifestations, des pétitions. Ces objections ont été si nombreuses qu'il a fallu des années pour lancer les travaux.

— Pourquoi ce refus ?

Margot hausse les épaules.

— Toujours pour les mêmes raisons : le nouveau design était jugé trop moderne, certains s'inquiétaient pour l'environnement, d'autres estimaient que les hôtels étaient assez nombreux. (Elle hésite un instant.) Pour être honnête, c'étaient surtout des excuses bidon ; les gens préféraient ne pas exprimer la véritable raison pour laquelle ils étaient contre ce projet.

— C'est-à-dire ?

— Ils ne voulaient pas qu'on construise quoi que ce soit ici, chuchote Margot. La nature du projet importait peu ; que ce soit un hôtel, un parc ou n'importe quoi d'autre, ils s'y seraient opposés.

— Mais pourquoi ?

Elin devine la réponse à sa question car elle aussi, depuis qu'elle est descendue du minibus, perçoit cette sensation dérangeante que quelque entité sombre et menaçante rôde dans les environs.

— Les gens n'aiment pas cet endroit… Et le fait que ça ait été un sanatorium, autrefois. Pure superstition, j'imagine. (Le visage de l'employée se durcit.) Mais je pense que Daniel Lemaître en a été la victime.

Ces derniers mots font vaciller Elin. Ils impliquent que la mort de Daniel… n'était pas un accident.

— Quelqu'un l'aurait agressé en raison de son rôle dans la création de l'hôtel ?

— Je n'en serais pas surprise, en tout cas. J'adore mon job mais j'avoue que parfois, j'ai l'impression que quelque chose… ne va pas ici.

— Expliquez-vous, la presse Elin, l'estomac noué.

— Je ne vois pas comment le dire autrement. Quelque chose ne va pas, c'est tout.

Elin se force à sourire mais est saisie d'un frisson en assimilant les propos de Margot. La partie logique de son cerveau lui souffle que la disparition de Daniel n'est qu'un événement ancien, peut-être un crime, mais sans lien avec celle de Laure. Néanmoins, quelque chose la titille.

Rejoignant Will à la piscine, elle sent un nouveau malaise grandir en elle : la disparition de Laure survient au même moment que la découverte du corps de Daniel. La simultanéité de ces deux événements lui fait l'effet d'un mauvais présage…

24

Will enchaîne les longueurs. Ses bras fendent l'eau miroitante, ses mouvements sont précis et rapides. Loin d'être en mode compétition, il est simplement dans son élément. Elin suit du regard son crawl parfaitement rythmé. Parvenu au bout du bassin, il effectue un virage en culbute. Elle détourne la tête et cligne des yeux.

La luminosité est trop vive.

L'éclairage des plafonniers se reflète sur l'eau. De minces traits lumineux ricochent sur la surface, telles des lames. Saisie de vertige, Elin inspire profondément. *Contrôle ce début de panique. Ne la laisse pas te contrôler*. Expire. Inspire. Encore. Puis elle s'approche de l'eau.

— Will…

Il ne l'entend pas.

— Will ! insiste-t-elle, plus fort.

L'ayant aperçue, Will ralentit et ses mouvements se font plus saccadés. Il gagne le bord du bassin et s'y hisse à la force des bras.

— Tu me reluquais ? plaisante-t-il. Je ne t'imaginais pas t'adonner au voyeurisme…

Il a accentué ce dernier mot en haussant un sourcil.

— Un peu de perversité n'a jamais fait de mal à personne, sourit-elle.

Cet instant de détente est fugace ; son esprit revient à Isaac et à ce qu'elle a découvert.

— Qu'est-ce qu'il y a ? (D'épaisses gouttes tombent des épaules de Will et s'écrasent sur le sol carrelé.) J'aimerais croire que tu es venue pour admirer mes talents de nageur, mais je vois bien que quelque chose ne va pas.

— Je suis allée voir Isaac, lui révèle-t-elle en se mordillant un ongle.

Will se lève, dégoulinant et haletant.

— Laisse-moi deviner : Laure est rentrée.

Elin admire une seconde les muscles contractés de ses bras, son torse imposant et ses épaules constellées de taches de rousseur. À trente-quatre ans, il a perdu sa minceur de gamin mais reste en pleine forme, sans la moindre brioche.

Son physique de sportif est un des éléments qui l'ont séduite quand ils ont fait connaissance. Ce détail la rassurait, en quelque sorte, preuve tangible de la motivation de ce garçon, de sa discipline et de sa force tant mentale que physique. Elle n'aurait pas à tenir à bout de bras un tel homme, de peur qu'il ne s'effondre.

— Non, lâche Elin, avec toutes les peines du monde à articuler ses mots. J'ai vu du sang, Will. Du sang sur le tapis de leur chambre… Et ces taches étaient récentes.

Will sourit. Le blanc de ses yeux est strié de traînées rouges qu'il doit au chlore.

— Allons, Elin, tu ne crois quand même pas que…

— Non, bien sûr que non, répond-elle d'une voix

volontairement légère. Isaac prétend qu'elle s'est coupée en se rasant.

— C'est certainement la vérité.

— Ce n'est pas tout ; à un moment, alors que j'examinais la salle de bains, il a discrètement attrapé quelque chose et l'a glissé dans sa poche.

— Tu en es sûre ?

Sans ses lunettes, les iris de Will sont encore plus lumineux.

— Oui, mais je n'ai pas eu le temps de voir ce que c'était.

— Ça peut être n'importe quoi. Un truc un peu intime, du genre préservatif ou pilule…

— Oui, peut-être.

Les doigts entremêlés, Will s'étire les bras. Elin devine que ce geste, en apparence tranquille, censé le relaxer, masque autre chose : de l'agacement, de la frustration.

Il ne comprend pas pourquoi elle reste obnubilée par cette affaire. Lui n'est pas du genre à s'appesantir sur quoi que ce soit – c'est typique de sa famille. Elin a même entendu sa sœur dire que « gérer les choses, aller de l'avant » était la devise informelle de la famille.

Elin n'a jamais connu de famille comme celle de Will. Il a un frère aîné et une sœur cadette, et tous, parents inclus, sont en pleine forme et ne se tracassent jamais.

Loin d'avoir une attitude tout en retenue et de glisser les problèmes sous le tapis, ils les gèrent d'une façon presque médicale. Dès qu'un souci se présente, ils en parlent jusqu'à en avoir fait le tour, puis ils le règlent. Un plan est décidé puis appliqué. Et voilà le travail. Et ils ne regardent plus en arrière. Pas de regrets.

Cela ne leur est possible que parce qu'ils sont extrêmement ouverts à leurs émotions et à celles d'autrui – déjeuner en famille tous les dimanches, bavardages et blagues entre eux, vacances tous ensemble tous les ans. Elin se demande parfois si tant d'amour et d'affection vont de soi pour Will.

Elle ne peut s'empêcher d'être un peu jalouse, non seulement en les voyant si proches les uns des autres, mais aussi de la facilité avec laquelle ils évoluent ainsi. Il n'y a chez eux ni silences gênants, ni secrets, ni comédie. Ils mènent une vie de famille diamétralement opposée à celle qu'elle a toujours vécue.

— Je crois que tu en fais trop, dit Will. Tu te comportes un peu… bizarrement. Laure n'a pas été vue de la matinée, c'est tout. Comme je te l'ai déjà dit, Isaac réagit certainement de façon excessive. Ne te laisse pas influencer par tout ça. Ton frère fait volontairement tout un drame de cette histoire. Laure va rentrer et tu auras gâché la première journée de ce qui est censé être des vacances…

Il s'interrompt. Elin sait pertinemment comment il a envie d'achever sa phrase, mais il s'en est empêché. Aujourd'hui encore, il n'ose pas lui parler franchement.

— … à cause de cette histoire, biaise-t-il. Contentons-nous de profiter de cet endroit, juste toi et moi. (Il esquisse un sourire.) On a bien réussi à le faire hier soir, non ?

— Ce n'est pas tout. J'ai discuté avec Margot, la réceptionniste du spa. D'après elle, Laure et Isaac avaient quelques soucis. Apparemment, Laure se sentait étouffée par leur relation et se posait des questions sur leurs fiançailles.

— C'est normal, juge Will avec désinvolture. C'est une décision grave qui a de quoi faire réfléchir.

— Mais je pense qu'Isaac m'a menti. J'ai appris qu'il avait été viré de l'université. Pour avoir intimidé des collègues. Pourtant, il m'a dit qu'il enseignait encore là-bas.

— Comment as-tu découvert ça ? s'étonne Will d'une voix d'un calme effrayant.

— Je…

Elin bafouille et grimace, devinant d'avance l'effet de ses mots.

— J'ai appelé l'université de Lausanne.

— Tu as fait ça ? s'exclame Will, qui recule d'un pas, l'air presque désespéré, les artères carotides palpitantes. Tu as fouiné pour obtenir des renseignements sur ton frère ? On est là pour que tu puisses te reposer, Elin, pour que tu oublies toutes les conneries qui te minent chez nous. Là, tu… Tu reviens à la case départ.

— Mais imagine qu'il soit vraiment arrivé quelque chose à Laure, insiste Elin, les yeux piquants.

— Il ne lui est rien arrivé du tout, bon sang ! s'emporte Will, dont la voix a grimpé d'une octave.

— Autre chose : quand j'étais avec Isaac, la police est arrivée. (Elle a conscience que ce qu'elle raconte n'est pas très clair, mais pourquoi ne saisit-il pas ce qu'elle veut lui faire comprendre ? La façon dont tout s'imbrique ?) Ils ont découvert un corps au-delà de la forêt. D'après Margot, ce serait celui de l'architecte qui a disparu.

— Daniel Lemaître ?

— Oui.

— Et tu penses que c'est lié à la disparition de Laure ?

Il se passe la main dans les cheveux, faisant chuter des gouttelettes d'eau sur son visage.

— Je n'en sais rien mais ça ne me dit rien qui vaille. D'abord Laure qui est introuvable, et ensuite ça…

— Écoute, même s'il s'est passé quelque chose de grave concernant Laure, tu n'en es pas responsable, dit Will, trop lentement et sur un ton trop prévenant. Je sais que c'est difficile pour toi de ne pas intervenir dans ce genre de situation, mais tu n'es plus…

Il s'interrompt, rougissant soudain.

Elin cligne des yeux. Elle a deviné ce qu'il s'apprêtait à dire : « Tu n'es plus de la police. »

Ces mots sont douloureux pour elle, mais il a raison. *Je ne fais plus partie de la police, et cette enquête n'est pas la mienne*. Il n'y a même pas d'enquête lancée, d'ailleurs. Néanmoins, cet état de fait la blesse. C'est la première fois qu'elle entend quelqu'un l'exprimer à haute voix. À quel moment la bascule s'est-elle produite ? À partir de quand son entourage a-t-il cessé de la considérer comme un membre des forces de l'ordre ? Quand son congé, initialement prévu pour trois mois, s'est prolongé de six mois, puis de neuf ? Cette réalité a quelque chose d'épouvantable, d'anormal. Son job a toujours défini la femme qu'elle est. Après la mort de Sam, elle a acquis la certitude qu'agir au sein de la police était son unique désir. Faire éclater la vérité. Obtenir des réponses. Si elle n'en est plus capable, à quoi se trouve-t-elle réduite ? Qui est-elle devenue ?

— Isaac est mon frère ; j'essaie de l'aider, c'est tout, se justifie-t-elle, essayant d'empêcher sa voix de trembler.

— Tu fais bien plus que simplement l'aider, affirme Will. Et franchement, j'avoue ne pas comprendre pourquoi tu te donnes ce mal. Où était-il quand tu avais besoin de lui ? Quand ta mère était malade ? Pour tout te dire, je trouve que tu fais davantage d'efforts pour lui que pour nous deux…

— Ne dis pas de bêtises, Will. Vous n'êtes pas en compétition, Isaac et toi…

— Je ne plaisante pas, Elin, insiste Will, sans s'énerver. Tu me parais plus impliquée dans cette histoire que dans notre avenir.

— Notre avenir ? répète Elin pour gagner du temps.

Elle a parfaitement conscience de ce qu'il évoque à demi-mot, évidemment. Pas plus tard que le mois dernier, il lui a apporté une pile de magazines de décoration intérieure, qu'il a déposés sur la table basse du salon, puis il a longuement comparé les mérites de diverses nuances de peinture et évoqué des solutions de rangement. Il lui a également demandé si elle préférait un appartement ou une maison.

— Tu sais très bien de quoi je parle. J'aimerais tant qu'on s'installe ensemble. On est en couple depuis presque trois ans et on vit encore chacun chez soi. (Il baisse les yeux.) Je veux qu'on vive ensemble, Elin, en permanence. Qu'on partage notre quotidien.

— Je sais, mais c'est difficile pour moi de franchir cette étape tout en gérant le reste.

— Je ne suis pas d'accord. Tu vas me prendre pour un idiot sans compassion, mais je suis certain que tu as le choix en la matière. Tu peux être courageuse, Elin. Tu peux décider de ne pas laisser le passé bouffer ta vie.

— J'ai le choix ? répète Elin d'une voix vacillante. Je n'ai pas voulu tout ce qui m'arrive, je te signale !

— Bien sûr que tu as le choix. Regarde mon père

et sa dégénérescence maculaire. Il a dû complètement changer son mode de vie pour s'y adapter, mais il ne s'est jamais plaint. Il a fait un choix, Elin. Il a décidé de ne pas se laisser abattre, de ne pas laisser la maladie lui gâcher la vie. Tu peux en faire autant.

— Tout le monde n'est pas comme toi et ta famille, réplique Elin, la gorge serrée. Tout le monde n'est pas si fort. Tu as de la chance d'avoir une famille si unie, Will. Ça aide d'avoir tout un clan qui te soutient, des proches à qui parler sans craindre d'être jugé. Avec une telle assise, il est facile de prendre des risques et des décisions.

— Je sais, reconnaît Will avec lassitude. Mais justement, on a l'occasion de fonder ce genre de famille, toi et moi. Notre famille. La seule façon d'y parvenir serait que tu abattes les murs que tu as dressés entre nous. Je ne comprends pas que tu te consacres davantage à Isaac, à cette affaire, qu'à nous deux…

Elin voudrait réagir, se défendre, mais elle sait qu'il a raison. Elle a érigé des barrières entre eux. Elle ne l'a pas voulu mais c'est ce qu'elle a fait.

— Le truc, c'est qu'Isaac a… commence Elin, sans aller plus loin.

Elle voudrait révéler à Will le détail qui pourrait lui faire comprendre la véritable raison de sa venue en ces lieux, mais elle en est incapable. Lui expliquer qu'elle ne pourra aller de l'avant – ce dont elle a désespérément envie – que lorsqu'elle connaîtra la vérité à propos de la mort de Sam. Les mots restent coincés dans sa gorge.

C'est une sensation familière : elle est souvent sur le point de tout lui dire, puis elle n'en fait rien. Elle juge que ce serait aller trop loin, qu'elle n'exposerait pas seulement une part cachée d'elle-même mais également un secret de famille. Tant d'intimité l'effraie.

— Si tu continues comme ça, il va sérieusement falloir réfléchir à partir d'ici quand Laure réapparaîtra, ce dont je ne doute pas une seconde, dit Will. Ce n'est peut-être pas une bonne idée de rester ici.

— Tu veux qu'on s'en aille ? s'écrie Elin, les nerfs comme assaillis de piqûres sous l'effet de la panique.

Il ne faut pas qu'ils partent. Pas tout de suite. Sinon, ce voyage n'aura servi à rien. Elle n'a même pas l'ombre d'une piste.

— Ta réaction ne me plaît pas du tout. Tu es stressée. Être près de ton frère te fait du mal plus qu'autre chose. Tu… Tu n'es plus toi-même.

Elin le dévisage un moment, avec une forte envie de protester, mais il a raison. Elle ne se reconnaît plus. Loin d'être ordonnées, ses pensées sont acrobatiques et partent dans tous les sens, formant un tout incohérent. Elle ne les contrôle plus. Sur le point d'ajouter autre chose, Will se ravise et, les mains sur le bord du bassin, se laisse lentement glisser dans l'eau.

25

En entrant dans le vestiaire, Elin entend encore les mots de Will résonner en elle: « Tu n'es plus toi-même. »

Les larmes aux yeux, elle enfile ses chaussures et ramasse son sac, puis se fige en se redressant. Il y a eu un bruit: une porte ouverte et refermée. Elle se retourne, s'attendant à voir surgir quelqu'un d'une cabine, les cheveux trempés et ses affaires à la main.

Silence.

Personne ne se change sans émettre le moindre son. On doit au moins entendre le frottement des vêtements glissant sur la peau humide, les petits cris d'agacement quand un bouton se coince dans une chevelure mouillée, une bretelle qui claque…

Voilà que ça recommence: un battant de porte que l'on ouvre et referme. Elin attend, prête à voir apparaître quelqu'un, mais personne ne se présente. Le silence, à présent total, se prolonge, ce qui a pour effet d'amplifier les coups de marteau dans ses oreilles. Tous les sens aux aguets, elle pivote et balaie les lieux du regard.

Tout est calme et tranquille.

Elin se dirige vers la porte menant à la réception. *Ne sois pas idiote, ce n'est rien du tout.*

Pourtant, elle n'a pas rêvé, elle a bel et bien entendu un bruit.

Elle longe à petits pas la rangée de cabines, expérience qui se révèle étrange. Elle se rend compte seulement maintenant de l'agencement peu commun du vestiaire ; chaque porte de cabine est pour ainsi dire fondue dans ses voisines, donnant la sensation que l'on évolue dans un couloir fermé fendant un vaste espace, un tunnel désolé et stérile. Pour couronner le tout, aucune poignée n'est visible. Comment ouvre-t-on ces portes ? Non sans hésitation, Elin pousse le battant le plus proche d'elle, ce qui produit un effet : la porte s'ouvre dans un claquement. Elle jette un coup d'œil à l'intérieur et voit un banc étroit contre la paroi de gauche, pourvu d'un rabat pour permettre l'ouverture de la porte. Quand celui-ci est baissé, le banc a une largeur ordinaire et empêche quelqu'un d'ouvrir la porte de l'extérieur.

Elle continue d'avancer, ouvrant chaque porte.

Clac.

Clac.

Clac.

Il n'y a personne ici.

Alors que l'ultime porte est sur le point de se refermer, Elin s'engouffre dans la cabine et pose délicatement la main sur la porte opposée. *La personne que j'ai entendue est peut-être sortie de l'autre côté.*

Le battant s'ouvre. Ravalant sa salive et gagnée par un malaise grandissant, Elin jette un coup d'œil à l'extérieur. Oui, c'est possible ; quelqu'un s'est changé dans une cabine et a filé par l'autre côté. Quoi qu'il en soit, ce mystérieux personnage ne s'est pas rendu à la réception, puisqu'elle a toujours eu la tête tournée dans cette direction. Il a peut-être filé vers la piscine…

Mais alors, où est-il à présent ?

Il n'y a qu'une façon d'en avoir le cœur net : Elin retire ses chaussures et se dirige vers le bassin.

Les tripes nouées, elle constate que Will est toujours seul, fendant l'eau en crawl. Elle reste immobile une minute, puis fait marche arrière et regagne la réception du spa en traversant le vestiaire.

Il y avait quelqu'un, j'en suis certaine. Quelqu'un qui m'observait.

— Il nage toujours ? lance Margot, souriante.

— Oui, on dirait qu'il a l'intention de battre un record, répond Elin, simulant une désinvolture qu'elle est loin d'éprouver. Au fait, quelqu'un est entré dans le vestiaire après moi ?

— Non, le spa est tranquille aujourd'hui. Les gens ont sans doute voulu profiter de l'éclaircie de ce matin. Cela dit, ils ne vont pas tarder à revenir ici, maintenant qu'il neige de nouveau.

— Certainement, abonde Elin, les doigts crispés sur la bandoulière de son sac.

D'un côté, elle aimerait oublier cet épisode, qui n'est sans doute que le fruit de son imagination – le bruit qu'elle a entendu s'explique probablement d'une autre façon –, mais de l'autre elle a la certitude que quelqu'un l'a épiée.

Quelqu'un qui attendait quelque chose.

26

Ayant besoin de prendre l'air, Elin sort de l'hôtel par la porte de derrière et s'engage sur le court sentier menant à la forêt, à l'opposé de celui qu'elle a emprunté plus tôt avec Will.

Elle ne cesse de penser à ce qui s'est produit dans le vestiaire. Ne se laisse-t-elle pas duper par son imagination ?

Elle n'est sûre de rien, à vrai dire. Cependant, malgré ses doutes, elle se sent plus forte, plus en contrôle, à chaque pas.

C'est en faisant de l'exercice qu'elle réfléchit le mieux ; elle venait ainsi à bout des problèmes posés par ses enquêtes, autrefois, et désormais cela lui permet d'ordonner ses pensées concernant Sam, Isaac et sa mère.

Cela étant, progresser dans la neige n'a rien d'évident. Sous l'abondante poudreuse récente se trouve une autre épaisseur, plus compacte. Le souffle court, Elin fait halte au sommet du sentier, juste avant l'entrée dans la zone boisée. Des flocons sont piégés dans les plis de sa parka. Elle expire lentement, son haleine formant un nuage de givre. Il ne neige plus mais ce répit est provisoire, à en juger par le ciel plombé.

Bien qu'immobile à présent, elle a encore le cœur battant, tandis que son maillot de corps s'imprègne peu à peu de sa sueur. Elle doit cette relative faiblesse à l'altitude, à laquelle son organisme ne s'est pas encore acclimaté. Sa main se referme sur son inhalateur, dans sa poche, ses doigts caressant l'embout rectangulaire.

L'air glacé ne l'aide en rien. Chez elle, elle se dépense dans une atmosphère plus chaude, plus humide ; à condition d'inspirer une bouffée préventive de son inhalateur et de monter progressivement en régime, elle n'a aucun souci pour effectuer ses footings. Ici, en revanche, dans cet air moins riche en oxygène, elle doit se montrer prudente. Sur ses gardes.

Elle ferme les yeux et inspire à plusieurs reprises. Soudain, son esprit la surprend en faisant défiler plusieurs visions :

La surface du bassin naturel balayée par la brise, si bien que le fond est indistinct.

Une main qui lui agrippe le bras.

Du sang qui se disperse dans l'eau, comme de la fumée.

L'estomac perclus de crampes, elle se rend compte que c'est la première fois que ses flash-back lui viennent alors qu'elle est tout à fait éveillée, pour se mêler à la vraie vie. D'ordinaire, ils ne surviennent que dans les moments flous, quand elle est sur le point de s'endormir ou de se réveiller. Jusqu'ici, jamais ils n'étaient allés plus loin.

Déconcertée, elle inspire longuement puis reprend sa marche vers les sommets. La neige étouffe tout, le sol comme les arbres, dont les branches ploient sous son poids.

À chaque pas, l'arrière de ses pieds frotte désagréablement ses bottes. Malgré ses épaisses chaussettes, ils glissent contre le cuir. Dans la boutique, le vendeur lui a signalé que ces chaussures étaient trop grandes pour elles, mais elle n'a pas tenu compte de son avertissement. Depuis toujours, et c'est évidemment un effet secondaire de son asthme, Elin a horreur de se sentir à l'étroit.

Qu'il est étrange que sa claustrophobie se manifeste non seulement par rapport à son environnement extérieur, mais également en elle, produisant une épouvantable sensation d'être coincée dans son propre corps. Après avoir acheté son appartement, son premier réflexe a été d'abattre la cloison qui séparait les deux pièces principales. Elle a éprouvé un soulagement palpable lorsque l'ultime pan de briques s'est effondré dans un nuage de poussière et de plâtre, laissant la lueur du jour inonder les lieux.

Elle se retourne et considère le paysage qui se déploie sur l'autre versant de la vallée. Le gris pesant du ciel s'étend à perte de vue, uniquement troublé par l'horizon tourmenté formé par les pics montagneux. Quelques chalets sont regroupés ici ou là sur les pentes, incroyablement minuscules dans cette immensité.

De ce côté de la vallée, le ruban sinueux qui descend jusqu'à la ville, sur sa droite, est à peine visible, masqué par les congères qui s'accumulent de part et d'autre de la chaussée. La ville elle-même est dissimulée par un léger talus. Elin distingue tout juste les pointes métalliques de l'infrastructure du télésiège, dont les pylônes se perdent dans la brume.

En contrebas sur sa gauche, de timides rayons de

soleil perçant brièvement les nuages se reflètent sur les parois de verre de l'hôtel cerné de murs de neige.

Telle est la vue qu'elle souhaitait contempler, la perspective dont elle avait besoin, mais plus elle s'y attarde, plus elle se sent troublée. Une question revient en boucle dans son esprit. *Si elle a volontairement filé, où Laure a-t-elle pu se cacher en partant de là ?*

Isaac a raison : l'hôtel est totalement isolé, quasiment en autarcie. Elle n'aperçoit nul refuge proche où Laure pourrait se terrer, nul abri où elle serait en sécurité et au chaud.

Elle ne s'est certainement pas dirigée vers les cimes, estime Elin en se tournant vers la forêt. Isaac a précisé qu'il n'y avait pas la moindre cabane là-haut. Au-delà des arbres, on ne trouve que la haute montagne et le glacier, tous deux nappés d'une épaisse brume tournoyante qui s'accroche à la roche comme des doigts avides. Cette vision sinistre l'incite à se retourner. Il est bien entendu possible que Laure ait filé vers la vallée, vers le village, voire jusqu'à Sierre, mais c'est à plus de vingt kilomètres d'ici. Et par quel moyen ? Marcher sur une telle distance est impensable par ce temps. N'ayant emporté ni son téléphone ni son sac à main, elle ne peut pas avoir pris un taxi.

Pour obtenir des réponses, Elin n'a pas le choix : elle doit déterminer pourquoi Laure s'est enfuie. Quelle raison a pu l'inciter à se volatiliser ? S'agit-il d'un motif d'ordre personnel ? Professionnel ? En cherchant dans cette direction, elle trouvera forcément des indices, elle en est convaincue.

Elle sort son téléphone et se lance dans une vaste recherche sur les réseaux sociaux. Bien qu'inscrite sur la plupart d'entre eux, elle n'y a jamais posté le moindre message, trop peu sûre d'elle pour imposer ses réflexions au reste du monde.

Les comptes de Laure sont tous privés, sauf un : Instagram. Elin s'y plonge ; même si elle ignore ce qu'elle y découvrira, elle sait qu'il y a peu de chances que cela corresponde à la véritable Laure.

En effet, la tendance des gens à magnifier leur vie – que ce soit sur leur CV, dans leur journal intime, lors de conversations entre amis ou encore par courrier électronique – est une des premières choses qu'elle a apprises en intégrant la police. Et où peut-on raconter n'importe quoi plus facilement qu'ailleurs ? Sur les réseaux sociaux. Le collègue extraverti qui prétend s'éclater au restaurant avec « ses potes » déjeune souvent seul avec un livre. Quant à celui qui poste fièrement une photo d'un best-seller tout juste acheté, il le refermera fréquemment après les premières pages.

Cela précisé, le fait que cet univers ne dise pas tout est éloquent en soi, et la personne idéalisée décrite en ligne est en vérité très révélatrice des désirs et des angoisses de celui ou celle qui se cache derrière cette illusion.

Faisant défiler les photos postées par Laure, Elin constate qu'elles lui rappellent celles de Will : artistiques et très étudiées, elles ont été prises avec des filtres de façon à paraître légèrement surexposées. Il y a là des paysages, des bâtiments, avec de temps à autre une photo d'elle en compagnie d'Isaac ou d'amis. Un bar à cocktails. La réunion d'un club de lecture dans un appartement chic. Des poses railleuses. Elin s'attarde sur les commentaires de Laure, pleins d'autodérision. « Je fais l'effort de ne pas faire trop d'efforts. »

Aucun cliché insipide de la vie de tous les jours. Pas davantage de citations «motivantes» ni de membres de sa famille plus âgés posant à contrecœur. Rien, dans ces photos, ne laisse entrevoir un côté plus doux ou une vulnérabilité quelconque chez Laure. Elle tient manifestement à être considérée comme sérieuse et créative. Une femme qui contrôle sa vie.

Voilà qui est révélateur : cette absence totale d'imperfections et son incapacité à se mettre en scène autrement que menant une vie de rêve trahissent un manque d'assurance. Laure craint tellement que l'on n'apprécie pas celle qu'elle est vraiment qu'elle se sent obligée de simuler.

Elle fait de réels efforts en ce sens, en fin de compte.

Malgré cela, rien n'évoque une quelconque instabilité émotionnelle ou que quelque chose va sérieusement de travers chez elle. Pour découvrir de tels indices, Elin doit fouiller là où Laure est elle-même, là où elle n'attache pas tant d'importance à ce que l'on pense d'elle, là où ses amis ne sont pas en mesure de la voir, de la juger.

Son cadre professionnel. Son bureau.

Au moment de redescendre vers l'hôtel, Elin voit son regard une fois de plus attiré par la vaste étendue blanche qui s'offre à elle. Une hypothèse frappante naît dans son esprit :

Et si Laure s'était volontairement perdue dans cette immensité ? Et si sa disparition avait été planifiée ?

Elin comprend presque une telle volonté de se fondre dans le néant. De sombrer dans un oubli parfait et sans fin.

Alors s'impose à elle une vision des taches de sang sur le tapis de la chambre d'Isaac et Laure, les minuscules points rouges pareils à une constellation.

27

Il l'a déplacée.

Allongée mais le torse redressé, Adèle se trouve sur un lit, sur une surface moins dure que précédemment, moins agressive pour son dos.

Elle ouvre les yeux et cille à maintes reprises, mais les formes et les couleurs qui l'entourent restent floues. Plusieurs minutes lui sont nécessaires pour que sa vision se fasse plus nette. Distinguant une paroi bosselée et veinée luisante d'humidité, elle tente d'analyser ce qu'elle voit, de comprendre où elle se trouve, mais un détail l'empêche de se concentrer : elle a le visage brûlant.

Soudain, dans un hoquet de stupeur, elle se souvient : le masque. Gagnée par la panique, elle se sent transpirer sous le caoutchouc. Elle essaie d'arracher cette horreur, hélas ses mains refusent de lui obéir.

Que s'est-il passé ?

Elle incline la tête en avant, dans l'espoir de mieux saisir la situation, mais ce geste l'étourdit, comme si son cerveau avait trois temps de retard sur sa boîte crânienne. Elle procède à une nouvelle tentative, pivotant le torse sur la droite, mais le tube en forme de C fixé au masque, cette monstruosité courbée, lui bloque la vision. Adèle cherche ensuite à tendre le cou et à tourner la tête pour voir au-delà du tube, avec succès : elle distingue sa main droite attachée à un montant du lit.

Juste à côté se trouve une petite table pliante de camping, et dessus un plateau métallique contenant des instruments chirurgicaux parfaitement alignés – il y a là des scalpels, un couteau et une paire de ciseaux très fins. Adèle sent son cœur manquer quelques battements.

C'est à cet instant précis qu'elle entend ce son qui lui fend le crâne, cet étrange bruit de succion d'air suivi d'un sifflement suraigu.

Le son de ces masques qu'ils portent, son ravisseur et elle. Ce dernier émet un râle plus lourd, plus laborieux. Malgré elle, Adèle incline de nouveau la tête et l'aperçoit fugitivement. Il tient quelque chose dans la main – un téléphone. *Mon téléphone !* devine-t-elle en reconnaissant sa coque bleue éraflée.

Les doigts de son agresseur pianotent à toute allure sur l'écran, puis, quelques secondes plus tard, elle entend un bruit familier, une sorte de souffle électronique, qu'elle met un moment à reconnaître. *Il a envoyé un message ! Il a envoyé un message de mon téléphone...*

Un bip discret résonne peu après. Une réponse.

Alors Adèle comprend que ce type a envoyé un texto en se faisant passer pour elle. L'estomac noué, elle se rend compte que personne ne saura qu'elle a été enlevée. Le destinataire du message est à présent certain qu'elle n'a aucun souci. Personne ne se lancera à sa recherche, personne ne saura qu'elle est prisonnière. Adèle tente de hurler mais, sous le masque, son cri est réduit à un gargouillis pathétique.

La silhouette se tourne vers elle et l'observe plusieurs minutes, comme si elle réfléchissait, puis parle enfin :

— Prête ?

S'ensuit un temps de latence, comme si son cerveau avait besoin de ce délai pour enregistrer ce que ses oreilles ont perçu. Adèle sursaute et a un mouvement de recul.

Cette voix ne lui est pas inconnue. Elle ouvre la bouche... mais aucun son n'en sort. Elle tremble de tout son être, consciente que son dernier espoir, si infime soit-il, s'est à l'instant envolé en fumée.

Elle ne sortira pas vivante d'ici.

En un sens, elle a toujours su que ce moment surviendrait un jour. Elle n'a jamais oublié ce qui s'est passé autrefois... Elle a enfoui ce souvenir au plus profond de son esprit mais a toujours su qu'il était présent, tel un caillot de sang coincé dans une veine, attendant le moment idéal pour se détacher et faire des ravages.

Parfaitement immobile, Adèle attend.

Elle n'entend rien d'autre que la respiration de l'autre.

Je n'en ai plus que pour quelques instants...

Le faisceau lumineux s'agite. Penché en avant, le monstre masqué farfouille dans un sac noir posé à même le sol et en sort une seringue.

Adèle sent une vive piqûre dans le bras, puis tout devient noir. Avant de sombrer dans l'inconscience, elle perçoit un bref instant le bruit de la table métallique raclant le sol et le claquement des instruments chirurgicaux qui s'entrechoquent.

28

— Elle n'est toujours pas rentrée ? s'étonne la directrice de l'hôtel, soudain tendue, froissant involontairement les documents qu'elle tient en main.

Elin s'intéresse à son badge : « Cécile Caron – Directrice générale ».

C'est la sœur du promoteur immobilier ; elle l'a vue nager la veille. Elin note une certaine ressemblance entre eux. Tous deux longilignes mais musclés, ils ont en outre les mêmes cheveux blond roux, même si ceux de Cécile sont plus courts – plus encore que ceux d'Elin. Les pommettes saillantes, Cécile n'est pas maquillée – ou très peu – mais n'en a pas besoin. Toute tentative d'embellissement serait ridicule et superflue sur cette belle femme.

— Non… répond Elin. Isaac n'a toujours pas de nouvelles.

— Vous êtes certaine qu'il a demandé à toutes ses connaissances ? insiste la patronne de Laure, la mine sombre.

— Il a contacté ses amis, sa famille et ses voisins. Tous la croyaient ici avec lui. Je ne sais pas si Laure vous en a parlé, mais nous étions censés fêter leurs fiançailles.

— Oui, je suis au courant, dit Cécile, émergeant de la réception, ses documents toujours froissés dans la main. Vous êtes agent de police en Angleterre, c'est ça ?

Cette femme la dévisage avec un air indéchiffrable qui met instantanément Elin mal à l'aise.

Celle-ci acquiesce mais rougit, consciente qu'elle aurait dû rétablir la vérité.

Pourquoi mentir ? Pourquoi se conférer une autorité qu'elle ne mérite pas ?

— Isaac est mon frère. Il a prévenu la police. Ils ont pris note de sa demande, mais ils estiment qu'il est trop tôt pour lancer des recherches. J'ai proposé de poser quelques questions ici et là en attendant.

Cécile hoche vivement la tête, puis chuchote quelques mots à la réceptionniste avant de revenir à Elin :

— Passons dans mon bureau, nous y serons plus tranquilles.

Les deux femmes quittent le hall pour s'engager dans le couloir principal, Elin ayant toutes les peines du monde à rester à hauteur de Cécile qui avance à grands pas déterminés. Son pantalon remonte légèrement quand elle marche, comme s'il escaladait ses jambes. Cette femme est le premier employé de l'hôtel à qui son uniforme ne convient pas, juge Elin, qui croit voir un poisson hors de l'eau. Le style nordique tout en sobriété de cette tenue – chemise noire ajustée, pantalon cigarette et tennis grises – ne correspond pas à ce corps. Ces larges épaules et ces cuisses musclées étirent le tissu et déforment la coupe des vêtements. Comme Elin, elle est sans doute plus à l'aise en tenue de sport.

Cécile prend la première porte à droite et suit un

couloir plus modeste ; les bureaux se trouvent au fond à gauche. Elle ouvre une porte et la tient ouverte :

— Entrez, je vous en prie, et asseyez-vous.

Pour la première fois, Elin relève le léger accent américain de Cécile quand elle s'exprime en anglais. Soit elle a grandi aux États-Unis, soit elle y a vécu suffisamment longtemps pour l'attraper.

Dans cette pièce, Elin se retrouve une fois de plus face à un mur de verre, même si en cet instant la vue sur la montagne est masquée par une couche d'épais nuages noirs. Le temps ne s'est pas arrangé, à en juger par les monstrueux flocons qui s'abattent sans relâche.

Le bureau de la directrice est positionné au centre de la pièce, face à la baie vitrée. Cécile est ainsi disposée telle une cible, songe Elin. Au vu de tous. Ayant pris place sur un siège, elle laisse son regard errer autour d'elle : deux écrans sont installés côte à côte sur le bureau, sur lequel se trouvent également une pile de documents et un gobelet recyclable rempli de café. Sur les quelques photos posées sur le bureau, face à elle, Elin reconnaît Cécile, brandissant un trophée, une médaille autour du cou, mais aussi dans une piscine, le poing levé et serrant dans l'autre main un bonnet tout juste ôté.

— J'ai fait de la compétition autrefois, commente Cécile avec un rire bref et sec. Dans ma jeunesse…

Elin rougit d'avoir été prise en flagrant délit d'indiscrétion :

— Vous avez opté pour une autre voie, on dirait.

— Je n'ai pas réussi à percer dans la natation, sourit Cécile. Vous savez ce que c'est ; plus on progresse, plus la compétition est intense.

Un rêve inassouvi, songe Elin, tandis que Cécile laisse son regard s'attarder un instant sur les photos. Un rêve qui a suffisamment compté pour cette femme pour qu'elle en garde des souvenirs sur son bureau, même si elle ne se remémore cette époque qu'avec souffrance.

Mais qui n'a pas de tels rêves ? Qui ne se demande pas à quoi sa vie aurait ressemblé s'il avait opté pour un autre chemin ?

Elin change de sujet :

— Vous n'avez donc aucune nouvelle de Laure ?

— Non, je ne l'ai pas vue depuis hier, quand elle a déjeuné dans l'espace salon… Vous êtes certaine qu'elle n'a appelé personne ?

— Oui.

— Personne n'est venu la chercher ici ? Quelqu'un qu'Isaac ne connaîtrait pas ?

— C'est possible, mais ça n'expliquerait pas qu'elle ne nous ait pas contactés depuis, et encore moins qu'elle n'ait pas pris ses affaires. Son téléphone, son sac à main et tous ses effets personnels sont encore dans sa chambre.

— Elle ne serait pas rentrée chez elle ?

— Non. Son voisin possède un double des clés. Il est entré dans son appartement et n'a vu personne.

— Il est toujours possible qu'elle soit partie de son plein gré, et que pour une raison ou une autre elle n'ait prévenu personne, hasarde Cécile. Elle a peut-être été effrayée par cette histoire de fiançailles… Moi, j'ai eu peur, en tout cas.

Elin baisse les yeux sur la main de Cécile, sans y voir d'alliance.

— Je suis divorcée, précise la directrice, ayant surpris le regard d'Elin.

Le défi dans sa voix n'a pas échappé à Elin, qui comprend l'avertissement implicite ; elle doit souvent avoir droit aux mêmes banalités, quand elle répond à cette question : « Tu trouveras la bonne personne un jour », ou encore « Ne t'en fais pas, il n'est pas trop tard. »

Elin n'a que trente-deux ans mais, avant de rencontrer Will, elle les a toutes entendues plus d'une fois. Dès que l'on approche de la trentaine, les gens se croient obligés de vous cataloguer.

Et quand ils n'y parviennent pas, ils vous considèrent comme une menace. Une personne indéfinissable.

— C'est possible, convient Elin. Ça arrive plus souvent qu'on ne le croit. Des gens disparaissent d'un coup, les proches paniquent, puis on découvre que c'était volontaire. Quand elles n'ont pas envie de s'expliquer, de nombreuses personnes ont le réflexe de se terrer quelque part. (Elle se penche en avant.) Vous n'êtes donc au courant d'aucun problème concernant Laure ? Vous n'avez aucune idée de ce qui l'aurait incitée à s'enfuir ?

— Non, Laure a toujours été une employée modèle, ponctuelle et intelligente, affirme Cécile, tripotant son stylo. Écoutez, je ne suis sans doute pas la mieux placée pour vous parler d'elle. Nous entretenons de bons rapports, mais uniquement professionnels. Or Laure est une femme assez… secrète. Elle n'est pas du genre à évoquer sa vie personnelle si ce n'est pas nécessaire.

— Seriez-vous d'accord pour que je jette un coup d'œil dans son bureau ? demande Elin, prenant soin de conserver un ton léger. Au cas où elle y aurait laissé quelque chose. Des détails à propos d'un éventuel voyage, ce genre de choses…

— Dans son bureau ? répète Cécile.

Une étrange moue se dessine sur son visage, trop brièvement pour permettre à Elin de l'interpréter.

— Vous pouvez m'accompagner, d'ailleurs, s'empresse d'ajouter cette dernière. Je ne compte pas fouiner dans ses dossiers professionnels.

— Son bureau est là, accepte Cécile, soudain détendue.

Elle se lève et, d'une main, ouvre la porte encastrée dans la cloison de verre fumé, sur sa droite. La pièce voisine est agencée de façon similaire au bureau de Cécile, quoique deux fois moins spacieuse. Cécile reste à la porte, les yeux sur l'écran de son mobile.

Elin détaille le bureau impeccablement rangé : un ordinateur portable, un pot à crayons, un téléphone fixe et une petite plante grasse dans un pot vert citron. Le fil d'un chargeur de téléphone portable pend sur un côté du meuble, inutile.

Ce décor impersonnel est d'une banalité totale et ne révèle rien. Elin se baisse et ouvre le tiroir de droite du bureau, qui n'est pas fermé à clé. Il ne contient pas grand-chose : le texte d'un exposé, des notes prises au cours de réunions et une chemise bleue.

Elle parcourt les notes puis s'empare de la chemise, dans laquelle elle découvre quelques feuillets pliés. L'un d'eux est l'impression d'un article en français publié sur un site Internet. Elle n'a aucun mal à en comprendre le titre : « Dépression ». Une carte de visite est accrochée par un trombone dans le coin supérieur droit de la feuille.

« Amélie Frances. Psychothérapie – Psychologie. 24, rue de Lausanne. Genève. »

Elin lance un regard furtif en direction de Cécile ; elle est toujours focalisée sur son téléphone. Elin glisse discrètement la carte de visite dans sa poche, puis s'intéresse au tiroir de gauche, qui ne contient qu'une chemise violette renfermant des factures de téléphonie mobile mensuelles remontant jusqu'à plus d'un an. Elles sont libellées au nom de Laure mais adressées à l'hôtel.

— Vous avez trouvé quelque chose ? s'enquiert Cécile.

— Je ne sais pas trop… Vos employés ont des téléphones professionnels ?

— Non. S'ils doivent passer des appels professionnels depuis leur mobile personnel, ils sont défrayés, mais c'est rare. Nous utilisons essentiellement les téléphones fixes de nos locaux.

Et la directrice de désigner l'appareil installé sur le bureau.

Les factures correspondent donc au portable personnel de Laure, en déduit Elin. Mais pourquoi les archiver ici ? C'est alors qu'un détail lui saute aux yeux – l'opérateur : Orange. Or le mobile que lui a montré Isaac captait le réseau Swisscom.

La conclusion est évidente : Laure possède un autre téléphone.

Parcourant la facture la plus récente, Elin constate qu'un numéro apparaît régulièrement, que ce soit dans les appels ou dans les textos. Sans doute celui d'Isaac, se dit-elle en sortant son mobile pour le confirmer.

Eh bien non. Quelle que soit la personne que Laure a si souvent contactée, ce n'est pas son fiancé. À vrai dire, le numéro d'Isaac ne figure pas sur ce document. Elin se crispe ; cette découverte ne lui plaît pas du tout.

Pourquoi Laure conserve-t-elle ces relevés ici ? La réponse s'impose : elle ne souhaite pas qu'Isaac en ait connaissance. Elin passe naturellement à la question suivante : Laure fréquente-t-elle quelqu'un d'autre ? Isaac l'a-t-il appris ?

Elle repense à la scène dont elle a été témoin la veille : Laure téléphonait peut-être avec ce mobile à la personne dont le numéro revient si souvent sur cette facture – et qu'Elin a cherché en vain dans le répertoire de son autre téléphone.

Une vibration se fait sentir dans sa poche ; c'est un texto de Will.

« La météo fait la une des infos. Les hôtels de l'autre versant de la vallée sont évacués. »

— Vous avez tout ce qu'il vous faut ?

Elin arrache son regard de son portable et se rend compte que Cécile s'impatiente. *Elle en a assez. Elle veut se remettre au boulot.*

— Oui, répond Elin. Je peux prendre ces factures ?

— Allez-y, je vous en prie. Et si je peux faire autre chose pour vous, venez me trouver, dit Cécile d'une voix apparemment franche contredite par un air curieusement impénétrable.

Elin serait bien en peine de déterminer si cette femme est sincère ou si elle ne lui offre que son professionnalisme sans chaleur.

— N'hésitez surtout pas, ajoute Cécile, comme si elle lisait dans les pensées d'Elin. Laure est un élément précieux au sein de notre équipe…

Elle s'interrompt, la tête tournée vers la baie vitrée. Suivant son regard, Elin voit un des 4 × 4 de la police précédemment aperçus sortir du parking à toute allure, ses pneus projetant de la neige en arrière. Revenant à la directrice, elle se fige, stupéfaite par l'expression qu'affiche cette dernière.

Une vive inquiétude…

Se rappelant que Laure a précisé que les Caron étaient des amis d'enfance de Daniel Lemaître, Elin s'apprête à exprimer ses condoléances, puis elle se retient : à voir les traits figés de Cécile, elle doute que celle-ci soit enchantée de l'entendre évoquer son lien avec le disparu.

29

— Un article ? s'écrie Isaac.

Sa voix est trop forte, trop tendue, mais peu importe. Dans l'espace salon bondé, ses mots sont noyés sous le bourdonnement des conversations et les tintements des couverts, avec en musique d'ambiance un air de jazz contemporain idéal en journée.

Personne ne s'aventure dehors par un temps pareil, songe Elin, le regard tourné vers la baie vitrée. Le ciel est noir et d'énormes flocons, chahutés par des rafales de vent, volent de toutes parts.

— Oui, dans un tiroir du bureau de Laure.

— C'est pour ça que tu as chassé Will ? Pour me lancer ça au visage ?

— Je ne l'ai pas chassé ! se braque Elin. Il avait fini de déjeuner, il voulait consulter ses e-mails.

Isaac repose sa fourchette avec fracas et repousse son assiette, alors qu'il a à peine touché à sa salade de poulet – des feuilles de salade sont entassées sur le bord.

Il est vraiment dans un sale état, juge Elin, s'attardant sur sa barbe de quelques jours et sur ses vêtements froissés.

— Et de quoi il parle, cet article ?

— De dépression. Et il y avait la carte d'une psy attachée par un trombone.

Elle fait courir son doigt sur le rebord de sa tasse, hypnotisée par le feu dans la cheminée. Les flammes s'élèvent et lèchent la paroi de verre de l'insert.

— Une psy ? répète Isaac, les yeux écarquillés, avant de se reprendre. Ça peut se comprendre. (Il observe sa sœur, comme pour deviner sa réaction.) Laure lutte contre la dépression depuis quelque temps. Malheureusement, ça ne fait qu'empirer au fil des mois. C'est son médicament que j'ai attrapé en douce sur l'étagère. Je n'étais pas sûr que tu m'aies vu le faire, mais…

— Si, j'ai remarqué ton geste. Mais pourquoi me l'avoir caché ?

— J'ai préféré éviter de te parler d'un problème aussi personnel sans son accord. J'espérais qu'elle serait bientôt de retour et que je n'aurais pas à… (Il secoue la tête et baisse les yeux.) Quel merdier… J'ai tout annulé. J'ai dit à mes amis et à ceux de Laure de ne pas venir ; ça ne sert plus à rien, même si la météo s'améliore.

— Tu en es sûr ?

— On ne va tout de même pas fêter des fiançailles sans la fiancée !

Percevant un début de colère dans la voix de son frère, Elin change de sujet :

— Depuis combien de temps souffre-t-elle de dépression ?

— Ça va et ça vient depuis des années. Depuis la mort de Coralie. Le fait que son père ait pris la tangente n'a pas aidé. Dès que Laure a eu dix-huit ans, il est reparti au Japon.

— Coralie est morte ? s'étrangle Elin.

Elle vacille en revoyant ce visage fin, ces yeux en amande, presque félins. Coralie était une femme exceptionnelle et authentique, si vive qu'elle peine à imaginer qu'elle n'est plus de ce monde.

— Un accident de voiture à Genève, près du lac.

— Laure ne me l'a jamais dit…

Pourquoi ne m'a-t-elle pas prévenue ? s'étonne Elin, mortifiée. En vérité, elle a la réponse à cette question ; pourquoi Laure se serait-elle confiée à elle, puisqu'elle avait été rayée de sa vie.

— Elle est très douée pour dissimuler les choses. Elle affiche un air plein de courage alors qu'au fond d'elle, elle se débat avec ses démons. Surtout ici ; elle ne peut pas se permettre de perdre son boulot une fois de plus.

— Elle a eu des problèmes professionnels ?

— Oui, son dernier employeur lui a plus ou moins demandé de partir. Il lui a remis un certificat élogieux parce qu'elle a obtempéré, mais quand même…

— Que s'est-il passé ?

— Elle était surchargée de travail. Ses nuits étaient agitées. Elle était souvent absente pour maladie. Et puis elle s'en est prise à des collègues et même à des clients.

Elin s'efforce d'associer cette nouvelle avec ce qu'elle sait de Laure.

Non, ça ne colle pas.

Isaac pourrait aussi bien parler d'une autre personne.

Elle hésite un instant puis enchaîne :

— Je… J'ai également trouvé des factures de téléphone, mais pas de celui que tu as récupéré, Isaac. Je pense qu'elle possède un autre mobile.

— Je serais au courant, il me semble, si elle…

Il n'achève pas sa phrase, les joues à présent écarlates.

— C'est pourtant le cas. Ces relevés sont établis à son nom et adressés à l'hôtel.

Elle se saisit d'un morceau de pain, puis le repose. Sa soupe, les gouttelettes d'huile en suspension dans le breuvage brûlant… C'en est trop pour elle ; c'est écœurant.

— Dans ce cas, elle n'a pas dû s'en servir souvent.

— Si, justement. Elle a passé et reçu de nombreux appels. Idem concernant les textos. J'ai remarqué un numéro qui revient très fréquemment depuis quelques mois, un mobile en Suisse.

— Tu as ces relevés sur toi ? s'enquiert Isaac, de plus en plus agité, en se passant la langue sur les dents.

Elin plonge la main dans son sac et lui tend la facture la plus récente. Il étudie le document avec une lenteur douloureuse. *Il ne reconnaît pas ce numéro*, devine Elin.

— Je l'appelle tout de suite, décide-t-il.

Il sort son téléphone de sa poche, le visage ombragé par quelques mèches.

— Qui donc ?

— Cet autre numéro. Celui auquel correspond cette facture.

Tandis qu'il compose le numéro, Elin se mordille un ongle, en proie à une vive appréhension. Son regard se pose sur l'énorme lustre, au-dessus d'eux. Fait de centaines de fragments de verre pointus suspendus à diverses hauteurs, cette œuvre de conception abstraite paraît somptueuse de prime abord, mais on se rend rapidement compte que sa complexité et son manque de symétrie sont excessifs, trop agressifs.

— Je tombe directement sur la messagerie, dit Isaac

d'une voix robotique. (Il reprend la facture, si vivement qu'il la froisse.) Je tente le numéro qu'elle appelle si souvent.

Après plusieurs secondes d'attente, quelqu'un décroche.

— Allô ? Allô ? dit Isaac. Vous m'entendez ?

Puis, lentement, il pose le téléphone sur la table. Dans son regard, Elin ne décèle pas de colère mais de la confusion. Une dévastation tranquille.

Laure lui a menti et il était à des années-lumière de soupçonner une telle chose.

Émue, Elin baisse les yeux sur ses mains. Isaac ne réclamera pas sa compassion – il n'en a jamais voulu.

— Quelqu'un a décroché puis raccroché quand j'ai parlé.

— Essaie encore.

Il procède à une seconde tentative, pour aussitôt reposer son mobile.

— Ça ne sonne même plus.

Le téléphone a été éteint. Peu importe, Isaac. S'il est arrivé quelque chose, on peut demander à la police de lancer des recherches ; l'opérateur du second téléphone de Laure peut fournir la liste de tous les numéros entrants et sortants depuis six mois…

Les doigts d'Isaac tambourinent sur la table ; elle n'est même pas sûre qu'il l'ait entendue.

Une serveuse brune passe un chiffon sur la table voisine. Elin sent l'odeur acide citronnée du produit nettoyant. La jeune femme se tourne vers eux, souriante :

— Désirez-vous autre chose ?

Isaac devance sa sœur :

— Non, la bouffe est dégueu.

— Isaac… le reprend Elin, avant d'offrir un sourire d'excuse à la serveuse.

— Quoi, c'est vrai, non ?

La serveuse se raidit et rougit :

— Je peux vous apporter autre chose, si vous le souhaitez, monsieur. Et bien sûr, je peux transmettre vos commentaires à l'équipe.

— Non, ça ira, dit Elin en faisant taire son frère d'un regard noir. Tout va bien.

La serveuse s'éloigne.

— Pourquoi faut-il que tu sois toujours si impossible ? gronde Elin. Ce n'est pas la faute de cette serveuse si Laure a disparu !

Il a toujours eu tendance à tout mettre sur le dos des autres. Elle se souvient du jour où il a perdu un jouet offert par leur père pour le récompenser de bonnes notes à l'école – un robot métallique qui parlait quand on appuyait sur son antenne : « Je suis à tes ordres mais ne me brutalise pas ! » Sam a fait les frais de la colère d'Isaac, ce jour-là : sa chambre a été dévastée et son pirate Playmobil kidnappé en représailles.

Après coup, Sam ne s'est guère éloigné d'Elin plusieurs semaines durant, chacun tenant un rôle de bouclier humain pour l'autre. Chaque fois qu'Isaac partait en vrille, ils se cherchaient mutuellement pour se protéger.

Le silence gênant qui s'est installé se prolonge un moment.

— Tu as raison… dit enfin Isaac en se grattant la nuque. Mais je n'aime pas ça. Il y a quelque chose qui cloche. Si elle n'est pas de retour ce soir, je rappelle la police.

— Elle sera peut-être rentrée, hasarde Elin, sans conviction. On se fait peut-être du souci pour rien.

— Tu changeras peut-être d'avis après avoir vu ça. (Il sort une pile de photos de son sac et les lâche sur la table.) Regarde ça et dis-moi si tu penses toujours qu'il n'y a pas lieu de s'inquiéter.

Elin fait glisser les clichés vers elle. Sa respiration s'accélère ; ces photos ont été prises en divers endroits, mais on n'y voit qu'une seule et même personne.

Lucas Caron.

— Le propriétaire de l'hôtel… Où as-tu déniché ça ?

Un frisson de terreur la glace. *Ça ne sent pas bon…*

Isaac la regarde un instant, le visage pâle et tapotant le sol du pied.

— Dans son sac de ski. Examine-les attentivement.

Lucas marchant vers l'hôtel, un bonnet enfoncé sur la tête et les yeux baissés sur son téléphone.

Lucas discutant avec un employé à l'entrée de l'espace salon.

Lucas installé sur la terrasse et sirotant du vin avec des amis.

Tout cela sent l'espionnage à plein nez. Laure traquait-elle Lucas Caron ?

— C'est louche, non ? Ne me dis pas que tu ne trouves pas ça étrange, insiste Isaac, dont le genou heurte la table, tant il est agité. Ce ne sont pas des souvenirs de vacances. Il ne semble pas au courant que quelqu'un le mitraille.

Elin inspire profondément avant de répondre :

— On n'en sait pas assez pour en tirer une conclusion définitive. Il y a peut-être une explication rationnelle à ces photos.

Elle change de position, mal à l'aise, pleinement consciente que ses paroles sonnent faux.

Comment un tel comportement pourrait-il être justifié ? Pourquoi Laure détient-elle ces photos ?

— Ah oui ? Laquelle ? lance Isaac, le regard dur, en se grattant furieusement la paupière.

D'instinct, Elin rabaisse le bras de son frère, pour l'empêcher de se gratter. La paume d'Isaac se détend sous la main d'Elin. Elle ferme les yeux ; ce simple contact la fait remonter dans le temps. La voilà redevenue enfant, et Isaac l'aide à se rendormir après un cauchemar. C'est d'ailleurs pour cette raison qu'ils ont dormi dans la même chambre des années durant. Il avait pour habitude de tendre le bras et de prendre la main de sa sœur dans la sienne pour la calmer. Il a fait la même chose avec Sam, quand celui-ci était petit.

Pendant un temps, Sam a fait des cauchemars encore pires que ceux d'Elin, et c'était sa faute à elle. Ils avaient pris l'habitude de se déguiser ; Sam devenait soldat, chevalier et même parfois mouton, quand Elin parvenait à le convaincre. Dans un costume en laine fait maison, il incarnait l'interprétation créative de la crèche de Noël de sa grande sœur.

Puis Sam a commencé à faire des cauchemars à propos de ces déguisements, les imaginant s'éveiller à la vie au bout de son lit et danser dans sa chambre, silhouettes décapitées. Elin se rappelle que sa mère a fini par discrètement « retirer » ces déguisements de la circulation, murmurant qu'ils devaient « cesser de se déguiser un certain temps ».

Sam...

Penser à son frère décédé arrache Elin à sa rêverie.

Elle retire sa main, affreusement troublée. Elle s'emballe, une fois de plus. Elle prend pour argent comptant ce qu'elle voit ou entend, tout ce qu'Isaac lui montre, tout ce qu'il lui raconte… Mais ce ne sont que des mots, rien de plus.

Elle se saisit de son verre d'eau et cligne des yeux, furieuse contre elle-même. Malgré toutes ses précautions, elle a baissé la garde. Elle sait à quoi s'en tenir, pourtant. Elle avait oublié combien il est facile de s'éloigner de quelqu'un, de perdre le tout que l'on forme avec cette personne.

30

Elin n'est frappée par la fatigue qu'au moment où elle regagne sa chambre. Elle se frotte les yeux, reconnaissant dans la douleur lancinante qui lui laboure la nuque le signe avant-coureur d'un violent mal de crâne. Elle attrape la bouteille d'eau et l'ouvre, déclenchant un bref sifflement gazeux, puis se sert un verre d'eau et en boit une longue gorgée. Elle a besoin de se reposer mais les photos montrées par Isaac la troublent. Que faut-il en déduire ?

Elle s'installe avec son téléphone dans le fauteuil en cuir, près de la porte-fenêtre, et tape le nom de Lucas Caron sur Google. C'est alors qu'elle se rend compte qu'un e-mail l'attend sur sa messagerie – envoyé par Anna, sa capitaine.

« Je viens aux nouvelles, Elin, vu que tu n'as pas répondu à mon dernier message. Sans vouloir te presser, il nous faut une réponse à la fin du mois. Appelle-moi si tu souhaites en parler. »

Son regard parcourt plusieurs fois ce message avant de l'oublier et de revenir à Lucas Caron. Une flopée de liens lui sont proposés, parmi lesquels une biographie sur Wikipédia et de nombreux articles postés par des publications immobilières et touristiques. Sur la page suivante s'accumulent de nouveaux liens menant vers d'autres articles. Elin constate ainsi que le nom de Lucas Caron apparaît sur des listes de résultats de marathons et de courses de ski de fond. Ce personnage met de toute évidence autant d'ardeur dans le sport que dans sa carrière professionnelle, laquelle, à en croire les titres des articles, est clairement sur une pente ascendante.

« Le dirigeant dans l'ombre : au cours de la dernière décennie, Lucas Caron s'est imposé comme l'homme à suivre dans le domaine de l'industrie hôtelière en Suisse. »

« La fondation d'un empire : comment Lucas Caron métamorphose le paysage de l'hôtellerie de luxe en réinventant le minimalisme. »

« L'hôtelier hippie : la pratique quotidienne du yoga aide Lucas Caron à se maintenir au sommet de son art. »

Mais également, plus récemment :

« Le Sommet : oublié le style chalet, place au minimalisme moderne. »

« Les raisons qui poussent Lucas Caron à puiser son inspiration dans le passé. »

Elin clique sur le deuxième lien. Une photo s'impose sur l'écran : Lucas assis jambes croisées sur un canapé de l'espace salon du Sommet. Visiblement parfaitement à l'aise, il affiche un sourire éclatant de naturel.

Même sur ce cliché, il fait l'effet d'un athlète ; on l'imagine plus volontiers en couverture d'un magazine d'escalade ou de randonnée que dans la peau d'un promoteur immobilier. Il porte un jean délavé et une polaire grise qui ne fait qu'accentuer sa carrure. Il a les cheveux châtain clair, qui tombent négligemment sur son visage, et une barbe à peine entretenue.

Elin sent ses pieds qui s'agitent malgré elle. Ça ne colle pas. L'air décontracté de Lucas Caron ne correspond en rien à l'hôtel et à son design. Sous la photo sont rassemblées quelques citations de l'intéressé :

« J'ai toujours choisi de travailler sur des bâtiments forts d'une histoire et me demandant de la poursuivre. Celle du Sommet étant née de la volonté de mon arrière-grand-père de créer un sanatorium, ce projet de rénovation me tient particulièrement à cœur. J'ai toujours rêvé de réinventer cet endroit. Quand j'étais enfant, j'observais souvent ce bâtiment en imaginant sa renaissance en quelque chose de neuf. »

L'article précise ensuite que Lucas a commencé à construire dès l'âge de neuf ans, à partir de ce qu'il avait sous la main : « Des Lego, des bâtons, la nourriture qu'on m'apportait à l'hôpital. Je pense que c'est à l'hôpital qu'est né mon amour des édifices, de l'architecture. Je me suis alors juré de profiter à fond de chaque jour dès que j'aurais retrouvé une bonne santé. »

Lucas a été hospitalisé ? Parcourant le reste de l'article, Elin trouve un paragraphe qui éclaircit ce point : « Lucas est né avec une malformation cardiaque congénitale appelée communication interauriculaire, autrement dit un trou dans le cœur. Il a subi une intervention chirurgicale avec succès, mais diverses complications lui ont imposé plusieurs longues hospitalisations au cours de son enfance. »

Elin y voit plus clair : Lucas Caron a quelque chose à prouver, tant mentalement que physiquement. Il est également désireux de bousculer les convenances. Une expression en particulier reflète cet état d'esprit : « profiter à fond de chaque jour ».

Elle comprend qu'un tel individu, mélange d'homme d'affaires et de hippie, ait fasciné Laure, même si cela n'explique pas pourquoi elle l'a pris en photo.

Reprenant sa recherche, Elin parcourt les liens suivants. Au bas de la page, elle en trouve un qui renvoie vers un billet de blog rédigé en anglais, avec un titre assez provocateur : « Comment les promoteurs immobiliers suisses ruinent leurs propres villes. »

Elin lit cet article, qui reflète son titre et décrit plusieurs promoteurs, dont Lucas. La partie réservée aux commentaires des internautes, sous le texte, comprend plusieurs remarques virulentes sur Lucas Caron et Le Sommet – sur le nouveau design qu'il a conçu mais aussi sur l'homme.

« Il est du genre à marcher sur les autres, à n'obéir qu'à lui-même, et tant pis pour ceux qui se dressent sur son chemin. »

Il est également question de la disparition de Daniel et de ses relations personnelles et professionnelles avec Lucas ; ce sont essentiellement des ragots, des accusations de népotisme, des rumeurs selon lesquelles Lucas était sur le point d'écarter Daniel du projet.

Intriguée, Elin tape son nom sur Twitter ; il apparaît dans des centaines de tweets, la plupart négatifs à son encontre.

Elle entend la porte qui s'ouvre. C'est Will :

— Qu'est-ce que tu regardes ?

Il s'approche d'elle et pose son téléphone sur la table de chevet.

— Un article sur Lucas Caron, le propriétaire de l'hôtel. Isaac a trouvé des photos de lui dans les affaires de Laure. Il me les a montrées.

— Et alors ?

— Il a été photographié à son insu, apparemment.

— Ce ne sont pas tes affaires, Elin. Si Laure n'est pas de retour ce soir, laisse Isaac rappeler la police et laisse-les s'occuper de tout ça.

Il y a dans la voix de Will une étrange et froide résignation, et dans son regard vide quelque chose qui évoque de la panique.

Elle sent qu'il s'éloigne d'elle et elle en est la seule responsable. Le pire, c'est qu'elle sait comment résoudre ce problème, elle sait quels mots il attend de sa part – il voudrait qu'elle lui dise qu'elle est enfin prête à passer à l'étape suivante, on ne peut plus naturelle. Mais ce serait un mensonge.

Je ne suis pas prête.

Sa vie restera en suspens tant qu'elle ne saura pas ce qui est arrivé à Sam. Quelque chose en elle est coincé, accroché à ce jour maudit, telle la manche d'un vêtement prise dans une branche, et depuis ne cesse de la retenir en arrière, vers le passé.

Will s'approche de la penderie et enfile un pull-over.

— En me changeant, j'ai réfléchi à ce que je t'ai dit. Et je pense que c'est la meilleure chose à faire. Je veux qù'on reparte, Elin. S'il te plaît…

— Mais… ?

— Le plus tôt possible. Sans compter qu'il y a du nouveau ; regarde ça. (Il lui tend son téléphone.) Je ne tiens pas à rester coincé ici plus longtemps. Les prévisions météo ont évolué : une grosse tempête approche.

Elin baisse les yeux sur l'écran :

« Une tempête de neige sans précédent se forme actuellement sur les Alpes. La station italienne de Cervinia a fermé l'ensemble de ses remontées mécaniques à la suite de fortes rafales ayant dangereusement fait vaciller les cabines. On attend plus de deux mètres de chutes de neige au cours des prochaines quarante-huit heures. »

— Je ne peux pas partir, Will. Pas maintenant.

— Tu ne peux pas ou tu ne veux pas ?

Will s'assied sur le lit et la regarde longuement, les yeux plissés et l'air incrédule.

— Tu n'écoutes pas ce que je dis, Elin…

Un flux de panique surprend Elin ; elle doit lui dire la vérité, lui avouer la raison qui l'a poussée à venir ici, sans quoi elle le perdra.

— Non, je ne peux vraiment pas, dit-elle, délaissant son verre. Si je suis venue ici, ce n'est pas seulement pour fêter les fiançailles d'Isaac, ni même pour passer du temps avec toi, mais pour découvrir la vérité.

— Qu'est-ce que tu racontes ? C'est quoi, ce cirque, Elin ? Qu'est-ce que tu m'as caché ?

— Je ne t'ai pas tout dit à propos d'Isaac, révèle-t-elle d'une voix tremblante. Je crois que c'est lui qui a tué Sam. C'est pour ça que je m'inquiète pour Laure. Je sais de quoi mon frère est capable.

31

— Tu m'as toujours dit que la mort de Sam était accidentelle.

Elin s'assied à côté de Will, la bouche sèche.

— Oui, c'est bien le cas, du moins c'est le verdict officiel. Les enquêteurs ont estimé qu'il s'était noyé après s'être assommé sur la roche en tombant dans le bassin naturel où il pêchait. Sur le moment, ça correspondait à mes souvenirs, mais quelques semaines plus tard, j'ai commencé à avoir des visions… comme des flash-back.

— Sur ce qui était arrivé ?

— Non, justement. Ces images qui me venaient contredisaient ce que j'avais dit à mes parents et à la police.

Les souvenirs qu'elle garde de ce triste jour sont limpides, quoique réduits à l'essentiel. Elle n'a de cesse de les analyser, d'essayer de les préciser, de les retourner dans tous les sens dans l'espoir d'en arracher la vérité – du moins ce qu'elle pense être la vérité, mais leur essence reste omniprésente.

— Qu'as-tu dit à la police ?

Elin ferme les yeux.

— On pêchait tous les trois dans un bassin naturel…

Elle visualise clairement le soleil de juin, implacable et très haut dans le ciel, qui leur martèle la peau. Le cou rouge de Sam qui pèle. Le tee-shirt gris d'Isaac taché de sel.

— On s'était lancé un défi ; c'était à celui qui capturerait le plus de crabes. On avait même accroché une feuille avec nos performances sur le mur de la cabane de la plage. (Elin se frotte les pieds l'un contre l'autre.) Les garçons prenaient ça très au sérieux… Entre eux, tout était prétexte à compétition.

— J'ai moi aussi vécu ce genre de choses avec mon frère.

— Oui, mais là, c'était bizarre. C'était d'une intensité anormale. Chacun se réjouissait des échecs de l'autre. Je n'ai jamais compris ça, d'autant qu'ils ne se ressemblaient pas du tout. Sam était tout le contraire d'Isaac. On lisait en lui comme dans un livre ouvert. Maman disait toujours qu'il était un enfant aussi facile qu'elle l'avait été. Il avait hérité de sa peau pâle et de ses cheveux blonds, si fins qu'on voyait son cuir chevelu quand il se trempait la tête ou transpirait beaucoup, se rappelle Elin.

— Et toi ? Tu n'étais pas une enfant facile ?

— Non, en tout cas pas autant que Sam. On dit toujours que les benjamins sont les plus heureux, dans les familles, et c'est vrai. C'était toujours lui qui nous faisait rire ou qui nous calmait quand on se disputait. En y réfléchissant aujourd'hui, je me rends compte qu'il possédait à la fois mes bons côtés et ceux d'Isaac ; il était plein d'énergie, comme moi, mais savait aussi se concentrer comme Isaac. Il était capable de se focaliser sur une tâche avec une intensité que je n'ai jamais eue, que ce soit pour jouer aux Lego, faire ses devoirs ou lire. Rien ne le perturbait... en dehors d'Isaac, qui savait toucher ses points sensibles pour le faire réagir.

— Il le faisait souvent ?

— Oui, il était différent de Sam et moi. C'était le rebelle de la famille. Maman ne se laissait pas démonter par son comportement, généralement, mais je voyais bien qu'il la rendait parfois nerveuse. (Elin, tripote le dessus-de-lit entre ses doigts.) Il me faisait cet effet, à moi aussi. Il était imprévisible. Sans doute du fait de son extraordinaire intelligence. Il aimait manipuler les gens, les situations, analyser les réactions des uns et des autres.

— C'est très... froid, comme comportement.

— Il était parfois comme ça. Il arrivait qu'il ne réagisse pas comme la plupart des gens, comme si, ayant plus ou moins intégré que les émotions ne menaient à rien à long terme, il avait décidé de ne pas en tenir compte.

— Il avait peut-être deviné que Sam était le chouchou de ta mère ? Ce qui l'aurait incité à se renfermer sur lui-même, pour se préserver ?

— Je n'ai jamais dit que Sam était le préféré de ma mère ! s'écrie Elin sur un ton sec qui la surprend elle-même.

— Vu la façon dont tu en parles, il me semble que... Bon, ce n'est pas grave, oublie ce que j'ai dit. Que s'est-il passé ensuite ?

— Isaac était furieux car Sam l'emportait haut la main. Agacée par cette réaction, j'ai laissé mes frères et suis allée pêcher sur d'autres rochers. Je n'étais partie que depuis quelques minutes lorsque j'ai entendu un cri. Je me suis retournée et j'ai vu le seau de Sam renversé. (Elin cligne des yeux.) Ses crabes… s'échappaient et regagnaient l'eau. Sam hurlait et frappait Isaac des deux poings. Voyant que ça dégénérait, je les ai rejoints et je leur ai demandé de se calmer.

— Toujours prête à faire régner la paix.

— Ils se sont réconciliés et Isaac s'est excusé. Tout semblant rentré dans l'ordre, je me suis éloignée vers la falaise. Je pensais cette querelle oubliée.

Elin se tait un instant. Le souvenir de ce jour reste encore très vif, aussi piquant qu'une pointe de couteau.

— Je ne sais pas combien de temps je les ai laissés seuls, poursuit-elle. Un quart d'heure, peut-être vingt minutes… Et soudain, j'ai entendu Isaac hurler. Je les ai rejoints en courant.

Elin sent maintenant la panique monter en elle, pareille à une sirène d'alarme.

— J'ai trouvé Isaac dans le bassin, de l'eau jusqu'aux épaules. Et à côté de lui… (les mots ont du mal à sortir) il y avait Sam. Il le tenait sous les bras, cherchant à le hisser hors de l'eau sans y parvenir. Il criait sans discontinuer : « On peut encore le sauver ! On peut encore le sauver ! » Mais j'ai compris au premier coup d'œil que Sam était mort. En voyant la couleur de sa peau… (La voix d'Elin se casse.) On a essayé… On a tout fait pour le réanimer, jusqu'à l'arrivée des secours, mais c'était trop tard. Il était mort.

Will lui prend la main et la serre fort.

— Où était Isaac quand ce malheur est arrivé ?

— Il a dit être rentré à la maison pour aller aux toilettes et avoir trouvé Sam immergé à son retour. Selon lui, notre frère avait sans doute glissé et s'était assommé sur la roche.

— Sans que personne le remarque ?

— Ces bassins étaient isolés, tout au bout de la plage. S'il n'y avait personne dans les parages, il est fort possible qu'il n'y ait eu aucun témoin.

— D'accord, dit Will, le front ridé sous l'effet de la réflexion, tout en caressant du pouce le dos de la main d'Elin. Mais pourquoi penses-tu qu'Isaac a tué Sam ?

À cause des flash-back. Quelques mois plus tard, j'ai commencé à voir des images dans ma tête.

— De ce que tu avais vu ?

— Non. La meilleure façon de les décrire serait de les comparer à un rêve, à des visions limpides qui se brouillent au réveil. Comme des arrêts sur image, les contours d'une scène pas encore précisée. La plupart du temps, ils m'échappent aussitôt, jusqu'à la fois suivante.

Le psy qu'elle a consulté l'année précédente lui a assuré que ce phénomène n'avait rien d'inhabituel, que son esprit cherchait à se protéger, à la protéger.

— Tu t'en souviens, après coup ?

— Une seule vision me reste en tête, toujours la même. Une image que je suis incapable de chasser de mes pensées. Isaac… au pied de la falaise. Ses mains… (Les mots s'engluent dans sa gorge.) Ses mains sont… couvertes de sang.

— C'est impossible, d'après ce que tu m'as raconté, fait remarquer Will en changeant de position. Tu as trouvé Isaac dans le bassin, essayant de sortir Sam de l'eau. Il avait du sang sur les mains à ce moment-là ?

— Non. C'est justement ce que je n'arrive pas à m'expliquer.

— Tu en as parlé autour de toi ? (Il tend le bras dans son dos pour se saisir de la bouteille d'eau sur la table.) Tu as décrit ces visions à quelqu'un ?

— Non, à personne en dehors du psy. J'étais incapable d'en parler à mes parents. Ils avaient déjà perdu Sam. Si je leur avais confié mes doutes, ils auraient en plus perdu Isaac, pour ainsi dire. Je ne pouvais pas leur faire ça.

— Et à lui ? À Isaac ?

— Non, je savais d'avance comment il réagirait. Il resterait sur la défensive, convaincu que je l'accusais d'avoir frappé Sam.

— C'est bien ce que tu sous-entends, non ?

Will ouvre la bouteille et s'octroie quelques gorgées d'eau sans quitter Elin de son regard appuyé.

— Mais…

— Arrête, Elin, c'est exactement ce que tu dis.

Elle le dévisage sans un mot. Il a raison, bien entendu. Pourquoi est-ce si difficile de le reconnaître à haute voix ?

— Ce que je ne comprends pas, c'est pourquoi tu ne m'en as jamais parlé, enchaîne Will avec un sourire forcé contredit par la blessure qu'exprime son regard. C'est quand même fou que tu ne m'aies jamais confié ça.

Elin se mordille la lèvre :

— Franchement, tu aurais été aussi motivé pour te mettre en couple si tu avais été au courant ? Si je t'avais expliqué dès notre premier rendez-vous que je soupçonnais mon frère d'avoir tué notre cadet, que je pensais avoir été témoin de la scène mais que mon cerveau avait plus ou moins tout effacé de ma mémoire ? C'est un peu violent, comme anecdote.

— Tu aurais dû me le dire. Je ne t'aurais pas « jugée ».

— Je ne voulais pas prendre le risque. Tu me plaisais beaucoup, Will. Tu m'as fait craquer dès la première seconde. J'imaginais déjà un avenir avec toi.

Elin sent sa voix faiblir ; il faut qu'il comprenne, qu'il sache que si elle l'a dupé, c'était sans volonté de nuire.

— Tu n'as jamais subi un tel choc au cours de ta vie. Tu es un homme normal, avec une famille normale. (Elle esquisse un petit sourire et tente de dissiper la tension ambiante.) Ta sœur est parfois un peu chiante, mais bon, à part ça…

Will lui rend son sourire.

— Mais qu'est-ce qui te fait penser que l'heure est venue de mettre cette affaire au clair, que tu peux maintenant découvrir la vérité si tu en parles à Isaac ?

— C'est le bon moment, maintenant que maman est partie. Cette situation ne peut pas durer éternellement.

— Que comptes-tu faire ? Lui dire ce dont tu crois te souvenir ?

— Je n'en sais rien. En réalité je n'ai pas vraiment de plan. Je me disais que si je parlais avec lui de Sam et de maman, il laisserait peut-être échapper quelque chose de révélateur.

Will se frotte les articulations des mains :

— Si tu as raison, si ces flash-back sont vraiment d'authentiques souvenirs, alors la disparition de Laure…

Elin acquiesce. Ils n'ont ni l'un ni l'autre besoin d'achever cette phrase.

— Voilà pourquoi je ne peux pas partir maintenant.

Elin revoit en pensée Laure, la veille, quand elle a fait preuve d'empathie en évoquant sa mère. Survient aussitôt une pointe de culpabilité ; elle lui doit bien de se battre pour la retrouver.

Détournant le regard de son ordinateur, elle se masse le front un instant :

— Tu ne te sens pas bien ? s'inquiète Will.

— Je suis simplement un peu fatiguée. Je crois qu'une migraine se prépare.

Will farfouille dans son sac et en sort un petit paquet, qu'il lance à Elin : de l'ibuprofène.

— Prends un comprimé, dit-il. Et ensuite filons au spa. On a une bonne heure devant nous avant le dîner.

Elin hoche la tête, docile, partante pour tout ce qui pourra défaire les nœuds qui se forment dans son crâne, et pose son téléphone sur la table. Elle sent les pensées, les questions sans réponses qui lui plombent l'esprit, aussi lourdes que des rochers.

32

— Allez, viens, El…

— J'arrive, laisse-moi une minute… répond Elin, dansant d'un pied sur l'autre sur la terrasse en bois glaciale, dont les lattes sont couvertes d'une fine couche de neige.

Les rafales de vent plaquent le tissu de son maillot de bain sur sa peau et la font frissonner. Il neige à gros flocons, et des congères se sont accumulées autour des deux bassins extérieurs, mordant sur les sièges et les chaises longues. Des rouleaux de vapeur d'eau déferlent depuis la grande piscine et se mêlent à la neige, formant une brume chaude et humide. La surface de l'eau n'est visible que par endroits, îlots de bleu céruléen miroitant.

La peau hérissée, Will la prend par la main et l'entraîne au-delà du grand bassin :

— Tu l'as déjà fait. Ce n'est que de l'eau chaude et peu profonde.

Il se dirige vers un jacuzzi. Elin le suit et considère avec angoisse le petit bassin circulaire en bois. Sans perdre un instant, il se plonge dans l'eau chaude, puis regarde Elin avec un air de défi :

— Tu viens ?

Sans ses lunettes, ses yeux sont plus sombres.

Elin ne bouge pas. Cette eau fume encore plus que celle des bassins, au point de faire osciller la pénombre environnante. Des visions malvenues s'immiscent dans son esprit : un visage plongé dans l'ombre, de l'eau claquant contre les parois d'une grotte… Une pointe de panique lui perce la poitrine.

Elin cligne des yeux et chasse ces hallucinations, puis gravit les quelques marches du jacuzzi et se glisse dans l'eau. L'angle saillant de sa hanche touche le flanc de Will, qui ne semble pas s'en rendre compte.

— Ça va mieux ? lui demande-t-il en passant un bras autour de sa taille.

Elin acquiesce. L'eau est brûlante, au point que c'en est presque douloureux, mais elle sent déjà cette chaleur s'attaquer aux tensions dans ses membres.

Will a raison. J'ai besoin de me relaxer, de me détendre.

— C'est exactement ce qu'il me fallait, dit-elle en se blottissant contre lui.

— Je te l'avais bien dit.

Il actionne un interrupteur situé dans le dos d'Elin ; un bourdonnement sourd se fait entendre, puis l'eau s'agite. Quelques secondes plus tard, elle sent des bulles qui lui massent le dos et les cuisses.

— Il faut que tu apprennes à te relaxer ; tout le monde a besoin de décompresser de temps à autre.

Elin observe un instant le visage de Will ; ses yeux foncés rivés sur elle sont pleins de chaleur, et sa peau bronzée est constellée de gouttelettes d'eau. *Tu es une sacrée veinarde*, se dit-elle. *Il tient à toi et n'a pas peur de te le montrer. Ne crois surtout pas que ça va de soi.*

— Approche, ma petite… plaisante Will, prenant son habituel air lubrique exagéré en lui caressant la cuisse.

Il se penche vers elle et l'embrasse. Sa bouche est chaude et douce, mais soudain elle rompt leur étreinte : elle a entendu quelque chose. Gênée par le vacarme des rafales de vent et le bouillonnement de l'eau, elle ne peut déterminer ce dont il s'agit. Un bruit sourd, apparemment. Des pas, peut-être ?

En proie à une vive inquiétude, elle se retourne et regarde autour du jacuzzi. La pénombre semble toujours animée, comme sur ses gardes. Un frisson de malaise se propage en elle, lui rappelant l'épouvantable sensation éprouvée dans le vestiaire, quand elle s'est sentie épiée. Elle tourne la tête de l'autre côté mais ne voit que les panneaux de bois couverts de neige.

Il n'y a personne.

— Tu as entendu ? dit-elle à Will. Il y a eu un bruit bizarre. Comme s'il y avait quelqu'un derrière nous.

— Non, je n'ai rien remarqué, répond Will sur un ton sec qui n'échappe pas à Elin.

Ils restent muets un moment, mal à l'aise, tandis que les bulles s'acharnent toujours sur le corps d'Elin. C'est à présent Will qui est tendu, comme l'indique son corps raidi.

J'ai tout gâché, se reproche Elin. *Une fois de plus…* Ce moment était censé être relaxant ; elle a réussi à le rendre embarrassant. Elle a toujours eu cette capacité à ruiner l'ambiance. Sa mère prétendait qu'elle devait ce trait à sa peur de se lâcher, de perdre le contrôle d'émotions qu'elle aurait été gênée d'exprimer au vu de tous. « C'était criant lors des anniversaires. Tu ne cherchais pas à gâcher la fête volontairement, mais il y avait toujours quelque chose qui allait de travers. Tu tombais par terre, ou tu renversais un verre. Un jour, tu as trop mangé du gâteau d'anniversaire d'Isaac. Tu as vomi sur ta robe… »

Quelques minutes plus tard, Will se lève, la peau recouverte de minuscules bulles.

— Tu avais raison, ce n'était pas une bonne idée, laisse-t-il tomber sans même la regarder. Je vais tester l'autre bassin. Tu veux que je te raccompagne à la chambre d'abord ?

— Non, ça ira, dit-elle dans un souffle. On se retrouve là-bas.

Elle n'aime pas la froideur inhabituelle qu'elle a décelée dans la voix de Will.

Il sort de l'eau. Elin en fait autant et se dirige vers la piscine couverte. Elle frissonne aussitôt, le vent agressif instantanément venu à bout de la chaleur résiduelle du jacuzzi.

Peu après, elle marque un arrêt, hésitante. Deux choix s'offrent à elle : poursuivre son chemin tout droit vers la réception du spa, d'où ils sont sortis pour se rendre au jacuzzi, ou bifurquer sur sa gauche, vers un minuscule bassin carré. C'est le seul point d'eau qui ne dégage aucune vapeur, constate-t-elle, étonnée. Sa surface noire et miroitante reflète les luminaires – elle est gelée.

Elin s'approche et s'immobilise à quelques pas du bord de ce trou large d'un mètre, pas davantage, et pourvu d'une étroite échelle ; il ne sert qu'à se plonger dans l'eau glaciale.

Elle n'a rien vu de tel depuis des années, depuis

un week-end passé en Cornouailles avec Laure et sa mère, dans un hôtel miteux en bord de mer, non loin de Newquay. Il était encore plus étroit, d'ailleurs, à peine plus large qu'un puits. Laure et elle se sont défiées : « Je le fais si tu le fais ! »

Elin observe l'eau, l'estomac noué par la peur, par la même sensation éprouvée à l'époque – on était assuré de s'érafler les bras contre les parois si on ne les gardait pas le long du corps.

La grosse différence, c'est qu'à l'époque Elin s'était glissée dans ce trou – parce que Laure l'avait mise au défi de le faire. Et parce qu'elle voulait se prouver qu'elle en était capable.

Mais ça, c'était avant la mort de Sam. Avant que tout ne change.

Sur le point de s'éloigner, elle sent une présence dans son dos. *C'est sans doute Will qui me rejoint.*

— J'ai hésité mais je me suis dégonflée, dit-elle. Tu ne veux pas sauter là-dedans à ma place… ?

Pas de réponse. Pas de rire. Pas de main délicatement posée sur son bras.

Elin n'entend qu'un bruit de respiration, ainsi qu'un léger bruit de pas sur la terrasse. Elle se fige.

Ce n'est pas Will, comprend-elle, le cœur au bord des lèvres. Elle n'a pas le temps de se retourner : elle sent dans le dos une vive pression, précisément sur une vertèbre lombaire. Son cœur manque un ou deux battements, puis elle bascule en avant. Ses orteils se crispent en une tentative de retrouver son équilibre, mais le sol est rendu glissant par la couche de neige tassée. Elle cherche à compenser sa chute en redressant le torse, à se rattraper à quelque chose, mais il n'y a rien sur quoi s'appuyer. Elle ne peut que mouliner des bras inutilement. Cela ne dure que quelques secondes. Elin bascule en avant, et la fine couche gelée craque sous son poids.

33

Sans même avoir le temps de hurler, elle est avalée par l'eau glaciale. Ses poumons se compriment en deux poings serrés, ses oreilles brûlent, et sa bouche et ses yeux se remplissent d'eau.

Elle coule. De plus en plus profond.

Elle se force à ouvrir les yeux et se rend compte que l'eau est noire, impénétrable. Ses poumons sont à présent saisis de convulsions, brûlés au fer rouge par le choc.

Bouge-toi ! Fais quelque chose !

Elle bat des pieds et remonte presque aussitôt. Quand enfin sa tête perce la surface, elle inspire une grande bouffée d'air. Puis elle s'agrippe à l'échelle et se hisse. Ses pieds engourdis glissent sur les barreaux métalliques glacés. L'heure n'est pas à lever la tête pour déterminer qui l'a poussée, ni à réfléchir à la meilleure réaction à adopter face à cet individu. Son instinct lui impose une priorité. *Tu dois sortir de là !*

Ce refrain lui est familier ; elle a répété ces mots en boucle il y a un an, lorsqu'elle s'est ordonné de sortir de la grotte afin d'échapper à la marée montante, après avoir été laissée pour morte par Hayler.

Tu dois sortir de là ! Tu dois sortir de là !

Après s'être enfin extirpée de ce piège, Elin s'élance en pilotage automatique vers le bassin principal.

— Will ! hurle-t-elle, avant de s'immobiliser sur la passerelle située à gauche de la piscine.

Elle n'y voit rien du tout. L'eau est à peine visible, masquée par des nuages irréguliers de vapeur soufflée par le vent.

— Will, tu es là ?

Enfin, une rafale dégage la couche cotonneuse. Un jeune couple, à l'autre bout du bassin, lève les yeux vers elle mais elle s'en rend à peine compte. Enfin elle aperçoit son compagnon. Il sort du bassin par l'échelle située de l'autre côté et la rejoint en courant :

— Que se passe-t-il ?

— On m'a poussée dans le trou d'eau froide, raconte Elin avec une indifférence étrange, ses mots embrouillés peinant à sortir. J'ai entendu quelqu'un approcher, j'ai cru que c'était toi… et on m'a poussée.

Will a un mouvement de recul :

— Tu en es certaine ? Le sol est glissant avec cette neige. Tu as peut-être perdu l'équilibre…

Elin cille, choquée par ces mots qui sont autant de trahisons. *Sérieux ? Il hésite à me croire ?*

— Non ! proteste-t-elle, les yeux embués de larmes brûlantes. On m'a volontairement poussée, j'en suis sûre. Pour me faire peur.

Et ça a marché. Immergée dans le trou, les peurs qu'elle n'a jamais su nommer et neutraliser – notamment la crainte d'être entraînée loin de la surface, jusqu'à des profondeurs inatteignables – ont pris le dessus sur ses autres sensations, la laissant totalement seule.

Aussi seule que Sam aujourd'hui. C'est à lui que j'en reviens systématiquement. Sam...

Will observe Elin. Alors qu'il semble vouloir dire quelque chose, il se contente de lui prendre la main. Plusieurs secondes s'écoulent avant que ses mots ne sortent enfin, mais Elin devine qu'il a retenu ce qu'il avait en tête, qu'il a édulcoré sa réaction :

— Pas de conclusion hâtive. Rentrons, tu trembles de froid.

Ils ne s'attardent guère au vestiaire ; Elin enfile à la hâte des vêtements secs et retrouve Will à la réception du spa, puis ils regagnent leur chambre.

Will installe Elin dans le lit, sous la couette et le dessus-de-lit, calée contre l'oreiller. Le calme soudain et le silence total ne font que souligner ses battements de cœur erratiques. Will lui tend une tasse de café fumant et s'assied près d'elle :

— C'est du déca. Je me suis dit qu'il valait mieux éviter de t'énerver davantage avant le dîner. Ça va mieux ?

— Oui, répond Elin entre deux gorgées.

Le breuvage est trop chaud, mais la brûlure est une distraction bienvenue.

— J'ai surtout été choquée, enchaîne-t-elle. C'est idiot, je sais, mais j'ai vraiment cru que je ne remonterais jamais à la surface. (Sa voix se fêle.) Je me suis dit que ça recommençait, comme l'année dernière…

Will la rassure d'une pression sur la main.

— Et ce n'est pas tout, Will, ajoute-t-elle, le dessus-de-lit entre les doigts. Tout à l'heure, quand tu nageais, quelqu'un m'a épiée dans le vestiaire. J'ai entendu une porte s'ouvrir et se refermer, mais personne n'est sorti d'une cabine.

— Sérieux ? dit Will, soudain tendu. Et tu crois que c'est la même personne ?

— Peut-être…

Une ombre assombrit le visage de Will. Il pense à la même personne qu'elle, c'est sûr, après ce qu'elle lui a révélé.

Isaac…

— On ferait mieux de partir d'ici, Elin, dit-il, avant d'hésiter une seconde. Je comprends ce que tu recherches, à propos de Sam, et les raisons pour lesquelles tu es ici, mais après ce qui vient de t'arriver, je pense que les risques sont trop importants. Tu ne peux pas continuer comme ça.

Il a raison. Rester ici, avec Isaac dans les parages, et se laisser happer par ce qui se trame… Elle n'est pas prête pour ça. Ce pour quoi elle est venue ici devra attendre.

— Je crois que tu as rais… (Elle s'interrompt, ayant surpris un mouvement dans le couloir.) Quelqu'un vient de glisser quelque chose sous la porte.

Will s'en approche, s'accroupit et se saisit d'une feuille de papier, qu'il déplie et lit.

— Qu'est-ce que c'est ? demande Elin.

Il redresse la tête :

— L'hôtel va être évacué. On doit partir demain.

34

Troisième jour

11 heures du matin. Le troisième et avant-dernier autocar est prêt à partir. Installée dans l'espace salon, Elin observe les employés qui se pressent dans le hall de l'hôtel, tirant des valises, portant des sacs ou braillant des instructions.

Si la plupart des clients ont déjà regagné la vallée, quelques-uns sont encore là, rassemblés en petits groupes submergés par le bruit et le chaos.

— Il faut y aller, Elin, dit Will, clairement soucieux. On ne peut pas attendre plus longtemps.

— Je sais, mais je voudrais parler à Isaac avant de partir.

Elle se sert un café, ajoute du lait et suit du regard les tourbillons noirâtres. Ils sont les derniers à prendre leur petit déjeuner. La grande salle semble avoir été pillée ; sur la table du buffet, il ne reste que quelques croissants dans une corbeille, quelques tranches d'un jambon local, du thé, du café et des carafes de jus de fruits à moitié vidées.

— Quel temps ! dit Will, les yeux rivés sur l'extérieur. Il ne faut pas rater le prochain car, Elin.

Elle suit son regard. On a du mal à se croire en plein jour ; le ciel est plombé, noir, et la réception baignée d'un éclairage argenté. La mince pellicule de givre sur les baies vitrées n'empêche pas de distinguer les gros flocons qui ne cessent de tomber, si violemment qu'on jurerait des billes de glace. Le parking et la forêt sont noyés sous une couche de poudreuse qui s'épaissit de minute en minute. Elin a la sensation que l'hôtel subit un siège, comme si la montagne s'était lancée à l'assaut de cette forteresse.

Son café avalé, elle constate qu'un silence s'est abattu dans la pièce. Elle tend le cou en direction du hall, où il n'y a plus personne. Le car a dû partir.

— Regarde, on passe aux infos, dit Will en lui tendant son téléphone.

UN HÔTEL SUISSE ÉVACUÉ EN RAISON
D'UN RISQUE D'AVALANCHE

En raison de fortes chutes de neige ayant déjà provoqué des perturbations sur l'ensemble des Alpes, des autocars doivent évacuer aujourd'hui même plus de deux cents touristes et le personnel d'un hôtel cinq étoiles situé à flanc de montagne.

Perché à 2200 mètres d'altitude, Le Sommet se trouve dans une zone où le risque d'avalanche est extrêmement élevé, selon Katherine Leon, de la police de Sion.

— Le risque d'avalanche a atteint 5/5, c'est-à-dire le plus haut degré de cette échelle, alors que le gros de la tempête reste encore à venir, précise Katherine Leon. Certains touristes ne souhaitant pas s'en aller, le maire, en accord avec les communes concernées, a ordonné l'évacuation de la zone dangereuse. Le risque d'avalanche est énorme.

L'évacuation s'effectuera dimanche matin, chaque autocar transportant jusqu'à cinquante personnes par trajet vers divers hôtels de la ville voisine de Crans-Montana. Cécile Caron, directrice de l'hôtel, assure que ses clients conservent leur calme dans l'attente de l'évacuation.

— Je pensais bien te trouver là…

Elin lève les yeux.

Isaac.

Débraillé, il a les cheveux gras, ses boucles aplaties et collées sur le crâne. Sa paupière gauche est rouge vif sous l'effet d'une inflammation.

— Vous êtes prêts à partir ? ajoute-t-il d'une voix sans chaleur en considérant leurs bagages.

— On n'a pas le choix, Isaac, répond Elin, avant d'échanger un regard avec Will. Même si on n'était pas obligés d'évacuer l'hôtel, je ne peux rien faire concernant Laure.

— Moi, je reste, décrète sèchement Isaac. J'ai prévenu la police. On m'a dit que des agents monteraient à l'hôtel aujourd'hui. Je les attends.

— Tu es sûr qu'ils vont se déplacer, vu l'ordre d'évacuation ?

— Je n'en sais rien, mais je ne peux pas m'en aller, Elin, pas maintenant, se justifie Isaac, fixant sa sœur sans ciller. Imagine que Laure soit quelque part dans la nature. Blessée, peut-être. Si je pars, il faudra peut-être attendre des jours avant que quelqu'un revienne ici…

— La police ne te laissera pas rester ici éternellement, Isaac… Laisse-la mener les recherches.

— La police ? lâche Isaac avec un rire caverneux. Et qu'est-ce qu'elle va faire, d'après toi ? Si la tempête empire, ils ne risqueront pas leur peau pour secourir ma fiancée. C'est comme ça que ça marche, dans ce genre de situation, Elin, tu le sais parfaitement. Ils vont évaluer les risques, peser le pour et le contre.

— Il y a de bonnes chances que les conditions s'améliorent d'ici quelques jours ; tu pourras remonter ici…

Tous deux savent pertinemment que cette hypothèse est peu probable. S'il neige autant que l'annonce la météo, les routes resteront sans doute bloquées des jours. Et alors, il sera trop tard pour Laure.

— On ne part pas loin, de toute façon, rappelle-t-elle. Nous serons dans la vallée. Nous reviendrons ici à la première accalmie.

— Tu fiches le camp, alors ? lâche Isaac, dépité. Tu ne vaux pas mieux que papa, en fin de compte. Au moindre obstacle, tu prends la fuite en courant.

Elin cligne des yeux, choquée par tant d'agressivité. Sans un mot de plus, il se détourne d'elle, comme au ralenti, puis s'éloigne sans se retourner. Secouée par une rage qui vise autant son frère qu'elle-même, Elin repousse sa chaise pour se lever.

— Laisse-le, la retient Will, une main sur son bras. Il va se calmer. Il a seulement besoin d'un peu de…

Will n'a pas le loisir d'en dire davantage.

Des hurlements retentissent.

Suivis d'un cri différent, un son plus étouffé, assourdi, comme échappé d'un tunnel.

Ensuite apparaît un visage, de l'autre côté de la baie vitrée.

Des traits froissés par une expression de terreur absolue.

35

Elin laisse échapper sa tasse de café, qui se fracasse sur sa soucoupe. Le breuvage se répand sur la table, formant une fine langue noire.

C'est un homme, un employé de l'hôtel, à en juger par sa doudoune grise sur laquelle on devine l'inscription « Le Sommet ». Il frappe sur la baie vitrée, si violemment que le panneau de verre vibre. La neige qui tombe de biais masquant les traits de cet individu, Elin ne distingue que ses cheveux noirs très courts et sa silhouette corpulente.

Les coups redoublent, et le cœur d'Elin s'emballe. Will se lève et s'approche de l'homme d'un pas hésitant, Elin sur ses talons. Le visage inconnu se dévoile ; ses traits épais sont crispés et ses yeux écarquillés, les pupilles dilatées.

Il articule quelque chose :

— *La piscine*[1]…

La suite de sa phrase se perd dans le vent et ne franchit pas l'épais panneau de verre.

---

1. En français dans le texte original.

— La piscine… insiste l'employé, plus fort, ce qui permet à Elin de l'entendre.

— Je vais prévenir quelqu'un, dit Will d'une voix rauque.

Elin approuve d'un signe de tête, incapable d'émettre un son. Le corps surchargé d'adrénaline, elle attrape – non sans mal – la poignée de la porte donnant sur la terrasse et l'actionne. Le battant ne s'ouvre pas. Elle insiste, plus énergiquement, et il cède enfin. L'air glacial la gifle, soufflant quelques flocons.

L'homme s'approche d'elle, tremblant de tous ses membres.

— La piscine… piaille-t-il d'une voix aiguë à peine intelligible, au bord de l'hystérie.

Répétant ce mot en boucle, la dernière syllabe fondue dans la première, il tend le bras vers la gauche de la terrasse, en direction du spa.

Elin sort et tourne la tête mais ne remarque rien de particulier. D'où elle se trouve, les bassins sont masqués par une structure alambiquée de panneaux et de plantes.

— Laissez-moi passer, s'il vous plaît, intervient une voix qu'Elin reconnaît instantanément.

C'est celle de Cécile Caron, la directrice de l'hôtel, suivie de Will.

— Laissez-moi passer, insiste-t-elle en enfilant une veste.

Elle s'exprime sur un ton posé, autoritaire, mais Elin décèle dans ses paroles de la peur, voire de la panique.

— Montrez-moi ça, Axel, ordonne-t-elle en rejoignant son subordonné, avant de se tourner vers Elin. Veuillez regagner l'intérieur, je vous prie.

Sans bouger d'un pouce, Elin suit du regard l'employé

guidant Cécile. L'homme maîtrise mal ses gestes et manque à plusieurs reprises de perdre l'équilibre sur la glace et la neige tassée.

— Il faut que j'y aille, moi aussi, décide Elin.

— Non ! la retient Will. Tu ne sais même pas ce qui se passe.

Elle entend ses mots sans les assimiler. Et si cet homme avait retrouvé Laure ?

Elle regagne une seconde l'espace salon, le temps d'attraper son sac et sa parka, qu'elle enfile, puis elle ressort aussitôt. Cécile et l'employé se sont engagés sur une volée de marches qui descend au bout de la terrasse.

Elin leur emboîte le pas. Bien que s'étant couverte, elle sent la morsure du vent glacial sur sa poitrine et sa gorge. Parvenue aux marches, elle constate qu'elles sont raides et glissantes. Elle s'accroche à la rampe et descend à pas prudents.

Au pied de ce court escalier, une clôture en bois sépare les jardins du spa. Celui-ci apparaît lorsque Axel ouvre une porte ; la vapeur d'eau dégagée par les bassins s'élève en tourbillons à la rencontre des flocons.

Elin accélère l'allure jusqu'à rattraper les deux autres, les lattes de bois vibrant sous ses pas. Axel contourne à grandes enjambées le bassin principal, en direction de la petite piscine, située en contrebas.

— *Ici*[1]... dit-il, désignant le petit bassin d'un bras tremblant.

Sa masse lui masquant la vue, Elin doit s'écarter. L'éclairage a des ratés, plongeant par instants les lieux dans une quasi-obscurité.

---

1. En français dans le texte original.

Une rafale de vent déchire et réduit à néant la couche cotonneuse, dévoilant la piscine. La neige s'accumule irrégulièrement sur la bâche rabattue au tiers.

Et enfin, Elin aperçoit un corps sans vie sur le ventre, au fond du bassin. Éclairés par les spots immergés, ses cheveux foncés mi-longs semblent voleter dans l'eau.

C'est une femme, comprend Elin, tandis qu'un flux de bile remonte dans sa gorge. Une question s'impose à elle, incessante : *C'est elle ? C'est elle ?*

Elle s'approche d'un pas. Oui, c'est elle. Elle la reconnaît sans peine, avec sa doudoune noire et son jean foncé.

C'est Laure.

36

Les muscles d'Elin se raidissent et le décor qui l'entoure lui semble soudain lointain, plus ou moins flou.

— Il faut la sortir de là et tenter de la réanimer.

Il lui faut un moment avant de prendre conscience que c'est elle qui a parlé. Elle a réagi par réflexe, comme en pilotage automatique, calme et posée – soit tout l'inverse de ce qu'elle éprouve. Sans lui laisser le temps d'agir, une main lui agrippe le bras, puis quelqu'un se glisse entre Cécile et elle, si brusquement que de la neige est projetée de tous côtés. C'est Isaac.

— C'est elle, n'est-ce pas ? s'écrie-t-il d'une voix aiguë, en panique. Pousse-toi, il faut que j'en sois certain.

Le visage marbré de rouge, il force le passage.

Elin tend le bras pour le retenir :

— Isaac ! Non !

Trop tard. Sa main ne fait que frôler la veste de son frère, qui déjà longe le bassin, glissant tous les deux ou trois pas sur la neige. Il n'est plus qu'à quelques mètres de l'eau.

— Isaac, ne fais pas ça, je t'en prie !

Ignorant sa sœur, Isaac se débarrasse de sa veste et de ses chaussures en quelques gestes maladroits, puis plonge dans la piscine, produisant des éclaboussures sonores et désordonnées.

En hauteur, l'éclairage cafouille toujours.

Lumière. Pénombre. Lumière. Pénombre.

Elin n'a ainsi droit qu'à de fugitifs aperçus de la scène qui se déroule sous ses yeux, d'un Isaac flouté et déformé sous l'eau, plongeant vers les profondeurs. Respirant à peine, elle se sent étouffée par la panique qui menace de prendre le contrôle absolu. Quelques secondes plus tard, Isaac émerge à la surface, sur le dos, les bras autour du corps de Laure.

Pourvu qu'elle s'en sorte. Pourvu qu'elle s'en sorte…

Isaac atteint le bord de la piscine, haletant. Les cheveux plaqués sur le front en virgules sombres, il cherche à reprendre son souffle.

— Je vais l'aider, dit Will dans le dos d'Elin.

Elle n'a même pas remarqué qu'il l'avait suivie. Il s'agenouille au bord de l'eau et hisse Laure sur la terrasse, aux pieds d'Elin, qui découvre le corps de face. Et ne peut réprimer un mouvement de recul, réaction viscérale imposée par son corps.

Sur le visage de Laure est attaché un masque à gaz noir.

Non, pas tout à fait un masque à gaz, puisque le filtre a été remplacé par un gros tube nervuré qui relie le nez à la bouche.

Will s'accroupit et fait rouler Laure sur le côté, puis il retire cette horreur. Ses gestes sont précis, mus par une urgence qui confine au désespoir. Quand enfin apparaît le visage de la victime, Elin ouvre grand les yeux en détaillant ses traits et sa peau pâle parsemée de gouttelettes.

Un hoquet de stupeur lui échappe.

Ce n'est pas elle.

Cette femme, quelle que soit son identité, a les mêmes cheveux et la même carrure que Laure, et elle porte des vêtements similaires, mais ce n'est pas elle.

Will tente un massage cardiaque, inclinant la tête de la noyée vers l'arrière et la positionnant de façon adéquate, mais Elin n'a aucun doute : la malheureuse est décédée. Ses yeux verts semblent contempler la mort et sa bouche est entrouverte. Malgré tout cela, Elin se baisse et cherche le pouls de la jeune femme.

Rien.

— Elle est morte, Will… murmure-t-elle.

Et depuis peu, elle en est certaine. En effet, la rigidité cadavérique, dans ce cas pas encore visible, intervient généralement entre deux et six heures après le décès.

Sans être experte en la matière, Elin devine que la température chaude de l'eau pourrait raccourcir encore ce délai. Par conséquent, elle estime que cette femme est morte il y a une heure ou deux tout au plus.

Isaac ne bouge plus. Toujours trempé, il est accroupi près du corps sans vie. Songeant à la façon dont il s'est précipité dans l'eau, Elin est convaincue qu'il a réellement cru qu'on avait retrouvé Laure. Nul ne peut simuler une telle réaction. Ce qui signifie qu'il ignore vraiment où se trouve Laure. Il n'est donc pas impliqué dans sa disparition.

Le regard d'Elin se pose sur les poignets de l'inconnue et constate qu'ils sont liés par une cordelette. *Cette femme a été attachée.* Puis elle remarque autre chose : plusieurs doigts ont été sectionnés – un sur la main gauche et deux sur la droite. Un frisson la surprend.

Will, qui a suivi son regard, l'arrache à ses pensées :

— Je raccompagne Isaac à l'intérieur pour l'aider à se sécher.

Elin n'a pas le temps de répondre.

— C'est Adèle, intervient la voix de Cécile dans son dos, engourdie et inexpressive. C'est une de nos femmes de ménage.

Elin se retourne ; quatre ou cinq employés de l'hôtel les ont rejoints. Une femme sanglote, tandis que les autres discutent à voix basse sans quitter le cadavre des yeux.

Observant cette scène, Elin se dit qu'elle doit agir. Prendre le contrôle de la situation. Cet endroit est probablement une scène de crime, que beaucoup trop d'intrus ont déjà piétinée. La neige, autour du bassin, est parsemée de traces de pas, certaines bien nettes mais d'autres recouvertes d'une fine couche de neige fraîchement tombée.

Elle se retourne vers le corps ; les flocons s'accumulent déjà sur le visage de la défunte, ainsi que sur ses vêtements et sur le masque. Cette vision lui coupe le souffle, une fois de plus, comme si son corps s'était mis sur pause, comme si les fibres de ses muscles s'étaient toutes figées. Elle voudrait presque s'enfuir, chasser ces images, mais elle devine que ce moment est décisif pour elle. *C'est maintenant ou jamais.* Si elle se montre incapable d'apporter son aide maintenant, dans une situation désespérée où elle est la seule personne qualifiée pour agir, alors elle ne retrouvera sans doute jamais la force de le faire.

Elle fait face au petit groupe :

— Je peux vous aider, je suis lieutenant de police,

déclare-t-elle non sans hésitation, le cœur battant à tout rompre.

Personne ne réagit. Elin s'accorde un instant pour rassembler ses pensées, puis elle se racle la gorge et élève la voix :

— Je suis lieutenant de police. Veuillez vous éloigner, s'il vous plaît. Vous êtes peut-être sur une scène de crime. Évitons de détruire d'éventuels indices.

37

— J'ai prévenu la police, elle arrive. Je… (Cécile s'interrompt, le visage défait, et tourne la tête vers le cadavre.) Je ne peux pas m'empêcher de penser qu'il aurait fallu tenter de la réanimer. Je me sens coupable de ne même pas…

— C'était trop tard, la réconforte Elin à mi-voix. Il n'y avait plus rien à faire pour elle.

Ce constat est encore plus évident à présent, quand on examine attentivement le corps d'Adèle, sa mâchoire et son cou raidis et la nuance bleutée de sa peau. Elin se penche afin de l'observer de plus près. Cette femme était à peu près du même âge que Laure, peut-être un peu plus jeune. La fermeture Éclair de sa doudoune noire est ouverte sur un buste nu fin et musclé. La théorie d'Elin se confirme : la rigidité cadavérique n'étant pas encore totale, la victime n'est pas restée longtemps immergée. Dans ses cheveux noirs emmêlés qui se couvrent de flocons, l'eau se fige, formant des éclats translucides.

Une mousse blanchâtre suinte de sa bouche et se solidifie sur les côtés en se refroidissant. Elin sait interpréter ce phénomène : il s'agit du mélange de mucus, d'air et d'eau qui se forme quand un être vivant respire. Sa présence indique qu'Adèle respirait encore lorsqu'elle a été immergée – mais cela ne prouve pas pour autant qu'elle est morte noyée. Quant aux yeux, ils sont brillants, comme encore pleins de vie, sans traînées trahissant une exposition à l'air libre post mortem.

S'intéressant ensuite au masque, Elin sent des picotements l'envahir. Bien que déjà couvert de neige, le caoutchouc noir n'en conserve pas moins son aspect monstrueux.

Qu'est-ce que c'est que ce truc ?

Elin a toujours détesté les masques, qu'ils soient chirurgicaux, plus fantaisistes ou autres. Cette façon de dissimuler ses traits lui fait horreur. Ne pas savoir quelle personnalité est tapie derrière cet artifice lui est insupportable.

Ce masque date de l'époque de l'ancien sanatorium, dit Cécile, qui a suivi son regard et à présent se mordille les ongles. Il aidait les patients à mieux respirer. Il y en a dans la salle des archives.

Qu'est-ce que ça veut dire ? Un jeu qui aurait mal tourné ? Un délire d'ordre sexuel ?

Elin considère de nouveau les mains d'Adèle. La cordelette autour de ses poignets laisse imaginer que la pauvre fille a été attachée, peut-être séquestrée, au moins le temps de sectionner quelques doigts. Elle rumine ces sombres conclusions, les yeux rivés sur les moignons d'un demi-centimètre.

Tout cela n'explique pas comment Adèle s'est retrouvée dans la piscine, ni ce qui s'est passé à ce moment. Tout porte à croire qu'elle s'y est noyée, mais dans ce cas comment se fait-il que personne ne s'en soit rendu compte ? Si elle a été jetée vivante dans l'eau, pourquoi personne n'a entendu ses cris ? Même avec les mains liées dans le dos, elle aurait pu se maintenir à la surface, marcher sur le fond du bassin, appeler à l'aide ou encore faire des éclaboussures pour attirer l'attention…

Même si quelqu'un l'a maintenue immergée, ce qui semble peu probable au vu de l'absence d'égratignure sur le corps, cela aurait tout de même fait un peu de bruit. Pourquoi est-ce que personne n'a rien entendu ?

Elin remarque alors une vague ombre dans le bassin, à quelques mètres de l'endroit où gisait Adèle. Saisie d'une inquiétude grandissante, elle braque sa lampe torche dessus.

Un sac de sable.

Le souffle coupé, Elin comprend que ce lest a maintenu Adèle au fond de la piscine. Voilà pourquoi personne n'a rien entendu. Son assassin a tenu à la tuer rapidement. Efficacement. Les ultimes doutes qui subsistaient s'évanouissent, remplacés par une prise de conscience aussi soudaine que douloureuse. Ce drame n'a rien d'un accident ; il s'agit bel et bien d'un meurtre.

Une bulle de terreur noire éclate en elle.

Elin éprouve une souffrance physique à la vue de ce triste spectacle, de cette vie si violemment arrachée. Le tueur aurait pu l'exécuter de mille autres façons, plus rapides et moins douloureuses. Mais là, il a clairement voulu qu'elle souffre avant de rendre l'âme.

Elle s'attarde de nouveau sur le visage de la défunte, dont l'expression et le regard prennent soudain une tout autre signification. Elin y devine de la peur. Une terreur totale. Cette femme était épouvantée car elle avait compris le sort qui lui était réservé. Elle a senti le poids du sac de sable qui l'entraînait vers le fond, comme elle a senti l'eau s'infiltrer sous le masque puis dans ses yeux et dans sa bouche. Elle s'est certainement débattue avec l'énergie du désespoir, au fond du bassin, gaspillant le peu d'oxygène qui lui restait pour tenter de se libérer. Elle a retenu sa respiration le plus longtemps possible, puis a malgré elle inhalé l'eau qui, goutte après goutte, a pris la place de l'air dans ses poumons.

Elin s'éloigne d'une démarche peu assurée, s'efforçant de faire le point. Qui a pu commettre un tel crime ? Et pourquoi ? L'assassin avait certainement de bonnes raisons de passer à l'acte. L'esprit en ébullition, elle envisage déjà les étapes suivantes – les personnes à interroger, les questions à poser – quand soudain la réalité la heurte de plein fouet : *Tu n'es pas chargée de cette enquête. La police sera bientôt là, et tu devras lui passer le relais.*

Quelqu'un s'approche dans son dos et toussote.

— Ne restez pas là, s'il vous plaît, réagit-elle d'instinct. Il ne faut pas perturber la scène de crime.

Les bruits de pas ne cessent pas. Elin se retourne, prête à hausser le ton.

Lucas Caron.

Les remontrances d'Elin se dissipent, chassées par le regard appuyé du promoteur immobilier. Plus grand que ne le laissent croire les photos qu'elle a vues de lui, il porte une parka noire qui comprime ses larges épaules. Il n'est pas pour autant corpulent. Non, il ne doit sa silhouette massive qu'à des heures de sport en plein air – sans doute pas à de la musculation en salle. Comme précédemment, elle l'imagine suspendu à une falaise, en pleine ascension d'un sommet.

Sous une frange désordonnée, son regard se pose sur

le cadavre. Mal à l'aise, il frotte sa barbe parsemée de flocons. De si près, sa parenté avec Cécile ne fait aucun doute ; leur ressemblance est même troublante.

— Lucas Caron, se présente-t-il, la main tendue.

Elin la serre, ce qui lui permet de sentir sa paume rugueuse.

— Elin Warner, répond-elle en désignant le bord du bassin. Je suis désolée, mais vous ne devriez pas être ici. J'essaie de préserver la scène de crime jusqu'à l'arrivée de la police.

— C'est justement de ça que je voulais vous parler, dit Lucas d'une voix feutrée mais empressée, son regard gris planté dans les yeux d'Elin. La police… ne va pas venir. Il y a eu une avalanche un peu plus bas, la route est bloquée. On ne peut plus passer.

38

— Environ cinq cents mètres plus bas que l'hôtel. Un de nos chauffeurs est descendu jeter un coup d'œil : la coulée fait cinq mètres d'épaisseur. Ils vont déblayer tout ça, mais ça prendra quelques jours.

Lucas remonte la capuche de sa parka, geste qui plonge momentanément son visage dans l'ombre, mais Elin a eu le temps de noter un début de panique dans son regard.

— Ils ne peuvent pas dégager la chaussée plus vite ?

— C'est difficile, répond Lucas, la mine sombre. Nous avons affaire à une avalanche sèche, c'est-à-dire qu'elle n'est pas uniquement composée de neige. La coulée a littéralement déchiqueté le flanc de la montagne, emportant des arbres, des rochers et de la végétation. C'est un véritable monstre.

— Mais pourquoi est-il si difficile de dégager la route ?

— Ces avalanches sont d'une violence hors du commun, si puissantes qu'elles broient tout sur leur passage. La neige est ainsi divisée en particules de plus en plus minuscules. Quand enfin tout se fige, la neige est si compactée autour des débris arrachés qu'on ne peut pas employer de canon à neige car ces débris risquent d'endommager l'appareil. (Il se racle la gorge et poursuit.) D'autre part, la vitesse de l'avalanche réchauffe une fine couche de neige, jusqu'à la faire fondre. Or cette eau gèle aussitôt, si bien que la coulée, en plus d'être compacte, est figée comme du béton.

— Il n'existe aucun autre moyen de gagner l'hôtel depuis la vallée ?

— Non, à part l'hélicoptère, mais le vent souffle trop fort en ce moment. Ils ne prendront pas ce risque.

Digérant ces explications, Elin finit par comprendre ce qu'elles impliquent : les occupants de l'hôtel sont livrés à eux-mêmes. Les tripes nouées, elle baisse les yeux sur le cadavre.

— Vous pouvez faire quelque chose en attendant l'arrivée de la police ? lui demande Lucas, portant son poids d'un pied sur l'autre. Il ne reste plus beaucoup de clients à l'hôtel, mais les employés sont encore nombreux. Je ne veux prendre aucun risque.

Elin sent qu'il fait le bilan de la situation, qu'il la jauge. Pour la première fois, elle perçoit son assurance innée d'homme d'affaires, une vivacité d'esprit qui contredit son allure décontractée. Cet homme est habitué à maîtriser les choses, à donner des ordres.

— Non, c'est impossible, je ne suis pas dans ma juridiction ici.

Même dans mon pays, je n'ai plus aucune autorité, ajoute Elin en pensée, se mordant la lèvre inférieure et regrettant déjà ce petit mensonge par omission.

— D'accord, mais vous pouvez certainement nous aider, en attendant que la police puisse nous rejoindre ?

Lucas balaie la scène du regard, les traits figés – trop figés, comme pour masquer sa panique. Et il ajoute :

— Tout le monde n'est pas en mesure de gérer ce…

Il se tait, comme si l'énormité du problème lui apparaissait seulement maintenant. Elin éprouve soudain un élan de compassion à l'égard de cet homme clairement dépassé par les événements. Selon toute vraisemblance, un meurtre a été commis dans son établissement ouvert depuis peu à la clientèle. La réputation de l'hôtel est en jeu. Il tient à ce que tout soit fait dans les règles, à limiter les dégâts.

— Écoutez, je vous avoue que je ne sais pas trop ce que je peux faire pour vous, dit-elle. En Suisse, les règles, procédures et protocoles ne sont pas les mêmes que dans mon pays.

— Le travail reste plus ou moins le même, non ? insiste Lucas d'une voix tendue.

— J'appelle la police, cède Elin. S'ils sont d'accord pour que je participe à l'enquête, je verrai ce que je peux faire.

Lucas acquiesce :

— Composez le 117, c'est le numéro du standard de la police. Tous les appels doivent passer par là.

Elin sort son téléphone de son sac et suit ses instructions. Une voix masculine décroche dès la première sonnerie :

— *Police, bonjour. Votre nom, s'il vous plaît*[1]. *Grüezi, Polizei. Wie ist Ihr Name bitte ?*

— Bonjour, je…

Elin panique, les joues écarlates, rattrapée par sa terreur d'enfance des langues étrangères.

1. En français dans le texte original.

— Je parle anglais, l'interrompt le standardiste. Quel est l'objet de votre appel ?

— Je m'appelle Elin Warner. Je suis à l'hôtel Le Sommet, près de Crans-Montana. Je crois que vous avez déjà eu le propriétaire de l'hôtel en ligne, qui vous a expliqué la situation. Je voulais vous demander s'il était possible que je vous apporte mon aide. Je…

— Comment ça, votre aide ? lâche sèchement le policier, méfiant.

— Je suis lieutenant de police en Angleterre. M. Caron me demande de l'aider, étant donné que la police est pour l'instant dans l'impossibilité de nous rejoindre. Je m'inquiète à propos de la scène de crime, qui se dégrade rapidement. Je ne sais pas jusqu'à quel point je peux la préserver, mais j'aimerais essayer.

S'ensuit un silence, puis l'agent reprend :

— D'accord. Un instant, je vous prie.

— Qu'est-ce qu'ils disent ? s'enquiert Lucas, les sourcils froncés.

— Rien pour l'instant, je suis en attente, répond Elin, le téléphone écarté de son oreille.

— Madame Warner ? reprend le standardiste.

— Oui, je suis là.

— J'ai posé la question à mon supérieur, qui va y réfléchir. Nous vous contacterons.

Elin salue le policier, raccroche et remise son téléphone dans son sac.

— Ils vont me rappeler. Quoi qu'il en soit, mon instinct me dit qu'il y a une précaution à prendre sans attendre, et ça ne devrait pas troubler le travail de la police.

En effet, Elin sait qu'il n'y a pas une minute à perdre

dans ce genre de situation, même si la victime est décédée. La neige qui continue de tomber recouvre d'éventuels indices tels que fibres ou cheveux. D'autre part, les souvenirs des témoins s'estompent avec le temps.

— Il faut en priorité préserver autant que possible la scène de crime. Il est essentiel de protéger les indices, si infimes soient-ils.

Elle prononce ces mots avec une assurance qu'elle est loin d'éprouver. Considérant les profondeurs agitées du bassin avec un désespoir grandissant, Elin comprend qu'un rude combat s'annonce. Elle a sous les yeux la pire scène de crime qui soit pour un enquêteur, sous le vent incessant et la neige qui s'accumule, masquant des éléments potentiellement importants, sans parler des nombreuses personnes ayant foulé les lieux.

— De quoi avez-vous besoin ? lui demande Lucas.

D'un regard de biais, Elin le voit une fois de plus poser les yeux sur le cadavre. Cette fois, elle remarque chez lui une émotion nouvelle et indéchiffrable. De la gêne ? Possible. La sombre réalité de la mort touche les gens de façons très variées.

— Il faudrait de la corde pour établir un périmètre de sécurité autour de la piscine. Les clients sont presque tous partis, je sais, mais ça rappellera aux employés de ne pas venir par ici. (Elle se tait un instant, le temps de se remémorer le protocole.) Je vais prendre quelques photos avec mon téléphone, puis je fouillerai les environs du bassin. Si je trouve un indice potentiel, je le prélève. (Elle hésite une seconde.) Si vous aviez des gants en plastique, des sachets refermables, du matériel stérile, une pince, par exemple, tout ça me serait très utile.

— On doit pouvoir vous trouver tout ça. Ce sera rudimentaire mais…

Sans conclure sa phrase, Lucas fait signe à plusieurs employés d'approcher.

— Il me faudrait également la liste de toutes les personnes encore présentes à l'hôtel, clients comme personnel.

— Pas de problème, tout est enregistré.

Elin sort son téléphone pour photographier la scène de crime. Par où commencer ?

Le corps d'Adèle.

Le vent qui souffle en rafales a déjà modifié les lieux ; il semble tirer sur les vêtements de la défunte, dont il a couvert le visage de flocons.

Alors qu'elle s'apprête à se mettre au travail, une voix retentit un peu plus loin, à peine audible sous le mugissement du vent :

— J'ai trouvé quelque chose !

39

Elin tourne la tête et aperçoit une employée de l'hôtel qui lève une main tremblante dans les airs, quelques mètres plus loin. Elle récupère son sac et la rejoint, non sans prendre soin d'éviter les abords immédiats du bassin. Âgée d'une vingtaine d'années au plus, cette jeune femme a les cheveux rejetés en arrière, ce qui laisse tout loisir de voir ses yeux marron emplis d'effroi. Elle baisse la main et désigne quelque chose sur le sol.

Elin remarque une boîte en verre à demi dissimulée par les pieds d'une chaise longue. Saisie d'un effroi paralysant, elle devine, à l'expression de l'employée, que sa découverte, quelle qu'en soit la nature, n'augure rien de bon.

— J'ai vu ça en m'éloignant du corps, précise la jeune femme d'une voix brisée, une main sur la bouche.

Elin pose son sac à l'écart et s'accroupit pour examiner le récipient : entièrement en verre et mesurant au plus une cinquantaine de centimètres de côté, il n'est pas sans rappeler les boîtes exposées dans le bâtiment. La fine couche de poudreuse qui le recouvre est partiellement trouée par des traînées, sans doute laissées par les doigts de l'employée.

En découvrant le contenu ainsi dévoilé, Elin sent son estomac se contracter.

Des doigts. Trois doigts.

D'une affreuse nuance grisâtre et striés de sang.

Sa main est saisie de tremblements.

Inspire à fond, s'ordonne-t-elle, sentant sur elle le regard du groupe rassemblé à seulement quelques mètres d'elle. Prête à tout encaisser, elle se baisse un peu plus et dégage délicatement la neige encore présente sur la boîte.

Elle voit tout, maintenant, jusqu'au moindre détail. Et précisément, elle comprend que c'est ce qu'a voulu l'assassin ; s'il a choisi de glisser ces bouts de chair dans un contenant en verre, c'est pour qu'ils soient bien visibles. Chaque doigt est fixé au fond de la boîte par un petit clou et entouré d'un bracelet assez fin en cuivre. Trois doigts. Trois bracelets.

Inclinant la tête, elle distingue vaguement des caractères gravés à l'intérieur d'un bracelet. Un nombre ?

Elle se baisse davantage et découvre en effet cinq chiffres : 87499… Idem sur le bracelet voisin : 87534.

Tout en photographiant ces éléments, Elin prend le temps d'assimiler ce qu'elle a sous les yeux.

Quelqu'un a sectionné les doigts d'Adèle puis les a cloués dans cette boîte, entourés de bracelets.

Cela signifie qu'il ne s'est pas acharné sur sa victime sous l'effet d'une pulsion de rage. Non, il a tout prémédité. Il a manigancé son acte odieux jusque dans les moindres détails – ligoter Adèle, lui couper quelques doigts, la noyer au moyen d'un sac de sable, puis ça…

Tout a été écrit à l'avance, comme une histoire. Car c'est bien de cela qu'il s'agit, se dit Elin tandis qu'une vague de nausée la submerge. Ce crime est une histoire que raconte l'assassin. Il a voulu transmettre un message. Ce qui implique qu'il a méticuleusement monté son coup. C'est un tueur organisé. Cet individu est probablement intelligent et au fait des méthodes policières. Par conséquent, il est illusoire d'espérer trouver des indices importants. Ce criminel ne sera pas facile à débusquer.

Elin sent de la sueur perler sous ses bras en songeant qu'elle n'est absolument pas à sa place ici ; en plus de se trouver dans un pays étranger, elle prend une série d'initiatives dont la moitié ne figure pas dans son champ d'expertise.

Revenant à la boîte en verre, elle a presque la sensation d'être raillée par ses lacunes et voit surgir en pensée des flashes de ses erreurs passées. La poitrine comprimée et la vision brouillée, elle cligne des yeux, puis elle se rend compte que le contenu de la boîte a évolué : les doigts enflent et paraissent plus ensanglantés qu'un instant plus tôt. Ce sang n'est plus sec, d'ailleurs, et coule depuis le bout des doigts sur le verre et jusque dans la neige.

Du sang.

Tant de sang qu'il forme des ruisseaux dans la poudreuse et atteint déjà les bottes d'Elin…

Horrifiée, elle recule d'un pas en titubant, tandis que l'air se fait rare dans ses poumons. Elle arrache son regard de la boîte, sort son inhalateur de sa poche et s'octroie trois bouffées.

— Tout va bien ?

Elin lève la tête. C'est Lucas, le visage toujours aussi peu expressif. Le vent strie sa parka de petits plis.

— Oui, ça va, répond Elin en remisant son inhalateur.

Elle inspire profondément à plusieurs reprises et retrouve une respiration normale.

— J'ai déjà ça pour vous, dit Lucas, qui lui tend une petite boîte. Des gants et des sachets. On vous apporte le reste sans tarder. Un de mes gars vérifie que tout est stérile.

— Merci.

Elin sort une paire de gants et un sachet, puis glisse le reste dans son sac. Cela fait, elle jette un regard de biais en direction de la boîte en verre. Les ruisseaux de sang ont disparu et les doigts surdimensionnés ont retrouvé leur taille habituelle ; tout est comme elle l'a observé au début.

Néanmoins, Elin reste paralysée par la terreur, une terreur propre à la situation. Ce qu'elle a subi à l'instant n'a rien de logique, de rationnel, et ne peut être expliqué. Elle a la certitude que ce phénomène prend sa source dans quelque chose d'obscur, de si ténébreux qu'elle peut presque le toucher.

40

En entrant dans le vestiaire du spa, Elin retire ses gants en plastique et se frotte vigoureusement les mains – elles sont froides, le bout des doigts rouges, mais pas glacées. Elle recueille là les fruits de ses footings, de ses heures passées à courir sur la route côtière ou à arpenter les collines du Dartmoor dans les conditions les plus difficiles : son corps est endurci, habitué à être poussé hors de sa zone de confort.

Elle consulte sa montre : 16 h 30. Plus de cinq heures se sont écoulées depuis la découverte du corps d'Adèle. Il fait à présent nuit noire, et le temps s'est encore dégradé ; des tourbillons de neige s'abattent en hurlant, comme dans une centrifugeuse, les gros flocons illuminés par l'éclairage extérieur sur fond de ciel noir.

De temps à autre, le vent soulève de la neige du sol et la souffle en un terrifiant ballet pour la lâcher un peu plus loin. Si une telle tempête secouait une scène de crime en Angleterre, ses collègues enquêteurs deviendraient fous. Elin imagine sans peine le visage chiffonné et les sourcils froncés de Leon, sans oublier ses jurons marmonnés.

Elle a fait le maximum. Elle a pris des centaines de

photos et a méthodiquement récupéré tous les indices possibles, autant dire pas grand-chose. Sa première impression est confirmée : l'auteur de ce crime est parfaitement organisé. Pour tout dire, Elin n'a presque rien collecté dans ses pochettes de preuve de fortune : quelques cheveux, plusieurs sachets de sucre en poudre vides, quelques mégots de cigarette et un bas de bikini bleu noué trouvé à demi enterré dans la neige.

Elle a tout récupéré, sans grand espoir. Sur le point de rassembler ses affaires, elle sent une vibration dans sa poche.

Son téléphone.

Elle le sort et constate que le numéro qui apparaît sur l'écran lui est inconnu.

— Allô ?

— Bonjour, je souhaite parler à Elin Warner, s'il vous plaît, dit une voix masculine dans un anglais teinté d'un épais accent et d'intonations gutturales allemandes plutôt que françaises.

— C'est moi.

— Inspecteur Berndt Ueli, de la police judiciaire du Valais, à l'appareil. D'après ce que j'ai compris, vous proposez d'apporter votre aide concernant la situation au Sommet.

Elin hésite, momentanément décontenancée par ce ton formel et cette façon d'aller droit au but.

— Oui, c'est bien ça. Voulez-vous que je vous détaille la scène de crime ?

— M. Caron a déjà raconté ce qui est arrivé à un de mes agents, mais oui, s'il vous plaît, j'aimerais entendre cette histoire de votre point de vue.

Le policier écoute Elin sans l'interrompre, tandis

qu'elle lui relate les faits ainsi que ses observations. Elle l'entend prendre des notes, avec en fond sonore une lente respiration, tout en songeant qu'elle s'y prend mal, que ses propos sont imprécis et qu'elle manque de conviction.

Quand elle en a terminé, il ne reprend pas immédiatement la parole. Elle l'entend griffonner encore quelques mots, tandis que des voix résonnent derrière lui.

— Nous avons là une situation peu commune, dit-il enfin sur un ton posé. En temps normal, nous devrions nous rendre sur place et prendre note de tout ce qui prouve qu'il y a eu un incident avant de demander au procureur l'ouverture officielle d'une enquête.

— Je comprends… dit Elin, qui, le téléphone plaqué contre l'oreille, fait quelques pas sur la longueur du vestiaire. Vous n'avez vraiment aucun moyen d'envoyer quelqu'un ici ?

— Non, lâche l'inspecteur sans émotion aucune. J'ai contacté la gendarmerie et la police municipale de Crans-Montana, mais eux non plus ne sont pas capables de monter jusqu'à l'hôtel.

— Que fait-on, alors ?

Elin fait demi-tour. Elle a de plus en plus chaud, non pas du fait de sa marche, mais en raison de la peur lancinante qui se développe en elle à mesure qu'elle assimile les paroles du policier.

Les occupants de l'hôtel sont pour ainsi dire seuls au monde.

— Nous en avons discuté. Ce… C'est un peu délicat. Nous n'avons jamais envisagé ce cas de figure. Une cellule de crise a été mise en place afin d'établir la marche à suivre. J'ai été nommé enquêteur en chef, la gendarmerie représente la ville de Crans-Montana. Nous avons également avec nous un procureur et le *groupe d'intervention*[1].

— Et qu'avez-vous décidé ? demande Elin, effrayée par un coup de tonnerre assourdissant s'ajoutant au mugissement du vent déchaîné.

— La Constitution suisse est claire : en tant que membre des forces de l'ordre britanniques, vous n'avez aucune autorité chez nous. Toutefois, après discussion, le procureur a jugé bon que vous nous apportiez votre concours en suivant précisément nos instructions. (La voix de Berndt s'adoucit.) Vu les circonstances, il serait idiot de notre part de nous priver de votre expertise. (Il hésite un instant.) Il y a un premier point à préciser ; M. Caron apprécie-t-il que vous participiez à l'enquête ?

— Oui, bien sûr, c'est lui qui m'a demandé mon aide. Contactez-le, il vous confirmera que…

— Entendu. Combien de personnes sont encore présentes à l'hôtel ?

— Quarante-cinq au total ; M. Caron m'a transmis son registre.

— La répartition entre le personnel et les hôtes ?

— Huit clients et trente-sept employés. La plupart des gens ont été évacués avant l'avalanche. Tous les autres étaient censés embarquer à bord du dernier car, qui finalement n'est jamais parti.

— Cet effectif reste gérable ; je m'attendais à pire. Comme vous en êtes certainement consciente, la priorité est la sécurité de tous. Je vous demande donc d'appliquer la procédure standard de façon à maîtriser au

1. En français dans le texte original.

mieux la situation. Il faut que vous rassembliez toutes les personnes encore présentes à l'hôtel dans une même pièce, dans la mesure du possible. Si ce n'est pas réalisable, assurez-vous de savoir où sont ces gens.

— C'est noté.

Jusqu'à présent, pas de surprise dans ces instructions.

— Ensuite, envoyez-moi directement les photos que vous avez prises sur la scène de crime. (Il s'éclaircit la gorge.) Enfin, il nous faudrait la liste de toutes les personnes présentes, avec nom, date de naissance et adresse, ainsi que leur emploi du temps ce matin.

— Souhaitez-vous que j'interroge l'employé qui a découvert le corps et les autres témoins ?

Elin s'assied sur un banc, rattrapée par la folie des dernières heures. Berndt réfléchit un instant avant de répondre :

— Oui. Bien sûr, ce ne seront pas des interrogatoires officiels recevables devant un tribunal, mais ils nous seront utiles.

— Bien entendu, dit Elin, qui sait qu'elle devra tout de même mener ces discussions comme si tel était le cas.

Au point où ils en sont, elle ne peut pas se permettre la moindre négligence. Elle hésite encore, puis une pensée la frappe de plein fouet : Laure. Il faut qu'elle parle de sa disparition au policier :

— Autre chose, un membre du personnel de l'hôtel a disparu. Elle devait fêter ses fiançailles ici. Mon frère Isaac l'a signalé à la police hier.

— Oui, j'ai été mis au courant, dit sèchement Berndt. Il s'agit de Laure Strehl, c'est bien ça ?

— Tout à fait.

— Rappelez-moi les circonstances de sa disparition, je vous prie.

Elin relate les faits dont elle a connaissance, prenant conscience au passage qu'ils sont limités. Personne ne l'a vue s'en aller, et seule la parole d'Isaac garantit ses derniers moments à l'hôtel.

— Est-il possible qu'elle soit partie de son plein gré ?

— Oui, mais c'est peu probable, vu les conditions météo, sans compter qu'elle a laissé son sac à main. Elle n'est pas rentrée chez elle, j'ai vérifié.

— On peut toujours visionner les images de vidéosurveillance des gares de Crans et de Sierre, au cas où elle aurait trouvé le moyen de parvenir là-bas, suggère Berndt, avant de murmurer quelques mots à un collègue. Aucun signe de violence, d'enlèvement ?

— Non, mais maintenant qu'on a trouvé Adèle, je suis inquiète…

— C'est compréhensible, dit Berndt, qui inspire profondément avant de poursuivre. Vous n'avez rien appris de particulier à son propos, qui puisse nous aider à déterminer ce qui lui est arrivé ?

— Non, rien de certain, mais il serait peut-être bon de creuser quelques détails. J'ai découvert dans son bureau la carte de visite d'une psychologue. Mon frère m'a ensuite appris qu'elle souffrait de dépression. Ça explique peut-être son état d'esprit de ces derniers temps.

— Autre chose ?

— J'ai également découvert qu'elle possédait un deuxième téléphone, sans aucun lien avec son travail, et mon frère affirme ne pas être au courant de son existence. La veille de sa disparition, je l'ai entendue téléphoner dehors, en soirée. Je n'ai pas compris ses propos car elle parlait en français, mais il était clair qu'elle était agitée. Furieuse, même.

— Elle aurait passé cet appel avec son deuxième mobile ?

— Oui, c'est possible, ou alors avec son téléphone habituel, qui est toujours dans sa chambre.

— Je vais enquêter auprès des deux opérateurs, et nous contacterons la psy. Envoyez-moi tous les détails…

Elin passe en mode haut-parleur, tandis que Berndt lui épelle son adresse électronique, qu'elle enregistre sur son téléphone.

— Merci, dit Berndt. Signalez-nous la moindre évolution de la situation. De notre côté, nous vous tenons au courant des prévisions météo, si une fenêtre nous permettant de vous rejoindre se dessine, et de ce que donnent les informations que vous nous avez fournies.

Ils bavardent encore quelques minutes, puis Elin salue Berndt.

Elle est exténuée mais fière d'elle. *Je l'ai fait !*

Au cours de la conversation, elle a senti comme une ombre dans son dos, et ce à plusieurs reprises – la claustrophobie revenant en force –, mais elle a surmonté sa peur et s'est rendue utile.

Cette réjouissance est de courte durée car le funeste destin d'Adèle lui met encore plus la pression : elle doit à tout prix retrouver Laure. Si l'assassin d'Adèle et le ravisseur de Laure ne font qu'un, la fiancée d'Isaac subira le même sort que l'employée, ce n'est qu'une question de temps. Si ces deux affaires sont bel et bien liées, l'enlèvement de Laure a certainement été prémédité comme celui d'Adèle. Et vu le triste sort qu'a connu cette dernière, il est facile de deviner ce qui attend Laure.

41

Elin retrouve Axel dans l'espace salon. Assis à l'écart de ses collègues, il a le regard perdu dans le ciel noir et la neige qui tombe toujours, illuminée par l'éclairage extérieur. Vu la pellicule laiteuse qui s'est formée à la surface du café posé devant lui, il n'y a pas touché.

Le visage pâle et inexpressif, il semble imperméable à la panique difficilement contenue dans la pièce et au bourdonnement des murmures. Elin a suffisamment souvent été témoin d'un tel comportement pour le reconnaître immédiatement. Il est sous le choc.

Elle pose délicatement la main sur son bras :

— Axel ?

— *Oui*[1] ? répond-il, levant à peine la tête.

Quand enfin il croise son regard, Elin constate qu'il a les yeux enflés et injectés de sang.

— Je m'appelle Elin Warner, se présente-t-elle. (Interrompue par un éclair qui fend la nuit, suivi d'un violent coup de tonnerre, elle doit s'y reprendre à deux fois.) Je suis cliente de l'hôtel mais aussi lieutenant de police en Angleterre. M. Caron m'a demandé de

---

1. En français dans le texte original.

commencer l'enquête sur la mort d'Adèle en attendant l'arrivée de la police. Vous pouvez me répondre en anglais ?

Axel acquiesce, les mains nouées sur ses genoux.

— Décrivez-moi la façon dont vous avez découvert Adèle, enchaîne Elin. Il est important de noter tous les détails tant que ces souvenirs sont encore frais dans votre mémoire ; cela nous permettra de fournir le plus d'éléments possible à la police.

— D'accord, je vais essayer, accepte Axel d'une voix frêle, avant de tirer la chaise à côté de lui.

Elin s'installe et sort un calepin de son sac.

— Commençons quelques instants avant la découverte du corps. Que faisiez-vous dehors ?

— J'étais sorti m'assurer que les bassins étaient bâchés, explique l'employé, la tête toujours tournée vers l'extérieur. L'évacuation étant presque terminée, on m'avait demandé de vérifier que la zone de baignade était sécurisée.

Elin l'encourage d'un signe de tête.

— Après le grand bassin, je m'apprêtais à passer à l'autre. C'est à ce moment que je l'ai vue… (La voix d'Axel semble sur le point de se briser.) J'avais actionné la fermeture de la bâche – c'est un système électronique et automatique ; elle était déployée au tiers, à peu près, quand une rafale de vent a balayé la vapeur d'eau qui couvrait l'eau. (Ses doigts s'agitent.) Je n'ai pas tout de suite compris que cette chose, au fond du bassin, était un être humain, mais ensuite j'ai vu ses cheveux. Ses cheveux qui s'agitaient dans l'eau…

S'ensuit un silence de plomb.

— J'ai détalé… avoue Axel, une main sur le visage.

Je sais ce que vous allez me demander : pourquoi je n'ai pas sauté à l'eau pour la secourir ? Je ne cesse de rejouer la scène dans ma tête. Si je m'étais jeté à l'eau dès l'instant où je l'ai vue, elle aurait peut-être survécu…

— Chacun réagit à sa façon, Axel, le rassure Elin, sans tenir compte des regards en provenance de la table voisine, puis elle baisse la voix. Il n'y a pas de réaction idéale dans ce genre de situation. D'autre part, vous n'auriez rien pu faire pour elle. Je suis certaine qu'elle était déjà morte quand vous l'avez trouvée.

Elin devine qu'Axel ne la croit pas. Il restera hanté par ce doute jusqu'à la fin de son existence, il y pensera mille fois par jour. *Et si… ? Et si… ? Et si… ?*

— Vous n'avez rien remarqué de louche du côté des bassins avant la découverte du corps ?

— Non, j'arrivais tout juste. Avant de m'en occuper, j'aidais les cars à quitter le parking enneigé. Avec tous mes collègues qui n'étaient pas encore partis, on dégageait ce qu'on pouvait.

— Vous n'avez vu personne dans les environs du spa ? Des collègues ? Des clients ?

— Non. Il n'y avait plus que quelques clients, et tous les employés étaient monopolisés par l'évacuation.

Pas de témoin, donc, résume Elin en pensée, quelque peu découragée. Il est peu probable que quelqu'un ait vu quoi que ce soit d'intéressant. Le tueur a dû profiter de l'évacuation de l'hôtel pour agir. Il n'y avait personne autour des bassins, ni membre du personnel ni clients ; c'était le moment idéal.

Elle tourne une page de son calepin et poursuit :

— Vous étiez proche d'Adèle ?

— Non, je ne la connaissais pas très bien. On se

disait bonjour, c'est tout. (Il hausse les épaules.) J'ai une famille, vous savez. Trois enfants. Je n'ai pas vraiment le temps de fréquenter mes collègues en dehors du cadre professionnel.

— Dans ce cas, j'imagine que vous ne savez pas si Adèle avait des problèmes ?

— Non, mais Felisa vous en dira davantage, répond Axel, désignant une brune installée à la table voisine. C'est la responsable du ménage, la supérieure d'Adèle.

— D'accord, merci, dit Elin, qui récupère son sac et se lève. Tenez-moi au courant si quoi que ce soit d'autre vous revient à l'esprit, même si ce n'est qu'un détail.

— Attendez… je pense à une chose. Ça n'a sans doute aucune importance, mais j'ai vu Adèle se disputer avec quelqu'un.

Sa curiosité piquée, Elin se rassied.

— Récemment ?

— La semaine dernière. En allant nettoyer un débordement de l'eau du grand bassin, j'ai remarqué Adèle à l'arrière du bâtiment. En approchant de l'angle, j'ai entendu des voix animées ; ces personnes étaient si énervées qu'elles ne m'ont même pas vu entrer dans le spa.

— De quoi parlaient-elles ?

— Je ne sais pas, je ne me suis pas arrêté, répond Axel avec un triste sourire. Je dis toujours qu'il vaut mieux ne pas se mêler des affaires des autres, garder la tête basse.

— Avez-vous reconnu la personne avec qui Adèle se disputait ? demande Elin, digérant ces nouvelles informations.

— Oui, c'était la directrice adjointe de l'hôtel. Laure Strehl.

42

Il y a donc un lien, songe Elin en se dirigeant vers Felisa. Un lien entre Laure et Adèle. Elles se connaissaient suffisamment pour se quereller. La mort d'Adèle est-elle en rapport avec cette dispute ? Elin chasse ces pensées.

— Felisa ? souffle-t-elle à la brune désignée par Axel, après s'être immobilisée à un mètre de sa table.

Celle-ci considère Elin et son calepin.

La responsable du ménage est une femme menue aux traits fins dont les sourcils parfaitement arqués se terminent en pointe. Ses cheveux noirs sont rassemblés en une tresse complexe, et sa peau olivâtre laisse imaginer qu'elle est d'origine espagnole ou portugaise.

— Vous voulez me parler à propos d'Adèle ?

— Oui, installons-nous un peu plus loin, si vous le voulez bien, propose Elin, désignant une table libre.

— Oui, bien sûr.

Felisa se saisit de son verre d'eau et se lève. Détaillant Elin, comme pour l'évaluer, elle s'attarde sur ses cheveux blonds en bataille rejetés en arrière et sur son piercing au sommet de l'oreille. Elle a entendu dire que cette femme était policière ; elle s'attendait probablement à un physique… différent.

Elin est habituée à cela, parfaitement consciente de ce que les gens disent d'elle dans son dos. On la juge peu féminine, trop focalisée sur sa carrière pour se « mettre en valeur », même si le rapport est peu évident.

Elle s'en moque. Elle n'a jamais été à l'aise avec le concept de féminité. Depuis toujours, elle a conscience de la présence d'un monde lointain dans lequel évolue une tribu de femmes aux cheveux brillants maîtrisant les coiffures les plus complexes. Des femmes passant leur temps à visionner des vidéos sur YouTube expliquant les meilleures techniques d'application du fond de teint pour faire « saillir » les pommettes.

Sa collègue et amie Helen fait partie de ce troupeau. Un jour, autour d'un poulet au curry arrosé de vin, elle lui a montré une vidéo de *contouring*, et ce plusieurs fois de suite, comme si cela pouvait mieux la faire rentrer dans le crâne d'Elin. En vain, celle-ci aurait aussi bien pu écouter un discours en chinois ; ce jour-là, elle a eu le sentiment de jouer d'un instrument que jamais elle ne maîtriserait.

Se dirigeant vers la chaise opposée, de façon à s'asseoir en face de Felisa, Elin est interpellée par une cliente. Approchant la quarantaine, cette petite femme bien en chair aux cheveux noirs noués en un vague chignon a les traits tirés et affiche un air angoissé. Sur ses gardes, Elin la voit approcher beaucoup trop près d'elle, envahissant son espace intime.

— Excusez-moi, vous êtes policière, je crois ? dit la cliente, avec un fort accent possiblement italien.

— Oui, je…

— Nous sommes inquiets, l'interrompt l'intruse, qui jette un regard derrière elle, en direction d'une table située du côté gauche de la salle. Mes parents… sont âgés et…

Elle hésite, le front plissé sous l'effet de la concentration, comme si elle luttait pour trouver les mots justes. Et d'ajouter :

— Ils sont terrifiés par ce qui est arrivé. Nous voudrions en savoir davantage.

Elin hoche la tête et s'éclaircit la voix :

— Je comprends, la situation est peu rassurante, mais tout est sous contrôle. Nous avons déjà beaucoup discuté avec la police, et un plan est en place. Je…

Elle se tait, prenant conscience qu'elle en dit trop.

La cliente fronce les sourcils, et son expression se pare d'une nouvelle nuance. *De la colère*, devine Elin. C'est une réaction logique de la part de quelqu'un qui a peur, qui se sent impuissant, mais cela n'empêche pas d'être effrayé.

La colère est souvent imprévisible, pareille à une barrière dressée pour freiner les agressions.

— Sous contrôle… répète la cliente d'une petite voix aiguë en joignant les mains. Je n'ai pas l'impression que vous contrôliez grand-chose. Les gens ont peur, et pas seulement les clients ; j'ai entendu des employés discuter, là-bas. (Elle tend le bras dans la direction concernée.) Ils se demandent combien de temps il faudra pour qu'on puisse venir nous aider. (Ses joues sont à présent rouges.) Si eux ont peur, alors qu'ils travaillent ici, imaginez ce que nous autres les clients nous ressentons !

Elin échange un regard avec Felisa.

— Je donnerai des instructions générales d'ici quelques minutes, dit-elle sur un ton posé. Nous mettons en place des protocoles pour maîtriser la situation. Ce soir, nous installerons tout le monde dans des chambres du rez-de-chaussée, qui sont généralement réservées aux employés. Et des membres du personnel feront office d'agents de sécurité dans les parties communes.

— Des agents de sécurité ?

— Oui, il y en aura dans tous les couloirs. Nous ferons tout pour que vous soyez tous en sécurité.

S'ensuit un interminable silence, tandis que la cliente assimile les explications d'Elin. Enfin, ses épaules se décrispent.

— Très bien, je vais rassurer mes parents, dit-elle, pour le plus grand soulagement d'Elin. Mais je pense tout de même que vous devriez faire un effort dans votre communication. Tenez-nous informés si la situation évolue.

— Je n'y manquerai pas.

Elin attend que cette femme s'éloigne avant de s'asseoir.

— Désolée, murmure-t-elle à Felisa.

— Pas de souci. Il faut s'attendre à ce genre de réaction, les gens sont inquiets.

Elin pose son calepin sur la table :

— J'essaie de reconstituer les derniers jours d'Adèle, de comprendre ce qui a pu provoquer cette agression.

Felisa boit un peu d'eau avant de répondre :

— Elle a travaillé vendredi et ne devait reprendre que mardi prochain.

— Vous l'avez vue vendredi, avant qu'elle s'en aille ? demande Elin en prenant des notes.

Son écriture précipitée est épouvantable mais elle n'est pas en état de s'appliquer. La fatigue ressentie dans le vestiaire s'abat de nouveau sur elle, à tel point qu'au moindre geste elle a la sensation de patauger dans de la boue. Il vaudrait mieux qu'elle avale quelque chose.

— En coup de vent. Elle était pressée ; elle voulait voir son fils avant qu'il ne parte avec son père pour la semaine.

— Ils sont séparés ?

— Oui, mais depuis longtemps. À vrai dire, ils n'ont jamais vraiment été ensemble. Ils ont tenté le coup un moment, je crois, dans l'intérêt du gamin, mais…

— Comment vous l'avez trouvée vendredi ?

— Ça avait l'air d'aller. Elle était un peu stressée parce qu'elle ne voulait pas être en retard, mais sinon… Elle… Elle a au moins réussi à rentrer chez elle, vous croyez ?

— Je n'en sais rien. La police va certainement vérifier ce point.

En vérité, Elin est à peu près certaine qu'Adèle n'a jamais revu son fils. Puisqu'elle avait les poignets liés, elle a sans doute été séquestrée dans l'hôtel ou non loin de là avant d'être assassinée. Felisa serre si fort son verre que les jointures de ses doigts blanchissent :

— Qui a pu faire une chose pareille ? Ça n'a aucun sens…

— Savez-vous si Adèle avait des problèmes personnels ou professionnels ?

— Non, mais elle était suisse, vous savez. Et les Suisses sont assez réservés. (Elle esquisse un vague sourire.) Quand je vivais à Genève, mon voisin a eu besoin de deux ans pour passer de « *Bonjour*[1] » à « *Bonjour, ça va*[2] ? »

---

1. En français dans le texte original.
2. Idem.

L'employée se tait un instant, comme si elle hésitait à ajouter quelque chose, puis se décide :

— Cela dit, Adèle était plus que réservée. Elle était parfois… distante.

— C'est-à-dire ?

— Elle ne ressemblait pas aux autres femmes de ménage. Dans ce boulot, les têtes défilent très vite, et ce sont souvent des étrangères. Mais Adèle était suisse, donc, ce qui en soi est déjà rare. Son boulot lui plaisait, je pense, même si j'ai toujours eu l'impression qu'elle ne voulait pas trop s'y investir, comme si elle ne se sentait pas concernée. Elle était très secrète, en fait. (Elle sourit.) Elle avait sans doute raison, d'ailleurs. C'était une fille intelligente ; j'étais étonnée qu'elle ait accepté ce genre d'emploi.

— Qu'est-ce qui l'avait poussée à postuler, alors ?

— Je lui ai posé la question un jour. Elle m'a expliqué qu'elle n'avait pas le choix, sans diplôme et avec un petit garçon à élever.

Elin médite tout cela. Quelque chose cloche dans cette histoire.

— Une dernière chose : êtes-vous au courant que Laure Strehl a disparu ?

— Oui… (Félisa se penche en avant, les coudes sur la table.) Vous croyez que… que celui qui a fait ça à Adèle…

Incapable de conclure sa phrase, elle avale sa salive.

— Nous l'ignorons. C'est pour ça qu'il faut à tout prix déterminer les liens éventuels entre Adèle et Laure. Diriez-vous qu'elles étaient amies ?

Felisa acquiesce et laisse brièvement paraître une expression qu'Elin ne parvient pas à décrypter.

Elle sait quelque chose. Elle sait quelque chose et hésite à m'en faire part.

— Elles étaient proches ? insiste-t-elle.

— Oui, soupire Felisa. En tout cas jusqu'à il y a quelques mois. Je les voyais souvent ensemble et d'un coup, ça s'est terminé. J'ai supposé qu'elles s'étaient simplement brouillées. Quelques semaines plus tard, alors que j'étais avec Adèle, Laure est passée près de nous sans lui dire bonjour. (Elle fronce les sourcils.) C'était bizarre. Après coup, Adèle m'a paru… effrayée – je ne vois pas d'autre mot.

— Effrayée par Laure ?

— Oui, et ça ne m'a pas étonnée. Je ne sous-entends rien, mais Laure peut être… cassante. Attention, je l'apprécie beaucoup, mais elle a un sacré caractère. Elle se prend parfois trop au sérieux. Pendant les réunions, c'est la seule à ne pas décrocher un sourire et à tout noter, jusqu'au moindre détail. (Elle baisse la voix.) Cécile, la directrice, est le même genre de femme. Mais bon, sans doute pas pour les mêmes raisons. Elle n'est pas mère de famille, ni même en couple, alors elle met toute son énergie dans son boulot. Trop d'énergie, si vous voulez mon avis.

Elin hoche la tête et réfléchit à ces nouveaux éléments. Un détail la trouble particulièrement : la brouille entre Laure et Adèle. La prochaine fois qu'elle croisera Cécile, il faudra qu'elle lui demande si elle était au courant, ou si d'autres personnes s'en sont rendu compte. Elle redoute que cela ne fasse qu'embrouiller la situation. Chaque fois que quelqu'un lui parle de Laure, l'image qu'Elin se fait de celle-ci évolue légèrement. Alors qu'elle croyait clairement la discerner, sa personnalité lui semble de plus en plus trouble.

Difficile à décrypter.

43

— Personne n'a rien vu ? s'étonne Lucas.

Il retire sa polaire et la suspend au dossier de sa chaise. Les manches de sa chemise, relevées, laissent voir ses avant-bras musclés et bronzés, ainsi que deux bracelets en tissu – l'un vert citron et l'autre bleu – bien usés à son poignet droit.

— Non, répond Elin. Tous les employés étaient accaparés par l'évacuation ou les clients encore présents dans le hall et prêts à partir. Ils ont tous un… (Elle hésite, peu désireuse d'employer le terme « alibi ».) Ils ont tous été vus ailleurs.

Tous, jusqu'au dernier, se dit-elle, rejouant en pensée les entretiens qu'elle a menés. Ils disposent tous d'alibis plausibles et confirmés. Et les clients également. Comment est-ce possible ?

Elle se saisit de sa tasse de café et en avale difficilement une gorgée. Le liquide brûlant et amer lui racle la gorge, mais cette sensation est bienvenue. La caféine souffle la brume qui s'était installée dans son esprit.

— L'assassin a choisi le moment idéal pour agir, ajoute Cécile, se frottant le nez avec un mouchoir en papier déchiré.

Elle a les traits tirés, les yeux creusés.

— Maintenant que nous avons établi que personne n'a rien vu, il faut s'intéresser à la vidéosurveillance, déclare Elin. Y a-t-il des caméras du côté des bassins ?

— Oui, répond Cécile. Je vais demander les enregistrements au responsable de la sécurité, ça ne prendra pas longtemps.

Elle laisse passer un temps, fait mine de vouloir ajouter quelque chose, mais finalement n'en fait rien.

Lucas s'approche de la baie vitrée, puis s'adresse à Elin :

— S'il vous faut autre chose, n'hésitez pas à nous le demander. Qui que soit le coupable, je veux qu'il soit pris au plus vite. Quand je pense à ce qu'a subi cette malheureuse…

Elin voit sa mâchoire se contracter ; il est sincèrement dégoûté. Tout son être est sous tension, comme en témoignent les traces de sueur sous ses bras et dans le bas de son dos. Il est stressé, c'est évident, mais cela n'empêche pas Elin de mieux le cerner. Les émotions qu'elle a captées chez cet homme ne sont en aucun cas simulées.

Son bureau, son antre, reflète les deux facettes de son existence, les contradictions qu'elle a déjà notées entre l'homme d'affaires et l'athlète décontracté. Cette pièce est on ne peut plus sobre, avec ses murs pâles et son bureau en bois impeccablement verni. Une cafetière chromée est isolée dans un coin, sous une étagère remplie d'ouvrages d'escalade et d'alpinisme d'un côté, et d'architecture et de design de l'autre. Sur le mur de droite, des schémas anatomiques à l'ancienne représentant un cœur, encadrés de blanc – des gravures précises et choquantes. Voyant cela, Elin songe aussitôt à l'article consacré à Lucas dont la lecture lui a appris qu'il avait séjourné à l'hôpital étant enfant.

Tout concorde, pourtant Elin a encore du mal à admettre cette dualité affichée. En un sens, cet homme serait plus facile à cerner si une de ses deux facettes était simulée. L'idée est déconcertante.

Cécile tripote sa tasse à café vide, faisant courir un doigt sur le bord.

— Êtes-vous en mesure de préciser l'heure à laquelle Adèle a été tuée ? lâche-t-elle soudain à une cadence de mitraillette – trop précipitamment, au goût d'Elin, car cela trahit sa panique. Ça nous aiderait à déterminer si l'assassin est encore parmi nous ou s'il a pu s'enfuir à bord d'un des cars partis avant que la route ne soit bloquée.

— Il est impossible d'affirmer quoi que ce soit, regrette Elin. Il va falloir attendre l'autopsie.

— Mais vous avez certainement un avis sur la question, vu votre job et votre habitude des cadavres ? insiste Cécile, dont la voix s'envole d'une octave.

— Cécile… intervient sèchement Lucas en s'approchant d'elle.

— Quoi ? s'agace la directrice à présent au bord de l'hystérie. Elle a au moins une petite idée, non ?

Les lèvres réduites à un trait, Lucas est embarrassé par cet emportement, Elin le devine sans peine.

— Cécile, s'il te plaît… insiste-t-il, une main sur son bras et les yeux fixés sur elle, comme pour l'avertir de ne pas aller plus loin. Nous devons tous garder notre calme.

Ce geste intime confirme que ces deux-là sont très

proches ; Elin note également une certaine condescendance dans le ton de Lucas.

Elle devine dans cet échange un motif récurrent entre eux ; ils sont habitués à ces rôles et savent de quelle façon chaque conversation se conclura.

En de tels instants, le comportement de Lucas rappelle à Elin celui d'Isaac, avec son affabilité délibérée qui ne fait qu'accentuer le malaise au lieu d'alléger l'atmosphère.

— Comment veux-tu qu'on reste calmes alors qu'une de tes employées a été assassinée, Lucas ? s'irrite Cécile, le menton légèrement relevé. Dans ton hôtel, en plus. Moi, à ta place, je serais tout sauf calme. Je serais terrifiée. Le tueur est certainement encore là, il attend le bon moment pour choisir une nouvelle victime…

Elin se racle la gorge et intervient :

— Rien n'indique que l'assassin, s'il est toujours parmi nous, compte s'en prendre à quelqu'un d'autre. Nous ignorons tout de la vie privée d'Adèle. Ce genre de crime est généralement commis par un proche animé d'un mobile précis – le conjoint, un ami ou un membre de la famille.

— Et Laure, dans tout ça ? enrage Cécile, au point de nerveusement tapoter le sol du pied. Elle n'a toujours pas été retrouvée ! L'assassin d'Adèle lui réserve peut-être le même sort.

— Elle n'est pas rentrée ? s'étonne Lucas, grimaçant un bref instant avant de se reprendre.

Intriguée par cette réaction, Elin l'interroge aussitôt :

— Vous la connaissez bien ?

Lucas s'assied et remue sur sa chaise, clairement

gêné, puis manipule quelques documents, comme pour se donner le temps de retrouver son calme.

Il me cache quelque chose, devine Elin.

— Pas plus que les autres membres du personnel, répond-il enfin.

Elin décide de ne pas y aller par quatre chemins :

— Je vous pose cette question parce que nous avons trouvé des photos de vous dans ses affaires.

— Des photos de moi ? s'étrangle Lucas d'une voix tremblante.

Il s'empare d'un stylo et le fait tourner entre ses doigts.

— Oui. Et manifestement, elles ont été prises à votre insu… Pourquoi détient-elle ces photos ? Vous avez une idée ?

Lucas reste silencieux une minute, puis il relève la tête, l'air résigné :

— À une époque, Laure et moi avons été… très proches.

— Vous avez été en couple ?

Elin ne devrait pas être choquée, pourtant. C'est la seule explication rationnelle à la présence de photos de Lucas dans les affaires de Laure. Mais elle n'a pas voulu y croire.

— Je ne dirais pas ça ; on a simplement un peu fricoté, rien de sérieux, nuance Lucas.

Cécile lâche un petit rire cassant et lance à son frère :

— Je ne te savais pas si prévisible.

Elin s'étonne du ton employé, puis se tourne vers Lucas :

— De quand date cette histoire ?

— Juste après l'ouverture de l'hôtel, répond-il, sans

cesser de faire tourner son stylo dans sa main. C'était idiot de ma part de me lancer là-dedans. Je sais pertinemment que les relations avec le personnel n'apportent rien de bon, mais il s'est passé quelque chose entre Laure et moi. C'est arrivé après une réception. On s'est retrouvés… Et j'ai continué, alors que je n'aurais pas dû, je le reconnais. On a couché ensemble quatre ou cinq fois, et ensuite j'ai préféré arrêter. Elle était furieuse mais… (Il lâche son stylo, qui rebondit avec fracas sur le bureau.) Pour moi, tout était terminé – et pour elle aussi, j'en suis sûr.

Elin médite sur ce qu'elle vient d'apprendre. Laure était en couple avec Isaac, à cette époque ; elle l'a donc trompé. Elle pense à son frère, à ce qu'elle lui dira, à sa réaction.

— Laure a mal accepté votre rupture, donc ?

— Oui. Quelques semaines plus tard, elle est venue me trouver dans mon bureau et m'a reproché de m'être servi d'elle, de l'avoir laissée se faire des idées, raconte Lucas, l'air contrit. La situation était merdique mais je ne voulais pas qu'elle en souffre, qu'elle se sente obligée de démissionner, alors je me suis platement excusé de lui avoir donné de faux espoirs.

— C'est tout ? Vous n'avez plus été en contact depuis ce jour-là ?

— Non, en dehors du cadre professionnel, évidemment, confirme Lucas, dont le visage se ferme soudain. Écoutez, cet épisode n'est certainement pas lié à sa disparition ; c'était il y a longtemps, elle est clairement passée à autre chose avec votre frère.

Devinant le malaise de Lucas, Elin change de sujet :

— Sinon, que pensez-vous de la relation entre Laure

et Adèle ? Felisa m'a signalé qu'elles étaient amies, mais qu'elles s'étaient récemment brouillées. Vous étiez au courant ?

— Non.

— Et vous, Cécile ?

— Non plus.

— Vous n'avez pas eu d'autres soucis à gérer au sein de l'hôtel ? Pas de conflit avec le personnel ou de plainte quelconque ces derniers temps ?

Cécile et Lucas restent muets. Le silence se prolonge, jusqu'à devenir gênant. Elin surprend le regard quasiment imperceptible que Lucas jette à Cécile.

Que me cachent-ils ?

44

— Il est arrivé quelque chose d'étrange, dit enfin Lucas.

Il ouvre le tiroir de son bureau et en sort une feuille de papier, qu'il fait glisser vers Elin. Et d'ajouter :

— Je reçois régulièrement ce genre de message depuis quelques mois.

« *Il faut bonne mémoire après qu'on a menti*[1]. »

Lucas traduit le proverbe à Elin et précise :

— Je ne m'en suis pas préoccupé sur le moment, mais maintenant, après ce qui est arrivé…

— Savez-vous à quoi la personne qui vous a envoyé ça fait allusion ? demande Elin en examinant la feuille, presque entièrement couverte par ces énormes caractères.

C'est une menace, il n'y a pas d'autre façon d'interpréter ce message.

— J'ai supposé que c'était en rapport avec l'hôtel. Nous avons fait l'objet de nombreuses plaintes avant le lancement des travaux, de la part d'agitateurs locaux,

1. En français dans le texte original. Citation extraite de la pièce de théâtre *Le Menteur*, de Corneille.

dans un premier temps, puis de groupes de défenseurs de l'environnement. Après un début un peu poussif, ces protestations ont explosé sur Internet. Nous avons rapidement été agressés par des associations de plus en plus importantes, non seulement en Suisse mais également en France.

— Elles ont été soudoyées pour s'en prendre à vous, vous croyez ?

— C'est probable. Par la suite, leurs attaques se sont faites de plus en plus personnelles… (Il baisse la tête et rougit.) Et plus vindicatives, comme si l'hôtel n'était pas leur unique cible, comme si ce n'était pour ces gens qu'un prétexte pour laisser libre cours à leur haine, pour créer des troubles.

— Et les autres ?

Examinant le feuillet et le texte pas très net, Elin suppose que ce message est sorti d'une imprimante à jet d'encre, et non à laser, par conséquent un appareil privé ; il est donc illusoire d'espérer remonter une piste de ce côté. Il faudra s'en remettre à la police.

— Je n'ai gardé que cet autre message, désolé, répond Lucas, qui pioche un feuillet dans le tiroir. J'en ai reçu un premier, avant ces deux-là, mais je l'ai jeté, pensant que ça ne se reproduirait pas. C'était aussi un proverbe dans le même ton, à propos de vengeance.

« *Chassez le naturel, il revient au galop*[1] », dit ce troisième envoi, cette fois traduit par Cécile.

— Qu'est-ce que ça signifie exactement ? s'enquiert Elin.

1. En français dans le texte original.

Lucas réfléchit un moment, la main sur la nuque, puis répond :

— Le proverbe anglais qui s'en rapproche le plus est sans doute « Un léopard ne peut pas changer de taches ».

Elin hoche la tête.

— Comment les avez-vous reçus ?

— Par courrier adressé à mon nom.

Derrière Lucas, une rafale de neige s'abat sur la vitre, les faisant tous les trois tourner la tête.

— Et si l'on excepte les opposants à votre projet, avez-vous une idée de l'identité de l'expéditeur ?

— Non, reconnaît Lucas, sincèrement perplexe. Vous pensez que ces lettres sont liées aux événements récents ?

— Il est trop tôt pour l'affirmer, élude Elin, en pleine réflexion.

Si tel est le cas, quel tout forment ces multiples étrangetés ? Quel rapport la mort d'Adèle a-t-elle avec ces messages anonymes ?

— Vous permettez que je les garde un moment ?

Lucas accède à cette demande d'un signe de tête ; quelques mèches retombent et plongent son visage dans l'ombre. Elin glisse les feuilles dans son sac et se lève :

— Une dernière chose : hier, j'ai entendu parler de restes humains retrouvés en montagne.

Elle n'en ajoute pas davantage, guettant leur réaction.

— C'est exact, mais on ignore encore l'identité du cadavre, confirme Lucas, quelque peu gêné. D'après la police, il est là-haut depuis longtemps.

Elin assimile ces informations, les poils des bras soudain hérissés.

— La police n'a aucune idée de l'identité de ce malheureux ? insiste Elin sans évoquer la confidence de Margot, car elle veut voir jusqu'où il va se plonger dans le mensonge.

Lucas laisse passer quelques secondes, ouvre la bouche, la referme, puis dit enfin :

— Non.

Elin digère ces paroles. *Pourquoi Margot serait-elle au courant, et pas lui ? La police l'a forcément prévenu.*

Il ment, c'est certain. Il est question de son ami d'enfance, avec qui il a collaboré professionnellement, un ami si proche que sa disparition a retardé l'ouverture de l'hôtel.

Pourquoi ce mensonge ? Que cherche-t-il à lui dissimuler, exactement ?

Son téléphone sonne alors qu'elle est tout juste sortie du bureau de Lucas.

— Elin ? Berndt à l'appareil. Vous pouvez parler ?

— Oui, je suis seule, répond Elin, s'éloignant lentement dans le couloir, en direction des ascenseurs. Vous avez du nouveau ?

Elle se sent encore hésitante, comme si elle doutait d'elle-même, de sa légitimité, ce qui la fait grimacer. Qu'est-ce qui ne va pas chez elle ?

Elle a la réponse à cette question : le mensonge de Lucas l'a troublée. Elle ne parvient pas à le comprendre, ni à saisir ses implications.

— Non, pas vraiment, dit Berndt, qui semble épuisé. Nous avons lancé des recherches sur RIPOL, notre base de données, à partir des noms que vous nous avez transmis, mais elles n'ont rien donné d'intéressant concernant notre affaire. Pas dans le Valais, en tout cas.

— Rien d'intéressant concernant notre affaire? Qu'entendez-vous par là, exactement?

L'inspecteur sous-entend-il qu'il a tout de même déniché des renseignements? Peut-être grâce à une enquête en cours ou classée?

— Il m'est impossible de vous en dire davantage, la protection des données me l'interdit, mais je peux vous assurer que rien de ce que nous avons trouvé ne nous laisse craindre que vous tous, là-haut, soyez sous la menace d'un membre de votre groupe. Cela étant… (il marque une pause) j'ai autre chose à vous demander. En Suisse, la procédure de recherche d'un individu dans nos bases de données est plus complexe qu'au Royaume-Uni. Nous disposons d'une base de données centrale, à laquelle nous n'avons accès que par canton.

— C'est-à-dire?

Déroutée, Elin se sent rougir, tandis que sa paume devient moite contre son téléphone. Son manque de confiance en elle la ronge de plus belle, petite voix négative qui la raille dans sa tête. *Tu n'es plus une pro. Tu as quitté la police depuis trop longtemps. Ton enquête relève de l'imposture.*

— Eh bien, cela signifie que si un individu a un casier judiciaire chargé dans un canton voisin, celui de Vaud, par exemple, cela n'apparaît pas chez nous, dans le Valais. (Il se tait un instant; Elin entend un téléphone sonner derrière lui.) Je peux toujours déposer une requête dans chaque canton, mais pour ça, la demande d'information doit être spécifique et viser une personne en particulier.

Elin absorbe cette nouvelle et s'immobilise à quelques mètres des ascenseurs.

— Il faut donc que je vous signale qui parmi nous me semble potentiellement lié au crime pour que vous puissiez vous renseigner ?

— Exactement. Mais sachez que chaque demande devra être validée par le procureur. Je ferai tout pour accélérer les choses, mais ça risque de prendre du temps.

— Entendu. Et concernant Laure ? Les images de vidéosurveillance ? Les relevés téléphoniques ?

Elin s'efforce de masquer son impatience ; elle a horreur de se sentir ainsi impuissante, de ne pas contrôler la situation, de ne pas savoir ce qui se passe.

— Nous avons visionné les séquences de vidéosurveillance de la gare ; aucune personne correspondant à la description de Laure n'est descendue d'un car ni n'a pris place à bord du funiculaire, que ce soit hier soir ou aujourd'hui. Nous avons également interrogé les taxis ; personne n'a pris de client à l'hôtel depuis plus d'un mois. Nous attendons encore les retours des opérateurs de téléphonie.

— Et la psychologue ?

— Nous lui avons laissé des messages ; elle devrait rapidement nous contacter.

— Très bien, dit Elin, avec autant d'assurance que possible, alors qu'elle a l'impression de patauger.

Pour l'heure, elle n'a aucun élément relatif à la mort d'Adèle ou à la disparition de Laure à se mettre sous la dent.

Aucune preuve.

Aucun témoin oculaire.

Aucun mobile.

Elle évolue en pleines ténèbres.

Après avoir salué Berndt, elle reçoit un texto de Will,

qui lui signale qu'Isaac et lui dînent à l'espace salon. Le regard dans le vide, elle sent sa vision s'obscurcir, la réalité remplacée par des images d'Adèle.

Elle ne pense qu'à elle, à l'épouvante dans ses yeux, à ce que cette pauvre fille a dû ressentir en étant entraînée vers le fond de la piscine, sachant pertinemment que jamais elle ne remonterait vivante à la surface.

45

— Laure… avec Lucas ? s'étrangle Isaac, le regard noir. Il y a eu quelque chose entre eux ?

— Oui, juste après l'ouverture de l'hôtel, répond Elin.

Mal à l'aise, elle change de position sur sa chaise, se saisit de sa fourchette et glisse un petit morceau de pomme de terre dans sa bouche. Elle devrait avoir faim, puisqu'il est l'heure du dîner, mais elle doit se forcer. Elle n'a plus d'appétit.

Elle considère l'espace salon. Les quelques clients encore présents sont également attablés, buvant et bavardant. Ils sont nerveux, à en croire leurs grands gestes et leurs rires forcés trop bruyants. Elle sait, de par son travail, que c'est là une réaction fréquente : faire comme si de rien n'était. Si on y croit suffisamment fort, cela deviendra peut-être réalité.

L'illusion vole en éclats lorsque son regard se pose sur l'employé de l'hôtel posté à la porte, aux aguets. *Il fait office d'agent de sécurité*. Une surveillance a été mise en place, comme elle l'a conseillé.

— On s'est brièvement séparés, à cette époque, avoue Isaac, les traits plus détendus. On s'était disputés pour des bêtises.

Il s'octroie une longue gorgée de bière avant de repousser son assiette – des pâtes accompagnées d'une sauce crémeuse solidifiée, auxquelles il n'a pas touché. Il n'échappe pas à Elin que son frère, malgré l'assurance qu'il s'efforce d'afficher, n'avale qu'avec difficulté sa boisson, clairement secoué par cette nouvelle dont il ignorait tout.

— Une brève rupture, donc, dit-elle, incapable de contrôler le nœud qui se forme dans son estomac.

Isaac et Laure ne forment donc pas le couple nageant dans le bonheur qu'elle imaginait. Son frère lui aurait-il seulement révélé ce détail si elle ne l'avait pas appris d'une autre bouche ? Impossible d'en avoir le cœur net, et cela la chagrine.

Dire qu'à une époque, elle savait tout de sa vie. Elle savait quelle était sa voiture miniature préférée, la forme de la tache de naissance fragmentée entre ses orteils, le nombre de cuillerées de Nesquik qu'il mettait dans son bol de lait…

Saisie d'une pointe de nostalgie, elle songe à ce temps révolu, aux liens brisés. Ils ont même souvent rêvé de vivre côte à côte dans la même rue, chacun dans sa maison, se retrouvant pour des repas de famille pleins d'entrain, leurs enfants grandissant ensemble.

Ces projets datent d'il y a longtemps. Elin doit tousser violemment pour chasser le nœud qui s'est formé dans sa gorge. Elle attrape son verre et boit un peu d'eau.

Isaac se frotte une paupière. Son eczéma s'est propagé ; on dirait une île qui grandit, envahissant son œil.

— Il y a peut-être eu autre chose entre eux.

— C'est-à-dire ?

— Ce n'est pas normal qu'elle possède toutes ces

photos de lui, explique Isaac, la mine sombre et tambourinant du bout des doigts sur la table. Il y a peut-être autre chose qu'on ignore.

— Quoi, par exemple ? intervient Will, qui se saisit de la corbeille à pain et attrape une tranche de baguette aux céréales.

— Je ne sais pas. Leur histoire a peut-être dégénéré, ou alors…

— Ne nous emballons pas, Isaac, tempère Elin. Tirer des conclusions hâtives est la pire chose à faire. Tenons-nous-en aux faits. Adèle a été tuée et Laure a disparu. On ne sait rien de plus.

Will approuve en déchiquetant son pain :

— Elle a raison, mec. Inutile d'envisager le pire tant qu'on n'a pas d'infos.

Elin lui sourit et le remercie d'un regard reconnaissant. Encore une des qualités de Will : lisser les problèmes.

— Je me sens si inutile… lâche Isaac, avant de poursuivre d'une voix fêlée. Retrouver cette pauvre femme dans cet état… Elin, franchement : Laure est en danger, non ? Chaque minute qui passe sans qu'on fasse quoi que ce soit augmente les chances qu'elle…

Elin se sent instantanément écrasée par la pression des mots de son frère, comme si un poids l'entraînait vers le fond. Son cœur s'emballe.

— Imagine que la police soit incapable de monter ici aujourd'hui, ni même demain ? insiste Isaac. Il faut que tu fasses quelque chose, Elin. Retrouve Laure !

Il se tourne vers la baie vitrée et s'attarde sur les gros flocons illuminés par l'éclairage extérieur. Et d'ajouter :

— Regarde-moi ce temps…

— Je fais le maximum, Isaac. Je suis en contact avec la police, mais sans équipe pour me seconder, mes pouvoirs sont limités. Il ne serait pas sûr de…

— Imagine que Will ait disparu, l'interrompt Isaac, tendant le menton vers l'intéressé. Tu te démènerais pour le retrouver, surtout après la découverte d'un corps dans la piscine.

Il plisse les yeux, comme pour la tester. Elin cille, décontenancée par la vivacité de sa réaction.

— Comme je te l'ai expliqué, on n'est même pas certains que ces deux événements soient liés.

Isaac prend un air incrédule :

— Tu crois vraiment que le meurtre d'Adèle est un fait isolé ? Qu'il n'a rien à voir avec la disparition de Laure ? Ça ne peut pas être une coïncidence, Elin. Elles étaient amies et travaillaient toutes les deux à l'hôtel.

Elin hésite un instant avant de réagir. Il a raison, à vrai dire, et après sa discussion avec Lucas, elle est plus convaincue que jamais que ces deux affaires sont liées.

— Écoute, je…

— Qu'est-ce qu'il y a ? s'écrie Isaac, penché sur la table. Tu sais quelque chose ?

Elin s'écarte, gênée par son haleine chargée de bière et la légère aigreur de sa sueur, sans parler de son regard effrayant.

Cela lui rappelle les instants qui précédaient ses pétages de plomb ; il balançait ses mots comme des confettis dans la pièce. Aujourd'hui encore, Elin revoit l'expression de leur mère quand cela se produisait : un léger tressaillement et de la déception, non pas envers Isaac, curieusement, mais à son égard, comme si elle était responsable du comportement de son fils.

Quelques mois après sa mort, Elin a trouvé dans son loft une boîte en carton poussiéreuse remplie d'ouvrages de psychologie de bazar et d'articles de magazines découpés, tous sur le même thème : « L'influence de votre comportement parental sur vos enfants », ou encore « Comment aider son enfant à s'ouvrir ».

Cette découverte l'a emplie d'une tristesse indescriptible ; leur mère avait préféré se reprocher son attitude plutôt que de porter les torts sur Isaac – l'excuse ultime qu'on accorde à un gamin qui tourne mal.

— J'ai discuté avec Felisa, la patronne d'Adèle, dit-elle, chassant ces souvenirs. Selon elle, Adèle et Laure s'étaient brouillées récemment. Laure ne t'en a pas parlé ?

Isaac secoue la tête, faisant voleter quelques mèches noires :

— Non. Je les pensais toujours amies.

Elin se mord la lèvre de frustration. Comment découvrir le différend qui a opposé les deux femmes ? Soudain, une idée lui vient. L'ordinateur de Laure.

Il n'a rien révélé lors de son premier examen mais elle ne l'a pas exploré en profondeur, comme si elle n'était alors pas vraiment convaincue de la disparition de la fiancée d'Isaac.

— Fouillons encore dans son ordinateur, lance-t-elle à son frère. On a peut-être raté quelque chose, qui nous paraîtra pertinent à la lumière de ce qu'on sait aujourd'hui.

Il acquiesce et se lève :

— Je vais le chercher.

Will attend qu'Isaac soit hors de portée de voix pour se tourner vers Elin :

— Tu crois vraiment qu'on y trouvera quelque chose d'intéressant ?

— Je n'en sais rien, mais ça vaut le coup d'essayer. Je vais également de nouveau décortiquer ses réseaux sociaux, au cas où un détail important me soit passé au-dessus de la tête.

— Tu sais, cette histoire a choisi à ta place.

— Comment ça ?

— À propos de ton retour au travail. Pour quelqu'un qui hésitait, tu sembles déterminée, détaille Will, l'air sérieux. Enquêter sur cette disparition t'a ramenée à la vie, Elin.

— Ils m'ont demandé de les aider.

— Tu aurais facilement pu refuser. En expliquant pourquoi.

Elin hausse les épaules.

— Peut-être…

Elle ne sait que dire car il a raison ; une part d'elle-même est revenue à la vie. Néanmoins, apporter son concours à cette enquête et reprendre le travail sont deux choses différentes. En réalité, elle n'a pas encore pris sa décision. Elle repense aux messages d'Anna, qu'elle a totalement ignorés.

Calée contre le dossier de sa chaise, Elin parcourt de nouveau le fil Instagram de Laure, cherchant cette fois un lien avec Adèle. Elle ne déniche rien dans un premier temps, ce qui tend à confirmer la théorie de Felisa, selon qui Adèle et Laure étaient brouillées. Puis elle trouve Adèle sur des photos datant de deux ou trois mois, ce qui cadre avec le fait que les deux femmes étaient fâchées depuis peu.

Sur la première photo, Laure, en top léger à bretelles,

a un bras passé sur l'épaule d'Adèle, dans un bar, puis on les retrouve dans un restaurant faiblement éclairé, avec des amis. Quelqu'un s'est levé de table pour prendre une photo de groupe. Poursuivant sa recherche au-delà de quatre mois, Elin tique sur une photo prise ici même, dans l'espace salon de l'hôtel ; elle reconnaît le lustre futuriste et les étranges panneaux de verre qui captent la lumière, blanchissant la photo par endroits.

— Regarde ça, dit-elle à Will en lui tendant son téléphone.

Sur la photo, Laure figure au premier plan en compagnie d'un homme ; la tête rejetée en arrière tant elle rit, elle brandit en direction de l'objectif un verre rempli d'un liquide rosâtre couvert de condensation. En arrière-plan, deux personnes sont installées à une table, penchées l'une vers l'autre, en pleine conversation, séparées de seulement quelques centimètres et la mine sombre. Elles sont légèrement floues mais Elin les reconnaît facilement. Adèle et Lucas.

46

Leur posture indique sans équivoque qu'Adèle et Lucas partagent plus qu'une conversation polie.

— Ils se connaissaient à titre personnel, donc… dit Will.

Elin hoche la tête, mal à l'aise ; ils étaient beaucoup plus proches que ne l'a signalé Lucas.

La brouille entre Adèle et Laure ne serait-elle pas due à cet homme ? s'interroge Elin, déçue par cette hypothèse d'une prévisibilité déprimante.

— Qu'est-ce que tu regardes ? intervient Isaac, de retour.

Une fois de plus, Elin est agressée par son haleine chargée de bière.

— J'ai trouvé cette photo, dit-elle en inclinant l'écran de son mobile. Lucas et Adèle en pleine discussion.

Isaac s'assied à côté de sa sœur et lui prend son téléphone, puis il pince l'écran pour zoomer.

— Ils s'entendent bien, on dirait, plaisante-t-il, le regard pétillant d'une intensité qui lui est coutumière. Il est peut-être aussi sorti avec elle ?

— Rien ne permet de l'affirmer, tempère Elin sur un ton neutre.

Isaac continue de parcourir le fil Instagram de Laure. Gênée par ses gestes vifs et erratiques, Elin lui prend la main.

— Ça suffit, Isaac. Il faut qu'on regarde dans son ordinateur.

Il ouvre la bouche, prêt à protester, puis la referme.

Elin attire l'ordinateur à elle et l'allume. S'y prenant cette fois de façon plus méthodique, elle passe en revue les icônes du bureau et les dossiers alignés sur l'écran. Les yeux déjà fatigués face à la quantité d'éléments et à leur similitude – tous comportent une date et une abréviation –, Elin se lance dans sa recherche. La plupart des dossiers sont manifestement d'ordre professionnel – Santé & Sécurité ; Formations ; Déplacements – mais elle les ouvre tout de même.

Alors qu'elle en a parcouru environ la moitié se présente un dossier portant une appellation plus générique : « Travail ».

Elle clique dessus et, au lieu d'une série de fichiers, découvre un autre dossier portant le même nom. Elle l'ouvre à son tour et en découvre un troisième qui enfin contient quelque chose.

Le pouls d'Elin s'accélère.

Une liste de fichiers.

Vu leurs noms, elle devine immédiatement qu'ils sont cryptés.

Pourquoi ? Pourquoi crypter des fichiers sur son ordinateur personnel ?

— Qu'est-ce que tu as trouvé ? lui demande Will, penché sur la table.

— Certains fichiers sont cryptés.

— Tu peux les ouvrir ? lance Isaac en considérant l'écran.

— Non, mais je connais quelqu'un qui doit en être capable. Un collègue de longue date, Noah.

Responsable du service d'informatique judiciaire, Noah a tenu un rôle clé dans plusieurs grosses enquêtes sur lesquelles Elin a travaillé en tant qu'inspectrice, puis, sur la dernière affaire, en tant que lieutenant, après sa promotion.

— Je lui envoie un message.

Elle saisit son téléphone et pianote :

« Des dossiers cryptés… Tu peux t'en charger ? Attention, c'est assez urgent. »

Trois petits points apparaissent au bas de l'écran, signe que Noah répond instantanément.

« Ce n'est pas une demande officielle, j'imagine ? »

« Non, mais si tu pouvais m'aider… »

S'ensuit un temps mort. Elin ne quitte pas l'écran, se demandant si elle n'abuse pas légèrement. Pourquoi voudrait-il l'aider, étant donné qu'ils ne se sont pas parlé depuis des mois ?

Enfin, une réponse lui parvient :

« OK, je te fais confiance, mais tu titilles ma curiosité : tu as repris le travail ? Tu nous as abandonnés pour un pré où l'herbe est plus verte ? »

« C'est une longue histoire. Je t'envoie les dossiers à ton adresse perso. »

Elin transfère les documents cryptés à Noah, puis elle se tourne vers Isaac :

— Quand on aura ces…

Voyant Cécile approcher, elle s'interrompt. Les

cheveux courts de la directrice sont ébouriffés, et ses yeux sont rouges et enflés. Elle semble épuisée.

— Pardon de vous déranger, mais les séquences de vidéosurveillance sont disponibles, si vous souhaitez les visionner.

Elin lance un regard navré à son frère :

— Ça ne t'embête pas si je te laisse… ?

Il plisse les yeux mais cède :

— Non, c'est bon, vas-y.

Elin se lève et prend la main de Will dans la sienne :

— À tout à l'heure…

Il lui répond par un sourire que dément son expression gênée. Il considère la salle, puis la porte ouverte, avec inquiétude.

Elin devrait se sentir aussi mal à l'aise que lui, elle en a conscience, mais elle suit Cécile le cœur battant. Elle ne doit pas cette réaction à une peur quelconque mais à quelque chose de tout aussi primitif : l'excitation, le taux d'adrénaline qui grimpe en flèche.

Will a raison quand il dit qu'elle est revenue à la vie. Elle avait oublié cette sensation de prendre pleinement part à la vie plutôt que de la subir, d'influer sur le cours des choses, d'agir.

47

Cécile désigne la tablette posée sur son bureau.

— Avant de visionner ces images, je voudrais vous parler de Lucas et de ce qu'il a raconté tout à l'heure à propos de Laure, dit-elle en écartant une pile de documents. Je ne veux pas que vous vous fassiez des idées.

Elle semble embarrassée par le regard d'Elin.

— À quel propos ? réagit celle-ci.

Dans la pièce flotte le parfum citronné – et étonnamment féminin – de Cécile. Elle glisse une mèche derrière son oreille avant de répondre :

— À propos de ce qui s'est passé entre eux. Je ne sais pas si vous êtes au courant, mais… Lucas est mon frère.

— Je l'avais deviné. Vous portez le même nom, c'est un sacré indice…

— Bien sûr, sourit Cécile, avant de décaler sa chaise de façon à se placer à côté d'Elin. Ce qu'il vous a dit et son attitude ne sont qu'un vernis, une façon de se protéger. (Ses mots sont un peu trop précipités.) Lucas… n'a pas toujours eu la vie facile. Son mariage… s'est mal terminé. Et depuis, il n'a pas eu de relation digne de ce nom. S'il se contente de petites aventures, c'est parce qu'il a peur.

— De quoi ?

— De s'ouvrir aux autres. D'être vulnérable.

Cécile se mord la lèvre et tripote l'ourlet de sa chemise ; ses mots sont précis, simples, mais son émotion évidente.

— Il a multiplié les séjours à l'hôpital quand il était enfant, poursuit-elle. Les gens, en particulier nos parents, le traitaient comme une petite chose fragile et délicate. Je pense qu'il a toujours eu le sentiment de devoir faire ses preuves. Quand Hélène, sa femme, l'a quitté, ces sensations d'infériorité se sont intensifiées.

— Une rupture a de quoi déstabiliser, fait remarquer Elin, songeant à son petit ami précédent, avant Will.

Cette relation l'a totalement détruite et l'a poussée à tout remettre en question.

— C'est vrai, j'ai connu ça après mon divorce, reconnaît Cécile. On ne cesse de tout ressasser, de s'adresser des reproches. (Le regard de Cécile se fait vitreux, distant.) J'avais plein de projets, comme Lucas ; des enfants, une vie de famille… Mais rien de tout ça n'est devenu réalité. Il faut du temps pour s'adapter mentalement.

— J'imagine que la disparition de Daniel Lemaître, avant l'ouverture de l'hôtel, n'a rien arrangé… Ça a dû être difficile…

— Je vous le confirme. Nous avons subi des pressions de toutes parts – les finances, les relations publiques, tout le monde. Cette affaire a retardé le lancement des travaux de près d'un an. (Elle hésite un instant.) Cela étant, Lucas n'a pas souffert d'un stress uniquement financier. Daniel et lui étaient proches.

— Vous le connaissiez également, je crois.

— Oui, quoique pas aussi bien que Lucas. Nos parents étaient amis. Nous skiions ensemble presque chaque week-end, puis, en grandissant, nous avons partagé des dîners, des soirées…

Une expression indéchiffrable s'invite sur le visage de Cécile, qu'elle chasse d'un sourire avant de poursuivre :

— Il était surtout ami avec Lucas, qui avait tendance à prendre le dessus dans notre amitié collective. Vous avez un frère, vous savez ce que c'est.

Elin songe aux similarités entre elles : toutes deux des femmes à forte personnalité pourtant définies par des dynamiques fraternelles, luttant pour grappiller leur part d'oxygène face à leur frère alpha.

Cécile reprend la tablette et lâche un rire peu naturel :

— Enfin… Lucas n'apprécierait pas s'il savait que je m'immisce dans sa vie privée.

En voyant cette femme rougir, Elin est touchée non seulement par son instinct protecteur vis-à-vis de son frère, mais également par sa gêne. Elle reconnaît en outre un autre trait qui lui est familier : sa difficulté à évoquer les sujets délicats et à exprimer ses émotions. Penchant la tête pour échapper au regard d'Elin, Cécile tapote à toute allure un code sur la tablette.

— Notre système de sécurité dernier cri nous permet d'y accéder en direct par n'importe quel appareil. (La lueur des plafonniers fait ressortir les traces de doigts au bas de l'écran.) Ici, vous avez accès à toutes les caméras. Il vous suffit d'en sélectionner une, puis de choisir le moment qui vous intéresse. Il y a aussi le son…

— Parfait, apprécie Elin, l'avant-bras posé sur le bureau. Je vous regarde faire, pour la première caméra.

— Par où souhaitez-vous commencer ?

— Le spa, peut-être ? Avez-vous des caméras extérieures ?

Cécile grimace :

— Oui, mais je ne suis pas certaine que l'image soit bonne, entre la vapeur d'eau et la tempête…

Elle s'active sur la tablette, puis sélectionne une fenêtre.

— Voilà. Vous avez la vue en direct.

Elin constate avec désarroi que les craintes de Cécile étaient fondées. Elle distingue vaguement les contours de la zone des bassins, hélas la scène est en grande partie masquée par un mélange de vapeur d'eau et de neige soufflé par le vent. L'image paraît presque liquide, éthérée.

— Ce n'est pas idéal mais la netteté est peut-être meilleure sur les séquences prises en journée, nuance Cécile. Quel intervalle de temps voulez-vous visionner ?

— De ce matin jusqu'au moment où Axel a découvert le corps.

— D'accord, disons à 9 heures.

Cécile remonte dans le temps, l'image restant visible. L'écran devient noir juste avant 17 heures.

— Il doit y avoir un bug… murmure-t-elle, les sourcils froncés, avant de relancer la manœuvre. Non, il n'y a rien. La matinée et l'après-midi ont disparu.

— Vous en êtes sûre ? lâche Elin, gagnée par l'inquiétude.

Cécile procède à une nouvelle tentative, plus lentement, mais le résultat reste le même : il n'y a plus rien.

— Quelqu'un a effacé les images, souffle Cécile, regardant Elin droit dans les yeux.

— Ou a fait en sorte que les caméras ne filment pas.

La peur au ventre, Elin comprend que ce fait n'a rien

d'une coïncidence. Le tueur a toujours une longueur d'avance sur elle, songe-t-elle tandis que son regard s'égare sur l'obscurité, par la fenêtre. Sa théorie de l'assassin méticuleux, organisé, est de plus en plus plausible, et cela la terrifie.

Elle avance sa chaise, animée d'un sentiment d'urgence :

— Est-il possible d'effacer ces séquences sans que le système envoie de notification ?

— Oui, certainement. Tous les appareils informatiques peuvent être piratés.

— Qui a accès au système de vidéosurveillance ?

— Le responsable de la sécurité et les quelques membres de son équipe.

Qui ont tous un alibi, se rappelle Elin, désarçonnée, parcourant mentalement ses notes.

— Essayons une autre caméra. Y en a-t-il une à l'entrée du spa ?

— Oui, dans le couloir, il me semble.

Cécile pianote de nouveau sur l'écran, ses gestes saccadés trahissant sa nervosité, voire sa panique.

— Voilà, nous y sommes.

La caméra est orientée vers le couloir et offre une vue complète des lieux : le sol en béton ciré, les murs d'un blanc éclatant.

Cette fois, Elin se charge de remonter le temps depuis l'instant présent. Là encore, l'écran devient noir peu avant 17 heures. L'image suivante date de la veille.

Elle reste muette un moment, réfléchissant à tout cela, puis un embryon d'idée lui vient :

— Je peux visionner les images d'hier ?

— Bien sûr.

Elle trouve sans difficulté l'heure approximative qui l'intéresse. Il ne lui faut ensuite que quelques minutes pour se voir à l'image, marchant dans le couloir en direction de la piscine, pour y retrouver Will.

Poursuivant sa recherche, elle tente de se rappeler combien de temps elle a discuté avec Margot. Cinq minutes ? Dix ? Idem avec Will ? Elle se voit ensuite quitter le spa et remonter le couloir en direction du hall de l'hôtel.

Après avoir vu ces images, Elin comprend que Margot avait raison : personne n'est entré dans le spa avant qu'elle n'en ressorte. Si quelqu'un l'a épiée dans le vestiaire, cette personne est repartie par un autre chemin. Elle se tourne vers Cécile :

— Y a-t-il un autre accès au spa. Par le vestiaire, peut-être ?

— Oui, il y a une autre porte au fond du vestiaire. Elle donne sur le local technique, où se trouvent les générateurs et les pompes, mais seuls les employés chargés de la maintenance passent par là. (Elle a une hésitation.) Il faut disposer d'une carte magnétique spéciale pour l'ouvrir.

— La vidéosurveillance couvre cet accès ?

Cécile rougit.

— Oui, il y a une caméra à l'extérieur, sur le toit qui fait face à la porte. Le personnel… n'est pas au courant. Je… Écoutez, il y a des caméras un peu partout, pour tout vous dire. Lucas a subi des vols de la part d'employés dans un de ses hôtels de Zurich…

— Pouvez-vous me montrer ces images ? l'interrompt Elin, qui se moque éperdument de ces manquements à l'éthique.

— Comme nous ne sommes que quelques-uns dans la confidence, ces images sont enregistrées sur un autre système.

Cécile reprend la tablette, ferme la fenêtre, en ouvre une autre et compose un code d'accès, puis rend l'appareil à Elin :

— Tenez, vous y êtes.

Grâce aux précédentes séquences visionnées, Elin sait qu'elle s'est trouvée dans le vestiaire aux alentours de 15 h 30, après sa discussion avec Will. Elle sélectionne ce moment et lance la lecture. Rien ne se produit durant les premières minutes ; l'image est fixe, braquée sur la porte, uniquement troublée par les flocons de neige qui traversent l'écran. Quant aux sons, ils sont étouffés par le vent.

Retenant son souffle, Elin tapote le bureau du bout des doigts, espérant que son intuition sera payante. À côté d'elle, Cécile ne quitte pas l'écran des yeux.

Toujours rien.

Elin respire bruyamment, frustrée. Quelle que soit la personne qu'elle a surprise dans le vestiaire, elle est forcément passée par cette porte pour y entrer. À moins qu'elle ne s'y soit glissée avant elle…

— Est-ce que… commence-t-elle, avant de se figer.

Un mouvement.

Une personne est apparue sur l'image, en bas à gauche.

D'une taille imposante, cette silhouette solidement charpentée est vêtue d'un imperméable noir, la capuche rabattue sur la tête, et d'un pantalon informe de la même couleur.

Le souffle court, Elin comprend qu'elle avait raison

depuis le début. *Il y avait bien quelqu'un dans le vestiaire. Quelqu'un qui m'observait !*

Focalisée sur ce personnage, elle s'aperçoit qu'il n'a pas conscience de la présence de la caméra ; sans jeter le moindre coup d'œil vers l'objectif, il se dirige d'un pas décidé vers la porte.

Qui est-ce ? Qui m'a espionnée ?

Impossible de le déterminer, enrage-t-elle.

Si l'intrus ne se retourne pas, Elin n'aura aucune chance de lui associer un nom ; ses vêtements informes et sa capuche dissimulent parfaitement sa silhouette. Elle ne saurait même pas préciser s'il s'agit d'un homme ou d'une femme.

Focalisée sur l'écran, elle voit l'individu glisser une carte magnétique dans la fente prévue à cet effet, puis ouvrir la porte.

Retourne-toi ! lui ordonne Elin. *Retourne-toi donc !*

Soudain, comme s'il avait perçu sa supplique, l'intrus jette un rapide regard derrière lui, non pas vers la caméra mais plus loin, sans doute pour s'assurer que personne ne le voit entrer.

Elin a les yeux tellement écarquillés que des larmes se forment, brouillant l'image. Elle cille à deux reprises, sans effet. Elle appuie sur pause et, d'une main hésitante, pose le pouce et l'index sur l'écran et les écarte de façon à zoomer. La qualité de l'image est telle qu'elle distingue presque les pores de la peau, sur le visage de la personne.

Son cœur bat si fort qu'il en est assourdissant.

Elle a reconnu ce visage. Elle sait exactement qui l'a épiée dans le vestiaire.

48

— C'est Laure, souffle Elin, la bouche sèche, avant de s'éclaircir la voix. Aucun doute. Hier, dans le vestiaire du spa, j'ai eu la sensation que quelqu'un m'observait. J'ai entendu une porte de cabine s'ouvrir et se refermer, mais personne n'est sorti. J'ai fait le tour du vestiaire sans voir personne. Tout s'explique. Quelqu'un est entré par l'accès du fond.

— Et ce serait Laure ? dit Cécile, dont la main tremblote en effleurant l'écran.

— On ne peut pas l'affirmer sans images du vestiaire, mais pour quelle autre raison serait-elle entrée par la porte du fond ?

Elin avance la séquence vidéo de quelques minutes, l'estomac noué par la terreur, et, comme prévu, voit Laure ressortir. Cette vision est un nouveau coup de poing dans ses tripes. Saisie d'instinct d'un immense soulagement à l'idée que Laure soit encore en vie, saine et sauve, ce bonheur est aussitôt brisé par une douleur immense. Une déception totale.

Pourquoi ? Pourquoi a-t-elle agi ainsi ?

Soudain, une autre idée lui vient :

— Il faut que je vérifie autre chose. Hier, quelqu'un m'a poussée dans le trou d'eau froide.

— Vous croyez que c'était Laure, là aussi ? dit Cécile, la mine sombre.

— Aucune idée. Y a-t-il une caméra dans ce coin ?

— Officiellement non, mais en réalité nous en avons fixée une sur la clôture de gauche, répond Cécile, qui fait apparaître à l'écran l'image correspondante.

L'humidité accumulée sur l'objectif empêche de clairement distinguer les visages ; on ne voit que des silhouettes à demi dévêtues, les bras le long du corps. Les deux bassins principaux sont invisibles car cette vue n'offre qu'un aperçu de l'étroite fosse et d'une partie de la terrasse en bois qui la surplombe.

Personne ne se présente durant quelques minutes, puis un groupe de cinq ou six personnes apparaît de dos, se dirigeant vers la piscine couverte. Toujours pas d'Elin. L'image est redevenue figée, si l'on excepte les nuages de vapeur d'eau.

Deux minutes plus tard, elle apparaît en bas de l'image. Elle se voit se tourner vers la gauche, les bras plaqués sur les épaules et ses cheveux formant une flèche pâle braquée sur sa nuque.

Elle frissonne ; qu'il est étrange de se voir ainsi à demi nue, si vulnérable. Si elle se sent forte, aussi infaillible qu'un homme, elle semble à l'inverse infiniment faible sur cette séquence vidéo. Elle se voit s'immobiliser au bord du trou ; la caméra est trop orientée vers le bas pour saisir sa tête ; elle ne voit qu'une partie de sa poitrine, de profil.

Personne d'autre en vue, pas même en arrière-plan, du côté de la piscine. *Je n'ai pas rêvé, tout de même !* peste-t-elle en pensée.

Quelque chose apparaît dans son dos : une silhouette sombre. Retenant sa respiration, elle a envie de s'ordonner de se retourner et de s'enfuir en courant… mais elle doit se contenter de suivre la scène. Elle se voit chuter en avant. Si, sur le moment, tout lui a semblé se dérouler en une fraction de seconde, cet épisode lui paraît maintenant d'une lenteur épouvantable.

Comme si le mouvement se décomposait.

Elle tressaille en se voyant tomber dans le trou, provoquant une grosse gerbe d'eau.

Alors seulement, elle distingue la personne qui l'a poussée. La nausée est immédiate.

C'est Laure.

Visionne de nouveau la scène, s'intime-t-elle. Elle ne doit pas avoir le moindre doute.

Elle repasse les images et zoome sur le visage. La personne qui l'a agressée porte exactement les mêmes vêtements que dans le vestiaire, et son visage n'apparaît pas aussi clairement que précédemment, mais Elin est certaine qu'il s'agit de Laure.

— C'est bien Laure, confirme-t-elle à Cécile, troublée et la bouche pâteuse. C'est Laure qui m'a poussée.

Cet instant est un tournant, un point de non-retour, devine Elin. Un de ces moments où une puissante révélation balaie tout ce que l'on tenait pour acquis jusque-là.

Elle n'en revient pas, ne veut pas y croire, mais elle sait que c'est la vérité.

C'est Laure qui l'a épiée. C'est Laure qui l'a poussée.

Cette évidence, froide et troublante, en amène une autre : Laure n'est pas forcément une victime.

Elle est peut-être impliquée jusqu'au cou dans cette histoire. C'est peut-être elle le prédateur.

49

L'ascenseur s'immobilise brutalement, puis ses portes s'ouvrent en coulissant. Elin remonte le couloir, les jambes aussi molles que de la gelée et incapable de réfléchir correctement. Elle avait tout imaginé mais pas ça : Laure, loin d'être séquestrée par l'assassin d'Adèle, l'a poussée dans le trou d'eau glacée.

Ses pensées et ses interrogations reviennent sans cesse au même point : si Laure l'a poussée, si elle a fait souffrir Isaac en simulant sa disparition, c'est forcément pour une raison sinistre. Elle a beau tout faire pour l'écarter, la conclusion la plus évidente est que Laure est impliquée dans toute cette histoire, qu'elle est capable de tuer quelqu'un. Tous les signaux pointent dans cette direction. Tout ce qu'elle a découvert jusqu'à présent, notamment ce qu'elle a vu sur les images de la vidéosurveillance, confirme cette hypothèse.

Des souvenirs défilent dans son esprit : Laure marchant sur la plage, son skimboard sous le bras ; Laure plongée dans un bouquin, la lèvre inférieure plissée sous l'effet de la concentration ; Laure plongeant dans la mer depuis les marches creusées dans la falaise…

Elle n'arrive pas à croire ce qu'elle a découvert. Pourtant…

Isaac ne s'en est-il pas rendu compte ? Et que dire des collègues et des amis de Laure ?

Elin sait qu'une telle duperie n'a rien d'impossible. En effet, elle n'a pas oublié cette fameuse affaire, il y a trois ans, au terme de laquelle une quadragénaire a été reconnue coupable d'avoir assassiné la nouvelle compagne de son ex avec une violence inouïe : dix-sept coups de couteau dans la tête, le cou et la poitrine. Un voisin a découvert la victime en sang près de la cabane de son fils. La suspecte s'occupait des prêts dans une banque d'Exeter ; durant l'enquête, ses collègues et ses amis l'ont tous décrite comme une personne « calme, sans prétention, aimable ».

Elin et son équipe ont découvert qu'elle préparait le meurtre depuis plus de deux ans, et ses collègues de l'informatique judiciaire ont retrouvé sur son ordinateur des pages et des pages de recherches sur les diverses façons de tuer quelqu'un et comment éviter de se faire prendre ensuite.

Aux yeux d'Elin, le plus effrayant dans cette histoire est le fait que personne n'ait le moins du monde soupçonné ce qu'elle manigançait ; la tueuse était en bons termes avec la victime, à tel point qu'elles étaient même parties ensemble en vacances quelques mois auparavant. Après avoir partagé des cocktails avec son « amie », elle l'a assassinée de sang-froid.

Se sont-ils également complètement trompés à propos de Laure ?

En ouvrant la porte de sa chambre, Elin considère le problème sous un autre angle : cette conclusion n'est-elle pas un peu trop hâtive ? Le fait que Laure l'ait poussée dans le trou d'eau froide implique-t-il nécessairement qu'elle soit impliquée dans la mort d'Adèle ?

Néanmoins, l'explication semble limpide : pour quelle autre raison Laure aurait-elle agi de la sorte ?

Elin s'installe à la table et sort son calepin, convaincue que c'est par écrit qu'elle fera le mieux le point. Elle griffonne les éléments rassemblés jusqu'à présent.

Les problèmes mentaux de Laure, l'article et la carte de visite de la psy.

Son aventure avec Lucas/les photos de lui.

L'autre téléphone de Laure/les nombreux appels à un numéro inconnu.

La colère de Laure, au téléphone, le soir de sa disparition.

La dispute entre Laure et Adèle.

Les messages – peut-être du chantage – adressés à Lucas – en lien avec l'affaire ?

Elin assimile tout cela, incapable de ne pas voir le portait évident qui se dessine : Laure est sans doute une femme imprévisible, instable… Mais peut-on en conclure qu'elle est capable de participer à un meurtre ? Et surtout, Elin est tenaillée par une question plus mystérieuse encore : pourquoi ?

Pourquoi Laure aurait-elle voulu s'en prendre à Adèle ?

Elle repense à la façon dont cette dernière a été assassinée – le sac de sable, le masque, la boîte en verre et les doigts sectionnés. Tout cela a quelque chose d'extrême et n'était pas indispensable pour provoquer la mort de la femme de ménage. Par conséquent, rien n'a été fait par hasard ; chaque détail a sa raison d'être. Ce crime est peut-être une affaire très personnelle.

Mais quoi, précisément ? Elin sait que Laure et Adèle se sont disputées ; est-il possible que ce différend, quelle qu'en soit la cause, ait suffi pour que Laure décide de tuer Adèle ?

Par ailleurs, ces réflexions n'éclairent en rien la découverte du corps de Daniel Lemaître. Si le décès de l'architecte est lié au meurtre d'Adèle, cela reste inexplicable.

Le téléphone d'Elin sonne. Elle le sort de sa poche et consulte l'écran.

C'est Noah.

Les fichiers de Laure...

50

— Quand je t'ai demandé de faire vite, je ne m'attendais pas à une réponse si immédiate, dit Elin, qui s'étonne de voir sa main trembler sur son téléphone. Surtout vu l'heure…

Elle consulte sa montre : 20 h 10.

— J'ai l'habitude de travailler tard, tu le sais bien.

— Oui, je m'en étais rendu compte, murmure Elin.

Quel drôle d'effet de parler à Noah, après tout ce temps, même si elle a conscience que la légère gêne entre eux est de son fait. Durant son congé, elle n'a vu aucun de ses collègues, se contenant de quelques messages. Elle les a bloqués, pour ainsi dire, enfermés dans un recoin de son cerveau. Noah rit, son familier et légèrement rauque, puis laisse passer quelques secondes.

— Ta voix suave me manquait, Warner.

— Pareil, réplique Elin, soudain saisie de quelque chose qui ressemble au mal du pays.

Non. Le mal du boulot, plutôt.

Elin a beau le nier face à Will, le fait de faire partie d'un tout, de communiquer, mais également l'agitation au bureau, la salle des opérations, les réunions, les interrogatoires, profiter d'une vie en dehors de son esprit… tout cela lui manque.

— C'est vrai ? dit Noah. D'après ce que j'ai entendu dire, tu t'éclates bien en retraite.

Ces mots se veulent légers, mais Elin a perçu l'inspiration de Noah trahissant son passage du mode plaisanterie au mode sérieux.

— Ce n'est pas facile de prendre une décision, Noah, dit Elin d'une voix qui vacille. Je ne veux pas laisser tomber les gens.

— Mais tu sais bien qu'on est tous derrière toi, après ce qui t'est arrivé. Personne ici ne pense que c'est ta faute. Tu as agi d'instinct, avec tes tripes. On aurait tous fait la même chose.

Un long silence. Elin se rend compte qu'elle tapote le sol du pied et que sa main tremble toujours sur son téléphone. La gorge nouée, elle se force à répondre :

— Oui, je sais.

Noah enchaîne :

— Concernant les fichiers, je te laisse les découvrir par toi-même. Tu verras que ce sont principalement des copies d'e-mails et de courriers. Je te les ai envoyés.

— Le cryptage était basique, alors ?

— Oui, une clé de seulement seize bits. Je me suis presque senti dévalorisé de bosser là-dessus. Pour quelqu'un d'aussi doué que moi, ce n'était…

— Merci beaucoup de m'avoir aidée dans la seconde, Noah, dit Elin en riant.

— J'ai l'habitude, tu as toujours été exigeante avec moi.

— Qu'est-ce qui te ferait plaisir, comme récompense ?

— Un bon poulet au curry à ton retour.

— Marché conclu, dit Elin, qui ouvre son ordinateur en saluant Noah.

Le premier des fichiers décryptés envoyés par son collègue est un document Word en français, avec sa traduction en anglais. Il s'agit d'un article imprimé similaire à celui qu'elle a trouvé la veille dans les affaires de Laure et intitulé « Dépression psychotique ». Elle en parcourt quelques lignes :

« ... ouvrages traitant de dépression psychotique, une forme de dépression aiguë provoquant des hallucinations en plus des habituels symptômes. »

Elin médite sur ce texte : Laure est-elle concernée ? S'inquiétait-elle, devinant que quelque chose clochait dans son cerveau ? Peut-être a-t-elle effectué des recherches sur la question.

Le fichier suivant est un autre document Word ; sa première page est en français mais Elin le reconnaît instantanément.

C'est un des messages anonymes qu'a reçus Lucas. C'est donc Laure qui les a envoyés.

Elin vacille et son regard se détourne de l'écran. Envisager des hypothèses est une chose, mais là... elle détient une preuve. La preuve que Laure s'est intéressée à Lucas Caron de façon inquiétante. Elle revient à l'écran et ouvre le fichier suivant.

Cet autre document Word se compose de plusieurs pages et comprend des copies d'e-mails échangés entre Laure et une certaine Claire. Aucune adresse électronique n'est visible.

Laure,

Comme demandé, veuillez trouver ci-joint le brouillon de l'article. Il est important que les informations qu'il renferme ne permettent pas de remonter jusqu'à moi.

Claire.

UN HÔTEL BÂTI À COUPS DE POTS-DE-VIN ?

Le chantier des premières fondations de l'ambitieux programme de rénovation et d'agrandissement de l'ancien Sanatorium du Plumachit en un hôtel de luxe baptisé Le Sommet a été récemment lancé.

Lucas Caron, arrière-petit-fils du premier propriétaire des lieux, a investi des millions dans cette affaire. Au terme de huit ans de préparation, l'établissement comprendra un nouveau centre de conférences et un spa alpin de sept mille mètres carrés.

Cependant, cette rénovation a été entachée de problèmes : les plans originaux ont provoqué une vive opposition de la part de groupes de défense de l'environnement inquiets de voir ce projet se développer au cœur d'un parc national.

Les lois encadrant la construction dans de telles zones étant particulièrement strictes en Suisse, Lucas Caron a en outre été freiné de façon plus officielle des années durant.

Une campagne et une pétition sur Internet ont recueilli plus de vingt mille signatures, et ces associations ont organisé plusieurs manifestations sur le site.

Pierre Delane, médecin des environs, s'est opposé à ce projet dès le début :

« Ce bâtiment fait tache dans le décor. Cette façade est trop moderne. Le vieux sanatorium a subi une violente métamorphose. »

Plus important, certains craignent pour la sécurité des clients de l'établissement.

Stefan Schmid, guide de haute montagne, a averti les autorités de la ville dès 2013 que la zone située en surplomb de la route permettant d'accéder à l'hôtel était un terrain propice aux avalanches.

Des professeurs de géologie de l'université de Lausanne ont par ailleurs noté un détail qui a échappé au premier bâtisseur : la route d'accès passe par le fond d'une gorge faisant partie de la voie d'écoulement naturelle des neiges du mont Bella Lui.

Ces inquiétudes ont mené à des accusations de corruption et soulevé des questions quant à la façon dont M. Caron a si rapidement obtenu une dérogation à la réglementation de zonage lui permettant de lancer des travaux en plein parc national, et ce malgré les doutes déjà soulevés concernant la sécurité. Toutefois, ces charges ont été levées faute de preuves.

« Ce projet sent la corruption à plein nez », affirme un autre résident.

Incapable d'arracher son regard de l'écran, Elin réfléchit. *Cette Claire est une journaliste, c'est évident, mais pourquoi Laure détient-elle une copie de cet article ?*

Le fait que la journaliste précise que ce texte n'est qu'un brouillon et demande à Laure de s'assurer que ces informations ne remontent pas jusqu'à elle implique que l'article n'a jamais été publié. Dans ce cas, pourquoi a-t-il été copié sous format Word puis crypté ?

Elle trouve ensuite un autre message.

Laure,
Voici d'autres fichiers et résultats de recherches. Les sources ne souhaitent pas être citées mais nous les jugeons fiables.

Claire.

La première pièce jointe contient un court article décrivant une des manifestations organisées sur le site, et la seconde ressemble à un document provenant visiblement du conseil municipal local.

Malgré son français imparfait, Elin devine qu'elle a sous les yeux une liste d'objections au projet de rénovation. Elle poursuit sa réflexion.

Que comptait faire Laure de ces informations ?

Repensant aux courriers anonymes reçus par Lucas, elle se demande s'ils faisaient référence à ces faits. A-t-il subi une sorte de chantage ?

Elle est surtout troublée par l'article et ses accusations de corruption. C'est la première fois qu'elle a vent de cette rumeur, et cela la gêne. Un tel article aurait dû apparaître quand elle a effectué des recherches en ligne à propos de Lucas.

Il n'a pas été publié en anglais, comprend-elle. Il est certainement sorti dans un journal francophone. Faisant appel à Google Traduction, elle écrit en français dans la barre de recherche « Le Sommet corruption ».

Aucun résultat. Pas un seul texte.

Elle avait donc raison. Soit cet article n'a jamais été posté en ligne, ce qui expliquerait qu'elle ne le trouve pas, soit il n'a jamais été publié, quel que soit le support. Il aurait fini à la poubelle. Cela reste tout de même un lien supplémentaire entre Laure et l'hôtel, entre Laure et Lucas Caron.

Laure était-elle motivée par une obsession quelconque ? La mort d'Adèle est-elle en rapport avec tout cela ?

Quoi qu'il en soit, et même si c'est difficile à admettre, Laure est à présent suspecte dans cette affaire. Du moins impliquée. Elle doit le signaler à Berndt.

51

— Laure Strehl ? répète Berndt. Celle qui a disparu ?

— Oui, c'est ça, répond Elin, martyrisant le coin de son calepin.

Elle a presque envie qu'il ne saisisse pas ce qu'elle dit, ce qui lui éviterait d'être celle qui a impliqué Laure dans cette affaire.

— Je branche le haut-parleur, Elin ; toute l'équipe est là. Nous travaillons tard. (Une touche est pressée, puis des parasites et un léger bourdonnement lui parviennent.) Vous m'entendez ?

— Oui, parfait.

Respire à fond, s'ordonne Elin en se carrant sur sa chaise. *Même si c'est dur, même si ça semble être une mauvaise idée, tu dois le faire, tu dois découvrir la vérité.*

— Expliquez-nous ce dont vous avez besoin, Elin, dit Berndt, s'exprimant avec une lenteur délibérée. Voulez-vous que nous creusions des points précis, concernant Mlle Strehl ?

Elin sent ses joues soudain brûlantes en entendant le policier désigner Laure de façon si formelle. Elle se racle la gorge :

— J'aimerais surtout savoir s'il y a quoi que ce soit

que l'on puisse associer à notre affaire dans son historique.

— Entendu, mais avant cela, sachez que nous avons eu des nouvelles de la psychologue. (Un bruit de papier.) Laure n'était pas une de ses patientes ; elle ne figure pas sur ses registres.

Elin encaisse l'information. Dans ce cas, pourquoi Laure conservait-elle la carte de visite de la psy dans son tiroir ? Et que dire de l'article enregistré sur son ordinateur ? Peut-être a-t-elle finalement consulté un autre psy, à moins qu'elle n'ait tout simplement pas pris le temps de contacter celle-ci.

— C'est noté, dit-elle. Maintenant, il serait bon de vérifier ses historiques judiciaires et médicaux.

Des voix étouffées échangent quelques mots.

— Elin, Hugo Tapparel à l'appareil – le procureur. Il nous faut un minimum d'éléments probants pour accéder à la base de données et obtenir ces renseignements. (L'autorité sèche de cet homme la déstabilise.) Résumez-nous ce que vous avez rassemblé, pour que nous voyions si ça nous suffit.

Bafouillant quelque peu, Elin relate ses découvertes, mal à l'aise et pleinement consciente d'être allée trop loin, à la fois dans ses actes et dans ce qu'elle a dit afin d'obtenir des renseignements au sujet de Laure, mais elle n'a pas eu le choix.

Un silence, puis Berndt reprend la parole :

— Pour que ce soit bien clair, vous dites que ces fichiers cryptés sous-entendent que Laure est impliquée dans la tentative de chantage sur Lucas Caron et contiennent des courriers électroniques échangés avec une journaliste sur cette question, c'est bien ça ?

— Oui, je…

— Qui vous a demandé de fouiller dans cet ordinateur, Elin ? l'interrompt le procureur. Ce n'est pas un ordre de notre part, en tout cas.

Le sous-entendu est clair : elle est allée trop loin. Elle se crispe ; ils ne vont tous de même pas lui rendre la tâche encore plus difficile ? Pourquoi font-ils obstacle à ses efforts ?

— Envoyez-nous tout ce que vous avez, cela rassurera Hugo, intervient Berndt sur un ton plus doux. Nous vous tenons au courant.

— Merci.

Elin raccroche, puis boit quelques longues gorgées du verre d'eau posé sur la table. Chaque étape de cette affaire est un calvaire, toutefois rien de ce qu'elle a subi jusqu'à présent n'est comparable à ce qu'elle ne peut éviter à présent.

Je dois avertir Isaac à propos de Laure. Lui faire part de mes doutes.

Elle frotte ses paupières lourdes et douloureuses. Affalée contre le dossier de sa chaise, elle ferme les yeux. Dehors, le vent agresse violemment le bâtiment.

Puis elle perçoit autre chose : une voix qui résonne, si nette qu'elle jurerait que quelqu'un se trouve avec elle dans la chambre.

La voix d'Isaac.

« Il faut le sortir de là ! Il faut le sortir de là ! »

Ensuite, un hurlement primitif, brut, et un gémissement sourd.

Quelqu'un qui s'agite frénétiquement dans l'eau.

La vision d'Elin se focalise sur un point : Sam et le bas de son tee-shirt aspiré par l'eau. Le tee-shirt semble désolidarisé de son frère, comme si celui-ci était déjà ailleurs, privé du droit de le récupérer.

52

Elin sursaute et ouvre les yeux, surprise par des coups sur la porte.

S'est-elle assoupie ? Un regard sur sa montre lui confirme qu'elle a dormi plus d'une demi-heure. De nouveaux coups résonnent sur le battant, plus insistants. Serait-ce Will ? Non, pourquoi frapperait-il ainsi, il a sa clé.

— Elin ?

Elle se lève, ouvre la porte et trouve Margot, vêtue d'un jean noir et d'un haut blanc informe à encolure bateau bleu marine. Comme précédemment, Elin est frappée par la posture voûtée de cette femme complexée, par ses épaules affaissées.

Personne ne lui a jamais dit d'être fière de sa grande taille, songe-t-elle avec un élan de compassion. Elle n'a aucun mal à imaginer les railleries et les surnoms subis à l'école.

— Tout va bien ? s'inquiète Elin.

— Je me demandais simplement si vous aviez des nouvelles de Laure.

Margot lisse ses cheveux gras plaqués sur son crâne par quelques épingles ornées d'étoiles. Cette coiffure accentue ses traits et lui donne un profil de rapace.

Elin a un temps d'hésitation et comprend aussitôt que c'est une erreur.

L'employée recule d'un pas, les traits figés :

— Mon Dieu, elle est morte, c'est ça ?

— Non… bafouille Elin, sans trouver ses mots, la langue comme collée au palais. Elle a simplement disparu. Nous n'avons encore aucune certitude.

— Je croyais que… dit Margot, les yeux brillants, avant de poursuivre d'une voix fêlée. Elle a disparu depuis si longtemps.

— Entrez, propose Elin avec douceur. Ne parlons pas dans le couloir.

Margot la suit à l'intérieur. Livide, elle baisse les yeux sur son téléphone puis le fait tourner dans ses mains. Quelques instants s'écoulent en silence. Elin inspire profondément en regardant dehors. La neige ne cesse de s'accumuler, au point que la couche blanche atteint presque le haut du cadre de la porte-fenêtre.

Elle se retourne.

— Pardon de paniquer comme ça… s'excuse Margot.

— Ce n'est pas grave, la rassure Elin. Il est naturel de tirer des conclusions un peu trop hâtives.

Tandis que le téléphone tourne toujours entre les doigts de Margot, un nouveau silence pesant s'installe.

Enfin, Margot pose son mobile sur la table, derrière elle, sans se calmer pour autant ; elle entreprend de ronger ses ongles fraîchement vernis, saupoudrant de minuscules miettes grises sur le sol.

Quelque chose ne va pas, comprend Elin en l'observant. *Elle n'est pas seulement bouleversée par la mort de Laure. Il y a autre chose.*

— Margot… Il y a un problème ?

La jeune femme hésite, puis hoche la tête.

— Je ne vous ai pas tout dit, la dernière fois.

— À quel propos ?

— La relation entre Laure et Isaac. Avec ce qui est arrivé à Adèle, je crois qu'il faut que vous sachiez quelque chose. Je ne voulais pas en parler jusqu'à maintenant, vu la personne concernée. (Son regard se perd dans le vide avant de revenir sur Elin.)

— Je vous écoute.

— Lucas Caron et Laure ont eu une aventure il y a un certain temps.

— Oui, je sais. Lucas me l'a dit.

Margot semble étonnée :

— Il ne vous a pas parlé de son envie de se remettre avec elle ?

— Non. D'après lui, cette histoire, une brève aventure alors que Laure et Isaac avaient rompu, était définitivement terminée. Ce n'est pas votre avis ?

— Non… Je les ai vus il y a quelques semaines dans le couloir du spa. Sur mon écran, grâce à la vidéosurveillance. Laure venait me retrouver pour le déjeuner.

— Il s'est passé quelque chose ?

— Oui. Quand Laure est passée à sa hauteur sans s'arrêter, il l'a agrippée par le bras, raconte Margot avec une grimace. Laure m'a donné l'impression d'avoir peur. Elle a voulu se dégager, mais il ne l'a pas lâchée.

— Et ensuite ?

— Ils ont discuté une minute ou deux, puis Lucas s'est éloigné.

Elin conserve une expression neutre, mais réfléchit à toute allure.

Lucas ne m'a pas parlé de cet épisode…

— Laure a ensuite poursuivi son chemin vers le spa ?

— Oui, mais elle ne m'a rien dit à propos de cet incident, curieusement. C'est ce qui m'a fait supposer qu'il y avait peut-être de nouveau quelque chose entre eux ; j'ai pensé que Laure se taisait car elle s'était réconciliée et fiancée avec Isaac.

— Elle semblait inquiète ? Angoissée ?

— Non, pas particulièrement, répond Margot, avant d'afficher une moue de regret. J'aurais dû lui poser la question, mais…

— Elle ne vous avait rien caché de sa relation à l'époque où elle était avec Lucas ?

— Non, elle n'en faisait pas mystère, la première fois, vu qu'elle se considérait comme célibataire, Isaac et elle ayant rompu. Pour être franche, sur le moment, j'ai cru qu'elle ne sortait avec Lucas que pour se changer les idées, pour se remettre de sa séparation, mais j'ai eu des doutes quand cette nouvelle relation s'est à son tour terminée ; Laure était furieuse et bouleversée. (Margot hausse les épaules, geste en contradiction avec son regard intense.) Mais ça peut se comprendre, après tout, quand on se fait larguer si brutalement. Personne n'aime se faire traiter de la sorte, avoir l'impression d'être jeté à la poubelle après avoir été utilisé comme un objet.

— C'est elle qui vous a dit ça ? s'enquiert Elin, dont la respiration s'emballe.

Elle n'aime pas du tout ce qu'impliquent ces nouveaux éléments…

— Oui. Il l'a plus ou moins laissée tomber. À mon avis, Laure prenait leur relation plus au sérieux que lui.

Elin acquiesce et réfléchit. Ce qu'elle vient

d'apprendre renforce son opinion sur Lucas : cet homme ment. Il a nié connaître l'identité du corps découvert dans la montagne – celui de Daniel –, et la photo sur laquelle il discute avec Adèle laisse imaginer qu'il en sait davantage qu'il ne veut bien le reconnaître. Et maintenant, cet accrochage avec Laure… Or il lui a clairement affirmé ne plus avoir été en contact, ou très peu, avec elle depuis leur aventure.

Pourquoi ment-il ?

Elin devine la réponse : s'il ment, c'est qu'il cache quelque chose.

53

Elin retrouve Isaac installé en compagnie de Will dans l'espace salon, à une petite table disposée près de la baie vitrée. Ils sont tous deux murés dans le silence, Will focalisé sur son téléphone et Isaac le regard perdu dans les ténèbres de l'autre côté du panneau de verre.

Elle se joint à eux, le cœur battant. Ce qu'elle s'apprête à faire est… épouvantable. Jamais elle n'a été douée pour annoncer les mauvaises nouvelles, pour adoucir le choc. Ses mots lui semblent systématiquement maladroits, mal choisis.

Will lève la tête, l'air glacial :

— Tu t'es absentée longtemps, Elin. Il est tard : 21 h 30.

— Pas non plus une éternité.

— Je t'ai envoyé un texto, je suis allé dans notre chambre. Comme tu n'y étais pas, j'ai retrouvé Isaac. Je me suis dit qu'il avait besoin de compagnie.

Son ton est inhabituellement accusateur.

— On a dû se rater de peu, dit Elin, ignorant son commentaire. J'ai visionné les séquences de vidéosurveillance avec Cécile, puis je suis retournée dans la chambre, où j'ai parlé à Noah. Il m'a envoyé les dossiers décryptés.

— Déjà ? intervient Isaac, qui alors seulement lève la tête vers sa sœur.

— Oui.

Non sans hésitation, Elin leur détaille ses découvertes récentes. Quand elle en a terminé, elle se sent clouée par le regard de son frère. Un silence assourdissant se prolonge. Incapable de soutenir le regard d'Isaac, Elin s'intéresse aux autres tables. Un groupe dîne, et quelques employés jouent aux cartes.

Enfin, Isaac se penche en avant, les avant-bras sur la table :

— Tu penses vraiment que Laure est impliquée dans cette histoire ? Tu as perdu la tête ou quoi ?

L'agressivité dans sa voix fait tressaillir Elin :

— Elle n'est pas séquestrée quelque part, comme tu le pensais. Les séquences de vidéosurveillance prouvent qu'elle est ici, à l'hôtel, depuis le début. Et si elle est ici, pourquoi elle ne te fait pas signe, ne serait-ce que pour te dire qu'elle va bien ?

Isaac se raidit.

— Je ne sais pas, mais il y a forcément une autre explication.

Plusieurs secondes s'écoulent dans un silence ponctué par la respiration haletante d'Isaac.

Elin hésite avant de poursuivre :

— Laure te parlait beaucoup de sa dépression ?

— Plus ou moins, répond Isaac, l'air fermé, sur la défensive.

— Un dossier, sur son ordinateur, parle de dépression psychotique. (Elle trébuche quelque peu sur ces mots.) Il s'agit d'une forme de dépression très sévère qui se présente sous la forme d'épisodes psychotiques.

D'écarlate, le visage d'Isaac devient livide de fureur.

— Tu étais au courant ? insiste Elin.

— Non, elle ne m'en a jamais parlé… lâche-t-il d'une voix hachée.

Elle tend la main vers le bras de son frère, qui la repousse.

— Elle ne le souhaitait pas forcément, Isaac. Elle craignait peut-être ta réaction…

— Mais pourquoi ? On est fiancés, Elin ! s'agace Isaac, le poing serré. Ces mensonges n'ont aucun sens…

— C'est justement le problème : plus rien n'a de sens quand on souffre de ce mal ; quand survient un épisode psychotique, la personne perd contact avec la réalité et est victime de perceptions erronées, de fausses croyances susceptibles de provoquer un comportement paranoïaque et délirant.

— Tu dis tout ça pour me préparer à affronter ce que tu crois être la vérité, dit Isaac à mi-voix, les yeux réduits à des fentes. Tu penses vraiment que Laure est impliquée dans ce qui est arrivé, n'est-ce pas ?

Elin sent la chaleur monter en elle :

— Nous n'avons aucune certitude pour l'instant, je voulais seulement…

— Arrête. Tu creuses dans la mauvaise direction, tu suis je ne sais quelle théorie fumeuse, alors qu'il faudrait partir à sa recherche. Elle n'a rien à voir avec cette histoire, Elin, je le sais. (Il baisse les yeux sur ses mains plaquées l'une contre l'autre.) Pense à ce qui est arrivé à Adèle ; tu crois vraiment Laure capable de commettre de telles horreurs ? (Il se mord la lèvre.) Bon sang, Elin, Laure était ton amie !

Will lance un regard soucieux à sa compagne, qu'il

aimerait voir se taire, ainsi qu'un petit coup de pied sous la table, mais il est hors de question qu'elle en reste là. Isaac doit faire face à la réalité. Si Laure est impliquée dans le meurtre de son ancienne amie, il doit le savoir.

— Personne n'affirme quoi que ce soit de définitif, Isaac, mais je pense que tu dois te préparer à encaisser le pire. Laure a menti. Plusieurs fois.

Isaac secoue la tête :

— Ce n'est pas aussi simple. Tout le monde ment, Elin, toi et moi compris, à propos de détails gênants ou qui nous dévalorisent. Regarde-toi, tu n'es pas plus franche que n'importe qui. Pense à ta vie, à ce congé longue durée. Et regarde ce que tu fais maintenant. Tu n'as même pas dit à Lucas et Cécile que tu ne travaillais pas en ce moment.

Elin ne trouve rien à redire à cela, incapable d'expliquer pourquoi elle a tu ce détail. Analyser cela est trop complexe, même en pensée.

Les raisons sont multiples. Elle a agi par réflexe, refusant de reconnaître – et de s'avouer à elle-même – qu'elle n'est plus et ne sera peut-être plus jamais membre de la police. Plus embarrassant encore : son orgueil. Elle tient toujours à être considérée comme quelqu'un d'important.

Isaac l'observe, avec du triomphe dans le regard, et conclut :

— Tout ça ne veut pas dire que tu as commis un crime.

Les mains serrées sur la table, Elin sent quelque chose se briser en elle, comme un fil invisible sur lequel on a trop tiré.

— D'accord, je vais leur dire. C'est ça que tu veux ? Que je balance tout jusque dans les moindres détails ?

— Non, réplique durement Isaac. Bien sûr que non, si tu juges que ce n'est pas indispensable. La seule chose que je veux, c'est que tu comprennes que personne n'est parfait. Nous avons tous nos défauts, même toi. Laure a sans doute déconné et fait je ne sais quelle bêtise, mais ce n'est pas pour autant qu'elle a participé à un meurtre.

— Je sais, mais…

— Mais quoi ? s'emporte Isaac, le visage marbré de rouge, avant de se lever en faisant racler sa chaise. Tu t'écoutes quand tu parles, Elin ? On croirait entendre maman, tu fonces avec des œillères. Tu es persuadée que le monde est noir ou blanc, qu'il y a une putain de réponse parfaite à chaque problème. Ce n'est pas parce que Laure a fait telle chose qu'elle a forcément commis telle autre. Le désordre est partout, on ne trouve pas toujours une explication.

— Je n'ai jamais dit ça, se défend Elin d'une voix étouffée, consciente de la sueur et des picotements qui se multiplient sous ses bras.

— Je sais bien, mais on l'a tous senti, dit Isaac, qui se tourne vers Will. Ne me dis pas que tu n'as rien remarqué ? Que tu n'as pas senti sa désapprobation ?

Elin, sursaute, décontenancée par tant d'agressivité.

— Il faut bien que quelqu'un te le dise, enchaîne Isaac. Pourquoi je ne suis pas resté en contact avec toi, à ton avis ? Parce que c'est épuisant de te fréquenter. Tu veux toujours que tout soit fait à la perfection, impeccablement aligné. Et ça me rend triste, Elin. C'est une des raisons pour lesquelles je suis parti loin de toi. Et loin de maman, aussi.

— Isaac, je t'en prie…

— C'est la vérité, Elin. On était censés retrouver Laure, mais c'est devenu une tout autre quête. J'ai su à la minute où tu es arrivée que ton séjour n'allait pas être une partie de plaisir. J'ai deviné que tu avais quelque chose à prouver.

— Qu'est-ce que tu racontes ?

— Tu as toujours été comme ça. Tu es en permanence focalisée sur cette… mission.

— Cette mission ?

— Te lancer au secours des gens comme une héroïne. Sans cesse. Et c'est la même chose dans ton boulot. On retrouve partout le même motif.

La mâchoire crispée, Will se lève et interrompt Isaac d'une main sur le bras :

— Tu ferais mieux d'en rester là, mec. On est tous crevés.

— Non, il faut qu'elle en prenne conscience, lâche Isaac en se dégageant, avant de revenir à sa sœur.

La nuque brûlante, Elin sent de la colère monter en elle.

Qu'est-ce qui cloche chez lui ? Il ne comprend donc pas ? Si Elin se comporte ainsi, c'est uniquement à cause de ce qui est arrivé à Sam.

À cause de ce qu'Isaac a fait.

— Isaac… Quoi que tu en dises, il est important de trouver des réponses. La vérité est essentielle. Comment avancer sans ça ? Regarde ce qui est arrivé à Sam ; mon esprit tourne en rond depuis. Je ne cesse de me repasser cette journée en boucle, précisément parce qu'on n'a aucune réponse. On ne sait pas ce qui s'est passé.

Isaac se fige, les joues marbrées de rouge. Il ouvre

la bouche pour répliquer puis la referme aussitôt. Un silence de plomb s'abat entre eux, révélant à Elin tout ce qu'elle a besoin de savoir.

— Tu ne veux pas en parler ? relance-t-elle, tandis que sa main s'agite sur ses genoux. (Isaac garde les yeux rivés au sol, esquivant son regard.) Allez, Isaac, je veux savoir ce que tu as à dire sur ce jour-là. Ça fait des années que tu évites le sujet. Maintenant, j'exige des réponses.

— Arrête, Elin, intervient Will, posant la main sur la sienne.

Isaac relève enfin la tête, les yeux embués par l'émotion.

Il est accablé de culpabilité, devine Elin.

— Je vais me coucher, dit-il en tournant la tête. Je ne veux pas parler de ça ici et maintenant.

— C'est ça, file, lâche Elin, qu'il n'a toujours pas regardée droit dans les yeux. Qui est-ce qui s'enfuit, maintenant ?

Will et Elin restent silencieux. Le départ d'Isaac a fait l'effet d'une gifle à Elin, comme s'il s'était joué d'elle, une fois de plus.

Will l'observe avec un air étrange.

— Allons nous reposer dans la chambre. Tu es épuisée.

— Épuisée ? Pas du tout…

— Tu m'en donnes l'impression, en tout cas. Je pense que tu t'es montrée un peu trop…

Il secoue la tête.

Elin regarde autour d'elle : le petit groupe d'employés joue toujours aux cartes, tandis que dehors il neige à gros flocons. Il y a trop d'agitation dans la salle, elle a la sensation que son crâne va exploser.

— Quoi ? dit-elle enfin. Qu'est-ce que tu allais dire ?

— Je ne sais pas si c'était une bonne idée de tout déballer si brutalement à ton frère, si tu t'y es prise de la bonne façon… précise Will, tapotant la table du bout des doigts.

— Il n'y a pas d'autre façon de procéder, Will ! Il fallait qu'il sache ce qu'a commis Laure.

Sa phrase à peine sortie de sa bouche, Elin comprend que Will a raison. Elle a mal géré l'affaire, agressé inutilement son frère, alors qu'elle n'a aucune preuve tangible de l'implication de Laure dans le meurtre d'Adèle.

Une pensée aussi affreuse que malvenue s'immisce dans son esprit. Sa réaction a-t-elle été délibérée ? Son inconscient a-t-il cherché à punir Isaac, d'une certaine façon, pour ce qu'il a fait à Sam ?

— Pas seulement ça, dit Will. Tu as également été dure avec lui à propos de Sam. Ce n'était peut-être pas le moment idéal.

— Qu'est-ce que tu veux dire ?

— C'était un peu exagéré de ta part, après ce que tu avais dit concernant Laure. Je ne peux pas m'empêcher de penser à ce qu'a dit Isaac.

— À quoi, exactement ? Il a dit beaucoup de choses ! ironise-t-elle avec un rire qui sonne faux.

Elle se saisit de la bouteille d'eau et remplit ostensiblement son verre.

— À ton obsession de trouver des réponses. D'être l'héroïne. Ce ne serait que pour prouver quelque chose que tu t'investis tant dans cette enquête ?

— À qui donc ?

— À toi, murmure Will en rougissant. C'est à

toi-même que tu essaies de prouver tant de choses. Tu veux secourir le monde entier parce que tu n'as pas pu sauver Sam. Tu tentes d'exorciser tes fantômes.

Elin le regarde fixement, les oreilles martelées par son pouls assourdissant.

— Tu crois que tout se résume à ça ? dit-elle enfin. Que je me fiche de ce qui est arrivé à Adèle et à Laure ?

Elle s'octroie une gorgée d'eau, si longue qu'elle ne l'avale qu'avec difficulté.

— Tout ce que je sais, c'est qu'en te jetant à corps perdu dans cette histoire, tu n'as plus de place pour les autres, pour leurs sentiments. (Il hésite un instant, sa colère évidente sur son visage.) Comme je te l'ai déjà dit, ce qui s'est produit ici ne t'oblige pas à t'impliquer à ce point. Il ne faut pas que tu oublies tes proches, ni les conséquences de tes décisions.

Elin ne réagit pas, non pas parce qu'elle s'y refuse, mais parce qu'elle n'a aucune réponse à offrir. Will a probablement raison, mais elle ne sait pas comment se freiner. Tout ce qu'elle sait, c'est que depuis la mort de Sam, elle a la sensation d'être à la recherche de quelque chose. Comme lancée dans une course d'endurance dont la ligne d'arrivée resterait en permanence hors d'atteinte.

54

Quatrième jour

Le signal sonore strident signalant la réception d'un texto réveille Elin. Plissant les yeux dans l'obscurité, elle considère la lueur émise par son téléphone, sur sa table de chevet.

06 h 02, indique l'écran, en caractères gras. Elle tend la main, sans succès. Elle procède à une seconde tentative, la tête malmenée par une douleur lancinante. Il faut dire qu'elle ne s'est pas endormie avant 3 heures du matin, restée un long moment crispée, l'esprit en surchauffe en songeant à ses découvertes à propos de Laure et à ses discussions tendues avec Isaac et Will.

Elle se frotte les yeux et découvre un texto émis par un numéro inconnu. Elle l'ouvre :

« Je tiens à m'expliquer. Retrouve-moi à 9 heures dans la suite du dernier étage. On y accède par un ascenseur privé ; ça te permettra de passer inaperçue. N'en parle à personne et viens seule. Je suis désolée. Laure. »

Le souffle coupé, Elin comprend que ce numéro est celui du second téléphone de Laure. Penchée sur le côté du lit, elle récupère son sac et le hisse sur la couette, puis elle en sort la facture de mobile, dont elle a vérifié le numéro.

Bingo. Le message reçu provient bien de l'autre téléphone de Laure. Il était pourtant éteint lorsque Isaac a tenté de la joindre. Elle a dû le rallumer. Elin considère de nouveau son écran, s'attardant sur chaque mot avant de les rassembler en phrases cohérentes. Deux d'entre elles ressortent : « Je tiens à m'expliquer » et « Je suis désolée ».

La première sous-entend que Laure a quelque chose à expliquer, ce que confirme la seconde.

La poitrine saisie d'un frisson glacial, Elin n'a plus aucun doute : Laure est impliquée dans cette histoire.

Elle se rallonge et, calée contre son oreiller, s'efforce de rassembler les faits et les suppositions, sans grand résultat tant elle est nerveuse et agitée. Son cerveau n'est pas aussi efficace que d'ordinaire. Elle se lève et s'approche de la porte-fenêtre. Ses pensées font comme des boucles dans son esprit, revenant systématiquement à la même conclusion : une alternative s'offre à elle.

La première option consiste à tout raconter à Cécile et Lucas puis à retrouver Laure avec eux, la seconde à se rendre seule à ce rendez-vous. Aucune n'est idéale. Dans le premier cas, Laure peut se braquer et ne pas révéler ce qu'elle a promis à Elin. En effet, si elle est animée d'intentions sincères, elle se sentira peut-être trahie en la voyant se présenter avec d'autres personnes. Si elle est déjà en proie à quelque délire et se considère plutôt comme une victime dans cette histoire, ne pas respecter les conditions qu'elle a imposées peut se révéler dangereux.

D'un autre côté – mais Elin a du mal à envisager cette hypothèse –, il s'agit peut-être d'un piège. Le risque existe, impossible de l'ignorer. Laure l'a tout de même poussée dans le trou d'eau froide. Elle a voulu l'effrayer. Cela étant, si elle avait réellement voulu lui faire du mal, elle aurait pu l'agresser en cette occasion ou dans le vestiaire du spa.

L'esprit ballotté entre ces deux scénarios, Elin fait les cent pas dans la chambre, tandis qu'à l'extérieur le vent souffle la neige de tous côtés. La terrasse est à présent couverte d'une couche blanche inégale.

Elle devrait réveiller Will, lui demander son avis sur la question, mais après leur dernière conversation elle devine d'avance sa réponse : « Laisse tomber. N'y va pas. » Les yeux rivés sur les monticules de neige formés par les rafales, elle repense aux lettres de Laure.

Après la mort de Sam, elle a reçu une fois par semaine des lettres de Laure, dans un premier temps pleines de compassion, puis de légèreté, avec des anecdotes à propos de l'école, des garçons et de sa mère, Coralie. Elle cherchait à renouer les liens avec elle.

Autant de mains tendues qu'Elin a ignorées car elle était jalouse, incapable d'accepter que son amie n'ait pas à gérer les mêmes merdes qu'elle.

Elle cligne des paupières, les yeux piquants.

Elle doit discuter avec Laure. Lui accorder le bénéfice du doute.

Et cette fois, elle écoutera.

55

8 h 45. Elin lit une nouvelle fois l'inscription gravée sur la plaque de verre fixée au mur.

Suite Plaine morte[1].

C'est forcément là. D'après le site web de l'hôtel, c'est la seule suite avec balcon.

En regardant à travers le panneau de verre, Elin constate qu'il faut emprunter un couloir qui mène à un ascenseur situé au fond à gauche. Laure avait raison : la suite dispose de son propre couloir d'accès et de son propre ascenseur.

Son téléphone vibre au moment où elle pose la main sur la poignée. Soulagée d'avoir désactivé la sonnerie, elle le sort de sa poche et consulte l'écran. *Est-ce Laure ?*

Non. C'est un message de Berndt.

« Une recherche sur RIPOL nous a appris que le canton de Vaud détient des informations à propos de Laure Strehl. Nous avons demandé l'autorisation de vous les transmettre au plus vite. »

Des informations ? Qu'a-t-il voulu dire par là ?

---

1. En français dans le texte original.

Doit-elle le rappeler ? Il est déjà 8 h 48 ; non, cela devra attendre. Elle remise son téléphone et ouvre la porte.

De plus en plus nerveuse, elle marche vite – trop vite. Elle ne porte qu'un pull-over assez fin, mais sent de la sueur perler entre ses omoplates. Le couloir qui se présente a quelque chose de perturbant ; c'est un des rares endroits de l'hôtel dépourvus de verre. Ses murs sont couverts d'un marbre couleur crème parcouru de veines rosâtres qui semblent danser. Cet aménagement, s'il offre l'intimité propre au marbre, semble rétrécir le volume, au point de rendre l'endroit étouffant.

À mi-chemin de l'ascenseur, elle remarque de petits tableaux carrés alignés sur les murs.

Ce sont des dessins encadrés de noir, des traits à l'encre enchevêtrés. Après avoir cherché un bon moment ce que représentent ces formes, Elin a soudain un mouvement de recul ; ce sont des gens, saisit-elle, une main sur la bouche. Du moins des parties de corps humains. Des visages, des jambes, des genoux… L'effet est troublant ; on jurerait voir des membres amputés, des individus démembrés.

Le silence est insoutenable ; Elin entend le moindre son qu'elle produit, chaque souffle, chaque pas.

Comment justifier ma présence ici si on me surprend ?

Sans oublier la vidéosurveillance ; Cécile ou Lucas la verront peut-être monter dans la suite.

Elle ne peut que se voir approcher dans l'immense miroir fixé sur le mur du fond : ses cheveux filasse, son jean large, le pendentif de Sam autour du cou, en écho à l'encolure de son pull-over. Éclairée par les plafonniers, la cicatrice qu'elle porte au-dessus de la lèvre supérieure forme un trait argenté reliant sa bouche à son nez.

Encore quelques pas. Elle approche de l'ascenseur qui doit conduire directement à la suite.

Du coin de l'œil, elle perçoit un mouvement dans le miroir, comme une ombre fugitive.

Pétrifiée, elle croit avoir surpris quelqu'un mais, en se retournant, constate qu'il n'y a personne. Elle a beau comprendre qu'elle n'a vu qu'un reflet, une distorsion de l'éclat des spots fixés au plafond due à ses propres mouvements, elle n'en éprouve pas moins une terreur glacée qui lui transperce la poitrine.

Ne suis-je pas folle de me lancer seule ? De prendre un tel risque ?

Quelques pas avant l'ascenseur, elle inspire longuement et se réprimande : *Ne panique pas ; tu auras bientôt les réponses que tu attends.*

Peu après, en sortant de la cabine, Elin découvre une entrée donnant sur un vaste salon pourvu d'une cheminée et d'immenses baies vitrées. Un coup d'œil sur sa montre lui indique qu'il est 8 h 50. Elle a dix minutes d'avance.

Laure est-elle déjà là ? Elle balaie la pièce du regard mais ne voit personne, ce qui ne lui offre aucune certitude ; Laure est peut-être tapie quelque part, attendant d'être assurée qu'Elin est bel et bien venue seule. Cette dernière avance de quelques pas. Si elle ne sait pas trop ce qu'elle s'attendait à trouver en ces lieux, elle est au moins certaine qu'elle n'avait pas imaginé une suite si vaste, sans parler de la vue époustouflante.

Cet endroit est cerné de panneaux de verre, ce qui permet de mieux saisir la quantité ahurissante de neige tombée ces dernières heures. Le paysage est d'un blanc immaculé, le moindre repère gommé.

Après avoir posé son sac près du canapé, Elin prend connaissance des lieux ; la pièce de vie est divisée en plusieurs espaces. Au fond à droite se devine une kitchenette, face à un petit séjour, et un couloir mène probablement aux chambres. Le salon, où elle se trouve, comprend une cheminée et trois gigantesques canapés modernes disposés autour d'une table basse. De là, quelques marches mènent à la salle à manger, légèrement en contrebas, au centre de laquelle trône une énorme table en chêne. Sur le mur de droite est suspendu un grand tableau qui, là encore, représente une scène étrange et choquante à base de portions du corps humain dans des nuances allant du bleu vif au noir.

Tout est simple, presque austère, bien loin de l'ostentation qu'on trouve généralement dans ce genre de suite de luxe ; les ornements tape-à-l'œil classiques tels que tissus duveteux, placages or ou encore vases de fleurs géants brillent par leur absence.

Ici, les lignes sont épurées, les couleurs discrètes et élégantes. Le luxe se trouve dans les finitions, dans les détails comme le marbre des murs, le cuir du fauteuil, les meubles de prix et le grand tapis blanc en peau de mouton.

Elin se reprend. Ne te laisse pas distraire par tout cela, s'intime-t-elle. Laure se trouve peut-être tout près.

— Laure ? appelle-t-elle à mi-voix.

Parfaitement immobile, elle ne perçoit aucune réponse ; le silence règne en maître, uniquement ponctué des échos de sa voix qui résonnent dans sa tête. Elle s'engage dans le passage qui se présente sur sa droite, tous les sens aux aguets, prête à repérer le moindre mouvement, le moindre son. Elle découvre ainsi une bibliothèque et une arrière-salle. Des balcons longent la suite sur toute sa longueur.

Elin jette un rapide coup d'œil partout, sans apercevoir quiconque. Tout semble neuf, comme si personne n'avait jamais mis les pieds en ces lieux. Cela ne l'empêche pas de se diriger vers les chambres. Son haut humide de sueur colle désagréablement à sa peau, dans le dos.

Peut-être se cache-t-elle quelque part.

Elle entre à pas mesurés dans la première chambre, sans doute la plus grande, à en croire l'énorme lit calé contre un mur et le jacuzzi sur le balcon.

Personne.

Les trois autres chambres se révélant tout aussi désertes, Elin regagne le salon, les membres tétanisés. Elle n'a qu'une envie : en finir au plus vite avec ce mystérieux rendez-vous.

8 h 57. Plus que trois minutes.

Soudain, un bruit se fait entendre : un raclement étouffé, comme si quelqu'un déplaçait quelque chose. Elle fait volte-face et, dans la baie vitrée, voit son reflet… et autre chose.

Une silhouette ?

Comme dans le vestiaire du spa, Elin a la quasi-certitude que quelqu'un l'épie. Gagnée par la panique, elle balaie de nouveau ce vaste espace du regard.

Rien. Elle n'entend que son pouls qui lui martèle les oreilles.

Plus que deux minutes. Le temps semble douloureusement s'étirer.

Enfin, un son plus familier perce le silence : le léger ronronnement métallique de l'ascenseur, bientôt étouffé par le chuintement des portes coulissantes qui s'ouvrent.

Haletante, les coudes plaqués contre les côtes en un réflexe défensif, Elin s'ordonne de rester calme. *Inspire ! Ne panique pas !*

Les panneaux coulissants de l'ascenseur sont ouverts mais personne ne sort de la cabine.

L'ascenseur est vide.

Et pas d'autre son que le bourdonnement mécanique de l'appareil qui se stabilise.

Elle avance en titubant, puis baisse les yeux.

Il y a quelque chose sur le sol de la cabine. Ses jambes se font cotonneuses, prêtes à céder sous son poids.

56

C'est Laure.

Laure est morte.

Ces mots déferlent dans l'esprit d'Elin, une prise de conscience ballottée de tous côtés tant elle refuse de l'accepter.

L'ascenseur crache des bruits horribles, et ses portes ne cessent de s'ouvrir et se refermer, presque en rythme avec son pouls effréné.

Les affreux panneaux mécaniques reflètent la scène, comme si l'ascenseur lui-même avait frappé, tranchant au moyen de ses portes avant de recracher sa victime.

Laure est ramassée dans le coin gauche de la cabine, la tête inclinée selon un angle peu naturel, sa chevelure noire retombant sur son visage.

Elle porte un masque.

Le même masque en caoutchouc noir trouvé sur Adèle. Bien qu'il dissimule presque entièrement ses traits, Elin reconnaît sans aucun doute la fiancée de son frère à ses cheveux, à sa carrure longiligne et aux baskets qu'elle a déjà vues à ses pieds. Son tee-shirt gris est maculé de sang – principalement autour du cou.

Baissant les yeux, Elin constate une profonde incision

dans la gorge de Laure, juste en dessous du masque. Elle semble avoir été agressée par-derrière ; son assassin lui a probablement tiré la tête en arrière avant d'abattre sa lame de gauche à droite.

Elle a été égorgée comme un animal.

Elin s'avance d'un pas pour mieux examiner la scène. L'entaille est plus profonde sur la gauche et s'estompe du côté droit. Elle part de juste en dessous de l'oreille et court en oblique vers le bas, jusqu'au milieu du cou.

L'assassin est donc droitier.

L'artère carotide et la veine jugulaire ont manifestement été sectionnées, provoquant une perte de sang considérable et fatale. Laure a toutefois sans doute eu le temps de comprendre son sort, de sentir sa vie quitter son corps. Une montée de bile s'annonce au fond de la gorge nouée d'Elin. *Comment peut-on commettre une telle abomination ?*

Bien que traumatisée par ce spectacle, elle plaque ses doigts tremblants sur l'autre côté du cou de Laure, en quête d'un pouls, en vain. La peau de Laure est froide, sans être glaciale, ce qui indique qu'elle est morte depuis un moment, mais pas non plus une éternité – aucun signe de rigidité cadavérique n'est encore apparu.

Saisie de vertiges, Elin prend conscience que l'assassin de Laure ne doit pas être loin.

Respire, s'ordonne-t-elle. *Respire !*

Elle se force à se retourner puis à se concentrer sur la chaise disposée non loin de l'ascenseur, sur la courbe du dossier et le fil du bois qui décrit des boucles. Focalisée sur ces détails, elle inspire de façon à faire baisser son taux d'adrénaline et patiente le temps que sa tête cesse de tourner.

Ayant retrouvé une respiration normale, elle revient au cadavre. Tout son être supplie que tout ceci ne soit qu'un cauchemar, quelque projection tordue de son imagination, mais non : le corps de Laure, dans toute son inhumaine brutalité, est là, sous ses yeux.

Elin a conscience que cette fois, elle ne doit pas se laisser dominer par sa peur ; il est essentiel qu'elle observe attentivement la scène et en tire les bonnes déductions.

Les portes de la cabine coulissent toujours sans vouloir s'immobiliser ; Elin doit trouver quelque chose de lourd pour les bloquer. Balayant d'un regard frénétique le vestibule, elle avise la chaise. Elle la soulève et, jugeant qu'elle sera assez lourde, la repose contre le panneau coulissant de gauche. Les portes se figent aussitôt.

De retour dans la cabine, Elin s'accroupit auprès du corps de Laure. Inclinant la tête, elle s'intéresse aux mains de la défunte et constate que plusieurs doigts ont été sectionnés, notamment l'index de la main droite. La main gauche est invisible, coincée sous le corps.

Les doigts semblent avoir été coupés avec un outil tranchant comme une pince ou une cisaille. Contrairement aux amputations pratiquées sur Adèle, ces blessures sont tachées de sang jusque sur le dos de la main.

Le regard d'Elin remonte jusqu'au tee-shirt de Laure, qui ne lui semble pas aussi trempé de sang qu'il devrait l'être après un égorgement. D'autre part, la cabine est immaculée, si l'on excepte les traces de sang dues au transport du cadavre. Rien n'a giclé sur le sol, les murs ou le plafond.

Laure n'a donc pas été tuée dans l'ascenseur. Son corps y a été déposé quelques minutes après qu'Elin l'a emprunté pour gagner la suite. L'assassin a ensuite pressé le bouton correspondant à cet étage, avant de sortir en toute hâte de la cabine.

Elin se redresse, de nouveau saisie de vertiges, non pas dus à l'horreur, cette fois. Elle est simplement navrée par sa naïveté ; elle n'est pas à la hauteur… *Mes théories et mes idées... c'était n'importe quoi. Laure a voulu m'avertir... ou alors l'assassin a lui-même envoyé le message pour me piéger.*

Elle sort son téléphone et rédige un texto à l'intention de Will.

« Trouvé Laure. Dans la suite du dernier étage. Elle est… »

Sa main trébuche sur l'écran, ce qui donne une suite de lettres sans aucun sens. Elle inspire profondément, retrouve un semblant de calme et efface ces caractères avant de conclure son message.

« Elle est morte. »

Le message envoyé, elle sort de la cabine. Ce faisant, elle heurte quelque chose du talon. Le choc produit un son creux et la surprend au point de la déséquilibrer. Elle se rattrape au mur, puis baisse les yeux.

Une boîte en verre.

Terrifiée, Elin n'est pas tant surprise par le contenu de la boîte que par le fait qu'elle ne se trouvait pas là quelques minutes plus tôt. Il n'y avait rien sur le sol quand elle a bloqué les portes de l'ascenseur.

La conclusion est évidente : le tueur était présent dans la suite quand elle a examiné le corps de Laure – il s'est approché à quelques pas d'elle, dans son dos. Il a trouvé le moyen d'entrer dans la pièce et de déposer la boîte.

Soudain, un bruit étrange, difficile à déterminer, perce le silence ; une sorte de sifflement, suivi d'une aspiration laborieuse.

Elin se retourne… Quelqu'un s'est matérialisé tout près d'elle. Elle ne saurait dire de qui il s'agit car son visage est invisible. Elle ne voit qu'un masque.

57

Elin cligne des paupières, l'estomac noué par la peur.

Son premier réflexe est de se dire qu'elle rêve, qu'elle est victime d'une hallucination provoquée par la découverte choquante du corps de Laure, hélas le son produit par le masque réduit cet espoir à néant. La respiration est amplifiée, monstrueuse.

Tétanisée, elle voit mille pensées tourbillonner dans son esprit, parmi lesquelles les hypothèses les plus funestes quant au sort qui lui est réservé, vu les affreuses mutilations infligées à Laure et Adèle.

Que va-t-il me faire ?

Paralysée par les élucubrations de son cerveau, Elin tente en vain de se regrouper en position défensive, mais elle a la sensation d'évoluer dans une boue épaisse. Un soudain afflux d'adrénaline lui donne pourtant la force de balancer un coup de pied. Elle peut y arriver. Elle est exténuée, mais elle est forte et en pleine forme.

Sa réaction est trop tardive.

Le tueur est plus fort qu'elle. Plus rapide. Et surtout, il a l'avantage de suivre un plan précis.

Il la retourne de force et lui prend le poignet droit, qu'il remonte dans son dos, jusqu'à lui tordre le bras, puis il plaque une main sur la bouche d'Elin et lui tire la tête en arrière.

Du coin de l'œil, Elin distingue le masque, à seulement quelques centimètres de son visage, jusqu'aux plus infimes détails comme les motifs en forme de larmes du caoutchouc et les fines rainures blanches.

Elle est alors envahie d'une terreur totale, primitive, qu'elle n'a éprouvée qu'une fois à ce jour, lorsque Hayler a tenté de la noyer.

Ce souvenir déclenche sa colère et lui donne un sursaut d'énergie. Les talons plantés dans le parquet, elle se penche en avant et donne un coup de pied en arrière de la jambe gauche, touchant la cuisse de son agresseur.

Sa réaction semble efficace, puisque l'emprise du tueur se fait moins ferme. Elin le sent hésiter, puis elle perçoit un son lointain : une porte claquée.

Quelqu'un approche !

Will ?

Son adversaire la lâche aussitôt et la repousse. Sa tête percute violemment le sol, son corps tout entier secoué par le choc. Elle hurle, crucifiée par une douleur si vive que sa vision s'en trouve brouillée, des étoiles blanches s'invitant parmi les ténèbres qui s'abattent.

Quelques secondes plus tard, elle sent des mains lui toucher le visage, l'agripper, frotter sa joue contre le parquet. De si près, elle sent l'odeur du tueur, plutôt douce, presque savonneuse, et mêlée à autre chose – une senteur qui ne lui est pas inconnue mais qu'elle ne parvient plus à situer.

Un objet en plastique grossier lui racle la joue.

Le masque !

Paniquée, elle lève la main et tente de l'écarter, hélas ses doigts ne fendent que l'air.

Un nouveau son étouffé retentit, puis quelqu'un crie son prénom.

C'est Will !

Puis le silence, comme si son agresseur hésitait. La main qui la maintient au sol s'écarte brusquement.

Elin reste inerte, dégoûtée par la boîte en verre, à seulement quelques dizaines de centimètres d'elle, avec ses bracelets éclairés par les plafonniers. Le corps tendu à l'extrême dans l'attente du sort qui lui est réservé, elle perçoit soudain un courant d'air.

L'inconnu a relâché son emprise.

Elle tourne la tête afin de déterminer s'il est encore présent, mais elle ne voit personne. Alors elle entend des bruits de pas de course s'éloigner.

Il est parti.

Elin se redresse, le dos encore douloureux suite à sa chute et le cœur battant la chamade. Des larmes de honte embuent sa vision, comme pour railler sa naïveté.

Comment ai-je pu si mal interpréter la situation ? Comment ai-je pu croire que Laure était coupable ?

Cette histoire n'a rien d'un crime passionnel ni d'une vengeance consécutive à une amourette ayant mal tourné. Non, cette affaire ne se limite pas à Laure, loin de là. Elin se retrouve à la case départ.

58

— Tu es sûre que ça va ?

Le front couvert de sueur et les yeux brillants suite aux émotions fortes, Will se penche et prend la main d'Elin dans la sienne.

— Oui, répond Elin. Tu es arrivé à temps ; il n'a pas réussi à me…

Elle s'interrompt et reformule sa phrase :

— Il a dû t'entendre arriver.

Encore sous le choc, elle ne peut s'empêcher de regarder partout autour d'elle. Malgré la présence de Will, ce vaste espace lui semble encore plein de dangers, offrant de nombreuses cachettes. L'agitation qui règne à l'extérieur – la neige est soufflée par le vent contre les baies vitrées, uniquement masquée de temps à autre par d'épaisses nappes de brume tournoyantes – ne fait rien pour l'apaiser.

Voyant la peur sur le visage de son compagnon, elle lui prend la main et en apprécie la chaleur, sans pouvoir s'empêcher de penser à ce à quoi elle a échappé. *J'aurais pu perdre ça… Will et moi…* Si le tueur était parvenu à ses fins…

— Ça va aller, franchement.

Malgré ces belles paroles, Elin, en se laissant aller sur le canapé, perçoit les battements déchaînés de son cœur. Fermant les yeux un instant, elle revoit instantanément le masque et son tuyau de caoutchouc reliant le nez à la bouche…

Non… Ne te laisse pas entraîner vers de telles pensées. Ne les laisse pas te dominer. Laure est morte, à présent. Tu dois à tout prix déterminer qui a commis ce crime.

— Tiens, avale ça, lui dit Will en lui tendant une bouteille d'eau.

De l'index, il relève ses lunettes sur l'arête de son nez.

Elin boit, les mains si tremblantes que le goulot semble s'agiter sur ses lèvres et contre ses dents. Malgré elle, elle tourne la tête vers l'ascenseur. Vers le corps de Laure. La réalité la frappe de nouveau de plein fouet. *Laure est morte. Je ne rêve pas.*

Elle ne voit plus le cadavre avachi et brisé, mais la Laure qu'elle a connue autrefois, Laure enfant.

Des souvenirs surgissent : les minuscules plis sur ses avant-bras ; les perles de couleur dans ses cheveux tressés par Coralie ; sa silhouette dégingandée quand elle marchait sur le sable…

Elle sent monter des larmes piquantes.

— Elin… Laisse-toi aller. Tu as le droit de…

Will n'achève pas sa phrase, et tous deux restent silencieux un long moment.

— Je suis choquée, c'est tout, dit enfin Elin, se forçant à soutenir le regard de son compagnon.

Les larmes sont toujours présentes mais elle les a ravalées ; cette masse gluante est comme un poids dans sa gorge.

— Ce n'est peut-être pas le moment de dire ça, mais c'était dangereux de monter ici seule, Elin, dit Will, se mordant la lèvre inférieure. Tu t'es montrée très imprudente.

— Je voulais lui laisser une chance de s'expliquer, se justifie Elin, la gorge brûlante, en tapotant le goulot de la bouteille. Je croyais que… Je pensais que c'était vraiment elle qui m'avait envoyé ce message, tu comprends ? Je me suis trompée, je le reconnais.

S'ensuit un silence embarrassant, dont Elin profite pour boire encore.

— Tu n'as pas pensé aux risques ? Aux conséquences pour nous deux ? lâche Will, tandis que sa jambe est agitée de tremblements nerveux. Surtout après notre conversation d'hier soir.

— Bien sûr que si, mais je me suis dit que si Laure avait voulu m'agresser, elle en avait eu l'occasion. Or elle n'avait rien fait de tel.

Will affiche un air dur, les mains crispées sur ses genoux. Voyant cela, Elin se penche vers lui et dépose un léger baiser sur ses lèvres.

— Je suis désolée, souffle-t-elle contre sa joue. Je ne devrais pas me chercher des excuses. Je me suis mise en danger, je n'aurais pas dû.

Il résiste un temps, puis il lui rend son baiser. Ensuite, il s'écarte légèrement et fait courir sa main sur le visage d'Elin en lui offrant un sourire timide, presque à contrecœur.

— C'est peut-être la première fois que tu reconnais t'être trompée, dit-il, avant de poursuivre d'une voix brisée. Franchement, si tu ne m'avais pas envoyé ce texto, je ne sais pas ce que j'aurais…

Elin n'entend pas la fin de la phrase, ayant tiqué sur quelque chose.

Le texto.

Elle n'aurait pas dû avoir le temps d'envoyer ce message. Le tueur avait certainement prévu de la maîtriser sans lui permettre de contacter quiconque, de donner l'alerte.

Par conséquent, son plan ne s'est pas tout à fait déroulé comme il l'avait envisagé. Quelque chose ou quelqu'un l'a-t-il empêché de gagner la suite aussi rapidement qu'il le souhaitait ?

— Will… par où es-tu monté jusqu'ici ?

— Quand j'ai vu que l'ascenseur était bloqué, j'ai demandé à un employé de l'hôtel s'il existait une autre façon de venir ici. Il m'a montré un escalier qui permet d'accéder à l'arrière-salle.

— C'est sûrement par là qu'il est entré, murmure Elin en posant la bouteille d'eau sur la table basse. Il a glissé le corps de Laure dans la cabine, puis il est monté par l'escalier.

C'est là qu'il s'est heurté à un obstacle. Pour une raison quelconque, il a été retardé dans l'escalier. Il a donc dû improviser, erreur qui m'a laissé le temps d'envoyer ce texto.

Poussant plus loin sa réflexion, Elin se dit que si le tueur a fait une erreur, il a pu en commettre une autre. Elle considère l'ascenseur et comprend qu'elle doit y retourner et examiner le corps de Laure avec la plus grande attention.

— Non, lâche catégoriquement Will, qui a suivi son regard. Quelle que soit ton idée, n'y va pas. La police sera peut-être là dès demain. Laisse-la s'en occuper.

Sans compter que la priorité est de prévenir Isaac, Elin. (Son regard se pose malgré lui une fois de plus sur Laure.) Il faut lui dire ce qui est arrivé.

Elin change de position : les mots de Will ont un sens, bien sûr, mais elle a compris que les enjeux ont évolué. Elle ne peut pas en rester là.

Cette mise en scène a été organisée pour tuer Laure, mais aussi pour s'en prendre à Elin. Le fait que le tueur l'ait agressée est éloquent : il veut se débarrasser d'elle. Une seule raison peut l'expliquer : il a un autre projet en vue.

59

Accroupie, Elin photographie le corps de Laure avec son téléphone. Chaque cliché est l'occasion d'une nouvelle découverte : une tache de sang, une marque sur la peau, un détail sur le visage.

Elle inspire profondément afin de chasser ses souvenirs, soulagée par la distance qu'impose l'écran entre elle et le cadavre. Elle s'attarde sur l'entaille dans le cou, qu'elle photographie sous plusieurs angles, le plus exhaustivement possible. Comme précédemment, la profondeur et la précision de l'incision la stupéfient.

Le tueur n'a eu aucune pitié, aucune hésitation au moment de fendre la chair. Il s'agit d'une exécution.

Elle passe ensuite aux autres parties visibles du corps, à savoir les mains, les poignets et les avant-bras. Comme dans le cas d'Adèle, aucun signe de lutte n'est visible ; il n'y a là ni coupures, ni éraflures, ni hématomes. Pas la moindre trace.

Le tueur a sans doute maîtrisé sa victime après lui avoir fait avaler un sédatif ; s'il avait employé la force pour ce faire, il resterait quelques marques, au moins des ecchymoses…

Elin pose son téléphone au sol et sort son calepin,

sur lequel elle couche ses réflexions sur chaque découverte. La tête penchée sur ses notes, elle sent son pouls lui marteler le crâne. Des flashes s'imposent à elle ; non pas des lueurs éclatantes, mais plutôt des visions, des scènes, des instants figés qui s'entremêlent, aveuglants.

Des flash-back !

Elle cille, espérant ainsi les repousser, sans succès. Ils s'enchaînent, irrépressibles : le visage d'Isaac en ce funeste jour, la bouche ouverte ; la peur qui gèle ses traits en une expression étrangement précise, robotique, inhumaine.

Le soleil sur la nuque d'Elin, qui pèle comme jamais.

Une épuisette dérivant lentement dans l'eau.

Elin attrape la bouteille d'eau apportée par Will et s'offre une longue gorgée. En quelques secondes, les visions se dissipent, laissant un vide, comme si quelque chose de vital lui filait entre les doigts.

— C'est la même chose, n'est-ce pas ? dit Will dans son dos. C'est exactement ce qui est arrivé à Adèle.

Il jette malgré lui un coup d'œil au cadavre avant de s'en détourner, clairement écœuré.

— Non, pas tout à fait, rectifie Elin, faisant mine de ne pas avoir remarqué sa réaction. Elles n'ont pas été tuées de la même façon. Adèle a très probablement été noyée, tandis que Laure… a été égorgée. Tu ne le vois pas d'où tu es, mais il y a également une différence au niveau des doigts sectionnés ; les moignons de Laure n'ont pas été suturés, contrairement à ceux d'Adèle.

Comment interpréter ces différences ?

Sans avoir de certitude sur la question, Elin estime que tout cela indique que le meurtre de Laure a été commis de façon plus précipitée que celui d'Adèle, peut-être aussi avec davantage de rage.

On retrouve tout de même bon nombre de points communs : le masque, l'amputation des doigts, la boîte en verre, les bracelets. Rien de tout cela n'ayant été indispensable pour tuer la victime, ces détails ont une valeur symbolique, Elin en est convaincue. Le tueur cherche à faire passer un message.

Mais lequel ?

Elin analyse les éléments un par un. Premièrement, le masque. Si seul le tueur l'avait porté, on aurait pu en déduire qu'il ne servait qu'à dissimuler l'identité de ce dernier. Or les victimes en sont également affublées. Il y a certainement une bonne raison à cela.

Impossible de la déterminer sans davantage d'informations. Idem concernant les doigts sectionnés ; les hypothèses sont multiples, mais pour l'heure Elin évolue dans les ténèbres.

Son unique certitude lui vient des boîtes en verre abandonnées sur les lieux des crimes ; à l'instar de celles qui sont disséminées dans l'hôtel, avec par exemple le crachoir ou le casque clias, elles servent à attirer l'attention sur leur contenu.

Pourquoi ?

Connaître le mobile est essentiel, malheureusement la théorie d'Elin au sujet de Laure est réduite à néant. Elle doit reprendre son enquête depuis le début. Elle doit trouver le lien qui unit ces éléments à première vue si disparates.

Revenant à Laure, elle s'apprête à prendre d'autres photos lorsque son téléphone sonne.

C'est Berndt !

— Je ne sais pas si vous avez reçu mon message, mais nous avons du nouveau à propos de Laure Strehl, Elin ! dit-il, lâchant ses mots à toute allure. Le procureur est d'accord pour que je vous transmette ces renseignements.

— Je vous écoute, répond Elin, la gorge nouée.

Des larmes lui viennent aussitôt ; sa réaction n'est pas appropriée.

Il la croit encore en vie et je le laisse parler...

— Je ne pense pas que Laure constitue un risque, ni qu'elle soit en danger. Son dossier fait simplement état d'une plainte déposée suite à une dispute avec sa... comment dit-on en anglais... sa colocataire ?

— Oui, c'est ça, confirme-t-elle dans un souffle.

— Apparemment, elle a poussé sa colocataire contre une porte vitrée, qui s'est brisée, ce qui a valu des coupures et des hématomes à son amie. (Berndt a un instant d'hésitation.) Laure a eu de la chance ; cette personne, bien qu'elle ait dû se faire soigner à l'hôpital, a retiré sa plainte.

— Je...

Berndt ne la laisse pas aller plus loin :

— J'ai également obtenu des réponses à nos autres questions en suspens, mais elles ne vont pas vous faire bondir de joie. Concernant les relevés téléphoniques, le mobile habituel ne lui sert que pour des appels ordinaires, comme vous vous y attendiez, adressés à des amis, sa famille et votre frère. Quant à l'autre, elle ne l'utilise que pour contacter un téléphone à carte dont il nous est impossible d'identifier le propriétaire.

— Serait-il possible de consulter ces relevés ? demande Elin.

L'inspecteur hésite un instant avant d'accepter.

De son côté, Elin s'ordonne de lui annoncer la triste nouvelle, de formuler ces mots à haute voix.

Dis-lui ! Dis-lui !

— Merci pour ces renseignements, mais il faut que vous sachiez que… (Elle se racle gorge et tâche d'ordonner ses mots dans sa tête.) Laure… est morte. Je viens de trouver son corps.

Berndt lâche un hoquet de stupeur :

— Je… Excusez-moi, je n'ai pas saisi.

— Laure a été assassinée, répète Elin d'une voix atone, essuyant ses larmes du dos de la main tout en se détournant de la forme recroquevillée. C'est le même tueur, apparemment ; il a laissé la même signature que sur le corps de l'autre victime. Et il a essayé de me tuer…

— Avant d'aller plus loin, dites-moi que vous êtes en sécurité, Elin, je vous en prie ! s'inquiète Berndt.

— Oui, ça va. Quelqu'un est survenu et a fait fuir le tueur.

— Il est parti, vous en êtes certaine ?

— Oui, et je ne suis pas seule, dit-elle en glissant sa main dans celle de Will.

— Vous n'êtes pas blessée ?

— Non.

— Très bien, soupire Berndt, qui laisse passer quelques secondes avant de poursuivre. Vous sentez-vous en état de me décrire le corps ? Que s'est-il passé, précisément, juste avant que vous le découvriez, puis quand vous avez été agressée ?

Il écoute attentivement Elin lui livrer ces détails.

— Vous ne vous souvenez de rien concernant votre agresseur ?

— Non, répond Elin, fermant brièvement les yeux. Il portait le masque. Tout ce que je sais, c'est qu'il est suffisamment costaud pour m'avoir clouée au sol. (Sa voix se flétrit.) Je suis désolée, tout s'est passé si vite…

— C'est parfait. Si quoi que ce soit vous revient, signalez-le-moi, d'accord ? (Des bruissements de papier et des murmures se font entendre en fond sonore.) Elin, la priorité est votre sécurité, ainsi que celle du personnel de l'hôtel et des clients encore présents. Dès que vous aurez pris les photos, vous filez dans un endroit sûr, d'accord ?

— Entendu. Au fait… vous avez du nouveau concernant l'arrivée de la police ici ? (La panique et la confusion percent dans sa voix.) Toute seule, je ne peux pas faire grand-chose. Et vu la préméditation et la préparation minutieuse de ces meurtres, j'ai peur que ce ne soit pas terminé. Si c'est le début d'une série…

— Je comprends, assure Berndt sur un ton étrange et inédit de sa part. Vu la météo, je ne peux pas encore vous dire quand des renforts pourront vous rejoindre, Elin. J'en discute avec mes collègues et je vous rappelle au plus vite.

— D'accord.

Elin serre son téléphone, incapable de masquer sa frustration. *Ils sont certainement capables de passer outre une route enneigée, il existe forcément d'autres moyens de se rendre à l'hôtel, non ?*

Tandis qu'ils se saluent, elle note de nouveau cet étrange ton dans la voix du policier, cette fois si évident qu'elle peut mettre un nom dessus : de la peur. Une peur contenue. Voilà qui est troublant. Sait-il quelque chose qu'elle ignore ? Peut-être le fait qu'il est pour l'heure totalement impossible de gagner l'hôtel ? Ses paroles n'ont peut-être pas d'autre but que de la rassurer, de l'aider à conserver son calme. Elle prend de nouveau quelques photos, chassant ces pensées.

Concentre-toi ! Occupe-toi de Laure et de personne d'autre !

Se focalisant à présent sur le sang qui sature les vêtements de Laure, elle commence par le tee-shirt, puis descend sur le jean, sur lequel les taches sont moins concentrées – le sang a simplement coulé depuis le tee-shirt, s'accumulant essentiellement dans les poches.

Soudain, elle se fige en remarquant une bosse dans une de ces poches, précisément, assez bas sur la cuisse. Un briquet, peut-être ?

Elle sort une paire de gants de son sac et l'enfile, puis elle se décale sur la droite du corps et glisse avec délicatesse les doigts dans la poche suspecte.

— Will ?

Il se retourne vers elle.

— Regarde ce que j'ai trouvé, dit-elle, brandissant l'objet.

— Un briquet ?

— Oui, on dirait.

Elle le tourne entre ses doigts et revoit Laure, l'autre soir, fumant et téléphonant non loin de leur chambre, à mille lieues de s'imaginer à seulement quelques jours de cette tragique fin.

— Un peu gros pour un briquet, commente Will, les yeux plissés. Les briquets à l'ancienne sont larges, mais d'une autre forme, plus carrée. Celui-ci semble neuf. Je n'en ai jamais vu de ce genre. (Il hésite une seconde.) Essaie de l'allumer.

Elin actionne la roulette et pousse un petit cri quand, au lieu d'une flamme, une minuscule pièce métallique surgit par le haut du briquet.

— Une clé USB, dit Will.

Incapable de faire cesser les tremblements qui agitent ses mains, Elin a un mal fou à croire que le tueur ait volontairement laissé cet objet sur le cadavre. Soit il ignorait sa présence, soit – et c'est à ses yeux l'hypothèse la plus probable – il ne s'en est souvenu ou rendu compte que trop tard.

Peut-être est-ce même cela qui a provoqué son retard ; il est possible qu'il ait seulement découvert que Laure avait la clé USB sur elle après qu'il avait mis son corps dans l'ascenseur. Alors il serait revenu sur ses pas mais aurait trouvé les portes closes, la cabine déjà partie vers la suite.

Quoi qu'il en soit, la voilà, l'erreur commise par le tueur. La voilà.

60

— C'est arrivé récemment, d'après vous ?

La voix de Cécile se fissure sur ces derniers mots, puis, comme Will précédemment, elle tourne malgré elle la tête vers l'ascenseur. Vers le cadavre de Laure, avec son masque noir plaqué de travers sur le visage. Même s'ils s'efforcent tous de l'esquiver, la gueule béante de la cabine ne cesse d'attirer leur regard.

— Oui, répond Elin. Après avoir examiné le corps, je dirais que Laure a été tuée tôt ce matin. Sans être experte en la matière, je ne pense pas me tromper.

— Quelle tristesse… se désole Cécile, les yeux vitreux. (Elle sort un mouchoir en papier de sa poche et s'essuie les yeux.) Après ce qu'a subi Adèle, je me doutais qu'il y avait un risque qu'une telle horreur se reproduise, mais c'est dur à accepter…

— Je comprends, la réconforte Elin, couvrant sa main de la sienne.

— Et vous n'avez aucune idée de l'identité du coupable ?

— Au vu de ce dernier crime, non, je suis dans le flou.

Elin change de position sur le canapé, mal à l'aise

car la douleur est encore vive dans son dos, au bas de la colonne vertébrale, après sa chute provoquée par le tueur. Son unique piste est la clé USB, mais elle préfère ne pas en parler à Lucas et Cécile avant de l'avoir lue. Si tôt après la mort de Laure, elle n'a évidemment interrogé personne à propos des alibis ; tout le monde est donc suspect, Lucas et Laure compris.

Son regard se porte sur Lucas, qui, resté debout un peu plus loin, du côté de la cuisine, est plongé dans une conversation téléphonique animée. Il a les cheveux noués à la va-vite sur la nuque, si bien qu'Elin a pour la première fois l'occasion de détailler son visage et ses expressions.

Elle n'apprécie pas ce qu'elle voit.

Cet homme lui semble fermé. Opaque.

Comme s'il sentait son regard posé sur lui, il lève la tête, sans pour autant adresser le moindre signe à Elin, et poursuit sa conversation, le téléphone plaqué contre l'oreille.

— L'assassin est forcément parmi nous, laisse tomber Cécile d'une voix tendue, les bras serrés autour de son corps. Il faut que vous interrogiez tout le monde une nouvelle fois, les membres du personnel et les clients, afin de vérifier s'ils ont un alibi pour ce matin.

— Bien entendu, répond Elin sur un ton neutre. Il faudra que vous me disiez où vous étiez ce matin, tous les deux.

Ses mots restent en suspens quelques secondes, puis Cécile réagit enfin, assez sèchement :

— D'accord, mais ça n'a rien de passionnant, en ce qui me concerne. Je suis restée seule dans ma chambre, après mon réveil, puis j'ai retrouvé un employé…

— Je prendrai note des détails plus tard. La vidéosurveillance me semble prioritaire. Y a-t-il une caméra dans le couloir qui mène à l'ascenseur ?

— Non. Enfin si, mais elle ne fonctionne plus.

— La caméra est hors service ?

— Non, toute la vidéosurveillance. Nous avons demandé à un réparateur de régler ce problème à distance, mais apparemment il y a un souci de logiciel. Selon le technicien externe, la réparation prendra peut-être plusieurs jours. Je pensais que c'était un souci technique, mais là…

Elin assimile cette révélation qui lui comprime la poitrine.

Le tueur est derrière cette panne, cela ne fait aucun doute.

Il a mis hors service la vidéosurveillance, le seul outil susceptible d'aider Elin à l'identifier. Sans cela, elle est aveugle.

Alors qu'elle s'apprête à ajouter autre chose, Elin voit Lucas s'approcher, l'air grave, et lui tendre son téléphone :

— C'est la police. Ils veulent vous parler.

Elle s'empare du téléphone :

— Allô ?

— Je suis désolé, Elin, mais il nous sera impossible de vous envoyer du monde aujourd'hui, grogne Berndt d'une voix sourde. Le groupe d'intervention a reçu à l'instant une mise à jour des conditions de la part du pilote, qui a reçu un METAR actualisé…

— Un quoi ?

— Les prévisions météo pour les prochaines heures. La visibilité ne dépasse pas cinquante mètres et le vent souffle à cent dix kilomètres à l'heure, avec des rafales à cent cinquante kilomètres à l'heure.

Comme pour illustrer ces mots, le vent mugit de plus belle à l'extérieur. On jurerait qu'il cherche à arracher le bâtiment de ses fondations.

— Vous ne pouvez vraiment pas nous rejoindre ? se lamente Elin.

— Non, dit Berndt avec embarras. Ce n'est même pas un choix de notre part ; la réglementation interdit à tout appareil de décoller. Les conditions sont si exécrables qu'ils ont dû ranger l'hélicoptère dans le hangar, pour éviter que des débris soufflés par la tempête l'endommagent. Il fait vraiment un sale temps, dans la vallée.

— Et la route ? Où en est le déblayage ?

— Le secteur où l'avalanche s'est produite reste infranchissable. Nous avons du monde qui s'active à l'endroit où la chaussée est bloquée, mais ils en ont pour plusieurs jours.

— Il n'existe aucun autre moyen de se rendre à l'hôtel ? insiste Elin, ses mots hachés par la tension qui la mine.

Berndt laisse passer plusieurs secondes avant de répondre :

— Non. Pas en sécurité, en tout cas. Le groupe d'intervention est constitué d'éléments hautement formés mais ce ne sont pas des guides de haute montagne. Dans le meilleur des cas, à moins que le temps ne s'améliore subitement, nous serons là demain.

— Nous sommes donc livrés à nous-mêmes… s'angoisse Elin d'une voix de plus en plus frêle, une fois de plus aux prises avec ses doutes.

Tu ne peux pas résoudre cette affaire. Tu en es incapable.

— Oui, malheureusement, confirme Berndt, qui se tait un instant avant de reprendre un ton plus bas. Écoutez-moi bien, Elin : maintenant qu'un autre meurtre a été commis, le protocole que nous vous avons conseillé devient un impératif. Il est essentiel que vous restiez tous réunis, sans exception.

— D'accord, répond Elin d'une voix cassée. Elle a envie de pleurer, à chaudes larmes.

Les choses n'étaient pas censées se dérouler ainsi ! Je voulais maîtriser la situation !

— Je vous rappelle dès que j'ai du nouveau à propos de la météo.

Tandis que le policier la salue, Elin se tourne malgré elle vers l'ascenseur. Vers Laure. La dure réalité la frappe comme une porte claquée au nez : personne ne viendra les aider. Du moins pas avant plusieurs heures. Laure est morte et ils sont coincés ici. Nul ne peut gagner ou quitter l'hôtel, et personne ne sait ce qui les attend.

Elle a souvent envisagé un tel cas de figure, un crime perpétré dans un lieu isolé, songeant combien les personnes piégées devaient être vulnérables, évaluant les ravages susceptibles d'être causés en un court laps de temps.

Elle repense à l'attentat terroriste commis en Norvège en 2011 par Anders Breivik, un militant d'extrême droite qui a tué des dizaines d'adolescents rassemblés sur l'île d'Utøya dans le cadre d'un camp d'été.

Du fait du caractère insulaire et donc isolé des lieux

du drame, la police a mis un certain temps à intervenir. Quand enfin elle a débarqué sur l'île, soixante-neuf personnes avaient été massacrées.

Une question s'impose à elle :

Le tueur qui rôde parmi nous serait-il capable de commettre une telle abomination si l'occasion lui en était donnée ?

Une exclamation la tire de ses pensées :

— Hé ! Regardez ça !

Elin lève la tête et voit Lucas accroupi près de la boîte en verre.

— Quoi donc ? demande-t-elle en le rejoignant, tendue à l'idée qu'il touche accidentellement quelque chose et compromette une preuve. Ne touchez pas la boîte, s'il vous plaît.

— Ce bracelet, là, porte une inscription, dit Lucas, qui incline la tête. Elle est à peine visible, mais on devine des chiffres gravés. Comme sur ceux qu'on a trouvés près du corps d'Adèle.

Elin s'agenouille.

— Celui-là, précise Lucas, désignant la gauche de la boîte.

Il a raison. Cinq chiffres sont gravés dans le métal, à peine perceptibles au premier regard.

Elin les détaille et prend soudain conscience d'une évidence : ce nombre n'est pas là par hasard.

— C'est un détail important, vous croyez ?

— Forcément, répond Elin, qui s'intéresse à la boîte en verre et aux autres bracelets.

Il faut qu'elle photographie ces chiffres, qu'elle les note et qu'elle les compare à ceux trouvés sur les trois bracelets abandonnés près du corps d'Adèle. Tandis qu'elle se positionne, son téléphone en main, elle remarque du coin de l'œil que Lucas jette un regard à Cécile. Puis il se détourne de sa sœur, clairement troublé.

61

— Tu as tout ce qu'il te faut ? demande Will en ouvrant la porte de la suite donnant sur l'escalier.

— Oui, répond Elin avec un ultime regard en direction de la cabine. Seule, je ne peux rien faire de plus.

Avant de quitter ces lieux, elle a pris quelques dernières photos de la scène de crime et de la boîte en verre contenant les bracelets, puis elle a coupé l'alimentation électrique de l'ascenseur. Elle s'est surprise à s'attarder auprès du cadavre et en a aussitôt deviné la raison : une part d'elle-même ne voulait pas laisser Laure seule.

Pendant que Will referme la porte derrière eux, elle est de nouveau assaillie par la culpabilité et le doute, incapable de s'ôter de l'esprit qu'elle a en quelque sorte laissé tomber Laure, que quelque chose d'essentiel lui échappe encore – un détail qui lui aurait permis d'éviter ce nouveau drame.

— J'isolerai la suite avec du ruban adhésif, et Cécile bloquera l'accès au couloir du rez-de-chaussée…

Elin se tait, étonnée de l'expression affichée par Will ; il la regarde mais son regard semble perdu, comme s'il avait autre chose en tête.

— Qu'est-ce qui ne va pas, Will ?

— Et les deux autres ? Qu'est-ce que tu en penses ? (Il baisse d'un ton.) Lucas et Cécile… Il y a une drôle d'ambiance quand ils sont ensemble, tu ne trouves pas ?

— C'est-à-dire ?

— Je ne sais pas. Je me fais peut-être des idées, mais il me semble avoir noté de la tension quand ils s'adressent la parole. (Il s'engage sur les marches, une main sur la rampe métallique.) Avoir son frère ou sa sœur pour collègue, ça doit être bizarre, quand même…

Il n'a pas le loisir d'achever sa phrase.

Elin entend des voix lointaines répercutées par les murs de béton de la cage d'escalier. Impossible de préciser d'où elles proviennent ; ces gens peuvent aussi bien se trouver deux ou quatre étages plus bas. Elle se penche par-dessus la rampe ; les marches sont plongées dans l'ombre mais deux personnes se trouvent tout en bas, au rez-de-chaussée. Elle ne distingue que le sommet de deux crânes, mais les reconnaît instantanément.

Elle se fige, et un frisson parcourt sa colonne vertébrale. Lucas et Cécile sont pourtant partis il y a plus de vingt minutes. Sont-ils restés là tout ce temps ? Elin fait signe à Will, un doigt sur les lèvres, puis s'écarte et se plaque contre le mur. À présent aussi immobiles que des statues, ils perçoivent mieux la conversation entre Cécile et Lucas.

Ils conversent en français, enchaînant de courtes phrases avec un débit de mitraillette, si bien que leur dialogue est incompréhensible.

Elin se tourne vers Will et chuchote :

— Ton français est meilleur que le mien. Qu'est-ce qu'ils racontent ?

— Je n'ai pas tout saisi, il y a de l'argot, mais

apparemment Cécile panique et dit que quelque chose est grave et qu'il ne faut pas le taire. Elle demande à son frère de dire à quelqu'un… que ce qui est arrivé à Laure n'est pas une coïncidence.

— Et Lucas ?

— Il n'est pas emballé par cette idée. Il dit qu'ils ne sont certains de rien.

Quelque chose m'échappe, mais quoi ? Que se passe-t-il entre ces deux-là ?

Elin respire à peine.

— *Tu dois tout lui dire*, insiste Cécile.

— *Non, non, je ne dois rien faire du tout. N'oublie pas que je suis le patron, ici, pas un employé*[1].

Elin est stupéfaite par le ton de Lucas, tout en agressivité, bien loin de ses airs décontractés. Elle interroge son compagnon du regard.

— Cécile tente de le convaincre de dire quelque chose à quelqu'un, mais il lui rappelle que c'est lui le chef, qu'il n'a pas d'ordres à recevoir.

Elin jette un nouveau coup d'œil dans la cage d'escalier ; ils ont changé de position, si bien qu'elle aperçoit maintenant le visage de Lucas, qui empoigne le bras de sa sœur.

S'ensuivent d'autres échanges animés, chacun crachant deux ou trois phrases à tour de rôle. Puis le silence s'impose et des bruits de pas se font entendre. Lucas et Cécile s'en vont.

Will baisse la tête vers Elin, visiblement troublé.

— Cécile a menacé de révéler je ne sais quoi si Lucas ne s'en chargeait pas.

---

1. En français dans le texte original.

— Quoi donc ?

— Elle ne l'a pas précisé, répond Will, qui pousse un soupir sonore. Que déduis-tu de tout ça ?

— Je n'en sais rien…

Elin revoit en pensée la main autoritaire plaquée sur le bras de Cécile et le regard furieux de Lucas. Il lui faut un peu de temps pour réfléchir, pour faire le point.

Avant cela, toutefois, elle doit affronter le moment qu'elle redoute le plus : apprendre à son frère ce qui est arrivé à Laure.

— J'annonce seule la nouvelle à Isaac, d'accord ? dit-elle, pensant à haute voix.

— Entendu. Je vais bosser un peu.

Ils reprennent leur descente. Alors qu'ils atteignent les dernières marches, Elin sent une vague idée se profiler dans son esprit. Elle s'efforce de la préciser, de la retenir, mais elle disparaît aussitôt.

62

— Mais tu disais… Tu croyais que…

Le visage enflé et les yeux réduits à deux fentes, Isaac a du mal à trouver ses mots. La poussée d'eczéma sur sa paupière est à présent une plaie ouverte, rouge vif et suintante.

— Je sais… Je me suis trompée, avoue Elin.

Elle déplace une pile de vêtements et s'assied sur le lit, près de son frère, douloureusement consciente de la faiblesse des mots pour exprimer ce qu'elle ressent, puis laisse glisser son sac de son épaule et le pose à même le sol.

Isaac s'approche un peu plus d'elle, à tel point qu'elle distingue une fine pellicule de sueur sur son front.

— Pourtant, tu as bien vu Laure te pousser sur les séquences de vidéosurveillance ?

— Je ne sais pas quoi en penser…

Elin rejette ses cheveux en arrière, dégageant son front moite. *Pourquoi ai-je si chaud ?*

— Elle a peut-être voulu me faire peur pour que je cesse de fouiner, sachant ce qui se passait, les dangers potentiels… ajoute-t-elle.

Isaac secoue la tête. Son visage n'est plus qu'à quelques centimètres de celui de sa sœur.

— Dire que depuis le début, tu la croyais impliquée dans cette histoire. Tu la soupçonnais ! (Le regard accusateur, il plie son mouchoir en un carré irrégulier.) Elle avait hâte de te retrouver, tu sais. Elle n'avait jamais compris pourquoi tu avais coupé les ponts. Elle t'a écrit, elle a essayé de t'appeler.

Elin a un mouvement de recul, mal à l'aise, la poitrine comprimée par l'habituelle sensation de culpabilité. Elle a – encore – déçu…

— J'étais sous le choc, Isaac, comme nous tous, se défend-elle malgré le filet de sueur qui se forme dans son dos.

Elle se lève et se tourne vers la cheminée ; les flammes rouge orangé lèchent la vitre de l'insert.

Pourquoi a-t-il fait du feu alors qu'il fait déjà si chaud dans sa chambre ?

— Ce n'est pas une raison, Elin. Laure était ton amie. Tu l'as laissée tomber, exactement comme maman a laissé tomber Coralie.

Un silence embarrassant s'éternise. Elin est consciente que la colère de son frère n'est pas dirigée contre elle ; ce n'est que sa façon de réagir à la situation, à son impuissance. Malgré cela, elle ne peut s'empêcher de répliquer :

— Je n'ai laissé tomber personne. C'est juste que… la vie s'est arrêtée ce jour-là. Et Laure n'est pas la seule personne que nous n'avons plus revue ; maman a rompu les liens avec presque toutes ses connaissances.

— Tu te trompes, insiste Isaac, réduisant en lambeaux son mouchoir en papier. Maman ne pensait qu'à elle, qu'à son chagrin, à ses yeux plus fort et plus important que tout le reste. Elle ne voulait plus penser à quoi que ce soit d'autre.

Il lève les yeux et soutient le regard de sa sœur, laquelle saisit l'implication non dite de ses mots : il pourrait en dire autant d'Elin mais il est plus facile, plus sûr, de critiquer sa mère – car elle n'est plus là pour se défendre.

Et s'il avait raison ? doute Elin, suivant du regard la chute des flocons, dehors, tout en méditant les propos de son frère. *Oui, c'est probable.* La souffrance qu'elle a éprouvée à la mort de Sam a englouti tout ce qui se présentait sur son passage, et Elin n'a rien fait pour s'opposer à cela. Elle a cédé. Si une telle réaction est excusable de la part d'une adolescente de douze ans, elle est censée avoir grandi depuis.

Isaac se détourne d'elle et prend une profonde inspiration.

— Elle a certainement vécu un enfer, Elin, gémit-il. C'est ma faute. J'aurais dû mieux la chercher…

Ses épaules s'affaissent, comme si sa volonté de se battre s'échappait de son corps.

Elin l'observe ; sans qu'elle comprenne pourquoi, l'incapacité de son frère d'entretenir sa colère à son encontre, de multiplier les reproches, lui noue la gorge.

Elle tend la main, mais ce geste lui paraît déplacé, révolu. Ses doigts restent un instant suspendus en l'air, puis elle laisse retomber son bras. Elle sait pertinemment que des mots ne changeront rien et, pire encore, que ce n'est que le début. Ce genre de chagrin est pareil à une série de bombes explosant tour à tour ; à chaque heure qui passe, une nouvelle détonation ; choc après choc.

— Tu n'aurais rien pu faire, Isaac, murmure-t-elle.

Le tueur est intelligent. Il a toujours un coup d'avance sur nous.

Il ne semble pas l'avoir entendue, le regard perdu parmi les flocons, dehors. Sans un bruit, il essuie ses yeux injectés de sang du dos de la main.

Elin hésite, incertaine quant à l'attitude à adopter. Il a sans doute besoin d'un peu de temps pour encaisser la nouvelle sans pour autant en parler ni chercher à l'analyser.

— Je ferais mieux d'y aller, dit-elle en se levant. Je lis la clé USB et je repasse te voir plus tard, d'accord ?

Pas de réponse.

Tandis qu'elle se dirige vers la porte, un détail attire son attention – quelque chose dans la cheminée, parmi les flammes.

Elle s'immobilise, regarde à travers la vitre de l'insert et voit, non pas du bois, mais quelque chose de plus fin, enroulé.

Du papier ?

— Qu'est-ce que c'est que ça ? lance-t-elle sur un ton qu'elle veut léger, en désignant la cheminée.

— Quoi ? lâche Isaac en levant la tête.

— Dans le feu ? On dirait du papier.

Soudain, elle croit distinguer une image, des formes plutôt que des mots. Peut-être des silhouettes. *Une photo ?*

— Juste des reçus, répond Isaac précipitamment, sans soutenir le regard de sa sœur. Des trucs à jeter qui traînaient dans mon sac.

Elin tend la main vers la poignée de la vitre et l'ouvre. Attirées par la liberté, les flammes s'animent de plus belle et dévorent la photo – si c'en était une –, qui se referme comme un poing de cendre.

Ce n'est sans doute rien d'important, néanmoins le doute subsiste. Un doute lié à la vision qui l'obsède depuis si longtemps : Isaac les mains tendues et maculées de sang.

63

De retour dans sa chambre, Elin constate que Will ne s'y trouve pas.

N'est-il pourtant pas censé travailler ? s'étonne-t-elle. Un texto répond à cette question :

« Suis parti chercher quelque chose à grignoter. »

Ces quelques mots font sourire Elin ; Will a presque constamment besoin de refaire le plein d'énergie quand il travaille. Quand il passe la nuit chez elle avec un peu de boulot à terminer, elle lui prépare systématiquement un casse-croûte de fin de soirée – des œufs brouillés ou du porridge, avec du fromage et quelques biscuits. Elle lui répond :

« Ça marche. Je suis dans la chambre. À tout'. »

Elle plonge la main dans son sac et se saisit de ses gants, puis elle sort la clé USB du sachet dans lequel elle l'a glissée et la branche sur son ordinateur.

Une fenêtre apparaît : « Ouvrir USB Disk (F :) ». Elle clique. L'écran se remplit de vingt, voire trente dossiers, qui portent tous le même nom, à l'exception du dernier caractère. Elle ouvre le premier d'entre eux et découvre un document numérisé – une feuille de papier aux coins jaunis sur laquelle des mots semblent avoir été tapés à la machine, plutôt qu'imprimés à partir d'un ordinateur.

Sous l'intitulé « 1923 *GOTTERDORF KLINIK* » se présentent plusieurs cases : « *Name* », « *Geburtsdatum* » et « *Krankengeschichte* ».

Les deux premiers termes sont à la portée de son allemand rudimentaire – nom et date de naissance – mais le troisième reste un mystère. Elle ouvre une autre fenêtre, tape ce mot dans Google Traduction et obtient « antécédents médicaux ».

Son instinct initial se confirme : elle a sous les yeux un dossier médical. Il y a toutefois un problème : en dehors de l'en-tête, le texte est totalement censuré. Le terme lui-même, « CENSURÉ », est imprimé en grosses majuscules noires en travers de chaque case.

Elin tente sa chance sur un autre dossier : idem. « CENSURÉ. »

Et ainsi de suite, pour sa plus grande frustration. Pas un seul dossier ne contient d'information accessible, pas même la plus petite allusion au patient concerné ou au contenu des cases.

Elin remarque alors, en haut à droite du document, en dessous de la case où doit en principe figurer le nom du patient, quelques caractères : « n° id. ». Et juste à côté, un nombre. Non censuré. Comment a-t-elle pu ne pas le voir plus tôt ? Le cœur battant, elle se rend compte que ces chiffres lui rappellent ceux gravés sur les bracelets trouvés près des victimes.

Encore un nombre de cinq chiffres.

Elle sort de son sac son calepin et retrouve la page où elle a noté les numéros figurant sur les bracelets trouvés près du corps d'Adèle. Elle ouvre également sur son téléphone les photos qu'elle a prises de ceux laissés à côté de Laure, sur lesquelles aucun nombre ne correspond à ceux qu'elle a relevés.

Elle revient au calepin et, dès la quatrième ligne, trouve 87534. Elle fixe les cinq chiffres jusqu'à ce que sa vue se brouille.

Ce dossier et les bracelets sont des éléments d'une même histoire. Par conséquent, il y a un rapport entre cette clinique allemande et les meurtres.

Mais lequel ?

Elin ouvre une nouvelle fenêtre et cherche sur Google des informations sur cet établissement. Le premier résultat renvoie vers le site Internet de la clinique. Un bref texte, au-dessus du lien, est rédigé en allemand :

« Die Gotterdorf Klinik beschäftigt sich mit der Diagnose, Behandlung und Erforschung der psychiatrischer Erkrankungen. »

Malgré ses connaissances quasi nulles en allemand, Elin devine qu'il est probablement question d'un asile psychiatrique. Mais où est-il situé ? Elle clique sur le lien « contact » et découvre que la clinique se trouve à Berlin. Revenant à la page d'accueil, elle y trouve un descriptif.

Elle effectue un copier-coller et fait appel à Google Traduction.

« Nous étudions les causes des troubles psychiatriques afin de développer de meilleures thérapies personnalisées, ainsi que des approches préventives. Spécialisée dans le traitement des maladies mentales, la clinique actuelle s'est développée à partir de l'hôpital fondé en 1872. »

Voilà qui confirme que cet établissement a été et est toujours une institution psychiatrique.

Pourquoi Laure détenait-elle des dossiers censurés provenant d'un asile psychiatrique allemand ?

Il n'y a qu'un seul moyen de le découvrir. Au bas de la page d'accueil est indiqué le numéro de téléphone de la clinique. Elle reprend son téléphone.

Elle ne patiente que le temps de quelques sonneries avant qu'une voix féminine, ferme et professionnelle, ne lance :

Gotterdorf Klinik, Guten Tag.

Une fois encore, Elin maudit sa faible connaissance des langues étrangères, son éternel point faible. Elle a pourtant étudié le français et l'allemand au lycée, mais si elle se débrouille pour lire un texte rédigé dans une de ces langues, elle a toujours un mal fou à articuler plus de quelques mots.

— Vous parlez anglais ? demande-t-elle.

— Oui, bien sûr, lui répond la standardiste, passant avec aisance à la langue maternelle d'Elin. En quoi puis-je vous être utile ?

— Je m'appelle Elin Warner, je suis lieutenant de police en Angleterre. Dans le cadre d'une enquête, j'ai découvert des dossiers censurés qui semblent provenir de votre établissement, mais ça date des années 1920. Serait-il possible d'en savoir davantage à ce sujet ?

Son interlocutrice laisse passer un long silence avant de répondre :

— Je suis désolée, je serais ravie de vous aider, mais nous ne transmettons des renseignements que sur demande officielle. Comme vous le savez certainement, la confidentialité que nous assurons à nos patients nous empêche de livrer la moindre information les concernant.

— Je comprends, mais sauriez-vous me donner une idée du contenu de ces dossiers ? insiste Elin, que ce refus n'a pas surprise.

— Patientez un instant, je vous prie.

Elin entend la standardiste farfouiller dans des documents et des murmures en fond sonore, puis cette dernière revient à elle :

— C'est bon, je peux répondre à cette question. Pour chaque patient, nous avons un dossier regroupant l'ensemble de ses antécédents, des premiers signes de la pathologie et des premiers diagnostics jusqu'aux traitements suivis à l'hôpital avant son admission chez nous. Une fois qu'ils sont installés à la clinique, nous ouvrons notre propre dossier, dans lequel sont notés les médicaments, les traitements, les réactions des patients…

— Les documents que nous avons trouvés datent des années 1920, comme je vous l'ai dit. Sont-ils archivés en format papier ou numérique ?

— Les deux. Nous avons fait des copies numériques de tout ce qui a été enregistré sur papier.

Elin décide de tenter sa chance, conservant une voix aussi neutre que possible :

— Vous serait-il possible de vérifier si vous avez toujours ces dossiers dans vos archives ? Je crois que j'ai un numéro de patient sous les yeux. Je n'ai pas besoin de renseignements concernant cette personne, j'aimerais simplement que vous me confirmiez que c'est bien un de vos anciens pensionnaires, et donc que les documents que nous avons trouvés sont bel et bien authentiques.

La standardiste hésite un instant.

— D'accord. Quel est ce numéro ?

Elin rouvre la fenêtre du dossier.

— LL87534.

— Merci. Patientez un moment, je regarde si je le trouve.

Elin perçoit la respiration de l'employée de la clinique, ainsi que le bruit de ses doigts sur son clavier. Puis soudain, un petit cri de surprise.

Elin se crispe. *Elle a trouvé quelque chose d'inhabituel.*

Quelques secondes s'écoulent en silence, puis la standardiste reprend la parole :

— Le numéro que vous m'avez donné correspond à un de nos dossiers, en effet, mais je suis désolée… il a été effacé.

64

— Vous voulez dire que le dossier a disparu ? dit-elle, incapable de masquer sa stupeur.

— Il y a certainement eu une erreur, tout simplement, dit la standardiste, qui se racle la gorge. Je suis navrée de ne pas pouvoir vous aider.

Sur ces mots, elle raccroche – mais Elin a perçu de l'inquiétude dans sa voix. *Ce n'est certainement pas une coïncidence*, devine-t-elle, les mains serrées sur son téléphone. Le contenu de ce dossier, quel qu'il soit, a suffisamment d'importance pour que quelqu'un se soit donné la peine de s'assurer qu'il ne tombe pas entre de mauvaises mains.

Que renferment donc ces documents ? Et comment Laure a-t-elle mis la main dessus ? Les doigts sur les tempes, Elin évolue dans le brouillard. Quel que soit l'angle sous lequel elle considère l'affaire, elle aboutit à la même conclusion : elle est sur la défensive, luttant pour trouver des réponses à des questions dont elle n'est même pas certaine de la pertinence.

Le fait qu'elle enquête seule, sans personne à qui exposer ses idées, ne l'aide guère, et elle en a conscience. Les choses sont bien différentes quand elle a Berndt en ligne. Autrefois, avec son équipe, elle ne partageait pas que de simples notes mais une véritable alchimie susceptible de produire les éclairs de génie qui bien souvent permettent de résoudre les affaires. Une question ou observation innocente au premier abord déclenchait facilement une réaction en chaîne de réflexions orientant l'enquête dans une toute nouvelle direction. Reprenant l'e-mail de Berndt dans lequel il lui a envoyé les relevés téléphoniques de Laure, elle ouvre la première pièce jointe et se penche sur l'écran. Laure appelait à peu près toujours les mêmes personnes : Isaac, sa mère, sa sœur, son cousin, ainsi que plusieurs autres personnes dont on a déterminé qu'elles étaient des amis de la défunte. Il n'y a aucun appel inhabituel dans les jours qui ont précédé sa mort. Elin ouvre ensuite l'autre dossier, qui concerne le deuxième téléphone, mais elle ne s'y attarde guère, frustrée. Il est instructif, pourtant, car elle constate que Laure a appelé le même numéro un certain nombre de fois au cours des dernières semaines, notamment le soir de leur arrivée à l'hôtel, quand elle l'a surprise depuis sa chambre, mais ce relevé ne lui apporte pas grand-chose, en réalité. S'il est impossible de tracer ce mobile, elle ne peut rien faire à partir de ces éléments. Elle fait glisser son calepin vers elle et relit les brèves déclarations des employés et des clients, qu'elle a notées après le meurtre d'Adèle.

Suis-je passée à côté d'un élément crucial ? D'un lien entre une des personnes interrogées et les deux victimes ?

Parcourant ces témoignages, elle est frappée, une fois encore, par leur simplicité ; les alibis sont tous en béton, et pas un détail n'est douteux ou potentiellement lié à la mort d'Adèle. Elle ne peut réfléchir que sur ce qu'elle a déduit jusqu'à présent.

Il faut qu'elle ordonne ses idées en couchant sur le papier tout ce qu'elle a établi depuis le début. Elle commence par les crimes :

* Deux femmes assassinées, environ du même âge, travaillant toutes deux à l'hôtel.

Elle fait ensuite la liste de l'ensemble de ses conclusions concernant Adèle :

* Aucun problème avec ses amis, sa famille ou son ex. Célibataire. (AUCUN MOBILE ÉVIDENT).
* Aucun problème d'ordre professionnel, exception faite de sa brouille avec Laure (que Felisa a confirmée, et Axel les a entendues se disputer).

Elin passe ensuite en revue tout ce qu'elle sait à propos de Laure, ce qui lui donne une plus longue liste :

* J'ai vu Laure se fâcher avec quelqu'un (sans doute le propriétaire du mobile à carte) au téléphone le premier soir.
* L'autre téléphone de Laure – à qui appartient le mobile à carte ?
* Les relations entre Laure et Lucas – en particulier les lettres qu'elle lui a envoyées et les photos de lui qu'elle possédait ; s'étaient-ils récemment remis en couple ?
* Les e-mails échangés avec la journaliste faisant allusion à la prétendue corruption pour la rénovation de l'hôtel.
* La dispute entre Laure et Adèle.

Elin passe ensuite aux crimes à proprement parler.

* Adèle et Laure ont probablement toutes deux été anesthésiées avant d'être tuées.
* Le mode opératoire n'est pas le même d'un meurtre à l'autre (noyade/égorgement au moyen d'un couteau) mais les corps portent la même signature.

Mâchonnant son stylo, elle se relit et se rend compte que son regard ne cesse de revenir au terme « signature ».

Il faut qu'elle creuse ce point, qu'elle le dissèque. Les crimes ne portent pas tous une signature mais, quand tel est le cas, c'est ce trait qui renferme la signification du meurtre ; c'est la touche personnelle du tueur.

Aucunement indispensable pour commettre le crime, la signature ne sert qu'à satisfaire les besoins émotionnels ou psychologiques de l'assassin. Elle est directement issue de sa psyché et reflète peut-être ses fantasmes au sujet de sa victime.

Le point clé d'une signature est qu'elle reste toujours la même, reprenant systématiquement le même motif, car elle est née de fantasmes ou de désirs qui ont évolué des années durant avant le premier passage à l'acte.

Que peut donc dire cette signature à Elin ?

Elle ajoute à ses notes les quatre points clés de la signature :

* La boîte en verre.
* Les doigts sectionnés (puis placés dans la boîte).
* Les bracelets autour des doigts.
* Le masque fixé sur la tête de la victime. (Le tueur en porte un lui aussi ; ce masque était apparemment utilisé dans l'ancien sanatorium, pour traiter la tuberculose.)

Elin relit tout cela ligne après ligne, concentrée, quand soudain une idée lui vient, si étonnante qu'elle sursaute. *Ne serais-je pas en train de chercher dans la mauvaise direction ?*

Ne s'est-elle pas trop focalisée sur les relations personnelles, sur la dynamique entre les divers protagonistes, au point de passer à côté d'un élément capital ?

L'aspect médical de l'affaire.

En associant les dossiers de la clinique à la signature – les masques, les amputations, les boîtes en verre et les bracelets –, une conclusion s'impose… Elin sent son taux d'adrénaline grimper en flèche. Elle se donnerait volontiers des coups de pied aux fesses – car c'est bien ça ; c'est le détail qui lui échappe depuis le début.

Ces meurtres n'ont rien à voir avec l'hôtel actuel ; ils sont liés au passé du bâtiment.

Au sanatorium.

65

L'esprit focalisé sur ses notes, Elin n'entend pas la porte s'ouvrir ni Will s'approcher d'elle dans son dos. Il pose une main sur l'épaule de sa compagne et la serre légèrement :

— Coucou. Tu n'as pas reçu mon message ?

— Si, je t'ai répondu.

— Je t'en ai envoyé un autre, à propos de la météo.

— J'étais ailleurs, pardon, s'excuse Elin, avant de déposer un baiser sur les lèvres de Will. Que se passe-t-il ?

— J'ai regardé les prévisions, à la télévision, avec quelques employés. Apparemment, les chutes de neige vont s'intensifier dans les heures qui viennent. Le risque d'avalanche est énorme.

Elin tourne la tête vers la porte-fenêtre ; en effet, il neige sans interruption. Plus qu'un simple blizzard, c'est un véritable assaut du ciel. Autour des panneaux de verre, les congères grossissent à vue d'œil. Chamboulée par ce spectacle, Elin sent son estomac se nouer.

— Une nouvelle avalanche pourrait se déclencher, tu crois ? s'inquiète-t-elle.

— C'est possible, d'après les spécialistes, répondit

Will, non sans une certaine angoisse, avant de se caler contre le bureau. Tant de neige en si peu de temps… À part ça, comment ça s'est passé avec Isaac ?

— Pas très bien. Il m'a inondée de reproches, puis il s'est visé lui-même…

Revenant à son calepin, elle constate que les mots dansent de nouveau. Elle se frotte les yeux, qui sont douloureux et irrités, puis demande à Will :

— Tu veux bien aller voir comment il s'en sort ? Ça passera peut-être mieux venant de quelqu'un d'autre que moi.

— Et toi, alors ? l'interroge Will en l'observant de près. Tu as avalé ou bu quelque chose depuis que tu es revenue ici ?

Sous la table, les pieds d'Elin s'agitent sous l'effet de la nervosité.

— Non, je comptais grignoter quelque chose après avoir parlé à Isaac, mais je suis restée scotchée à ça. Je n'ai pas eu le temps d'avaler quoi que ce soit.

Will lâche un soupir et se passe la main dans les cheveux.

— Je sais que tu es déterminée à résoudre ce mystère, Elin, mais il faut que tu prennes soin de toi. Ce qui s'est passé dans la suite…

Elin croise son regard inquiet et hoche brièvement la tête.

— Un thé ?

— Non, ça ira.

— Un café, alors ? insiste Will, un sourcil haussé.

Elle lit sa détermination dans son regard ; il est comme ça, tenace et inflexible. C'est pour cette raison que les bâtiments qu'il conçoit sont tous ovationnés et récompensés. Il est capable de rester focalisé des heures durant sur un point d'architecture bien précis, jusqu'à obtenir le résultat idéal.

— D'accord, merci, cède Elin en se forçant à sourire.

Will se dirige vers la machine à café et place une tasse sous l'embout.

— Qu'est-ce que tu fais, exactement ?

— Je lis la clé USB que j'ai trouvée dans la poche de Laure.

Il allume la machine, puis hausse la voix pour se faire entendre par-dessus le bruit de l'eau qui bout :

— Et qu'est-ce que ça donne ?

— Elle contient des dossiers médicaux des années 1920 d'une clinique en Allemagne.

— Et qu'est-ce qu'ils racontent ?

Un bourdonnement sourd signale que le café est ajouté à l'eau chaude.

— Curieusement, ils sont tous censurés, dit-elle en suivant le ruissellement saccadé du breuvage dans la tasse. Noms, antécédents médicaux, traitements… Rien de tout ça n'est accessible.

— Je vois… dit Will, les sourcils froncés, en déposant la tasse sur la table. Mais pourquoi Laure possédait-elle ces documents ?

— Aucune idée. J'ai appelé la clinique, espérant découvrir ce qu'ils renfermaient, mais – c'est là que ça devient intéressant –, figure-toi que ces dossiers ont été effacés de leur système informatique. La personne que j'ai eue au téléphone a clairement été stupéfaite de le découvrir quand elle les a cherchés pour me répondre, puis elle a très rapidement raccroché.

— Ce n'est pas une coïncidence, j'imagine.

— Ça m'étonnerait.

Elin avale une gorgée de café. Will avait raison ; le liquide chaud et amer chasse instantanément la brume de son esprit. Elle avait besoin d'avaler quelque chose.

— Tu as parlé des fichiers à Berndt ?

— Je ne lui ai même pas parlé de la clé USB. J'en avais l'intention, mais…

Elle n'en dit pas plus, consciente de la pauvreté de son prétexte. Non, en vérité, elle n'a jamais envisagé de faire part à l'inspecteur de la découverte de la clé USB. Elle a voulu suivre cette piste seule, pour ensuite agir seule.

— Et je pense qu'il est trop tard, à présent, ajoute-t-elle. S'il apprend que j'ai contacté la clinique sans lui demander la permission de le faire…

— Tu crois qu'il t'interdirait de poursuivre ton enquête, dans ce cas ?

— C'est possible, oui. Tout doit être fait en suivant un protocole bien précis. Jusque-là, la police ne m'a autorisée qu'à me charger des procédures les plus basiques. (Elle hésite un instant.) Et franchement, je ne vais pas leur demander le feu vert chaque fois que je prends une initiative ; le temps presse trop pour ça.

— Tu n'as pas d'autre moyen de découvrir ce que contiennent ces dossiers ?

— Non, mais j'ai remarqué un détail qui n'est sans doute pas anodin. (Elin désigne le numéro de patient qui l'a fait tiquer.) Il y a sur chaque dossier un numéro qui n'est pas censuré, c'est à peu près tout ce qu'on en voit encore.

— Ce sont des numéros d'identification des patients ?

— Oui, et celui-ci est le même que sur un des

bracelets trouvés dans la boîte en verre déposée à côté du corps d'Adèle.

— Ces dossiers sont donc directement liés aux meurtres… en conclut Will, haussant les sourcils.

— Exactement, confirme Elin, incapable de dissimuler l'excitation dans sa voix. À mon avis, ces dossiers ont beaucoup à nous dire, Will. Je suis sûre qu'ils sont le lien entre tous les autres éléments de l'affaire.

— Mais s'ils sont censurés…

— Peu importe. L'important est de savoir qu'ils ont un rapport avec les meurtres et surtout que ce sont des dossiers médicaux.

— Je suis perdu, là.

— C'est un point essentiel, insiste Elin. Jusqu'à maintenant, je réfléchissais avec l'hôtel pour toile de fond, je cherchais des mobiles en analysant les relations entre les employés et les clients, en espérant y trouver un mobile de meurtre, mais c'était une erreur. Je pense que l'hôtel n'a rien à voir avec cette histoire. Ces assassinats sont liés à ce qu'était autrefois ce bâtiment.

— Le sanatorium ? dit Will, qui s'assied sur une chaise, à présent très attentif.

— Exactement. Réfléchis à la mise en scène des crimes, aux accessoires – le masque, les boîtes en verre, les bracelets… Comme si l'assassin cherchait à attirer notre attention sur quelque chose… (Elle tapote de nouveau l'écran.) Il faut fouiller dans le passé de l'hôtel. Dans son historique médical, c'est-à-dire le sanatorium. Les dates des dossiers médicaux confirment que c'est dans cette direction qu'il faut creuser.

— Oui, c'est logique, mais comment tu comptes t'y prendre ?

— Il faut que je vérifie les alibis de tout le monde, que je guette les incohérences. Je ne peux pas visionner les séquences de vidéosurveillance puisqu'elle est hors service.

— Et si tout le monde a un alibi ? Tu n'as toujours aucune autre piste.

Elin se saisit de sa tasse et en déguste une longue gorgée.

— J'y ai réfléchi. Laure a forcément trouvé ces dossiers quelque part.

— Où donc ?

— Dans la salle des archives. C'est la seule pièce de l'hôtel qui n'a pas été rénovée. Si les meurtres sont bel et bien liés au passé de l'hôtel, il faut y jeter un coup d'œil.

66

Cécile se trouve déjà devant la porte de la salle des archives quand Elin s'y présente. La directrice est tendue et a des cernes bleuâtres sous les yeux.

Elle est toujours en uniforme, pourtant cela produit l'effet opposé à celui attendu. Bien loin de donner l'illusion qu'il n'y a aucun souci au sein de l'hôtel, le caractère formel de cette élégante tenue a quelque chose d'ironique. Touche finale presque macabre, le badge de Cécile est de travers.

— Vous êtes sûre que ça ne pose aucun problème ? dit Elin.

— Non, c'est bon ; si vous jugez que ça peut faire avancer l'enquête… lâche Cécile.

— Nous n'avons pas le choix, c'est notre unique piste, précise Elin en toute sincérité.

Elle a précédemment interrogé tous les occupants de l'hôtel à propos de leur emploi du temps de la nuit et de la matinée ; leurs alibis sont soit solides soit invérifiables. Quand quelqu'un affirme être resté seul dans sa chambre, Elin n'a aucun moyen de déterminer si cette personne ment ou pas.

Évoluer dans un tel brouillard l'agace mais, sans

équipe autour d'elle et sans images de vidéosurveillance et les mille détails habituels permettant de repérer des incohérences, elle est impuissante. Elle touche aux limites de ses capacités.

— Très bien, dit Cécile d'une voix sèche et neutre mais nettement crispée.

Elle glisse une clé dans la serrure, ouvre la porte et entre dans la pièce. Elin la suit et retrouve l'odeur de renfermé des lieux, de papier ancien et de poussière accumulée.

La pagaille est restée la même : les cartons empilés les uns sur les autres, des bocaux et autres récipients crasseux, un lecteur de microfiches défoncé, les placards métalliques éraflés et pleins à craquer de documents.

Malgré ce désordre total, ce chaos, Elin a l'impression que quelque chose a légèrement changé.

— Il y a un problème ?

— Je ne sais pas. Pensez-vous que quelqu'un soit entré ici récemment ?

— J'en doute, répond Cécile. Cet endroit ne sert plus du tout.

— C'est ce que m'a dit Laure. Elle m'a également expliqué qu'au début vous comptiez faire de cette pièce une partie intégrante de l'hôtel, une sorte de mémorial.

— C'est vrai. Elle avait commencé à s'en occuper avec le responsable des archives, puis ce projet a été abandonné.

— Pourquoi ?

Cécile reste muette un instant, comme si elle réfléchissait à sa réponse.

— Après avoir longtemps hésité à propos de ce mémorial, Lucas a finalement estimé qu'il jurerait par rapport au reste de l'hôtel, que les clients n'apprécieraient pas de voir les détails choquants de ce qui s'est déroulé ici autrefois.

— Les détails choquants ? C'est-à-dire ?

— À l'époque, certains traitements contre la tuberculose étaient rudimentaires, c'est le moins qu'on puisse dire. Les gens croyaient que les malades venaient ici pour une cure d'« air frais », paresser sur les terrasses, profiter du soleil, mais en vérité les séjours ne se limitaient pas à cela.

— Laure m'a pourtant précisé que les traitements étaient essentiellement fondés sur les bienfaits de l'environnement.

— Non, pas tous, dit Cécile, avec un sourire gêné. Parmi les traitements, il y avait le pneumothorax déclenché volontairement, afin de comprimer les poumons. Pour obtenir cet effet, les médecins introduisaient de l'air dans la cavité pleurale. Il arrivait même qu'ils les compriment définitivement en retirant une partie de la cage thoracique… Et la méthode était de temps à autre encore plus rudimentaire : on les voyait parfois tasser les tissus des poumons à coups de maillet…

— J'ignorais tout cela, avoue Elin, incapable de s'empêcher de visualiser ces scènes crues.

— Comme beaucoup de monde, laisse tomber la directrice d'une voix mesurée. Le succès n'était pas toujours au rendez-vous. Malgré les traitements, beaucoup de patients sont décédés ici au fil des années. Voilà pourquoi Lucas a jugé que faire revivre cette époque serait dérangeant pour certains clients.

— Qu'en pensez-vous ?

La voix de Cécile sonne faux. – non pas ce qu'elle dit, mais comment elle le dit ; « Lucas a dit que… », « Lucas pensait que… » Elle en revient toujours à lui, à son contrôle absolu sur les lieux.

— Il a raison, en un sens. S'il est vrai que certains peuvent apprécier l'idée de loger dans un bâtiment historique, un ancien sanatorium, dans lequel ils peuvent prendre des photos et les poster sur les réseaux sociaux… (elle hausse les épaules) je ne suis pas certaine que les détails du passé et la vérité sur ce qui s'est déroulé entre ces murs les réjouissent tant que ça.

— C'est bien Lucas qui a pris la décision finale de renoncer à ce projet ?

— Tout à fait, confirme Cécile avec une expression indéchiffrable.

— Et tout le monde lui obéit toujours au doigt et à l'œil ?

Elin n'a pas eu la présence d'esprit de retenir cette question, stupide s'il en est, car il est évident que les ordres de Lucas sont suivis. C'est le propriétaire de l'hôtel. C'est à lui de prendre les décisions importantes. Cécile plisse les yeux, le regard presque agressif :

— Je ne suis pas sûre de comprendre votre question.

Elin se gifle mentalement, puis opte pour la vérité et décide d'interroger Cécile sans détour. L'heure n'est plus aux hésitations.

— J'ai entendu votre conversation depuis le couloir, en sortant de la suite. Vous avez essayé de convaincre Lucas de dire quelque chose à quelqu'un… (Elin perd un instant sa voix, l'estomac noué, craignant d'être allée trop loin) mais il n'a pas eu l'air enchanté à cette idée.

Cécile reste muette un long moment, puis enfin elle réagit :

— Nous parlions du corps retrouvé dans la montagne. Le corps de Daniel.

67

— Lucas a un ami qui travaille au CURML, le Centre universitaire romand de médecine légale, à Lausanne. C'est là-bas qu'a été transporté le corps de Daniel. D'après cette personne, il y a des similarités avec les autres meurtres.

— Dans la façon dont il a été tué ?

Cécile acquiesce et tapote le linoléum du bout du pied ; de la poussière opacifie l'air.

Quand ces minuscules nuages retombent, Elin cligne soudain des yeux, une fois de plus surprise par une pensée fugitive, les contours d'une idée qui lui échappe aussitôt.

— Daniel était… démembré, précise Cécile, les traits crispés. Il a donc connu un pire sort que les autres victimes, mais on retrouve les mêmes motifs. Le corps, bien que partiellement conservé par la neige, était enfoui depuis longtemps, d'après l'ami de Lucas.

Elin reste silencieuse, plongée dans ses réflexions.

Ce décès est à coup sûr lié à ce qui est arrivé à Adèle et à Laure.

Cela étant, un détail la tracasse : ce crime date d'il y a plusieurs années, selon toute vraisemblance, sans doute de l'époque de la disparition de Daniel. Comment expliquer le délai entre ce meurtre et celui d'Adèle ?

— Pourquoi Lucas ne voulait-il pas que vous m'en parliez ?

— La réponse officielle serait que cette information n'a pas encore été rendue publique, mais je serai franche avec vous : Lucas déraille un peu. Il s'efforce de dissimuler la série de malheurs qui s'abat sur nous, mais il ne peut qu'échouer… (Cécile est si frustrée que sa voix est à présent réduite à un murmure.) Les choses sont allées trop loin.

— Dissimuler tout ça ? répète Elin, incrédule.

— C'est ça. Ces événements risquent de se révéler désastreux pour lui, non seulement professionnellement, mais aussi sur un plan plus personnel. Cet endroit n'est pas qu'un projet professionnel à ses yeux. Il rêve de fonder cet hôtel depuis qu'il est tout jeune. Lucas a souvent été hospitalisé au cours de son enfance. Ses soucis de santé lui ont donné cette détermination.

— À cause de son cœur ?

— Oui. Comme je vous l'ai déjà dit, il a subi plusieurs lourdes interventions, avec des complications, qui ont chaque fois nécessité une longue convalescence. Il n'a pas vécu une enfance normale. Et quand il retournait à l'école, c'était difficile pour lui.

— Il était brimé par ses camarades ?

— Exactement… Il faut dire qu'il faisait peine à voir, faible et amaigri. La moitié des élèves le taquinaient et les autres avaient pitié de lui. Cécile relate ces faits avec amertume.

— Il est resté marqué par cette époque, j'imagine ?

— Bien entendu. Pour lui, cet endroit… Il ne l'a

jamais exprimé à haute voix, mais à mon avis, il y exorcise ses démons. Il a accompli un projet impossible, redonné vie à un lieu que personne ne pensait voir ressuscité un jour. (Elle hausse les épaules.) C'est à son image. Personne ne croyait une seconde qu'il deviendrait l'homme qu'il est devenu.

— Il tenait à faire ses preuves. Isaac est fait du même bois ; il a toujours eu ce besoin d'être le meilleur, de dominer les autres. (Elle fronce les sourcils.) Chez lui aussi, cela provient sans doute d'une sensation d'insécurité.

— Oui, mais cette volonté de se prouver quelque chose à soi-même, de devenir quelqu'un, n'est pas propre à Lucas et Isaac, dit Cécile, un léger sourire aux lèvres. J'ai lu quelque part que la plupart des hommes rêvent d'ériger un monument pour les incarner. C'est ce qu'a fait mon ex. Après s'être mis en couple avec sa nouvelle épouse, il s'est installé en Australie et a bâti sa maison au milieu de nulle part. (Elle désigne la pièce d'un grand geste.) Nous sommes dans le monument de Lucas. Un énorme bâtiment, splendide, qui a des allures de doigt d'honneur adressé à tous ceux qui ont affirmé qu'il serait incapable d'accomplir une telle chose.

Elin ne réagit pas, décontenancée par la puissance de l'émotion et de l'instinct protecteur affichés par Cécile. Ces quelques mots donnent un tout autre éclairage sur la conversation surprise dans la cage d'escalier. Désormais, Elin ne peut s'empêcher de considérer Lucas sous un jour plus favorable.

Malgré cela, quelque chose la chiffonne dans la façon dont Cécile évoque Lucas, qu'elle retrouve quand elle analyse ses sentiments à l'égard d'Isaac : tout en protégeant leur frère, elles leur pardonnent leur comportement merdique, alors qu'en vérité celui-ci ne se justifie pas.

— Je crois que c'est pour cette raison qu'il ne vous a pas tout dit, estime Cécile en considérant la pièce. À mon avis, il refuse d'envisager que cet endroit puisse... subir quelque tort que ce soit.

Elin prend le temps de réfléchir à ces propos, et s'il est vrai que le raisonnement de la directrice se tient, elle a du mal à s'en convaincre. Même si Lucas voulait à tout prix protéger l'hôtel, son premier réflexe n'aurait-il pas dû être de lui dire tout ce qu'il savait ? Il y a forcément autre chose.

— Pourtant, vous m'avez dit que Daniel et Lucas étaient proches ?

— C'est vrai. (Un toussotement.) C'est pour ça qu'il vaudrait mieux que vous parliez de tout ça avec Lucas.

— Entendu.

Cécile semble vouloir mettre un terme à la conversation. Jusqu'à présent, elle s'est montrée ouverte, communicative, mais là...

J'ai touché un point sensible...

— Ils étaient restés bons amis ?

Cécile hésite et rougit avant de répondre :

— Non, je ne dirais pas qu'ils étaient bons amis. Ces dernières années, ils ont essentiellement eu des rapports dans un cadre professionnel. Le cabinet de Daniel s'est occupé de plusieurs hôtels de Lucas.

— Vous avez dit pourtant qu'ils étaient proches.

— Oui, quand ils étaient enfants. Tout a changé quand Lucas est tombé malade. Daniel s'est rapproché de mon père ; c'était un excellent skieur, et mes parents assistaient souvent à ses compétitions. Je pense que Lucas a toujours souffert de la comparaison ; il s'est cru obligé de se hisser à la hauteur de Daniel. Puis ils se sont éloignés l'un de l'autre en grandissant.

— Les liens qui les unissaient étaient tout de même assez solides pour qu'ils aient envie de travailler ensemble.

— C'est vrai, mais en toute franchise, je crois qu'ils l'ont tous les deux regretté.

— Que voulez-vous dire ?

— Ils ont eu des différends au cours des quelques mois qui ont précédé la disparition de Daniel. Il faut dire qu'ils étaient soumis à une pression monumentale. Les oppositions au projet de rénovation et les nombreuses plaintes épuisaient tout le monde. (Cécile prend un air pincé.) Quelques jours avant la disparition de Daniel, ils se sont violemment disputés.

— À quel sujet ?

— Je l'ignore, il n'est jamais entré dans les détails.

Elin réfléchit à ce qu'impliquent ces révélations. Malgré son historique et malgré l'empathie qu'elle ressent à l'égard de Lucas, au vu des épreuves qu'il a traversées étant enfant, il serait idiot d'écarter les mobiles potentiels, si vagues soient-ils, expliquant peut-être qu'il ait voulu la mort de Laure et celle de Daniel.

— Bon, que cherchez-vous, exactement ? dit Cécile, changeant de sujet. Je…

Elle est interrompue par quelqu'un qui frappe bruyamment à la porte. Elle ouvre le battant : une employée de l'hôtel, le souffle court.

Approchant la trentaine, cette jeune femme a les

cheveux noués en un chignon lâche, avec quelques mèches qui lui retombent sur le visage.

— Excusez-moi de vous déranger, mais… dit-elle avec un épais accent français, les lèvres tremblantes.

— Pas de souci, Sara, la rassure Cécile en lui effleurant le bras.

Elin observe Sara, soudain saisie d'une vive inquiétude. *Il est arrivé quelque chose de grave !*

— C'est juste que… que… bégaie l'employée, dont le visage est à présent marbré de rouge. Margot… Je ne la trouve nulle part. (Tout espoir de se maîtriser s'envole lorsqu'elle éclate en sanglots.) Je crois… Je crois qu'elle a disparu. Je ne l'ai pas vue depuis hier soir.

68

— Elle a disparu ? répète Cécile, non sans capter le regard d'Elin.

Sara hoche la tête, encore en sanglots, les mains serrées l'une contre l'autre.

— J'ai regardé partout, elle est introuvable. Après ce qui est arrivé…

Cécile soupire lourdement puis sort dans le couloir, ses gestes saccadés. Elin devine qu'elle a un mal fou à garder son calme.

— Je sais que c'est difficile, Sara, mais dites-nous ce qui s'est passé.

— Margot et moi, nous dormons dans la même chambre, explique Sara, s'efforçant de réprimer ses larmes. Ce matin, quand je me suis réveillée, elle n'était plus là. J'ai tout de suite pensé qu'il s'était passé quelque chose de grave, et ensuite je me suis traitée d'idiote, en me disant que je me faisais des idées, qu'elle s'était levée tôt, rien de plus. (Elle s'interrompt, le temps de reprendre son souffle.) Je n'en suis pas sûre, mais il me semble qu'il y a eu une lutte de son côté de la chambre.

— Vous avez interrogé vos collègues ?

— Oui, mais personne ne l'a vue. Nous ne sommes

plus très nombreux, pourtant ; si elle était là, quelqu'un l'aurait aperçue.

— Et son téléphone ?

— Je ne l'ai pas trouvé dans la chambre, et elle ne répond pas quand je l'appelle.

— Il y a du personnel dans le couloir, en principe, fait remarquer Cécile d'une voix incertaine. Personne ne peut entrer ou sortir sans être vu.

— Je sais bien, mais elle a vraiment disparu, j'en suis sûre, se désole Sara, le regard sombre et à présent en panique. J'ai regardé partout !

Elin reste de marbre, assimilant ces mots.

Nous avons un nouveau meurtre sur les bras.

Le fait que cette disparition intervienne si rapidement après celle de Laure l'inquiète ; le tueur semble lancé dans une frénésie de meurtres. L'estomac noué par la terreur, elle se tourne vers Sara :

— Allons jeter un coup d'œil dans votre chambre. Tout de suite.

La chambre de Sara se trouve seulement trois portes après celle d'Elin et Will. L'agencement est identique, à la différence près qu'on trouve ici deux lits simples en lieu et place du lit double.

— Margot dort ici, dit Sara, désignant le lit le plus proche de la porte.

Elin échange un regard avec Cécile ; il y a bien eu lutte. La couette blanche est emmêlée et arrachée du matelas. Un verre est renversé par terre, près d'une tache humide et d'un livre de poche dont le dos est déchiré.

Comme si Margot avait été tirée de force de son lit.

— C'est ma faute, gémit Sara, se grattant les peaux

mortes au coin de la bouche. Comme j'ai un mal fou à trouver le sommeil, je prends des cachets et je porte un masque et des bouchons dans les oreilles pour m'endormir. N'importe qui d'autre aurait entendu quelque chose…

— Non, vous n'y êtes pour rien, la console Elin. Et nous ne sommes sûres de rien, pour l'instant.

Elle remarque d'autres objets aux abords du lit de Margot : un marque-page plié, à cinquante centimètres de la couette, ainsi qu'un sac à bandoulière renversé sur le côté.

— Peut-être, mais il est évident que l'assassin d'Adèle a enlevé Margot ! s'emporte Sara sur un ton accusateur, malgré sa voix frêle et ses yeux enflés.

— Je vous répète que nous ne pouvons rien affirmer pour l'instant, dit Elin sans s'énerver.

Elle a elle-même du mal à croire ses propres mots, qui sonnent creux. Vu la scène, l'hypothèse la plus probable est évidente. Le tueur a enlevé Margot au cours de la nuit, avant ou après avoir tué Laure. Quoi qu'il en soit, ça ne sent pas bon. Sara se détourne, les épaules secouées de sanglots.

— Je sais que c'est très difficile pour vous, Sara, mais j'aimerais que vous nous racontiez ce que vous avez fait hier soir avant de vous coucher, lui demande Elin.

L'employée prend le temps d'inspirer profondément, ce qui lui permet de retrouver son calme.

— Nous avons dîné avec tous les autres, dans la salle à manger. Nous sommes restées là-bas à discuter. (Elle lâche un petit rire.) On ne fait que boire et bavarder, ces temps-ci, en retardant au maximum le moment d'aller se coucher.

— Et ensuite ?

— Nous sommes remontées dans la chambre. J'ai regardé un film sur Netflix, pendant que Margot lisait. Nous avons éteint la lumière vers 23 h 30.

Elin doit se concentrer pour saisir le discours rapide et accentué de la jeune femme.

— Et vous avez découvert la chambre dans cet état à votre réveil.

— Exactement. Je n'ai touché à rien. Je me suis habillée et je suis directement partie à sa recherche.

— Quelle heure était-il ?

— Pas loin de 10 heures. Je me suis levée tard.

Elin réfléchit à tout cela et en déduit qu'il est possible que Margot ait été enlevée après la découverte du corps de Laure dans la suite. C'est peu probable, étant donné que du monde circulait dans l'hôtel à cette heure, mais ce n'est pas impossible. Margot a plus vraisemblablement été enlevée au cours de la nuit. Cependant, cette théorie a un point faible : un employé faisant office d'agent de sécurité est resté debout toute la nuit près des chambres. *Comment le tueur a-t-il réussi à passer sans être vu ?*

Décidée à l'interroger, elle ouvre la porte de la chambre et l'aperçoit dans le couloir. Le jeune homme a un visage encore joufflu, et son nez et ses joues sont légèrement marqués de cicatrices dues à l'acné.

— Tout va bien ? lui demande-t-il.

L'ignorance sous-entendue par sa question est contredite par le regard nerveux qu'il lance en direction de la chambre de Sara.

Il sait qu'il s'est passé quelque chose de grave. Il le sait et il est terrifié.

— Vous êtes resté à ce poste toute la nuit ? s'enquiert Elin.

— Oui, du moins une bonne partie de la nuit, répond le vigile, avant de s'humecter les lèvres. Je suis arrivé peu après 23 heures, et personne n'est passé dans le couloir pendant que j'étais là. (Il désigne la petite flasque argentée posée sur la chaise à côté de lui.) Ce truc, c'est un sacré carburant.

— Vous êtes sûr de vous ? Vous n'avez rien entendu ?

— Non, rien du tout, à part des clients sortant ou se rendant dans leur chambre.

Réfléchis, Elin. Réfléchis ! s'ordonne-t-elle, l'index planté dans la paume de la main. *Comment le ravisseur de Margot a-t-il pu entrer dans la chambre sans être vu ?*

Elle remercie le jeune homme et regagne la chambre de Sara, qu'elle balaie de nouveau du regard en prenant son temps.

Un détail lui aurait-il échappé ?

Elle considère la porte-fenêtre, puis s'en approche et soudain se fige. Le cœur battant, elle s'accroupit. Il y a là une très légère trace de pas, laissée par de la neige fondue puis séchée.

Elle se redresse et, en examinant de près le montant, découvre de petites éraflures dans le bois. Le panneau a été forcé.

Elle secoue la tête, frustrée. Les précautions prises pour assurer la sécurité des occupants de l'hôtel ont en réalité facilité la tâche du tueur ; tout le monde étant désormais installé au rez-de-chaussée, il lui a été facile de passer par la fenêtre… puis de repartir.

— Vous avez trouvé quelque chose ? lui demande Cécile depuis l'autre côté de la chambre.

— Oui, je pense que le ravisseur est entré en forçant la porte-fenêtre, répond Elin en ouvrant le panneau de verre.

Un air glacé emplit la pièce, accompagné du sifflement du vent et de flocons agressifs. Les arbres sont à présent totalement blancs. Elin constate que la neige a été foulée sur la terrasse – la couche est bosselée et tassée par endroits. Même si ces irrégularités sont nappées d'une fine pellicule de flocons tombés depuis, elles restent encore clairement visibles. Cependant, il est difficile de déterminer ce qui les a provoquées – elles sont trop larges pour être des traces de pas. Peu à peu, le scénario se précise dans l'esprit d'Elin. C'est la trace d'un corps. *Margot a été traînée hors de sa chambre.* Et si tel est le cas, cela veut dire qu'elle aussi a subi l'effet d'un sédatif.

Ce détail lui fait comprendre que le temps presse; si elle veut retrouver Margot vivante, elle ne doit plus perdre une seconde. Si l'on tient compte des deux meurtres précédents et de la façon dont ils se sont enchaînés, l'assassin va sans doute agir vite et sans pitié.

Elin inspire profondément, puis elle se retourne vers Cécile et Sara. Cette dernière secoue la tête et laisse échapper un son étranglé:

— Il l'a enlevée, c'est ça? Celui qui a…

Puis elle plonge la tête dans ses mains.

— Descendons à l'espace salon, intervient Cécile, un bras sur l'épaule de son employée. Allons nous asseoir tranquillement un moment, vous êtes sous le choc.

Elle lance un regard vers Elin par-dessus son épaule, et articule sans un bruit: « Vous êtes d'accord? »

Elin acquiesce, déjà focalisée sur la neige sur la

terrasse et les étranges traces. Si le tueur est reparti par là, celles-ci se prolongent certainement plus loin. Cette hypothèse a quelque chose de contrariant tant ce serait une gaffe monumentale. L'assassin n'a certainement pas été stupide au point de laisser derrière lui une piste si évidente.

À moins qu'il n'ait pas eu le choix. Peut-être a-t-il été contraint d'improviser, comme précédemment dans la suite. Peut-être avait-il prévu de faire sortir Margot par le couloir, pour en fin de compte en être empêché pour une raison ou une autre ?

L'autre explication, plus probable, est qu'il prend de moins en moins de précautions. Quoi qu'il en soit, Elin tient une piste intéressante qui peut l'orienter vers Margot.

69

Il faut plus longtemps que prévu à Elin pour regagner sa chambre et enfiler sa parka. En effet, ses doigts rencontrent une certaine résistance avec le passe de la chambre, puis avec sa fermeture Éclair, tout cela tandis que mille pensées s'entrechoquent en elle. *Est-ce une bonne idée de sortir seule ? Ne vaudrait-il pas mieux que j'avertisse Berndt ?*

Elle chasse aussitôt cette option : contacter l'inspecteur et tout lui raconter risque, en plus de lui faire perdre du temps, de lui valoir une interdiction pure et simple de se lancer à la recherche de Margot. Si elle n'en fait rien, on ne pourra pas l'accuser d'avoir délibérément désobéi.

Elle enfile des gants et se saisit de quelques sachets en plastique fournis par Lucas, puis elle ouvre la porte-fenêtre et sort sur la terrasse. La nature la happe aussitôt : ses bottes s'enfoncent dans la couche de poudreuse et ses cheveux sont soufflés sur son visage par le vent. Elle les rejette derrière ses oreilles puis s'intéresse à la balustrade de verre ; peut-elle l'enjamber ? Elle n'est pas particulièrement haute mais la manœuvre s'annonce tout de même délicate.

Elle lève la jambe et tente d'escalader l'obstacle, mais

se retrouve coincée, une jambe de chaque côté. Elle procède à une seconde tentative, qui lui demande un réel effort et toute la force de ses membres. *Comment le tueur a-t-il pu franchir une telle cloison en portant Margot ? Inconsciente, c'était un sacré poids mort.*

Après s'être rétablie de l'autre côté, Elin reprend son souffle, haletante. *Le ravisseur de Margot doit être doté d'une force peu commune pour avoir porté un tel fardeau*, se dit-elle en expirant des nuages blanchâtres que les rafales dissolvent aussitôt.

Il neige si fort que cela déclenche une relative claustrophobie chez Elin, une sensation d'étouffement. Elle n'y voit qu'à quelques mètres, sans déceler quoi que ce soit sur le manteau blanc immaculé, en dehors des silhouettes des arbres gelés et des panneaux indicateurs du Sommet.

Les prévisions météo ont vu juste : le tempête empire. Rassemblant son courage, elle reprend sa marche, puis soudain se fige lorsque éclate un grondement sourd, suivi d'une détonation qui résonne dans les airs.

S'ensuit le rugissement d'un souffle glacial.

Elin songe alors à ce dont Will lui a parlé précédemment : une avalanche !

Elle a lu quelque part qu'on entend ce phénomène avant de le voir. En dévalant le flanc de montagne, la neige et la glace exercent une pression immense sur l'air, ce qui provoque un sifflement grave terrifiant.

Elin entend précisément ce son perçant qui semble la déchiqueter.

Prise de panique, elle se précipite vers l'hôtel, revenant sur ses pas, mais c'est un réflexe vain : rien ne lui permet de déterminer si elle court vers l'avalanche ou si elle la fuit.

Quelques secondes plus tard, elle comprend qu'elle a pris la bonne direction : l'avalanche l'a manquée, puisqu'elle est toujours debout.

Elle se voit néanmoins engloutie par un nuage de neige, certainement soufflé par l'avalanche. De minuscules particules scintillantes lui mordent le visage. Elle cligne des paupières, s'essuie, mais ne voit rien d'autre que de la neige, encore de la neige.

Comprenant que plusieurs minutes seront nécessaires pour que l'avalanche se calme et qu'elle puisse déterminer où elle s'est déclenchée, Elin patiente, le cœur battant, terrifiée à la perspective d'une nouvelle détonation, d'un nouveau grondement peut-être plus proche.

Par bonheur, rien de tel ne survient. Seuls subsistent le nuage de neige et les fines particules étincelantes en suspension dans l'air. Inspirant lentement, Elin reste tendue, le corps encore gorgé d'adrénaline.

Le brouillard blanc tombe au bout de quelques minutes, et les environs s'éclaircissent. Cherchant à déterminer où la coulée de neige s'est produite, Elin la repère rapidement sur sa droite, à une centaine de mètres en direction de la route.

Le champ de neige lisse qu'elle admire depuis plusieurs jours est à présent jonché de gros blocs blancs empilés sur trois mètres de hauteur.

Malgré la distance, elle constate que l'avalanche a emporté avec elle des rochers et des arbres – des troncs entiers émergent de la masse neigeuse. Levant la tête, elle considère le sillage de la coulée destructrice ; on croirait qu'un coup de râteau géant a été passé sur la montagne, raclant tout sur son passage. On a peine à croire que la nature puisse être si violente.

Revenant à ses préoccupations, Elin se demande si l'avalanche a recouvert une éventuelle piste laissée par le tueur, l'effaçant à tout jamais, puis médite sur les choix qui s'offrent à elle. Retourner sur ses pas serait le plus raisonnable, mais alors ce serait renoncer à toute chance – si infime soit-elle – de repérer des traces du tueur, d'autant plus que celles-ci seront assurément effacées par les chutes de neige annoncées.

Qui plus est, Elin devine que la police ne sera pas là de sitôt, du fait de cette nouvelle avalanche. Par conséquent, il est d'autant plus important qu'elle prenne le contrôle de la situation.

Elle prend soudain sa décision : aller de l'avant et tout faire pour retrouver Margot.

Elle se remet en marche, tandis que des rafales chassent les ultimes nuages de neige encore présents. Remontant son écharpe de façon à se couvrir la bouche et le nez, elle poursuit son chemin vers la gauche, en direction de la chambre de Sara et Margot, non sans prendre soin de s'écarter du bâtiment afin de ne pas troubler les traces laissées par le tueur. Dans la neige jusqu'aux genoux, Elin progresse laborieusement jusqu'à approcher la terrasse des deux jeunes femmes. Enfin, elle s'immobilise, haletante – elle souffle un gros panache de vapeur – et surtout soulagée. En effet, si les nuages de neige provoqués par l'avalanche ont comblé certaines traces de pas, d'autres restent clairement visibles autour de la terrasse, autour d'une zone plus lisse. Elle peut donc encore suivre cette piste. Baissant les yeux, elle constate que sa théorie était la bonne :

quelqu'un a bel et bien été traîné. Suivant la piste des yeux, elle prend plusieurs photos. Aussi loin que porte son regard, elle ne distingue ni sang, ni bout de tissu, ni débris d'aucune sorte. La piste se poursuit en direction de l'avant de l'hôtel, régulière, confirmant que l'individu qui a traîné Margot est suffisamment costaud pour l'avoir fait d'une seule traite. Les traces se poursuivent sur encore une quinzaine de mètres, pour brutalement disparaître devant l'entrée de l'hôtel. Elin s'y reprend à deux fois pour vérifier qu'elles ne vont pas plus loin, qu'elle ne les a pas perdues de vue, puis elle revient sur ses pas et inspecte les alentours de l'entrée sans rien remarquer. La neige est ici épaisse et aucunement foulée.

Cela indique que le tueur a traîné Margot dans l'hôtel. C'est la seule façon d'expliquer le brusque arrêt de la piste.

Elle se dirige vers la porte d'entrée, dont les deux panneaux coulissent automatiquement à son approche, puis baisse les yeux sur le sol du hall. *Trop tard.*

Il n'y a pas la moindre trace de pas séchée comparable à celle qu'elle a repérée dans la chambre ; le béton ciré brille d'un éclat uniforme. Il a été nettoyé. Ce détail la fait presque sourire ; en dépit de la tragédie qui secoue l'établissement depuis quelques heures, un employé a reçu l'ordre de passer la serpillière dans le hall. Les routines sont fermement ancrées, et la vie poursuit son cours.

Mais où s'est réfugié l'assassin ?

Quand ils ont constaté la disparition de Laure, ils ont fouillé tout le bâtiment, qui ne comprend aucun local suffisamment discret pour se terrer, sans parler d'y séquestrer quelqu'un. Le cœur battant à tout rompre, Elin est pleinement consciente de la pression qui s'accentue sur elle : le temps joue en sa défaveur. Si elle a vu juste, si la folie et la violence du tueur ne font que croître, il peut commettre le pire d'une minute à l'autre.

Mais dans quelle direction orienter ses recherches ? Il reste possible de fouiller l'hôtel de fond en comble, une nouvelle fois, mais cela ne garantit en rien de retrouver Margot.

Soudain, Elin est frappée par un détail idiot, évident. *Le téléphone de Margot.* Sara a confirmé qu'il avait disparu. Par conséquent, on peut en déduire que Margot l'a encore sur elle. Si tel est le cas, il doit être possible de la localiser.

Ressortie un moment, Elin s'apprête à regagner l'intérieur lorsqu'un mouvement attire son regard à une fenêtre du premier étage. Elle plisse les yeux et constate qu'en effet, quelqu'un la regarde.

Elle s'écarte de quelques pas, de façon à bénéficier d'un meilleur angle de vue et être moins éblouie par les reflets sur le verre, ce qui lui permet de clairement distinguer un pull-over sombre et une chevelure blonde ébouriffée.

Lucas...

Il la regarde fixement, aussi immobile qu'une statue.

70

— Le téléphone de Margot ? dit Sara, les sourcils froncés, en rejetant une mèche rebelle derrière son oreille. Vous croyez qu'elle l'a sur elle ?

— C'est une possibilité, répond Elin, calée contre le dossier de sa chaise. Si c'est le cas, on doit pouvoir le tracer.

En effet, la fonction « Localiser mon iPhone », même si le mobile est éteint ou si sa batterie est morte, indiquera au moins l'endroit où il a émis un signal pour la dernière fois.

Elle balaie l'espace salon du regard ; quelques employés de l'hôtel discutent à une table assez éloignée, mais elle sent qu'ils la guettent plus ou moins, avec en tête des questions qu'ils n'osent pas poser.

— Et si le tueur s'en est débarrassé ? hasarde Cécile, dont l'expression est indéchiffrable.

— Dans ce cas, c'est fichu, reconnaît Elin avec un sourire contraint. Quoi qu'il en soit, ça vaut le coup d'essayer.

En changeant de position, elle percute involontairement la table et renverse son café. Le liquide noir se répand sur le bois pâle et coule goutte à goutte sur le sol.

— Et merde…

Cécile se lève d'un bond, se rend au bar et en revient munie d'un torchon qu'elle étale sur la flaque de café. Puis elle s'assied et regarde Elin droit dans les yeux :

— Vous tenez le coup ?

— Moi ? s'étonne Elin. Oui, ça va. J'ai été choquée mais, en réalité, je me trouvais assez loin de l'avalanche. Je crois qu'elle s'est produite plus ou moins au même endroit que la précédente.

La directrice tripote le torchon, clairement embarrassée.

— Je sais, mais après notre visite dans la chambre de Sara, je n'imaginais pas que vous sortiriez par un temps pareil pour vous lancer dans cette…

— C'était risqué mais il le fallait, se justifie Elin, qui ressent soudain une chaleur familière sur le visage. Je voulais examiner les alentours.

Elle a haussé le ton malgré elle. À côté d'elle, Sara se mordille la lèvre et détourne le regard.

— Je… dit Cécile, hésitante, toujours occupée à nettoyer la tache, alors que le café renversé est depuis longtemps absorbé par le torchon. Ce n'était pas une bonne idée, je pense.

Elin l'observe un instant, perplexe, avec la désagréable impression de passer à côté d'un élément important, essentiel à la compréhension de la situation.

Sans lui laisser le temps de réagir, Cécile se lève et s'éloigne pour poser le torchon trempé sur le bar.

Ignorant la directrice, Elin se tourne vers Sara :

— Connaissez-vous le mot de passe de l'iCloud de Margot ?

— Non, mais je dois pouvoir le trouver, répond

l'employée. Je suis à peu près certaine qu'elle a noté ses divers mots de passe dans son journal intime.

— Margot n'était pas obsédée par la sécurité, on dirait.

— Non, reconnaît Sara avec un sourire faiblard. Nous avons plaisanté à ce sujet l'autre jour, justement. Son compte Apple avait été piraté, ce qui l'avait obligée à modifier son mot de passe, mais comme il était difficile à retenir, elle l'avait noté.

— Et vous savez où elle range son journal intime ?

— Quel journal intime ? lance Cécile en reprenant sa place.

Sara hésite un instant, puis échange un regard avec Elin. Un éclair de connivence passe entre les deux jeunes femmes.

— Celui de Margot, dit-elle enfin. Il est dans son sac. Allons-y.

— C'est bizarre, quand même… dit Sara, qui pose le sac de Margot sur le lit et farfouille à l'intérieur. J'ai l'impression de violer son intimité.

— Je sais, mais il faut tout faire pour la retrouver, dit Elin avec douceur.

Sara sort du sac un porte-monnaie, des épingles à cheveux, une bouteille d'eau à moitié vide, un chewing-gum… et enfin un calepin relié de cuir.

— Le voilà ! C'est ça qui lui sert de journal intime. (Elle le feuillette, puis s'arrête au bout de quelques pages.) Là… Je crois que c'est son mot de passe. Elin sort son téléphone, dont elle active la fonction « Localiser mon iPhone » sur l'iCloud.

— Connaissez-vous son adresse électronique ?

— Oui, une seconde. (Sara tapote sur l'écran de son mobile.) Voilà : marmassen@hotmail.com.

— Et le mot de passe…

Elin lit à haute voix les quelques caractères notés sur le calepin, qu'elle tape simultanément sur son écran, dans la case prévue à cet effet.

L'écran d'accueil bleu cède la place à une boussole stylisée, puis à une grille blanche qui se mue bientôt en un plan, dont les routes et divers points de repère se précisent en quelques secondes, le temps d'un zoom. Puis un point vert apparaît.

Le système a localisé le téléphone de Margot ! comprend Elin, dont le cœur s'emballe. Elle pose le bout de l'index sur le point vert, ce qui fait surgir quelques mots : « iPhone de Margot », et, juste en dessous : « Il y a 40 minutes ».

— Vous avez localisé son téléphone ?

— Oui.

Sara considère l'écran.

— Il est tout près de nous. Quelque part dans l'hôtel.

71

— Sauriez-vous préciser où, exactement ? demande Elin, les yeux plissés, sans quitter le plan des yeux et luttant pour visualiser mentalement l'agencement de l'hôtel.

— Oui, répond Cécile, désignant le centre de l'écran. On ne peut pas déterminer l'endroit à une chambre près, ni l'étage, mais cette zone correspond au spa et au local technique.

On progresse ! se réjouit Elin.

— Faut-il un passe spécial pour y accéder ?

— Non. La carte magnétique que je vous ai donnée vous permet de vous rendre n'importe où dans le bâtiment.

Elin a noté, dans ces derniers mots, comme une tension dans la voix de Cécile ; celle-ci a clairement envie d'en dire davantage mais n'ose pas franchir le pas. Après un temps de silence, la directrice reprend la parole :

— Vous êtes certaine de vouloir vous lancer dès maintenant dans ces recherches ?

— Tout à fait, répond Elin, gagnée par la frustration et incapable de décrypter la brève émotion apparue sur les traits de cette femme.

Elle ne comprend donc pas qu'il faut agir sans perdre une seconde ? On dirait qu'elle veut me freiner ! Cécile se mordille la lèvre, puis lâche :

— Ça ne vous dérange pas que j'en parle à Lucas ?

De plus en plus tendue, Elin donne son accord, consciente de très mal dissimuler son agacement, mais elle n'a jamais été bonne diplomate. Elle a toujours eu tendance à laisser les problèmes s'accumuler, s'envenimer, à les enfouir au plus profond d'elle-même jusqu'à ce qu'ils ressurgissent et s'impriment sur son visage, tel un plan détaillant ses émotions. Cécile échange rapidement quelques mots en français avec son frère au téléphone, puis elle raccroche et glisse son mobile dans sa poche, visiblement troublée.

— Lucas estime que vous ne devriez pas procéder seule aux recherches, vous mettre en situation de vulnérabilité, dit-elle sur un ton contraint.

— Qu'est-ce que vous racontez ? se désole Elin.

— Il juge que c'est trop risqué, précise lentement Cécile, comme si elle s'adressait à une attardée mentale. Je… (Elle flanche, et son visage rougit soudain.) Écoutez, c'est difficile à dire, mais je suis d'accord avec lui. Vous nous avez été d'une grande aide, mais après que ce qui est arrivé à Laure et l'agression que vous avez subie, vous n'êtes sans doute pas dans l'état d'esprit idéal pour agir. Je pense que nous ferions mieux d'attendre l'arrivée de la police.

— La police ? s'étrangle Elin, incrédule. Elle ne sera pas là avant longtemps, vous le savez aussi bien que moi !

Elle serre les poings sous la table, si fort qu'elle sent ses ongles s'enfoncer dans sa chair. Un avertissement retentit dans ses pensées : *Ne perds pas les pédales ! Ne dis pas quelque chose que tu regretteras ensuite !*

— Vous avez prévenu Berndt, à propos de Margot ?

— Non, pas encore.

Cécile soutient son regard, avec l'air de vouloir dire quelque chose.

— Je suis désolée, mais je dois me montrer franche avec vous, dit-elle, les mains levées en un geste d'excuse. Je ne voulais pas vous l'annoncer moi-même, mais Lucas… sait tout à propos de votre travail.

— Comment ça ? s'étrangle Elin.

— Il a découvert que vous étiez en congé longue durée ; ça le gêne que vous poursuiviez l'enquête alors que vous ne nous avez rien dit. Si vous nous aviez expliqué la situation…

— Ça ne change en rien ce que je peux vous apporter, proteste Elin, le cœur frappant violemment sa poitrine.

Ils t'ont percée à jour. Ils ont découvert ton imposture.

— Navrée, mais c'est Lucas qui décide, dit Cécile, détournant le regard.

Elin baisse les yeux, s'efforçant de maîtriser sa colère. Les doutes familiers, de retour, se bousculent dans sa tête.

Et s'ils avaient raison ? Et si mon jugement était faussé ?

— Je retourne dans ma chambre, annonce-t-elle en se levant.

Elle s'éloigne lentement, focalisée sur chaque pas, comme si le moindre écart pouvait faire voler en éclats sa maîtrise de soi et la pousser à hurler sa rage.

72

Elin claque la porte de sa chambre derrière elle, sans obtenir l'effet escompté ; le mécanisme du battant ralentit celui-ci à quelques centimètres du montant et ferme la porte en douceur.

— Calme-toi, lui chuchote Will. Et dis-moi ce qui se passe.

— Cécile m'a dit qu'il valait mieux que j'arrête de chercher Margot, qu'il faut attendre la police, que je ne suis pas dans « l'état d'esprit idéal », répond Elin, incapable de rester en place et le visage brûlant tandis que les paroles de Cécile résonnent en elle. Ils ont découvert que je suis en congé longue durée…

Will lui agrippe le bras :

— C'est peut-être plus sage. Il vaut peut-être mieux attendre l'arrivée de la police.

— La police… répète Elin, s'efforçant de conserver son calme. Il y a eu une nouvelle avalanche. La police ne sera pas là de sitôt, à moins que le vent se calme et qu'un hélicoptère puisse décoller.

— Qu'en pense Berndt ? s'enquiert Will d'une voix posée et prévenante.

— Je ne l'ai pas appelé, avoue Elin sans oser croiser

le regard de son compagnon. Il ne serait sûrement pas d'accord pour que je tente de retrouver Margot seule, et Lucas lui a peut-être parlé de moi. (Elle hésite.) Quoi qu'il en soit, attendre des renforts n'est pas une solution. Le tueur aura peut-être fait du mal à Margot d'ici là, et il peut voir la police arriver. On perdra alors tout le bénéfice de la surprise.

— Tu as raison.

Will se pince l'arête du nez, ce qui a pour effet de relever ses lunettes.

— Je n'arrête pas de penser à l'agression dans la suite et à l'avalanche qui t'a frôlée… (Sa voix se brise.) J'ose à peine imaginer, s'il t'arrivait quelque chose…

— Ça ira, je t'assure, je suis prudente, dit Elin, attirant Will contre elle. Je n'agirais pas ainsi si je n'estimais pas que c'est la bonne façon de procéder. La situation dépasse tout ce que j'ai imaginé ; je ne prendrai aucun risque inutile.

— D'accord, dit sèchement Will, ce qui ne manque pas de surprendre Elin. Lance-toi à la recherche de Margot, mais quelles que soient tes intentions, je refuse que tu agisses seule. Tu ne t'es pas posée une seconde depuis ce matin. Tu es épuisée et tu n'as rien avalé.

Elle rompt leur étreinte, décontenancée. Doute-t-il d'elle, à l'image de Cécile et Lucas ?

— Je suis formée pour ce genre de situations, Will. J'ai été surprise dans la suite, ça n'a rien à voir, mes capacités de jugement étaient faussées par mes liens avec Laure, mais maintenant je suis sur mes gardes, prête à l'offensive. Je sais quelles précautions prendre.

— Ça suffit, Elin, je ne veux pas que tu enquêtes seule.

Elle reste muette plusieurs secondes, puis dit d'une voix hésitante :

— Tu proposes de m'accompagner ?

— Tu n'iras nulle part sans moi. Pas cette fois.

Elin se force à sourire malgré son immense appréhension : elle devine que le tueur est tout près, et la tension de plus en plus palpable.

73

— Tu vois quelque chose ? souffle Will, dont le bruit des pas résonne sur le sol en marbre.

— Non, rien pour l'instant.

Elin progresse un peu plus dans l'entrée du spa, sans remarquer le moindre signe trahissant une présence. Rien n'a été troublé, tout est à sa place, jusqu'aux magazines impeccablement empilés. Elle se penche par-dessus le comptoir de la réception et ne voit rien en dehors de l'écran, si ce n'est le clavier et, légèrement sur la gauche, une plante dans un pot blanc.

L'air est imprégné du même mélange d'arômes que lors de sa première venue en ces lieux – menthe et eucalyptus, avec une touche d'odeurs de produits nettoyants.

Se trouver ici fait resurgir le souvenir du premier jour, quand Laure lui a fait visiter le spa. Elle refoule quelques larmes en voyant son visage souriant en pensée. Cela donne encore plus de sens à son entreprise : elle se doit d'agir autant pour Laure que pour Margot.

— Allons faire un tour au vestiaire, propose-t-elle.

Will prend les devants, clairement mal à l'aise tandis qu'il inspecte les environs.

Ils se trouvent dans la zone désignée par la localisation

de l'iPhone – les environs de la piscine et le local technique.

Le vestiaire se révèle aussi désert que la réception. Le carrelage blanc est brillant et les portes des cabines sont fermées. Cela n'empêche pas Elin et Will de toutes les ouvrir, en partant de la gauche. Sans résultat : il n'y a personne ici, pas la moindre trace d'un passage quelconque.

— On passe aux bassins ? lance Elin avec un enthousiasme forcé.

En réalité, elle perd peu à peu espoir. Il y a de fortes chances que le tueur se soit débarrassé par ici du téléphone de sa victime. L'endroit désigné par la localisation n'est peut-être qu'une piste qui ne mène à rien.

Ouvrant toujours la marche, Will contourne lentement la grande piscine.

— Rien… lâche-t-il avec un soupir sonore.

Il a raison : l'eau est quasiment figée, à peine striée de reflets vacillants. Quant au sol, il est tout à fait sec, sans traces de pas humides ni d'éclaboussures. Il ne leur reste plus qu'un endroit à vérifier : le local technique.

Ils rebroussent chemin. Grâce aux images de la vidéosurveillance, Elin sait que la porte de ce local se trouve au fond du vestiaire – c'est sans doute par cet accès que Laure s'y est introduite pour l'épier.

Ils repèrent sans difficulté la porte blanche métallique, au centre du mur du fond. Elin glisse sa carte dans la fente, et le battant s'ouvre en produisant un cliquetis.

À l'intérieur, elle découvre une impressionnante machinerie parcourue d'artères métalliques déployées un peu partout du sol au plafond. Cet endroit, plus vaste qu'elle ne l'imaginait, a des allures de labyrinthe et s'étend probablement sur toute la longueur du vestiaire et de la piscine.

Un bourdonnement sourd et régulier, cœur mécanique des machines, est perceptible, tandis que flotte une odeur chimique, vaguement industrielle.

— Reste près de moi, intime Elin à Will. Je commence par…

Soudain, ils sont plongés dans l'obscurité, dans des ténèbres impénétrables. Elin retrouve la porte à tâtons et actionne l'interrupteur, sans effet.

Assaillie par une terreur mordante, elle se retourne, désorientée et paniquée par l'alarme mentale qui s'est déclenchée dans son esprit.

— Ton téléphone, lui souffle Will. La fonction lampe torche…

Elin sort son mobile de sa poche et suit ce conseil. Elle n'obtient qu'un éclairage pitoyable qui illumine tout juste sa main.

— On ne peut pas continuer, Elin, dit Will, clairement tendu. Pas maintenant, en tout cas. On n'y voit rien. Quelqu'un a volontairement coupé le courant. Je n'aime pas ça.

Grâce à son maigre faisceau lumineux, Elin discerne le regard sombre et le voile de sueur sur le front de son compagnon.

Je n'aurais pas dû accepter qu'il m'accompagne. Il panique.

— Retourne dans la chambre, je continue à chercher, dit-elle avant de baisser d'un ton. Si quelqu'un nous a délibérément plongés dans le noir, ça veut dire qu'on est tout près du but !

— Je ne pars pas sans toi, déclare Will, les muscles du cou tendus à l'extrême.

Ils reprennent leur progression, pas à pas et avec une grande prudence, longeant le mur, mais il leur est difficile de se repérer parmi ces machines complexes ; en permanence sur leurs gardes, ils doivent fréquemment changer de direction. Chaque appareil semble émettre un bruit qui lui est propre ; certains grondent ou ronronnent, quand d'autres bourdonnent à la façon des insectes, comme s'ils agitaient frénétiquement des ailes de métal.

Quelques pas plus loin se présente un espace légèrement plus large ; les machines sont séparées par de petites allées. Elin lève le bras et fait décrire un cercle à son faisceau lumineux, dévoilant des carcasses métalliques.

Il n'y a rien ici.

Au moment où elle s'apprête à reprendre sa marche, un bruit se produit quelque part droit devant elle. Surprise, elle laisse échapper son téléphone. Elle se baisse et le ramasse ; par chance, il est intact et éclaire toujours. Sur le point de se retourner vers Will, elle voit son mouvement interrompu par un nouveau son, un léger raclement.

Elin agite son téléphone devant elle et, sous le faible éclairage, devine une forme à même le sol. Elle stabilise le faisceau… et pousse un petit cri.

Margot !

La disparue est recroquevillée sur elle-même, les jambes repliées. Sa tête étant tournée de l'autre côté, Elin ne distingue pas son visage.

Le silence est revenu mais elle ne cesse pas pour autant de balayer la pièce avec le faisceau. Elle dépasse

Margot de quelques mètres pour s'assurer que le tueur n'est pas tapi dans l'ombre.

Non, il n'y a personne.

Elin expire lentement, soulagée. Margot est simplement retenue ici ; il est encore possible de la libérer avant le retour de son ravisseur. Sans perdre une seconde, elle revient auprès de la prisonnière. L'éclairant de près, elle constate qu'elle a les poignets et les chevilles entravés, et qu'un morceau de tissu est enfoncé dans sa bouche.

Tandis que Will reste en retrait, dans l'ombre, faisant le guet, Elin s'accroupit :

— Margot, c'est moi ! Elin !

Margot lève la tête, le regard vide. Son visage est taché, elle a des traces noires sur le front et sur les joues.

— Ça va aller, Margot, on va vous sortir de là.

Elle n'obtient pas de réaction ; à en juger par ses yeux fixés dans le lointain, rien n'indique que Margot l'ait entendue.

Elle est sous le choc, comprend Elin. *Ou alors encore sous l'effet du sédatif.* S'éclairant grâce à son téléphone, elle examine les nœuds des liens qui emprisonnent les chevilles de Margot.

— Je vais défaire ça pour que vous puissiez marcher, et on dégage d'ici.

C'est alors que Margot a un mouvement de recul – pourtant impossible, en principe, vu la façon dont elle est entravée.

Et soudain, elle assène un violent coup de pied sur les genoux d'Elin, qui s'effondre, incapable de conserver son équilibre. L'onde de choc se propage douloureusement dans ses cuisses, puis le long de sa colonne vertébrale.

Son téléphone lui est arraché des mains et vole dans les airs avant de se fracasser au sol ; il fonctionne encore, cependant, et éclaire encore faiblement l'espace qui sépare les deux jeunes femmes.

Elin hurle et tente de lever la tête, mais la douleur est si vive qu'elle l'étourdit et brouille sa vision.

Quand enfin celle-ci se stabilise, elle découvre Margot debout, la dominant de toute sa taille, comme prête à se jeter sur elle. Ses liens pendent à ses chevilles, inutiles.

L'espace d'un instant, Elin ne comprend pas ce qui se passe.

Elle me prend pour son ravisseur ?

Puis la vérité lui apparaît avec une clarté écœurante.

74

Elin se relève d'un bond, paniquée, et recule de plusieurs pas.

Je me suis encore trompée sur toute la ligne... Mes théories, mes grandes idées sur Lucas, sur Isaac, sont toutes fausses.

Elle considère les liens autour des chevilles et des poignets de Margot, absolument pas serrés, ce qui lui a permis de s'en libérer d'un geste.

Elin est tombée dans un piège.

— C'est vous... C'est vous la tueuse... balbutie-t-elle, à peine capable d'articuler ses mots, tandis que sa tête lui semble peser des tonnes.

Margot ne répond pas, se contentant de fixer sur Elin son regard vide et indéchiffrable. La poitrine comprimée par la terreur, Elin ne retrouve plus rien de la réceptionniste mal dans sa peau et honteuse de son corps avec qui elle a discuté quelques jours plus tôt; face à elle se dresse fièrement une femme de plus d'un mètre quatre-vingts dont la force et les muscles sont clairement visibles.

Oui, c'est possible. Elle a pu faire ça. Elle a pu enlever des gens et les tuer.

Margot se baisse et ramasse le téléphone, dont elle braque le faisceau sur le visage d'Elin. Aveuglée et étourdie, celle-ci tourne la tête en clignant des paupières, cherchant à échapper à cette agression lumineuse.

Où est Will ?

— Eh oui, répond enfin Margot d'une voix glaciale totalement dépourvue d'émotion. C'est moi.

— Personne ne vous a enlevée. C'était un piège, comme le texto prétendument envoyé par Laure. Vous avez tout manigancé.

Elin fait défiler en pensée les événements des derniers jours, en quête de réponses.

Margot ne lui aurait-elle raconté que des mensonges ? Sur la relation entre Laure et Isaac ? Sur l'altercation ayant opposé Laure et Lucas ? *J'ai fait preuve d'une grande naïveté*, se lamente Elin. *J'ai gobé tout ce qu'elle m'a dit sans me poser la moindre question.*

— Si ça peut vous rassurer, n'importe qui aurait commis les mêmes erreurs, des erreurs humaines, affirme Margot avec un demi-sourire dépourvu d'émotion, devinant les reproches que s'adresse Elin. L'ego prend toujours le dessus. Tout le monde a cette faiblesse, cette volonté d'en savoir davantage, d'être le héros de l'histoire, celui qui sauve le monde. C'est pour ça que vous vous êtes engagée dans la police, d'ailleurs.

Malgré son état de choc et sa peur, Elin sent de la colère monter en elle. *Comment cette femme ose-t-elle la juger ! Parler d'elle comme si elle la connaissait...*

Margot avance d'un pas vers elle. Elin remarque alors qu'elle est armée d'un couteau, dont la lame scintille sous l'éclairage du téléphone. Un filet de sueur ruisselle dans son dos.

Où est Will ? Qu'est-ce qu'il fiche ?

— Je ne comprends pas, dit-elle posément, cherchant à gagner du temps. Pourquoi tous ces crimes ?

— Pour que la vérité éclate, répond Margot sur un ton robotique. Cet endroit est… empoisonné. Il n'aurait jamais dû rouvrir. (Elle avance encore d'un pas, s'approchant à quelques centimètres d'Elin.) Je suis désolée, je n'avais pas prévu de vous impliquer dans cette histoire.

Elle énonce les faits avec une froideur glaçante, mécanique. Elin est devenue un obstacle ; il faut donc l'éliminer.

— Vous n'êtes pas obligée d'en arriver là, Margot. Rien ne vous force à me faire du mal, ni à vous en prendre à d'autres personnes. Il est possible de mettre un terme à tout ça dès maintenant.

La tueuse ne semble pas l'entendre ; elle brandit son couteau, les traits toujours aussi neutres, pareille à une poupée automate ; plus rien ne peut l'arrêter.

Elin recule, la respiration saccadée et prise de vertiges.

— Margot, je vous en prie, non…

Margot se penche en avant, le geste vif. La lame fend l'air. Elin se décale et l'évite d'à peine quelques centimètres.

Nullement décontenancée par cet échec, Margot comble d'un bond souple l'espace qui s'est créé entre sa proie et elle.

C'est le moment que choisit Will pour intervenir, avec une telle vivacité qu'il en devient flou. Il pousse Margot sur le côté ; celle-ci laisse échapper le téléphone, dont la fonction lampe torche se désactive.

Les voilà plongés dans une obscurité totale.

Après quelques secondes de silence, Elin perçoit un craquement écœurant suivi du bruit sourd d'une masse s'effondrant au sol. Des échos d'une lutte se font ensuite entendre : de l'agitation, des coups, du tissu qui se déchire. Puis un gémissement. Et enfin un autre bruit, plus discret, comme si quelque chose glissait sur le sol.

Quelques instants plus tard, des bruits de pas résonnent en s'éloignant, accompagnés d'un souffle haletant. Le cœur au bord des lèvres, Elin devine instantanément que ce ne sont pas ceux de Will. *Jamais Will ne s'enfuirait ainsi. Jamais il ne m'abandonnerait.*

Soudain, une peur sans fond s'abat sur elle, la sortant de la torpeur qui la tétanise depuis plusieurs minutes.

— Will, tu m'entends… ? crie-t-elle d'une voix suraiguë qu'elle contrôle à peine.

Pas de réponse. Elle comprend aussitôt que s'il se tait, ce n'est pas de sa propre volonté. *Il ne peut pas me répondre.* Elle n'a plus que cette pensée en tête. *Il ne peut pas me répondre !*

Margot avait raison : elle voulait à tout prix résoudre ce mystère, satisfaire son ego, et ce faisant elle a mis Will en danger.

À quatre pattes, elle balaie le sol des deux mains, à la recherche de son téléphone. Les secondes s'étirent et deviennent des minutes. Enfin, elle effleure un objet en plastique : la coque de son mobile. *La fonction lampe torche fonctionne-t-elle encore ?*

Elle allume l'écran et, en quelques tapotements, rétablit l'éclairage. Will est là, à un mètre d'elle, sur le flanc et les mains plaquées sur le ventre, et il semble allongé sur une sorte d'ombre noire qui grandit.

Non, ce n'est pas une ombre...

C'est du sang.

Elle se précipite auprès de lui, puis se fige : Margot n'est-elle pas restée dans les parages, tapie dans l'obscurité ? Elle éclaire les alentours sans repérer quiconque. Margot est partie. Les jambes lourdes, elle se traîne jusqu'à son compagnon.

— Je suis là, Will…

Elle pose le téléphone de façon à éclairer la blessure – une profonde entaille de quelques centimètres, en dessous du nombril – et la comprime d'une main, espérant contenir l'hémorragie.

— Ça va aller, Will, ça va aller…

75

Elin a du mal à associer l'être pâle et sans vie allongé dans le lit au Will qu'elle connaît. Elle n'y retrouve pas sa joie de vivre, son énergie indomptable toujours prête à jaillir. Sa respiration lui paraît irrégulière, mais peut-être n'est-ce qu'un effet de son imagination. Elle pose une main sur la sienne mais il ne réagit pas, ne sent pas le contact de ses doigts. Cette vision lui coupe le souffle.

La tête inclinée sur la gauche et les cheveux plaqués sur l'oreiller, il a le visage livide et ses traits si familiers sont comme aplatis, lissés. À cela s'ajoutent un hématome violacé sur le visage et de multiples contusions plus bénignes.

Sa blessure est masquée par une couette remontée jusque sur son torse ; malgré la profondeur de l'entaille, la lame n'a pas touché d'organe vital ni de vaisseau sanguin essentiel. Après l'avoir installé dans la chambre, Sara, qui a autrefois suivi une formation d'infirmière, s'est occupée de lui avec efficacité. Elle a nettoyé puis pansé la blessure, avant d'administrer à Will quelques antidouleurs et sédatifs pris dans le local du secours en montagne. Néanmoins, il aura très rapidement besoin d'un traitement plus complet, avec des antibiotiques et une surveillance permanente.

Elin se fige lorsque la respiration de Will se fait plus laborieuse, avant de retrouver son rythme irrégulier. Ces sons quasi bestiaux la font paniquer. *C'est ma faute. C'est à cause de moi qu'il est dans cet état...*

Cécile et Lucas l'ont réconfortée, lui assurant qu'il était impossible de deviner l'implication de Margot dans les crimes, mais elle se sait responsable : c'est elle qui a conduit Will dans cet endroit maudit. C'est elle qui l'a jeté vers le danger.

Elle s'écarte du lit et plisse les yeux, dans l'espoir de modifier la perspective, de considérer la scène sous un angle différent, et ça fonctionne : le temps semble se replier sur lui-même et l'éloigne de Will pour la faire revenir à l'époque de Sam. Elle se rappelle l'avoir vu dans la même situation, livide et sans vie à côté du bassin naturel. Il avait toujours la même allure, pâle et maigrichon, ses cheveux blonds emmêlés, mais il y avait une sorte de vide en lui, comme si quelque entité affamée s'était immiscée dans son être pour le dévorer de l'intérieur.

Elle se rappelle une sensation de chaleur, puis de colère. Avec son égoïsme enfantin, elle a presque été déçue, s'attendant à une vision plus spectaculaire – un signe quelconque indiquant qu'il était triste d'être parti, de l'avoir abandonnée –, mais non, rien ne se lisait sur son visage. Comme à présent sur celui de Will.

Un frisson la surprend et lui secoue les épaules.

— Il va s'en sortir, la rassure Isaac en lui prenant la main. On s'en est occupé à temps.

C'était limite... se dit Elin, qui voit défiler des visions parmi ses pensées : le sang sur ses mains, sur le sol, ses doigts glissants sur son téléphone quand elle a appelé Isaac.

La suite lui échappe ; elle n'en a gardé que des fragments : Sara soignant Will sur le sol souillé, des employés de l'hôtel s'activant autour de lui, un flot incessant d'allées et venues, des instructions criées…

— Dès que les secours pourront accéder à l'hôtel, ils le transféreront à l'hôpital et tout ira bien, ajoute Isaac, qui cherche son regard, mais elle l'esquive.

Elin est incapable de chasser la pensée qui tourne en boucle dans son esprit. *Will est dans ce lit à cause de moi.* Il a tenu à l'accompagner, à la protéger, et elle ne s'est pas montrée à la hauteur.

— C'est ma faute, Isaac, je me suis jetée dans la gueule du loup… Will m'avait avertie, pourtant.

— Ne dis pas ça, Elin… Tu ne pouvais pas savoir qui était vraiment Margot. Tu n'es pas la seule à avoir été dupée ; elle a berné tout le monde, apparemment.

— Je sais, mais je l'ai entraîné dans cette histoire, dans cette situation imprévisible. J'ai été nulle, en tant que compagne, et pas seulement cette fois. Je réagis n'importe comment depuis qu'on est ensemble. Je n'ai pas arrêté de le tenir à l'écart, sans jamais le laisser vraiment m'approcher… (Sa voix se brise.) Imagine que son état s'aggrave ; je ne lui ai jamais clairement dit ce que j'éprouvais pour lui…

Elin se tait, les doigts sur les tempes, aux prises avec un étrange brouillard d'émotions qui s'entrecroisent violemment.

Isaac l'observe avec un embarras qui se lit clairement sur son visage. Alors qu'il n'est jamais à court de mots, il a un mal fou à trouver quoi dire, bien en peine d'assumer sa tristesse et celle de sa sœur. Tous deux ont l'impression d'être dans une impasse. Il ouvre la bouche, remue les lèvres, mais aucun son n'en sort – à moins qu'Elin ne les entende pas. Elle a la sensation de s'être éloignée de tout, comme si le monde se réduisait à une tête d'épingle. Elle se sent plongée dans des ténèbres liquides familières, puis sa respiration se fait plus lourde, plus dense, comme si des éboulis rocheux lui raclaient la poitrine.

— Il faut que j'arrête, Isaac, dit-elle entre deux inspirations difficiles.

Elle s'efforce de se focaliser sur le tableau suspendu au mur, une œuvre abstraite qui se résume à quelques traits de peinture, mais ceux-ci restent flous.

— Tu as ton inhalateur sur toi, Elin ?

Elle ferme les yeux et fond dans les ténèbres. Plusieurs secondes s'écoulent, puis elle sent une main plonger dans ses poches et glisser l'embout en plastique dans sa bouche.

— Inspire.

Un flux de gaz frais se répand en elle.

Ses poumons se décrispent en quelques secondes, et sa respiration s'apaise.

— Excuse-moi, dit-elle à son frère, encore saisie de vertiges.

— Pas de souci, répond Isaac, qui lui agrippe le bras et l'entraîne vers le canapé. J'ignorais que ton asthme était si prononcé…

Elin se redresse. Durant un bref instant, elle envisage de mentir, mais c'est chose impossible ; elle doit cesser d'empiler les mensonges.

— Isaac, ce n'est pas seulement mon asthme qui me met dans un tel état. J'en ai encore un peu, mais il est sous contrôle. En réalité, je souffre également de crises de panique. Elles n'ont fait qu'empirer cette année, depuis la mort de maman et l'affaire dont je t'ai parlé. (Elle désigne l'inhalateur, encore dans la main de son frère.) Ce truc m'aide à les maîtriser, c'est évident, mais c'est comme une béquille ou un doudou d'enfant.

— Depuis quand, exactement ? demande Isaac, le regard intense.

— Depuis la mort de Sam. Tu avais raison quand tu as dit que je cherchais sans cesse des réponses à cause de ce qui lui est arrivé. Chaque fois que je suis chargée d'une enquête, je cherche à la résoudre mais mon esprit ne cesse de revenir à Sam. J'aimerais seulement savoir ce qui s'est passé, connaître la vérité, pour pouvoir passer à autre chose.

Les mots d'Elin jaillissent comme l'eau d'un torrent – cela fait si longtemps qu'elle cherche à les libérer.

Isaac lâche un grognement de frustration et regarde sa sœur de ses yeux injectés de sang :

— Arrête, Elin, s'il te plaît. Arrête avec ça.

— De quoi tu parles ?

— Arrête de sans cesse tout ramener à Sam, même dans un moment pareil, alors que Will est blessé. (Il le désigne de la main.) Sam est mort, d'accord, mais on n'y peut rien. Tu crois que je n'y pense pas tout le temps, moi aussi ? Je regarde souvent des photos de lui, Elin, et j'aimerais tant pouvoir le faire sortir de ces images, l'arracher physiquement, le faire revenir dans le monde des vivants, mais ça n'arrivera jamais. Il n'est plus parmi nous. Il faut que tu l'acceptes, que tu tournes la page.

— Isaac…

Elin est interloquée ; comment son frère ose-t-il lui parler ainsi, sur ce ton moralisateur, alors qu'il est au centre de ses doutes ?

— Quoi ? C'est la vérité. Je ne supporte plus de te voir réagir comme ça. Tu n'es plus que l'ombre de celle que tu étais autrefois. Personne ne te reproche quoi que ce soit, Elin, personne. J'aurais préféré éviter de te dire tout ça aussi brutalement, mais je pense que c'est nécessaire.

— Comment ça, personne ne me reproche quoi que ce soit ? proteste Elin, dont la voix s'envole dans les aigus. Que pourrait-on me reprocher ? Ce n'est pas à moi que je reproche quelque chose, Isaac ! Tout est ta faute ! Si je suis dans cet état, c'est à cause de ce que tu as fait à Sam ce jour-là ; c'est ça qui me vaut des crises de panique ! Ce n'est pas moi qui suis en cause, c'est toi !

— Moi ? s'étrangle Isaac, stupéfait.

— J'ai sans cesse des visions qui me viennent, des flash-back de ce qui s'est vraiment passé. Je te revois les mains couvertes de sang. Tu as tué Sam, pas vrai ? Avoue-le. Vous vous êtes disputés et ça a dégénéré.

Elle n'a aucun mal à cracher ces abominables invectives, poussée par sa rancœur et sa colère, par tout ce qu'elle contient depuis si longtemps.

— Tu te trompes, mais ce n'est pas le moment de revenir là-dessus… souffle Isaac, la regardant droit dans les yeux, tendu, avant de tourner la tête vers le lit. Pas tant que Will est dans cet état.

— Tu ne t'en tireras pas si facilement, Isaac. Je veux savoir la vérité. Je veux que tu me dises ce qui s'est vraiment passé.

Un silence assourdissant semble s'éterniser. La gorge nouée, Elin se sent étouffer sous les mille questions qui la taraudent.

— Allez, Isaac, dis-moi tout, insiste-t-elle en agrippant brusquement le bras de son frère. Commence donc par ton premier mensonge, ce jour-là : tu n'es pas allé aux toilettes, n'est-ce pas ? Tu es resté avec Sam.

C'est alors qu'elle remarque quelque chose d'étrange dans le regard d'Isaac, quelque chose qui ravive la peur nichée au creux de son estomac.

De la pitié.

Ça ne colle pas, se dit-elle, paniquée. Il devrait être triste, désolé, voire sur la défensive… mais pas apitoyé.

Isaac lève les yeux vers elle – des yeux perdus dans le vague et emplis de tristesse.

— D'accord, dit-il enfin. Tu veux la vérité ? Je n'étais pas avec Sam quand il est mort. C'est toi qui étais avec lui, pas moi.

76

— Qu'est-ce que tu racontes ? balbutie Elin. Je n'étais pas avec Sam mais au pied de la falaise.

— C'est vrai, mais ensuite tu nous as rejoints, dit Isaac en se frottant l'œil. Je t'ai demandé de surveiller Sam le temps que j'aille aux toilettes. Quand je suis revenu, il était sous l'eau. Tu braillais et répétais que tu l'avais vu couler, que tu n'avais rien pu faire. (Il hésite un instant.) Les médecins ont estimé que tu étais en état de choc, que tu étais comme figée…

— Non, non… gémit Elin, les mains plaquées sur les épaules, refusant d'assimiler les mots de son frère. Non, ce n'est pas ce qui s'est passé.

— Ils ont dit que tu n'aurais probablement rien pu faire pour sauver Sam. L'autopsie a révélé qu'il était mort instantanément d'une hémorragie cérébrale due à sa chute. Son crâne a percuté le rocher au mauvais endroit, c'est tout. Un coup de pas de chance.

Submergée par une nausée aussi soudaine que violente, Elin voit le monde tel qu'elle le connaissait se briser, changer du tout au tout.

Plusieurs secondes s'écoulent dans un silence qu'Elin finit par rompre d'un murmure :

— Raconte-moi ce qui s'est passé exactement.

— Tu es sûre ?

Elle acquiesce.

— Quand je suis parti aux toilettes, tu as plongé ton épuisette à côté de celle de Sam. C'est la dernière chose que j'ai vue.

— Et ensuite ? souffle Elin d'une voix à peine audible.

— Quand je suis revenu, Sam était sous l'eau, inerte. Je me suis jeté dans le bassin et je l'ai sorti de là, puis je…

Il se tait, et Elin devine pourquoi ; il ne veut pas aller plus loin et la mettre en cause, lui dire qu'elle est restée plantée au bord de l'eau sans rien tenter.

Elle inspire violemment. Douloureusement.

Je lui en veux depuis tout ce temps… convaincue qu'il s'en est pris à Sam, puis à Laure…

— Mais le sang… ? Sur tes mains ?

— Quand je l'ai sorti de l'eau, Sam saignait. Une grosse entaille sur la tempe.

Elin reste muette, puis se rend compte que ses doigts s'agitent presque de leur propre volonté, n'agrippant rien d'autre que de l'air.

— Si j'ai bien compris, j'étais sur place et je n'ai rien fait pour aider Sam… ?

— Oui, mais tu étais en état de choc, selon les médecins, rappelle Isaac, qui tente de la rassurer en posant sa main sur la sienne. Les gens réagissent chacun à leur façon, face à de telles situations, tu l'as certainement constaté dans ton boulot. Tu n'avais que douze ans, Elin. J'ai longuement réfléchi à tout ça, j'ai lu beaucoup de choses sur les conséquences d'un événement traumatisant. Tu as été témoin d'une scène épouvantable. Tu es restée pétrifiée, c'est normal.

— Non, non, c'est impossible, ça ne s'est pas passé comme ça, panique Elin, dont la voix, qui prend des accents bestiaux, lui échappe peu à peu, tandis qu'elle abat le poing sur l'accoudoir du canapé. Non, Isaac, non ! Dis-moi que ce n'est pas la vérité, je t'en prie !

— Elin… Je ne voulais pas te dire tout ça, du moins pas comme ça, mais maintenant que tu connais la vérité, tu peux peut-être l'accepter et passer à autre chose. Toutes ces peurs que tu as en toi ont peut-être été ancrées à ce moment.

— Tu crois ?

— Oui. Il aurait fallu que tu consultes un psy, que tu parles de ton traumatisme, mais maman craignait que tu te reproches la mort de Sam. Ton cerveau a érigé des barrières autour de la vérité…

— Non, tu te trompes.

Elin ne veut pas de la pitié de son frère, de ses platitudes. Elle a l'impression qu'on lui a arraché les tripes et que sa tête va éclater. Jamais elle ne s'est sentie si épuisée. Elle n'a qu'une envie : être seule.

— Laisse-moi, Isaac, s'il te plaît, lâche-t-elle d'une voix étrange, vide.

Il hésite à obtempérer, fait mine de dire quelque chose, puis se ravise et s'en va.

Elle le regarde s'éloigner, puis ferme les yeux avec toute la force de sa volonté, mais cela n'empêche pas ses pensées de la harceler, aussi tranchantes que des couteaux.

Elle n'a rien fait pour secourir Sam. Son Sam. Son petit frère qui aimait tant les histoires et les fables.

Le soldat.

Le chevalier.

Le mouton réticent dans son déguisement de laine blanche.

La tête dans les mains, Elin sent son cerveau qui s'active, les pièces du puzzle qui se mettent en place dans son esprit.

Tout s'explique, à présent...

La réticence de sa mère à parler de Sam – ses traits crispés chaque fois qu'elle prononçait son prénom ; le départ de son père et son peu d'enthousiasme à rester en contact.

Ils m'en voulaient tous. Ils pensaient tous que j'aurais pu sauver Sam.

Des bribes de souvenirs remontent à la surface : un an jour pour jour après le drame, elle a surpris sa mère dans la chambre de Sam, assise sur son lit, un livre dans les mains. *Peepo*. Son personnage préféré, quand il était tout jeune, et qu'il n'a jamais cessé d'affectionner en grandissant, raffolant de son langage simpliste, de ses répétitions.

Sa mère lit ce livre dans un souffle, se balançant légèrement d'avant en arrière. Elin s'approche et pose la main sur son épaule, mais elle a un mouvement de recul à ce contact, suffisamment vif pour que l'ouvrage lui échappe et tombe sur le vaisseau spatial Lego de Sam, qui s'arrache de son socle et se fragmente. Sans même tenir compte de la présence d'Elin, sa mère se précipite, à quatre pattes, pour récupérer les briques.

Sur le moment, Elin a trouvé étrange que sa mère ait eu ce sursaut, sans jamais en saisir la réelle signification.

Aujourd'hui, elle a compris.

Les yeux baignés de larmes brûlantes, elle se laisse aller dos contre l'oreiller.

Tout s'explique.

Sa mère savait.

Ils étaient tous au courant.

Elin était responsable de la mort de Sam.

77

Cinquième jour

Elin n'a aucune idée de l'heure qu'il est lorsqu'elle se réveille. Tendant la main pour se saisir de son téléphone, elle grimace – son dos est encore raide et elle a mal un peu partout. Son affrontement avec Margot n'est pas l'unique responsable de ces courbatures ; elle a passé la nuit dans un lit de camp fourni par l'hôtel afin que Will soit plus à l'aise seul dans leur lit. Son matelas, à la fois étroit et guère plus épais qu'une feuille de papier, masque à peine le treillage des ressorts du sommier.

Il est 6 h 01, et la lueur de l'aube lui permet de distinguer Will. Encore pâle, il a retrouvé une respiration régulière. Soulagée, Elin se rallonge sur le dos. La tête minée d'élancements, son corps réclame de toutes ses fibres davantage de sommeil. Elle roule sur le côté et sent ses yeux se fermer d'eux-mêmes.

Le sommeil s'abat plus rapidement, cette fois, elle s'assoupit en seulement quelques minutes, bien que sachant que c'est risqué. En effet, ses rêves ne sont plus peuplés de fragments, mais de l'histoire reconstituée.

Sam penché au-dessus du bassin naturel, son épuisette plongée dans l'eau boueuse et pleine d'algues. La scène se déroule au ralenti : il lance un regard en arrière pour dire quelque chose – « Il n'y a pas de crabes ici », peut-être, ou alors « J'ai le cou qui chauffe ! » Puis, en se retournant vers l'eau, il perd l'équilibre.

Elin rit, amusée par la grimace comique de Sam, mais elle se rend rapidement compte que son expression n'a rien d'amusant : c'est de la peur. De la peur qui déforme ses traits car il chute en arrière.

Il n'y a rien de pire. On ne voit pas sur quoi on va tomber, on ne contrôle rien.

Il tombe dans l'eau en une fraction de seconde, très proprement.

Elin comprend que c'est le premier signe avertissant que quelque chose ne va pas : Sam aurait dû faire des éclaboussures, crier, se débattre, rire, tenter de se rétablir.

Rien de tout cela. Uniquement le bruit de sa chute dans l'eau, suivi d'un craquement écœurant.

Sam ne bouge plus, tandis que des ondes se propagent à la surface. Un rocher est taché d'un rouge brillant. Le visage de Sam ne ressemble plus à celui qu'elle connaît si bien : il a les yeux grands ouverts et son corps est sans vie, ses membres sont flasques comme quand il était bébé, ses os pas encore solidifiés.

Il a le crâne fendu d'une entaille. Plus qu'une entaille : un gouffre béant. Elin voudrait faire quelque chose – elle se souvient au moins de ça –, se jeter à l'eau, faire ressortir son frère par un tour de magie, mais ses pieds refusent de lui obéir. Ils sont coincés, collés au rocher, le talon gauche sur un mollusque.

Bougez ! ordonne-t-elle à ses pieds. *Bougez-vous !*

Ils n'obtempèrent pas, pas plus que ses yeux, eux aussi fixés sur la scène du drame. Sur le corps de Sam immergé, son tee-shirt se gonfle dans l'eau, tel un ballon immonde, si bien que le tissu remonte à la surface et est attrapé par la brise. Ses jambes sont ballottées par les ondulations de l'eau et un drapeau d'algues s'est accroché à sa cheville.

Son seau lui échappe et se fracasse bruyamment sur la roche. De l'eau et des algues se déversent entre de petites grappes de bernacles ; des crabes s'enfuient et des crevettes tressautent, tout ce petit monde cherchant désespérément à retrouver l'eau de mer.

Soudain, l'esprit d'Elin se focalise sur un détail, zoome sur un instant, qu'il repasse en boucle.

Ma main qui lâche le seau ; ma main qui lâche le seau...

Elin se réveille, serre sa chaîne, ses doigts sur la courbe du crochet, le cœur battant tandis que ce souvenir en rappelle un autre.

Quelque chose de similaire.

J'ai entendu quelque chose tomber.

Pendant que Will était aux prises avec Margot, quelque chose est tombé par terre. Elle ferme les yeux et le souvenir de cet instant se fait plus précis : les deux silhouettes à la lutte, leurs grognements, leur souffle rauque… et donc un autre bruit, plus étouffé. Un objet glissant sur le sol.

Elin se redresse, se saisit du verre d'eau et en boit une longue gorgée.

De quoi s'agit-il ? Quel est cet objet qui est tombé ?

78

— Tu en es certaine ? dit Isaac d'une voix légère contredite par son regard anxieux. Après ce qui s'est passé ? Tu n'étais pas en grande forme quand je t'ai laissée.

Il se saisit de son gobelet de café, qu'il vide d'un trait. Le teint grisâtre sous la faible luminosité, il a en outre les cheveux emmêlés et plaqués sur le crâne.

Sa chambre est dans un état épouvantable, les draps défaits et une multitude de gobelets de café sur la table de chevet. Saisie d'un violent élan de culpabilité, Elin comprend qu'il souffre, qu'il a du mal à se remettre de la perte de Laure. Et maintenant elle lui impose encore une épreuve.

— Je ne peux pas oublier ça, Isaac, dit-elle, chassant ces tristes pensées. J'ai entendu quelque chose tomber par terre, j'en suis certaine… Il faut au moins retourner là-bas et jeter un coup d'œil.

— On aurait sûrement vu cet objet quand on a secouru Will, estime Isaac sans quitter des yeux le visage de sa sœur. Plusieurs personnes sont entrées dans le local. Si quelqu'un avait trouvé quelque chose, on nous aurait prévenus.

La réaction d'Isaac, ainsi que son air soigneusement neutre, ne plaisent pas à Elin ; il la juge exténuée, convaincu qu'elle se raccroche à n'importe quoi. Dans le silence embarrassant qui suit, Elin rougit en prenant conscience qu'elle doit avoir une mine affreuse – le visage luisant de sueur et les cheveux ébouriffés après sa nuit agitée.

— Pas forcément, dit-elle en se passant la main dans les cheveux, espérant les aplatir. Tous les regards étaient focalisés sur Will. Quelque chose a facilement pu nous échapper.

— Quoi qu'il en soit, ce n'est pas le moment, avance prudemment Isaac. Margot est certainement encore quelque part dans l'hôtel, puisqu'elle n'est pas retournée dans sa chambre ; c'est trop risqué… Et Will ? Tu ne devrais pas plutôt rester avec lui ?

Il a raison, songe Elin, les épaules affaissées sous le poids d'une nouvelle onde de culpabilité.

Sa place est auprès de Will, c'est le moins qu'elle puisse faire, après ce qui s'est passé, mais l'envie d'obéir à son instinct est trop forte.

— Il dormait encore quand je suis sortie de la chambre, et il a passé une bonne nuit. Sara m'a envoyé un texto ; elle m'a promis d'aller veiller sur lui d'ici une minute. En plus, ça ne nous prendra pas longtemps.

Elle se tait. Ses propres mots la font grimacer.

Je me cherche des excuses. Quelle égoïste !

— Tu es sûre de toi ? dit Isaac, avant d'enfiler un pull-over.

— Oui. Le fait que Margot m'ait agressée prouve qu'elle n'en a pas terminé avec ses crimes. Elle a voulu se débarrasser de moi parce qu'elle a un autre projet en vue.

— Je pense que tu devrais attendre un peu avant de faire quoi que ce soit, insiste Isaac, dont le regard se dirige sur la porte-fenêtre. La météo prévoit une possible amélioration cet après-midi. La police sera peut-être là d'ici peu.

— Ça m'étonnerait, dit Elin.

En effet, bien que le ciel soit encore plombé, les luminaires extérieurs éclairent les énormes flocons qui ne cessent de tomber du ciel.

— On ne peut pas se permettre d'attendre, Isaac. En l'entendant cracher sa rage, j'ai clairement vu que Margot en faisait une affaire personnelle, qu'elle cherchait à se venger de quelque chose.

Le regard d'Isaac se porte sur une chaise, aussitôt imité par celui d'Elin, et sur la veste en cuir de Laure, sur un accoudoir.

Ce détail semble décider Isaac, dont l'expression se modifie soudain. Il lâche, avec un signe de tête résolu :

— D'accord, allons-y.

Son regard est animé d'une émotion située au-delà de la colère, de quelque chose de brut, de sombre et de profondément personnel.

79

L'éclairage a été rétabli. Sous la lueur crue des néons, le local technique a une tout autre allure : stériles et inertes, les machines semblent platement fonctionnelles et non plus sinistres.

— Elle a attaqué Will un peu plus vers le fond, c'est ça ? dit Isaac, se faufilant entre les appareils.

— Oui, on y est presque, confirme Elin.

Quelques mètres plus loin, elle aperçoit une tache de sang. Le sang de Will. L'estomac noué, elle s'en approche avec précaution et constate qu'elle a été largement piétinée par les personnes venues secourir Will. Quelques traces de pas rougeâtres filent plus loin avant de se dissiper.

— Si quelque chose est tombé, c'est par ici, dit-elle après s'être forcée à inspirer profondément.

Elle scrute entre les machines et balaie le sol du regard.

— Alors ? l'interroge Isaac.

— Rien pour l'instant, répond-elle, se mordant la lèvre de frustration.

Pas le moindre détail ne paraît lié au bruit qu'elle a entendu, à ce chuintement. Elle s'agenouille, songeant que peut-être l'objet a glissé plus loin qu'elle ne l'imaginait – il est vrai que ce carrelage est extrêmement lisse. Inclinant la tête au point que son pendentif vient reposer sur son menton, elle jette un regard sous l'appareil le plus proche. *L'espace entre cette machine et le sol est-il assez important pour qu'un objet s'y glisse ? Oui...* Elle tourne la tête de l'autre côté.

Et soudain elle le voit : un coin blanc, tout juste visible, qui dépasse légèrement de sous la cage métallique qui entoure le groupe électrogène. Elle tend la main et tente de s'en saisir, sans succès. Changeant de stratégie, elle en pince le bord entre le pouce et l'index. Cette fois, l'objet cède facilement.

Une enveloppe bourrée à craquer.

— Tu as trouvé quelque chose ? lance Isaac.

— Oui, répond-elle en se relevant. Une enveloppe…

Les mains tremblantes, elle en soulève le rabat et en sort une épaisse liasse de feuilles A4. Elle déplie la première et la reconnaît instantanément.

Gotterdorf Klinik.

— C'est un dossier médical, un de ceux que j'ai trouvés sur la clé USB de Laure.

À une différence près. Une différence de taille : ce document n'est pas censuré. En haut de la page apparaît un nom. Anna Massen.

Massen. Le nom de famille de Margot.

Elin remarque ensuite le numéro inscrit juste en dessous : 87534.

Ce n'est certainement pas une coïncidence, devine-t-elle, le cœur battant. Elle ne peut poursuivre sa lecture car le texte rédigé en allemand et truffé de termes médicaux lui est incompréhensible.

Elle passe au feuillet suivant :

— Il y en a d'autres, murmure-t-elle. Je…

Elle s'interrompt ; quelque chose est tombé au sol. Des photos. En noir et blanc. Elle se baisse, les ramasse et subit un choc lorsqu'elle découvre le premier cliché.

Cinq femmes sont allongées côte à côte sur des tables d'opération. Un drap est négligemment replié sur leurs jambes, comme s'il avait été tiré à la hâte le temps de la photographie.

Pour que l'objectif immortalise l'œuvre.

Non qu'on puisse qualifier cet ouvrage d'œuvre, se dit Elin, réprimant une montée de bile. Les corps sont mutilés, les estomacs ouverts, les chairs écartées par des instruments métalliques de façon à dévoiler les organes. S'intéressant aux têtes des malheureuses, Elin constate qu'on leur a retiré une partie du crâne, ce qui permet d'entrevoir la matière cérébrale.

Ne regarde pas ! lui hurle son cerveau. Mais elle n'a pas le choix.

Un frisson la traverse lorsque son regard se pose sur les trois individus en tenue chirurgicale qui se trouvent debout derrière les corps féminins. Ils portent chacun un masque mais ce sont manifestement des hommes, à en juger par leur taille et leur posture assurée, les jambes légèrement écartées.

Leurs masques sont similaires à la monstruosité trouvée sur le visage d'Adèle puis sur celui de Laure – le masque porté par celle qui les a tuées.

Dégoûtée, Elin comprend que si ces médecins sont affublés de cette chose, c'est pour une seule raison : ne pas être reconnus.

La conclusion est évidente : quand on se cache, c'est qu'on a commis quelque chose de mal.

Et ce qu'elle a sous les yeux semble assurément répréhensible. Bien loin d'une procédure chirurgicale, ce cliché évoque une scène de crime, un acte inhumain, barbare. Les doigts effleurant la photo, Elin se force à l'examiner, de nouveaux détails lui apparaissant à chaque seconde.

Elle ne peut réprimer un hoquet de stupeur lorsqu'elle se rend compte que la femme la plus proche de l'objectif, dont un bras pend hors de la table d'opération, a plusieurs doigts sectionnés. On devine en outre une sorte de bracelet autour du poignet, dont il est difficile de préciser la matière, du fait de l'absence de couleurs, mais il ressemble fortement à ceux trouvés dans les boîtes en verre.

— Tout tourne autour de ça, dit Elin, digérant encore sa découverte et ses implications.

— Mais que font ces gens, exactement ? demande Isaac, grimaçant de dégoût.

— Je ne sais pas, reconnaît Elin, l'air sombre. En tout cas, quelle que soit la nature de leurs actes, ceux-ci sont certainement illégaux.

Après avoir transmis ce cliché à Isaac, Elin passe à la suivante. On y voit une petite zone d'herbes chétives et une tombe solitaire ; la terre a été récemment remuée mais aucune pierre tombale n'a été installée. Elle pousse un petit cri, une main sur la bouche, en découvrant la photo suivante. Si celle-ci n'est pas aussi crue que la première, elle est tout aussi troublante. On y voit une femme aux yeux fermés allongée sur une table d'opération, avec deux sacs de sable fermement sanglés sur la poitrine ; la cage thoracique s'est affaissée sous leur poids.

Elin ne saurait préciser si la malheureuse est encore en vie, même si elle en doute fort, imaginant mal ses poumons réussir à se gonfler sous cette charge. Comme précédemment, trois individus masqués se tiennent en arrière-plan, dans la même pose glaçante.

Maîtrisant son émotion, Elin passe à la photo suivante, sur laquelle deux femmes gisent là encore sur des tables d'opération. Les corps sont largement couverts par les draps, cette fois, mais on remarque de longues incisions dans le cou.

Elin plisse les yeux afin de mieux assimiler les détails.

Tout cela confirme ses soupçons.

Les sacs de sable, les incisions dans le cou… Telles sont les méthodes par lesquelles Adèle et Laure ont été assassinées.

Sa théorie est donc validée : la façon dont elles ont été tuées, la signature de ces meurtres… indique sans équivoque que la tueuse a voulu transmettre un message.

Ce message.

Margot a reconstitué les scènes figurant sur ces photos, jusqu'aux moindres détails, de la méthode employée aux masques, sans oublier les bracelets…

Elin se tourne vers Isaac, sur le point d'ajouter quelque chose, mais elle se rend compte qu'il a les yeux rivés sur le premier cliché.

— Qu'est-ce qu'il y a ?

— Regarde ça, lui répond son frère. Il y a une inscription au dos.

Elin revient à cette photo et, en effet, constate que trois mots et une date ont été inscrits au crayon, d'une écriture à l'ancienne, toute en fioritures.

« Sanatorium du Plumachit – 1927. »

— Ces photos ont été prises ici, Isaac, dans cet hôtel, comprend Elin. Toutes ces horreurs ont été commises ici.

Une inspiration lui vient soudain ; elle revient à la photo de la tombe et en détaille l'arrière-plan. Même sans neige, elle reconnaît les forêts de sapins s'élevant sur les flancs de la montagne.

— Cette photo a été prise près du sanatorium. Ces femmes ont été enterrées tout près d'ici.

— Oui, on dirait. Dans des tombes anonymes.

Elin revient au verso de la première photo. Sous l'inscription ont été a ajoutés cinq nombres de cinq chiffres, les uns sous les autres. La déduction est évidente.

Cinq femmes.

Cinq numéros.

Elin fait courir l'index sur le premier d'entre eux : 87534. C'est celui qu'elle a lu dans le dossier médical enregistré sur la clé USB de Laure et sur l'un des bracelets déposés auprès du corps d'Adèle. Tout concorde. Une de ces femmes doit être de la famille de Margot.

— Ça correspond aux dossiers médicaux, dit-elle à Isaac. Les nombres inscrits au dos de la photo sont des numéros de patients.

— Les nombres gravés sur les bracelets sont donc tous rattachés à une personne ?

— Exactement. Et en voyant ça, je suis quasiment certaine qu'une de ces femmes est une parente de Margot.

— Mais ces dossiers proviennent de la clinique en Allemagne, l'asile psychiatrique. Comment ont-ils atterri ici ?

— Aucune idée. Il faudrait que quelqu'un nous traduise tous ces dossiers, mais je suis sûre que ces patientes n'ont pas été transférées ici pour que leurs maladies mentales soient soignées.

Plus elle observe ces photos, plus elle est frappée par l'aspect sinistre de ces images. Plusieurs détails la troublent plus que le reste. Premièrement, la façon dont les hommes masqués sont impeccablement alignés derrière les femmes allongées. Cette mise en scène, leur attitude, semble souligner le déséquilibre total en termes de pouvoir : les femmes sont étendues, vulnérables, à la merci des chirurgiens masqués qui les dominent de toute leur taille.

Ils incarnent une menace.

D'autre part, il n'y a pas de pierre tombale sur la terre fraîchement remuée, ni le moindre signe commémoratif. La personne qui gît là a-t-elle été inhumée dans le plus grand secret ?

— Tout part de là, Isaac, répète Elin en rejetant ses cheveux en arrière. C'est une vengeance. Margot a mis la main sur ces dossiers et ces photos, et maintenant elle crie vengeance.

Isaac a soudain une idée, à en croire son expression qui change du tout au tout. Il désigne les individus masqués :

— Si tu as raison, si elle s'est basée sur ces photos… Il y a cinq femmes sur celle-là… En comptant Daniel, elle a tué trois personnes pour l'instant. Donc, ça veut dire que…

— Qu'elle a encore deux cibles à atteindre.

— Cela dit, je ne comprends pas pourquoi elle s'en est prise à Adèle, Laure et Daniel. Les horreurs, sur ces photos, datent d'il y a des dizaines d'années. C'est épouvantable, un vrai cauchemar, mais il a dû se passer quelque chose plus récemment pour qu'elle les choisisse.

— Tu as raison, je pense, mais il faut en savoir plus sur Margot pour avoir la réponse à cette question.

— Que fait-on maintenant, alors ? demande Isaac, les yeux baissés sur l'enveloppe qu'elle tient encore dans la main. Nous avons cette nouvelle information mais elle ne nous dit pas où Margot se terre ni quels sont ses projets.

— Exact.

Elin remarque alors un minuscule lambeau noir collé sur l'enveloppe. *Le vernis à ongles de Margot.*

Et soudain, quelque chose fait tilt dans son esprit. Une image s'impose à elle : Margot balayant de la main des rognures d'ongles sur son bureau ; son geste étant trop vif, elle fait tomber son sac, dont le contenu se répand sur le sol. Une hypothèse vague et insaisissable présente dans son subconscient depuis un moment se précise, une idée dont elle n'a jamais réellement pris conscience jusqu'à présent.

— Allons retrouver Cécile et Lucas, je crois que je sais où se cache Margot, Isaac, dit-elle, une boule dans la gorge. À mon avis, elle n'a jamais quitté l'hôtel.

80

— La salle des archives ? dit Lucas sur un ton dédaigneux, en faisant glisser sa tasse de café sur son bureau. Il n'y a rien là-bas.

À ses épaules contractées et sa mâchoire crispée, Elin devine la tension qui habite le propriétaire des lieux, mais cela n'est pas dû au fait qu'elle l'a réveillé. En réalité, il n'a certainement pas apprécié qu'elle lui désobéisse en menant sa petite expédition dans le local technique, qu'elle poursuive son enquête.

— Vous en êtes certain ? Il n'y a pas d'autre accès à cette pièce ? D'autre porte pour en sortir ?

— Non, lâche sèchement Lucas. (Il referme son ordinateur portable et la défie d'un regard noir.) Qu'est-ce qui vous incite à croire qu'elle s'est cachée là-bas ?

— Une intuition.

Elin regrette cette réponse réflexe ; elle se donnerait volontiers un coup de pied aux fesses. *Une intuition !* C'est digne d'un amateur.

Lucas fait la moue et échange un regard avec Cécile.

— Vous êtes prête à prendre des risques à cause d'un pressentiment ? Comme je vous l'ai déjà dit, la police sera peut-être là dès aujourd'hui ; le temps doit s'améliorer, en principe. Je préfère que nous attendions, comme on nous l'a conseillé.

Il n'évoque pas ce qu'il sait, à présent, à savoir la situation professionnelle d'Elin, son mensonge, mais c'est inutile ; l'un comme l'autre ont conscience de ce non-dit écrasant.

— Ne rien faire peut être dangereux, réplique Elin, choisissant ses mots avec soin et conservant un ton neutre. Margot est déchaînée, j'en ai peur. Elle a agressé Will de façon spontanée, sans l'avoir prévu. Il y a de fortes chances qu'elle recommence. Dès qu'elle saura que la police est là, la situation risque de rapidement dégénérer.

La fin de sa phrase est noyée sous le gémissement du vent.

Elle sent son mobile vibrer sans sa poche. Elle le sort et constate que c'est un appel d'Isaac. Elle décide de le rappeler plus tard.

— Vous la croyez vraiment capable d'avoir commis ces meurtres ? doute Cécile.

Elin pose l'enveloppe sur le bureau d'une main peu assurée.

Voici le moment qu'elle attendait : leur réaction en découvrant les photos.

— Oui, je la crois capable d'avoir tué… à cause de ça.

Elle sort la première photo. Voici le mobile de Margot – on ne peut plus motivant pour elle. Cécile a un mouvement de recul, une main sur la bouche, mais l'expression de Lucas est plus difficile à déchiffrer.

— Qu'est-ce que c'est ? s'enquiert-il en se frottant la joue.

— Cette photo a été prise ici. Nous estimons qu'une

de ces femmes faisait partie de la famille de Margot. (Elin retourne le cliché.) Un des nombres qui figurent au dos correspond à l'un des numéros de patients inscrits sur les dossiers médicaux qui se trouvaient également dans cette enveloppe – c'est le même que sur un des bracelets.

— Qu'ont-ils fait à ces femmes ? lâche Cécile en se penchant, les yeux écarquillés. Ça ne ressemble pas à une opération ordinaire.

— C'est aussi mon avis, dit Elin. Ces femmes ont été déplacées ici depuis une clinique psychiatrique située en Allemagne. Pour ce que j'en sais, aucune raison médicale ne justifiait leur transfert dans un sanatorium où l'on traitait la tuberculose. (Elle sort le dossier médical de la parente de Margot.) Ce document nous en apprendra davantage – je ne peux pas le comprendre car il est rédigé en allemand.

— Je vais le traduire, propose Cécile, qui prend une minute pour lire le texte en silence. Il est écrit que cette femme a été admise à la clinique pour traiter des problèmes psychiatriques survenus après la naissance de son quatrième enfant. Le médecin de famille a conseillé cet internement suite aux recommandations de son époux. Ses médicaments et ses traitements sont ensuite décrits. (Elle se tait un instant.) Il n'y a aucune mention d'un transfert au sanatorium.

— Ce n'est pas étonnant. Ils ont dû procéder dans le plus grand secret, de façon officieuse… (Elle retourne le cliché.) La légende est très claire : « Sanatorium du Plumachit. » (Elle sort ensuite la photo de la tombe et la transmet à Lucas et Cécile.) Celle-ci semble avoir été prise non loin de l'hôtel.

— Une tombe… souffle Cécile. Vous pensez que ces femmes sont enterrées ici ?

— En effet. Vous ne saviez pas que de telles choses s'étaient produites ici ?

— Non, répond Cécile, l'air sombre. Il n'y a rien de tel dans les archives. Rien du tout. Et toi, Lucas ? (Elin guette la réaction du patron des lieux, en quête du moindre signe de supercherie.) Tu n'as pas entendu parler de ces tombes quand tu as préparé la rénovation ?

L'intéressé détourne le regard de la photo et secoue la tête. Sa réaction a quelque chose d'étrange – trop neutre, trop détachée au goût d'Elin. Focalisée sur Lucas, Elin réfléchit, si bien qu'elle ne perçoit pas vraiment ce que dit Cécile.

— Pardon, vous disiez ?

— Je disais que ces événements sont très anciens. Quel rapport peuvent-ils avoir avec Adèle et Laure ? Et Daniel ? Pourquoi les avoir tués ?

— Aucune idée, avoue Elin. Margot est la seule à connaître la réponse à cette question.

— Je pense que vous avez raison, dit Cécile, les yeux toujours aimantés par les clichés. Si les crimes récemment commis sont liés à ce que montrent ces photos… qui sait ce que Margot peut encore faire… Je pense que vous devez la traquer.

— Je ne suis pas sûr que ce soit une bonne idée, intervient Lucas, manifestement toujours peu convaincu.

— C'est peut-être notre dernière chance de passer à l'offensive, de la prendre au dépourvu, insiste Elin, soutenant sans ciller le regard de Lucas. Jusqu'à présent, elle a toujours eu un temps d'avance sur nous. En agissant dès maintenant, nous pouvons espérer bénéficier de l'avantage de la surprise.

Lucas acquiesce, puis se tourne vers sa sœur :

— J'accompagne Elin ; tu peux gérer le petit déjeuner dans la salle à manger ?

— Faut-il que…

Elin est interrompue par de nouvelles vibrations de son téléphone. Elle le sort de sa poche – encore Isaac.

— Je prends cet appel, prévient-elle Lucas en gagnant un coin de la pièce. Allô ?

— Tu étais où ? Tu ne répondais pas !

— Je montrais les photos à Lucas et Cécile.

— Tu devrais rester joignable, Elin, tu le sais bien.

Sur le point de protester, Elin prend soudain conscience du ton grave de son frère.

— Qu'est-ce qui ne va pas ? (Un silence.) Isaac ! Il y a un problème avec Will ?

— Sa tension artérielle…

La voix d'Isaac s'estompe, comme s'il devait lutter pour trouver ses mots. Elin est aussitôt en proie à une nausée brûlante.

— Sa tension a un peu chuté, reprend Isaac. Sara ne peut pas préciser si c'est dû à une infection ou à une hémorragie interne. C'est peu probable, selon elle, vu la localisation de la blessure, mais elle estime qu'il vaudrait mieux le conduire à l'hôpital.

Ce n'est pas possible ! panique Elin, le crâne comprimé par un étau. *Je ne vais pas permettre ça. Il est hors de question que ça recommence.*

— Comment veux-tu qu'on s'y prenne ? On est coincés ici ! s'emporte-t-elle, consciente de perdre les pédales alors que Lucas l'observe. On ne peut aller nulle part !

— Je sais, je voulais simplement te tenir au courant.

Elin devine qu'il ne conserve son calme qu'au prix d'un immense effort, qu'il ne sait que faire de cette information, ni même comment réagir, et encore moins comment en parler à sa sœur.

— J'arrive, dit celle-ci. Je passe le voir et ensuite je retrouve Lucas.

Entendu.

Elin explique la situation à Lucas puis sort de son bureau, le cœur battant la chamade.

Reste calme, s'ordonne-t-elle, bien qu'incapable de penser à autre chose qu'à la perte éventuelle de Will.

Elle n'aura pas la force de perdre encore un être cher.

81

En refermant la porte de leur chambre, Elin lâche les larmes qu'elle a retenues tant qu'elle était assise auprès de Will. Elle a tenu à être forte, à ne pas afficher sa peur, mais ce n'était qu'une façade.

Will avait encore moins bonne mine que précédemment. Sous l'éclairage vif du plafonnier, sa peau lui a paru presque translucide, les stries bleuâtres des veines autour des tempes clairement visibles sous sa peau. La respiration hésitante, il donnait l'impression de devoir fournir un effort herculéen pour effectuer la plus basique des fonctions vitales.

Sara lui a assuré que la tension artérielle de Will était revenue à la normale, que tout était sous contrôle, néanmoins Elin ne peut qu'envisager le pire scénario.

Et si sa tension chute de nouveau ? Sara ne me cache-t-elle pas quelque chose de grave, sachant qu'on ne peut rien faire avant l'arrivée des secours ?

Malgré tout cela, Elin sait qu'elle ne doit pas laisser ses peurs la dominer. Si elle s'avoue vaincue, ce ne sera plus seulement la vie de Will qui sera menacée, mais celle de tous les occupants de l'hôtel.

Séchant ses larmes, elle s'élance d'un pas vif dans le couloir.

Concentre-toi. Garde la maîtrise de la situation.

Lucas l'attend devant la salle des archives.

— Comment va Will ? lui demande-t-il, visiblement sincèrement préoccupé, en lui ouvrant la porte.

— Sa tension… a subitement baissé, mais elle était redevenue normale quand je l'ai vu. Sara craint un début d'infection ; il lui faudrait des antibiotiques.

Elle se tait, prise d'un doute. *Ai-je raison de délaisser Will pour traquer la tueuse ?*

— Écoutez, je peux me débrouiller seul sans souci, si vous préférez rester auprès de lui, propose Lucas avec douceur mais également un peu de gêne.

— Non, il faut que je règle cette histoire, dit Elin en entrant dans la pièce.

Non seulement elle tient à s'assurer que Margot ne s'en prenne plus à quiconque, mais en plus elle en fait une affaire personnelle. Cette fille a blessé Will et tué Laure. Il faut à tout prix la mettre hors d'état de nuire.

— C'est ici, dit-elle en s'accroupissant au milieu de la salle des archives.

Elle fait courir ses doigts sur le linoléum, puis ses yeux se posent sur les petits espaces en forme de diamant aux points où quatre plaques se touchent. Un minuscule objet métallique orné d'étoiles argentées est clairement visible.

— Qu'est-ce que c'est ? lui demande Lucas en s'agenouillant près d'elle.

— Une épingle à cheveux de Margot. Je l'ai remarquée sur le sol quand je suis venue dans cette pièce. Je n'ai fait le rapprochement qu'en découvrant son vernis à ongles sur l'enveloppe. Ça a déclenché quelque chose… Je me suis rappelé l'avoir vue se ronger les ongles, à son bureau. Et quand elle a balayé ses rognures, elle a renversé son sac. Quelques épingles à cheveux sont tombées par terre…

Elin repère alors autre chose : de minuscules lambeaux noirs. Elle se lèche l'index et le presse dans un de ces creux. Plusieurs particules adhèrent à son doigt. Elle examine sa trouvaille, réfléchissant à toute allure.

C'est clairement le vernis à ongles de Margot, de ce gris si particulier.

— Qu'est-ce que c'est ?

— Du vernis à ongles.

Si Elin avait encore des doutes, ils s'envolent en cet instant.

— Margot est venue ici récemment, ajoute-t-elle.

En effet, d'autres lambeaux, plus petits encore, sont à demi recouverts par les plaques. Si ce n'était là que le résultat de Margot se rongeant les ongles, ils seraient davantage éparpillés – et surtout dispersés sur le linoléum, et non plus ou moins coincés dessous. Si son vernis s'est détaché ici, c'est forcément pour une raison précise.

— Ce revêtement n'est pas d'origine, je suppose ?

— Exact, répond Lucas en se redressant. Le sol de cette pièce était en très mauvais état. Ce linoléum était censé être provisoire mais nous l'avons laissé quand nous avons modifié nos projets concernant cet endroit.

Examinant le sol de plus près, Elin remarque un trait fin formant un carré d'environ un mètre de côté. Des picotements au bout des doigts, elle passe la main sur ce contour.

Ça n'est certainement pas une coïncidence.

— Qu'est-ce que c'est ? s'étonne Lucas.

— Je ne sais pas encore. Une seconde.

Elin sort son canif de sa poche et glisse la lame dans un coin du carré, puis l'enfonce jusqu'à soulever une plaque de linoléum, dévoilant un revêtement de vinyle assez fin et des plus ordinaires, si ce n'est qu'il est lui aussi couvert de petits bouts de vernis séché. On y voit également le carré tracé.

Je tiens quelque chose, comprend Elin, consciente de son pouls irrégulier sous l'effet de la tension.

Elle reproduit la manœuvre et retire sans difficulté une plaque de vinyle, comme si quelqu'un d'autre l'avait fait récemment, puis se fige.

Sous le vinyle ne se trouve pas du béton, comme on pourrait s'y attendre, mais tout à fait autre chose.

Sous leurs yeux se présente un panneau en bois pourvu de deux poignées métalliques rabattues. L'épaisse couche de poussière qui recouvre sa surface n'empêche pas Elin de discerner d'autres lambeaux de vernis.

Margot est passée par là. Elle a régulièrement soulevé cette trappe, ainsi que la plaque de linoléum, laissant des traces de vernis au passage.

— Vous savez où mène cette ouverture ? demande-t-elle à Lucas.

— Non, répond-il sans la moindre hésitation. Je ne l'avais jamais vue.

— Pas même pendant la rénovation ?

— Non. Quand nous avons lancé les travaux, il y avait du vinyle partout, vieux, crasseux et pas vraiment plat. Nous avons demandé aux ouvriers d'égaliser le sol avec du linoléum provisoire, en attendant de décider quel sol choisir. Vous croyez que c'est là-dedans que…

— Oui, c'est possible, répond Elin, quoique peu sûre d'elle. S'il y a une pièce là-dessous, c'est l'endroit idéal pour séquestrer quelqu'un – à deux pas de l'hôtel mais offrant une discrétion totale.

Rassemblant ses forces, Elin soulève la trappe, qui ne résiste pas. Une bouffée d'air renfermé s'élève. Elle se penche en avant et jette un regard dans l'ouverture, mais le noir est complet ; elle ne voit rien.

Elle sort sa lampe torche de son sac et l'allume. Le faisceau lumineux éclaire aussitôt quelques marches grossièrement taillées dans la roche.

— J'y vais.

— Maintenant ? s'étonne Lucas.

— On ne peut pas attendre. Il faut lui mettre la main dessus avant qu'elle n'agresse quelqu'un d'autre.

— Entendu, mais je vous accompagne ; ce ne serait pas prudent pour vous de vous aventurer là-dedans seule.

— D'accord, je descends la première.

82

Sa lampe torche dans la main droite, Elin descend les marches, suivie par Lucas. L'odeur de moisi est étouffante ; l'air est pétrifié et chargé de poussière. Quelques instants plus tard, elle se retourne.

— Avant d'aller plus loin, vérifions qu'il y a bien une poignée sous la trappe, chuchote-t-elle.

Lucas remonte quelques marches et examine la trappe par en dessous :

— C'est bon.

— Margot pouvait donc passer par là dans les deux sens, en conclut Elin, réfléchissant à haute voix. La vidéosurveillance étant hors service, elle a facilement pu entrer et sortir à sa guise de cette pièce, dans la mesure où il n'y avait personne dans les environs, même si la trappe était fermée.

— Oui, c'est possible.

Parvenue au pied des marches, Elin ne perçoit presque plus la lumière de la salle des archives. Elle allume sa lampe torche. Éclairant l'endroit afin d'en avoir un aperçu, elle constate que ce n'est pas une pièce fermée. Une modeste ouverture ténébreuse se dessine.

Un tunnel !

Ils ne sont pas descendus dans un sous-sol classique, comme elle l'imaginait, mais dans un boyau qui s'étend sous l'hôtel, le spa et le parking. Peut-être même plus loin. Les parois sont taillées dans la roche, à l'image des marches, et couvertes d'humidité.

Orientant son faisceau lumineux vers le haut, Elin aperçoit un antique tube au néon fixé au plafond. Ce luminaire ne fonctionne plus depuis longtemps, à en croire l'épaisse couche de poussière qui le recouvre et son boîtier fissuré de fines zébrures. La présence de cet éclairage laisse penser que ce tunnel fait partie intégrante du bâtiment, qu'il ne s'agit pas d'un ajout plus tardif…

— Vous êtes certain que ce tunnel ne figure pas sur les plans d'origine ? demande-t-elle à Lucas.

— Sûr et certain, dit-il en allumant la lampe torche qu'il a sortie de sa poche. Ni même sur celui que nous avons fait faire avant de lancer les travaux de rénovation.

Le promoteur immobilier s'efforce de dissimuler sa peur mais est trahi par sa respiration saccadée, ce qui n'échappe pas à Elin.

— Et vous n'avez jamais remarqué une éventuelle sortie, à l'extérieur ? Une structure inhabituelle, peut-être ?

— Non, rien du tout. La sortie doit être bouchée, à moins qu'elle ne se trouve à des kilomètres, ce qui n'aurait aucun sens, vu l'usage de ce boyau.

— Vous savez à quoi il servait ?

— Difficile de l'affirmer avec certitude, mais plusieurs sanatoriums de Leysin étaient équipés de ce genre de tunnel ; ils servaient autrefois à transporter directement de la nourriture et d'autres provisions, mais aussi… (ses traits se durcissent) des cadavres, de façon à les évacuer sans que les autres patients les voient.

S'il en est ainsi, comment se fait-il que Lucas ignore l'existence de ce tunnel ? se demande Elin. Il aurait certainement été décrit sur les plans, on en aurait parlé. À moins qu'il n'ait été délibérément dissimulé pour une raison mystérieuse.

— Cet endroit était peut-être utilisé par les médecins que nous avons vus sur les photos, hasarde Elin, écœurée par cette hypothèse. Ça expliquerait qu'il n'ait pas été porté sur les plans.

— Possible.

Elle reprend sa progression, son inquiétude grandissant à chaque pas. Quelques mètres plus loin apparaît une portion de sol lisse, sur la gauche, tandis que sur la droite se présentent des marches.

— Pourquoi cette différence au niveau du sol ?

— Ce passage ressemble à ceux qu'on trouve à Leysin, explique Lucas, si tendu que les veines de son cou semblent sur le point d'éclater. Son sol lisse permettait d'y faire rouler des chariots motorisés chargés de corps. Les employés passaient par les marches.

Regrettant d'avoir posé cette question, Elin avance encore un peu, le faisceau de sa lampe torche perçant faiblement l'obscurité. Elle n'a toujours pas repéré le moindre signe indiquant que quelqu'un passe régulièrement par ici, ni la moindre trace de Margot.

Et si nous faisions fausse route ? doute-t-elle. *Et si cet endroit n'était aucunement lié aux meurtres ?*

Soudain, elle se rend compte que la lampe torche de Lucas ne bouge plus, son faisceau fixé plus loin devant eux.

— Le tunnel s'élargit, chuchote-t-il.

Elin avance encore, éclairant alternativement les deux côtés du boyau, et constate qu'il a vu juste : le tunnel s'élargit brièvement avant de reprendre sa taille normale.

Alors qu'elle s'apprête à continuer, un reflet métallique attire son regard, à environ cinquante centimètres du sol. Elle s'en approche… et une alarme retentit dans son esprit. La scène de mieux en mieux éclairée, elle comprend que le reflet qu'elle a surpris provient d'un chariot, sur lequel une bâche en caoutchouc a été écartée sans délicatesse. Des rouleaux de corde y sont attachés, sur les côtés.

Elin est statufiée.

Près des roulettes du chariot se trouvent plusieurs sacs en toile, des serviettes éparpillées et des bouteilles d'eau. Sur la gauche, une petite table est jonchée d'instruments métalliques – pinces, ciseaux, couteau. Tachés d'un sang foncé et brillant.

C'est ici ! devine Elin, une main plaquée sur la bouche. *C'est ici que Laure a été mutilée avant d'être tuée. Et Adèle aussi.*

Les mains moites et serrées sur sa lampe torche, elle voit d'affreuses images défiler dans ses pensées.

— C'est ici que… souffle Lucas, sans achever sa phrase, épouvanté.

— Oui, confirme Elin d'une voix fébrile. C'est l'endroit idéal. Il y a de la place et toute la discrétion nécessaire, et on peut facilement accéder à….

Elin se tait lorsqu'elle remarque une odeur particulière, plus forte ; la puanteur du tunnel est ici remplacée par autre chose, par une odeur de décomposition évoquant à la fois la viande et le métal.

Elin avance de quelques pas, respirant avec difficulté. Cette odeur doit provenir du sang dont sont maculés les instruments, le sang que Margot a voulu nettoyer, mais sans ventilation il en reste sans doute quelques gouttes dans des fissures.

Alors qu'elle s'apprête à se retourner vers Lucas, elle voit quelque chose calé dans la courbe du tunnel, à l'endroit où celui-ci s'élargit.

Elin se fige, vaincue par la nausée qui déferle en elle.

Non... c'est impossible.

83

Elin contient tant bien que mal la bile qui remonte dans sa gorge, dans sa bouche.

Margot.

Elle est suspendue à un étrange système de poulies fixé à un support en bois. Le masque monstrueux plus ou moins écarté permet de reconnaître le profil de la jeune femme, malgré les poches où le sang s'est accumulé. Un œil est fermé, l'autre ouvert mais vide, sans vie.

Frémissant de tous ses membres, Elin s'efforce d'assimiler cette vision de cauchemar.

Margot s'est-elle suicidée ? Parce qu'elle avait compris que nous étions à ses trousses ?

Baissant les yeux, elle constate que la poitrine de Margot est comprimée par un enchevêtrement complexe de cordes nouées à ses poignets et ses chevilles.

Celle nouée autour des chevilles est attachée à une manivelle. Jamais Margot n'aurait pu s'attacher ainsi seule. Une pince métallique est fixée sur le front, et du sang coule de l'entaille qu'elle a provoquée ; l'outil est relié à des crochets métalliques, lesquels sont attachés à une corde enroulée autour d'une autre manivelle. Enfin, le cou de Margot est également déchiqueté par endroits, la peau étirée.

Si elle a survécu aux trous percés par la pince métallique dans son crâne, la puissante traction de cet instrument de torture médiéval a arraché le cerveau de la moelle épinière.

La mort a alors été instantanée.

Des images défilent dans l'esprit d'Elin, tel un serpentin qui se déroule : Margot, telle qu'elle l'a vue seulement quelques jours auparavant, et maintenant… ça. Cette barbarie.

Elle sait déjà avec une certitude absolue que cette vision est celle qui la marquera le plus, celle qui restera à jamais ancrée dans ses souvenirs.

Elle inspire profondément, dans l'attente de la vague de terreur et de panique familière, mais rien ne vient. Aujourd'hui, elle voit plus loin que sa panique et a tous les sens affûtés, prêts à affronter l'adversité.

Cependant, la pensée qui lui vient ensuite lui fait presque regretter cette nouvelle lucidité.

— Margot a un complice, dit-elle en se retournant vers Lucas. Depuis le début, elle œuvre avec quelqu'un.

84

Pas de réponse.

Elin fait un tour complet sur elle-même, regardant prudemment dans toutes les directions.

— Lucas ? lance-t-elle à plusieurs reprises.

Ses mots résonnent dans les ténèbres du tunnel.

Il ne répond toujours pas.

Peu à peu gagnée par la peur, elle fait un nouveau tour d'horizon, plus lentement, sa lampe torche braquée devant elle, éclairant tour à tour le chariot métallique, les outils abandonnés, les parois de roche veinées.

Mais pas de Lucas.

Où est-il passé ?

Il se trouvait juste derrière elle il y a encore quelques instants. Elin passe en revue les hypothèses ; il a peut-être aperçu ou entendu quelque chose et s'est engouffré plus loin dans le tunnel.

La gorge sèche, elle avance de quelques mètres.

Toujours rien.

Sur le point de faire demi-tour, elle entend un son étouffé lointain que son esprit survolté identifie aussitôt.

La trappe.

Il a filé. Il est reparti par où ils sont arrivés.

Un éclair de compréhension ravageur l'aveugle soudain : s'il a pris la fuite en cet instant précis, cela ne peut être que pour une seule raison.

Il est impliqué dans les meurtres.

Lucas est le complice de Margot. C'est le tueur.

Si tel est le cas, pourquoi ne l'a-t-il pas tuée ici, dans le tunnel, quand il en a eu l'occasion ?

Elin fait demi-tour et s'élance à toutes jambes, ce qui n'a rien d'évident, du fait de la légère pente et de l'altitude. Elle se sent de plus en plus gauche et inefficace dans sa foulée, comme si elle n'allait nulle part. D'un geste rageur d'impatience, elle essuie le filet de sueur qui dégouline sur son front.

Ses pensées reviennent à Margot : pourquoi s'est-il débarrassé d'elle ? Quelque chose a mal tourné, peut-être ? À moins que tel ait été son projet depuis le début. A-t-il dupé Margot de façon à en faire un bouc émissaire parfait ? Cherchait-il à faire passer ses crimes pour une vengeance, afin de mener à bien son plan sans être inquiété ?

Elin repense à tout ce que Cécile lui a révélé à propos de son frère : sa relation avec Laure, son obsession concernant cet hôtel, ses mensonges.

Tout concorde.

Le mobile qui l'a poussé à agir fait partie des théories qu'elle a envisagées, et c'est peut-être ce à quoi il est le plus attaché : la protection de l'hôtel. Elle entend encore Cécile lui décrire la passion de Lucas pour ces lieux : « un monument pour l'incarner ».

Cette affaire se résume-t-elle à une tentative illusoire de protéger son œuvre ? C'est envisageable : les meurtres ont peut-être été commis afin de taire la vérité quant au sombre passé du sanatorium.

Les victimes de Lucas avaient-elles eu vent de ces horreurs ?

Une réflexion logique aurait dû lui faire comprendre qu'un tel projet n'avait aucune chance d'aboutir, mais la logique des tueurs n'a rien de rationnel, Elin est bien placée pour le savoir. Aux yeux de Lucas, ses actes coulaient de source et étaient l'unique option viable. C'est cette conviction profonde, cette impitoyable détermination qui permet aux tueurs de commettre des crimes.

Quelle que soit la vérité, Elin doit réagir sans perdre une seconde.

Enfin, elle atteint les marches et s'y engage. Levant la tête, elle constate que l'obscurité est totale ; aucune lumière ne provient de la salle des archives. Sa crainte se confirme : Lucas l'a enfermée.

La lampe torche entre les dents, elle agrippe la poignée fixée sous la trappe et pousse de toutes ses forces. Le panneau ne cède pas. Elle procède à une seconde tentative, éprouvant la trappe du bout des doigts dans l'espoir de découvrir une faiblesse, en vain.

Changeant de stratégie, elle redescend d'une marche, s'accroupit puis se redresse brusquement de façon à percuter la trappe de tout son poids. Celle-ci ne bouge que de quelques millimètres, ne dévoilant qu'un fin rai de lumière.

Déséquilibrée suite au choc, Elin chute sur l'étroite marche. Saisie d'une panique grandissante, elle regarde autour d'elle. Lucas l'a enfermée.

Plusieurs minutes s'écoulent. Elin cherche une

solution : personne, en dehors de Lucas et Cécile, ne sait qu'elle est descendue dans ce boyau. Cécile ne va pas forcément se lancer immédiatement à sa recherche, ce qui laissera à Lucas le temps nécessaire pour mener à bien ses autres projets.

Lucas ayant précisé que l'autre sortie du tunnel était certainement bloquée, tenter de la trouver est probablement inutile.

Réfléchis, Elin. Réfléchis !

Soudain, une évidence s'impose.

Mon téléphone !

Elle se retourne et sort son mobile de sa poche. L'écran s'illumine et douche net les espoirs d'Elin, qui subitement ne se sent plus si futée ; il n'y a qu'une barre tremblotante de réception. Elle tente diverses positions, sans obtenir mieux, puis la barre s'efface, remplacée par deux mots : « Aucun signal. »

Elle remonte le plus haut possible et s'accroupit sur la première marche. Sur son écran apparaît « Swisscom », ainsi qu'une barre plus fermement établie. Ce faible signal sera peut-être suffisant. Elle envoie aussitôt un texto à Isaac.

« Je suis enfermée dans la salle des archives. Il y a une ouverture dans le sol, au milieu de la pièce – quelqu'un a arraché le linoléum. Soulève-le, puis soulève le vinyle en dessous, et tu trouveras une trappe. »

La réponse est immédiate.

« J'arrive. »

Quelques minutes plus tard, Elin entend des bruits sourds et des raclements au-dessus d'elle, puis un craquement sonore. Et la lumière se fait. Momentanément aveuglée, elle cligne des yeux, puis distingue Isaac agenouillé au bord de l'ouverture, le visage couvert de sueur et de marbrures rouges.

— Ça va ? lui lance-t-il, une main tendue et la voix enrouée par l'émotion.

— Oui, je n'ai rien, répond-elle tandis qu'il la hisse. Mais Margot est morte…

— Morte ? Mais tu croyais qu'elle…

— Oui, je sais, mais j'ai trouvé son cadavre dans ce tunnel.

Elin titube, assaillie par une vision crue du corps brisé.

— Ce n'est pas elle qui a commis les crimes, alors ?

Elin laisse passer quelques secondes, le temps d'ordonner ses pensées.

— Je ne sais pas trop. Je pense qu'elle était impliquée mais qu'elle avait un complice. Celui qui m'a enfermée là.

— C'est-à-dire ?

— Lucas. Il est descendu avec moi dans ce souterrain, pour partir à la recherche de Margot. Il ne m'a pas quittée un instant, et on a trouvé le corps… J'ai pris quelques secondes pour examiner le cadavre. En me retournant, je me suis rendu compte qu'il s'était volatilisé. Il avait filé.

Isaac laisse échapper un sifflement :

— Tu crois vraiment qu'il est impliqué dans ces meurtres ?

— Oui. Pourquoi m'aurait-il abandonnée là-dessous et enfermée, sinon ?

— Il aurait dû te tuer, se débarrasser de toi.

— Je ne sais pas pourquoi il m'a épargnée. J'y ai réfléchi ; j'étais focalisée sur Margot, il a peut-être jugé qu'il était inutile de me tuer.

Oscillant d'un pied sur l'autre, Isaac jette un regard anxieux en direction de la porte de la salle des archives.

— Qu'est-ce que tu comptes faire maintenant ?

— Il faut le retrouver avant qu'il ne tue quelqu'un d'autre.

85

En entrant dans l'espace salon, Elin découvre par les baies vitrées un ciel laiteux, presque argenté, qui donne la sensation d'être à l'aube et non en fin de matinée.

Deux petits groupes se sont formés aux tables disposées près du bar, mais personne ne parle ; tous sont occupés sur leur téléphone ou sirotent une boisson. Cécile se trouve au sein de l'un d'eux, tenant une tasse de café à deux mains. En s'approchant d'elle, Elin se sent gagnée par la nervosité : comment va-t-elle réagir lorsqu'elle lui annoncera ce qu'elle a découvert à propos de son frère ?

— Comment va Will ? s'inquiète la directrice en levant la tête vers elle.

— Son état est stabilisé pour le moment.

— Tant mieux.

— J'aimerais vous parler en privé, ajoute Elin à mi-voix.

Cécile hoche la tête et se lève en faisant racler sa chaise. Les deux femmes s'installent à une table située à l'autre bout de la salle, hors de portée de voix des autres personnes. Assise à quelques mètres de la cheminée dans laquelle rugit toujours un feu, Elin a chaud et tire sur sa chemise.

Puis elle se lance et relate par à-coups la mésaventure dont elle a été victime, troublée par les expressions contradictoires qui s'affichent sur le visage de Cécile – confusion et incrédulité, mais également une autre, plus inattendue, une sorte de résignation, comme si quelque chose s'était défait, dénoué sur ses traits.

Se doutait-elle depuis le début que son frère était le tueur ?

— Vous croyez vraiment que Lucas est impliqué dans ces meurtres ? dit-elle, les yeux creusés, telles des ombres, quand Elin a conclu son récit.

— Il est parti en courant, Cécile, rappelle Elin après une profonde inspiration. Il m'a enfermée dans le souterrain. Il y a peut-être une autre explication à son comportement, mais je ne vois pas laquelle…

Cécile reste silencieuse un moment, son regard s'égarant sur la boîte en verre suspendue au plafond, à quelques mètres de là. Elin s'y est intéressée précédemment ; elle renferme un antique manomètre en bois et en verre. La légende explique que cet appareil servait autrefois à mesurer la pression de l'air dans les poumons d'un patient atteint de tuberculose quand le chirurgien les comprimait.

En revoyant cet objet, elle est écœurée ; Lucas l'a installé ici en toute connaissance de cause. Cette pensée lui retourne l'estomac.

— Que comptez-vous faire maintenant ? lui demande Cécile.

Dans le miroir fixé derrière le bar, son reflet semble déformé, ses traits alourdis et étirés.

— Deux choses. Il est essentiel que tout le monde reste rassemblé ici. Personne ne doit sortir de cette pièce. Et il faut à tout prix retrouver Lucas.

— Il peut être n'importe où. L'hôtel est vaste. Et il est possible qu'il existe d'autres cachettes comme ce tunnel.

— C'est vrai, mais s'il compte commettre un autre crime rapidement, il se trouve probablement quelque part dans le bâtiment principal.

Cécile, le regard dur, acquiesce sèchement :

— Entendu. Commençons par son bureau.

L'antre de Lucas est méconnaissable ; la perfection moderne et épurée précédemment notée par Elin a volé en éclats. Un désordre sans nom règne sur le bureau, dont la surface en bois est jonchée de documents, et plusieurs cahiers ont été jetés au sol. Les tiroirs sont ouverts et la chaise repoussée en arrière, de biais.

On jurerait qu'un cambriolage a eu lieu.

Il est repassé par ici, comprend Elin, glacée par un frisson de compréhension. *Il cherchait quelque chose !*

S'approchant du bureau, elle examine les feuillets entassés. Parmi divers documents professionnels, elle retrouve les messages anonymes qu'il lui a montrés – et dont elle sait à présent qu'ils ont été envoyés par Laure. Il y en a plus d'une dizaine, tous différents. Elin les rassemble. Lucas n'a pourtant évoqué que trois lettres de menaces ; ces agressions épistolaires se seraient-elles poursuivies plus longtemps qu'il ne l'a déclaré ? Si tel est le cas, s'il s'est senti menacé, il est possible que ces lettres aient contribué à déclencher son passage à l'acte, à savoir le premier meurtre.

— Qu'est-ce que c'est ? s'enquiert Cécile.

— D'autres lettres de Laure.

Cécile les examine, les sourcils froncés :

— Pourquoi les avoir ressorties ?

— Aucune idée, avoue Elin.

Elle les relit, et soudain, un détail la titille.

Il y a quelque chose qui cloche dans cette pièce.

Il lui faut un moment pour mettre le doigt sur ce qui l'intrigue : les placards. C'est le seul endroit de la pièce qui a été épargné par la tornade. Alignés et fixés au mur à seulement quelques dizaines de centimètres du sol, ils sont pourvus d'une petite serrure sur chaque porte.

Elin s'en approche, s'accroupit et examine ces mécanismes.

— Possédez-vous les clés de ces placards ?

— Non, répond Cécile. Lucas les a sans doute sur lui.

Elin se relève et considère les lieux, en quête d'un objet suffisamment résistant pour briser ces serrures. Son regard se pose sur un presse-papiers en verre disposé sur un coin du bureau. Elle s'en empare et, à genoux devant le premier placard, qui est également le plus large, abat le lourd objet sur la serrure.

C'est un échec : elle a les mains si moites que sa prise lui échappe ; le presse-papiers, après un choc contre le placard, se fracasse au sol avec un bruit sourd.

Elle s'essuie les mains sur son pantalon et procède à une nouvelle tentative. Cette fois, elle vise mieux : son arme de fortune détruit la serrure, ce qui lui permet de glisser un doigt entre le meuble et la porte pour l'ouvrir.

Elin a un mouvement de recul : le placard est vide… à l'exception d'un masque.

Elle n'a aucun mal à reconnaître l'horreur en caoutchouc noir dont l'ombre plane sur l'hôtel depuis plusieurs jours. Sans visage pour lui donner forme, ce n'est qu'un objet flasque effondré sur lui-même.

Les yeux rivés sur sa trouvaille, elle laisse le temps

s'écouler, tandis que les mécanismes de son esprit s'activent à plein régime.

Le doute n'est plus permis. C'est le même masque que ceux trouvés sur Adèle, sur Laure et sur Margot.

Lucas est clairement impliqué dans les meurtres.

Cécile s'approche :

— C'était là-dedans ?

Elin hoche la tête et se saisit du masque afin de l'examiner de plus près – les fissures dans le caoutchouc, le gros tube reliant le nez à la bouche. Alors qu'elle le retourne à plusieurs reprises, une vague idée se dessine dans les profondeurs de son subconscient, malheureusement elle se dissipe presque aussitôt. Cécile s'accroupit à côté d'elle.

— Je reconnais que les preuves semblent accablantes, mais pour moi ça n'est pas logique, dit-elle précipitamment. Pourquoi Lucas aurait-il ainsi saboté son hôtel, réduit à néant tout ce qu'il s'efforce d'ériger depuis si longtemps ? Il ne pouvait pas ignorer que l'hôtel ne s'en relèverait pas. Pourquoi aurait-il fait une chose pareille ? (Elle effleure le masque.) Je… Je suis sûre que nous faisons fausse route. Il doit y avoir un malentendu.

Elin tourne la tête vers elle. Cécile fera tout pour trouver une explication à ce mystère ; malgré ce qu'elles ont découvert à l'instant, elle songe encore à protéger son frère.

Il est difficile pour Elin de lui reprocher sa réaction car elle la comprend ; c'est ainsi qu'Isaac s'est comporté avec elle des années durant – en écartant la vérité afin de protéger sa sœur.

— Cécile, je…

— J'essaie d'ouvrir les autres placards, l'interrompt la directrice en ramassant le presse-papiers. Je suis certaine qu'il possède de nombreux autres objets tels que celui-ci, toute une série d'artefacts datant de l'époque du sanatorium. (D'un grand geste, elle désigne la pièce.) Regardez les tableaux aux murs ; il s'intéresse à l'histoire de cet endroit, c'est tout. Ça ne veut rien dire de plus.

— Je sais que c'est dur à admettre, Cécile, mais…

Elin n'achève pas sa phrase ; saisie de tremblements, Cécile lâche son lourd fardeau, qui s'écrase et roule au sol.

— C'est ma faute… se lamente-t-elle. Tout est ma faute…

Il y a clairement de la résignation dans son regard.

Elle a compris. Elle a compris que c'est la vérité.

— Bien sûr que non, assure Elin, une main sur le bras de Cécile. Vous n'êtes pas responsable de tout ça.

Celle-ci tourne la tête vers elle, les yeux injectés de sang.

— Si, c'est ma faute. Je n'ai pas été tout à fait franche avec vous. Il faut que je vous avoue quelque chose.

86

Cécile se relève, s'approche de la baie vitrée et baisse les yeux :

— C'est à propos de Daniel… de ce qui lui est arrivé.

Encore des mensonges, regrette Elin. *Ils s'enchaînent sans fin.*

— Juste avant sa disparition, Daniel avait participé à une réunion avec Lucas et les entrepreneurs, continue Cécile. Dans un premier temps, personne n'a imaginé qu'il était arrivé quelque chose de grave. Sa femme a reçu un texto de sa part disant qu'il avait dîné en ville et un peu trop bu pour reprendre le volant et rentrer chez eux, si bien qu'il avait décidé de dormir chez ses parents, à Crans-Montana.

Elin l'encourage à poursuivre d'un signe de tête.

— Le lendemain, le gardien employé par Lucas est monté à l'hôtel. C'était un jeune homme tout juste sorti de l'adolescence, chargé de faire le tour du domaine une fois par semaine. À l'époque, le bâtiment était en piteux état, si bien que des intrus s'y glissaient régulièrement.

Cécile s'interrompt. Son regard se perd un instant dans le paysage, puis elle reprend son récit :

— Cet après-midi-là, Lucas a reçu un appel téléphonique du gardien. En procédant à sa ronde habituelle, celui-ci avait découvert un cadavre dans l'un des anciens pavillons. (Elle prend une longue inspiration.) Un corps démembré dont le visage était couvert d'un masque…

— Comme celui-ci ? devine Elin, les yeux baissés sur l'objet flasque qu'elle tient encore dans les mains.

— Oui. Lucas se trouvait à son bureau, à Lausanne, lorsqu'il a reçu cet appel. Il a ordonné au gardien de ne parler à personne de sa découverte et a promis de le rejoindre au plus vite. Après coup, Lucas m'a dit qu'à ce moment-là, il espérait encore avoir affaire à un canular stupide de la part d'un opposant à son projet. Mais non… Le gamin avait raison. Il y avait bel et bien un cadavre. Et c'était Daniel.

— J'imagine qu'il n'a pas prévenu la police ?

Elin se mord les lèvres, s'efforçant d'analyser au mieux ce qu'elle apprend. Tant de questions lui viennent qu'elle ne sait laquelle poser en premier.

— Non, en effet. Il m'a appelée, paniqué, et m'a demandé ce qu'il fallait faire. J'étais chez nos parents, en ville. Je l'ai retrouvé ici. (Cécile porte une main à sa bouche ; un son étrange sort de sa gorge, entre expiration et déglutition.) Daniel était installé sur un fauteuil roulant, avec cet épouvantable masque sur le visage.

Des larmes se forment dans ses yeux, qu'elle essuie aussitôt.

— Vous n'avez pas alerté la police ? Même après avoir découvert le corps ? s'étonne Elin, incapable de réprimer son ton accusateur.

Elle se force à écouter la suite, même si une part d'elle-même n'en a aucune envie.

— Non. Pour Lucas, c'était hors de question. Totalement paniqué, il disait que cela tuerait dans l'œuf son grand projet. Et il avait raison. La rénovation de cet endroit suscitait déjà une opposition considérable ; un tel choc l'aurait achevée... J'avais conscience de ce que l'hôtel représentait pour lui ; il y avait consacré tout ce qu'il avait, non seulement son argent, mais également sa vie. Son mariage. Ce projet, c'était sa vie.

— Qu'avez-vous fait, alors ?

— Lucas s'est débarrassé du corps. Il l'a retiré de l'hôtel.

— Et vous ne lui avez pas demandé ce qu'il en avait fait ? lâche Elin, toujours cassante.

— Non, je ne voulais pas le savoir, reconnaît Cécile, l'air plus dur. J'avais promis de ne rien dire, c'était assez.

— Mais la scène de crime ? L'endroit précis où Daniel a été tué ? La police a certainement fouillé le sanatorium quand sa femme a signalé sa disparition. D'après ce que vous dites, il y avait certainement du sang partout, des preuves claires.

— Lucas a tout nettoyé. Il a déplacé quelques meubles et remué la poussière et les saletés. Cela a été facile car il y avait déjà un sacré bazar dans la pièce. (Elle baisse les yeux sur ses mains.) La police n'a pas vraiment insisté. Sur le moment, les enquêteurs estimaient que Daniel s'était envolé de son propre chef.

— Et le gardien qui avait découvert Daniel ? Il a certainement voulu prévenir la police ?

— Lucas a acheté son silence, révèle Cécile d'une voix creuse. Il lui a remis une grosse somme d'argent pour qu'il fiche le camp, ce qu'il a fait.

Elin s'efforce de rassembler ses pensées, puis enchaîne :

— Vous avez discuté avec Lucas après la découverte du corps d'Adèle ? À propos des similitudes entre ces deux cadavres ?

— Oui, mais il m'a dit que nous serions arrêtés si nous vous dévoilions la vérité. Ne pas signaler un crime et dissimuler le corps… (La voix de Cécile se fait de plus en plus faible, et elle semble se tasser sur elle-même, les épaules voûtées.) Lucas disait qu'il espérait que l'assassin d'Adèle serait rapidement appréhendé et que personne ne ferait le lien entre ces deux crimes. Pas une seconde je n'ai imaginé qu'il était le tueur…

Sans la quitter des yeux, Elin se sent soudain lasse, engourdie. *Combien de mensonges vont encore émerger… ?*

Depuis le début, elle ne fait aucun progrès. Forcément, vu qu'on ne lui révèle que la moitié de l'histoire…

Cécile reste muette un moment avant de reprendre :

— Vous savez, quand Lucas est enfin définitivement sorti de l'hôpital, il m'a confié quelque chose que je n'ai jamais oublié. Il m'a dit qu'il en avait assez d'être impuissant, qu'on lui dise sans cesse quoi faire… et que dorénavant, il n'obéirait plus qu'à lui-même. Et tant pis pour ceux qui se dresseraient sur son chemin.

Il a manifestement atteint son objectif, songe Elin, observant le ballet des flocons sur la baie vitrée. *Aujourd'hui, personne n'oserait dire que Lucas est impuissant.*

— Je vais fouiller toutes les pièces de l'hôtel, une par une, décide Elin. Pourriez-vous regagner l'espace salon et garder un œil sur tout le monde ?

— Vous ne préférez pas que je vous accompagne ?

— Non, il risque de s'échapper s'il voit plus d'une personne approcher. Mieux vaut y aller prudemment.

— D'accord, si vous êtes sûre de vous, cède Cécile, avant de se diriger vers la porte. N'hésitez pas à m'appeler si vous avez besoin de quoi que ce soit.

— Je n'y manquerai pas, assure Elin.

En remisant le masque dans le placard, elle se rend compte que les mots de Cécile résonnent encore dans son esprit : « Dorénavant, il n'obéirait plus qu'à lui-même. Et tant pis pour ceux qui se dresseraient sur son chemin. »

Un déclic se produit dans son cerveau ; elle se fige, les yeux fixés sur le sol, et prend le temps d'analyser cette idée qui vient de surgir. Entrevoit-elle enfin la vérité ? Ou se fait-elle encore des idées, trop épuisée, les méninges en surchauffe ? Des traces de vernis à ongles sur du vinyle ont suffi pour que son cerveau se jette sur une conclusion erronée.

Il n'existe qu'une façon d'en avoir le cœur net. Un moyen concret, irréfutable. Elle sort son téléphone et consulte un certain site ; elle a les mains si moites que ses doigts laissent des traces sur l'écran, tandis qu'elle cherche le lien qui l'intéresse.

Elle s'est précipitée. Elle revient en arrière et s'oblige à ralentir ses gestes. Et enfin, les mots apparaissent sur l'écran. *J'avais raison !*

Alors qu'elle étudie le texte, une autre idée jaillit de son subconscient, un détail si subtil qu'elle n'aurait jamais mis le doigt dessus sans la connexion établie quelques secondes plus tôt.

Elin ouvre la porte du premier placard, puis

s'agenouille et en sort le masque, qu'elle approche de son visage. Elle inspire profondément, faisant appel à ses compétences médico-légales.

Sa théorie se confirme. Elle laisse tomber le masque sur ses genoux.

C'est ça ! J'ai découvert la vérité ! Elin éprouve un réel soulagement de voir enfin les pièces du puzzle – fragments de conversations et éléments de langage corporel – s'assembler.

Elle n'a plus le moindre doute. Pourvu qu'il ne soit pas trop tard.

Dans le lointain, une porte claque, bruit sourd, étouffé.

Au bord de la nausée, Elin sent son taux d'adrénaline grimper en flèche. Le temps lui semble comprimé, presque suspendu. De combien de temps dispose-t-elle ? Trois minutes ? Quatre ?

Elle s'élance à toutes jambes.

87

Les portes coulissantes se séparent, et Elin se trouve projetée sous la neige tourbillonnante. Légèrement essoufflée après avoir couru depuis le bureau de Lucas, elle fait quelques pas sur la terrasse et considère le décor qui s'offre à elle, les yeux plissés afin de percer le rideau de flocons.

La bâche de la piscine est retirée, ce qui laisse voir l'eau qui brille de façon presque obscène, éclairée par les spots immergés. Des volutes de vapeur s'élèvent dans les airs, tels des serpents, mais n'empêchent pas Elin de distinguer une silhouette au bord du grand bassin.

Lucas.

J'avais raison ; s'il n'était pas dans la piscine couverte, il était forcément ici.

Il n'est pas seul ; ce qu'elle a déduit se confirme. Elle reprend sa marche, fendant la couche de neige et le visage fouetté par mille balles de fusil enrobées de plumes.

En pleine montée d'adrénaline, elle fait un faux pas ; son pied glisse sur la poudreuse. Elle n'évite la chute qu'en portant tout son poids sur l'arrière.

Enfin, elle atteint le grand bassin. Lucas est avachi

sur une chaise longue, au fond à droite. Il tente de tourner la tête vers elle mais ne bouge qu'au ralenti, par mouvements saccadés pareils à ceux d'une marionnette. Ses yeux roulent dans ses orbites, dévoilant des traînées rougeâtres.

J'arrive trop tard?

Elle accélère l'allure, contourne le bassin et s'approche de Lucas. Cécile est là, penchée sur son frère, qu'elle tente de redresser.

— Ça va aller, dit-elle. Il revient à lui.

Son attitude prévenante et maternelle évoque une infirmière, mais Elin ne se laisse pas duper.

— Vous pouvez cesser de jouer la comédie, Cécile, lâche-t-elle d'une voix posée, avec des mots dont la simplicité projette une assurance qu'elle est loin d'éprouver. Je sais que c'est vous. C'est vous la complice de Margot. Pas Lucas.

Cécile l'observe un instant, les sourcils froncés, puis répond sur le même ton neutre, avec toutefois une touche de condescendance, comme si elle s'adressait à un enfant :

— Mais non, Elin, je l'ai trouvé dans cet état. J'essaie de l'aider.

Cécile adopte la mauvaise réaction. Face à une telle accusation, elle aurait dû se mettre en colère, afficher de l'incrédulité, certainement pas prendre cet air supérieur qui la trahit.

Un son liquide sort de la gorge de Lucas.

Elin baisse les yeux et constate qu'il a changé de position, si bien qu'elle voit maintenant le côté gauche de son visage. Il a le front et la tempe couverts de sang coagulé, et sa peau pâle est humide, du fait de la transpiration ou de la neige.

La bouche sèche et collante, Elin se racle la gorge. Elle doit gagner du temps.

— Je sais que c'est vous, Cécile. Vous vous êtes trahie. Vous avez été futée, mais vous avez commis une erreur dans les tout derniers instants.

— Je me suis trahie ? répète Cécile, dont l'expression reste indéchiffrable.

— Oui, dans le bureau de Lucas. Quand vous avez dit : « Dorénavant, il n'obéirait plus qu'à lui-même. Et tant pis pour ceux qui se dresseraient sur son chemin. » J'avais déjà lu cette phrase quelque part. Sur un blog. L'auteur de ce message protestait contre la rénovation de ce bâtiment et décrivait Lucas avec ces mêmes mots. Ce commentaire a également été publié sur Twitter… Vous trolliez votre propre frère. Car c'est bien lui qui est au cœur de cette affaire.

Les propos d'Elin ne semblent pas toucher Cécile, qui reste de marbre, inatteignable.

— Vous m'accusez à partir d'une simple tournure de phrase ? dit-elle, faisant mine d'être stupéfaite.

— Non, pas seulement, insiste Elin, qui se dresse de toute sa taille. J'ai senti une odeur de chlore dans le masque trouvé dans le bureau de Lucas. Or j'avais perçu cette odeur à plusieurs reprises ces derniers temps, en des endroits où ça n'aurait pas dû être le cas : quand j'ai trouvé Laure dans l'ascenseur ; quand j'ai été agressée ; dans la cage d'escalier menant à la suite… Je n'ai fait le lien qu'aujourd'hui. Vous nagez tous les jours, n'est-ce pas ?

Cécile soutient son regard sans dire un mot, les cheveux soufflés par le vent, toujours sans afficher la moindre émotion.

— C'est ce qui m'a fait deviner que vous transporteriez Lucas soit dans la piscine couverte, soit ici, poursuit Elin. C'est ici que vous vous sentez le mieux ; ces bassins sont l'unique endroit où vous vous sentez à l'aise.

— Vous racontez n'importe quoi, lâche Cécile d'une voix creuse. Ce ne sont que des suppositions, rien de plus.

— Non, ma première intuition n'était pas si mauvaise, finalement. Ces meurtres ne sont pas uniquement liés à l'hôtel, au passé du sanatorium. C'est une affaire personnelle entre Lucas et vous. Il a commis quelque chose que vous ne pouvez pas lui pardonner. Quelque chose qui a suscité votre désir de vengeance.

— Non, je…

Consciente qu'une faiblesse se présente chez son adversaire, une occasion de la faire craquer, Elin insiste :

— Vous avez fait preuve d'une grande intelligence en faisant en sorte que vos crimes soient attribués à l'historique du sanatorium, mais il n'en est rien. (Elle baisse la tête vers Lucas.) C'est à cause de lui. C'est lui qui a tout déclenché.

Cécile recule d'un pas, accusant le coup, clairement, même si elle tente de se reprendre :

— Non, écoutez, je…

Elin avance encore, les pieds profondément enfoncés dans la neige.

— Que vous a-t-il fait, Cécile ? Dites-moi tout.

Cécile perd alors toute contenance, le visage défait, comme si quelqu'un le piétinait. Un son étrange, plein d'amertume, s'échappe de sa gorge.

— Le problème n'est pas ce qu'a fait Lucas, mais ce qu'il n'a pas fait, dit-elle enfin. En réalité, Lucas n'est pas le déclencheur de cette histoire. C'est Daniel le responsable. Daniel Lemaître m'a violée. (Elle désigne son frère.) Et lui, il a tout vu mais n'a pas réagi.

88

Un silence de plomb s'abat, un silence inédit depuis l'arrivée d'Elin à l'hôtel ; le vent s'est soudain calmé, si bien que pour la première fois la neige tombe à la verticale.

— Tu n'as pas de commentaire à faire, toi ? lance Cécile à son frère.

À côté d'elle, des volutes de vapeur s'élèvent toujours de l'eau miroitante du bassin. Lucas ne répond pas et se contente de la regarder, les paupières lourdes.

— Tu étais présent, cette nuit-là, Lucas. Après la soirée d'anniversaire de Daniel, à Sion. Ses dix-huit ans. On était tout un groupe ; tu nous as conduits chez lui. On a tous dormi dans le salon.

Il n'y a aucune émotion dans la voix de Cécile, dont les sentiments semblent avoir été chassés par un grand vide. Or Elin sait que ce phénomène est toujours dangereux. Contrairement à une fureur déchaînée, une rage amère et froide telle que celle-ci ne peut se consumer ; elle est au-delà de ce stade, durcie en quelque chose de plus solide, d'incassable.

— Ça ne s'est pas passé comme dans les films, poursuit Cécile. Ce n'était pas un inconnu et il ne m'a pas entraînée dans une ruelle sombre pour me clouer au sol. Daniel était un ami – ton meilleur ami. Il faisait pratiquement partie de la famille. Et moi j'avais seize ans, Lucas. J'étais encore une gamine.

— Arrête, Cécile… bafouille Lucas, mangeant ses mots.

— Quoi, Lucas ? Ça ne te plaît pas de m'entendre raconter ça ? De m'entendre raconter ce que tu as essayé d'ignorer ? s'emporte Cécile. On s'embrassait, Lucas, c'est tout. Et on riait parce qu'il fallait prendre garde à ne pas vous réveiller. D'un coup, il a remonté ma robe et écarté mes jambes. J'ai tenté de lui dire d'arrêter, mais il a plaqué une main sur ma bouche et m'a violée. (Elle secoue la tête, comme si elle s'en voulait.) Je ne me suis pas débattue. J'étais pétrifiée. Tout l'inverse de ce que j'avais toujours imaginé faire dans un cas pareil. Je l'ai laissé faire.

Lucas ne la quitte pas des yeux, les cheveux parsemés de minuscules flocons.

— Quand enfin il s'est dégagé, j'ai tourné la tête vers toi, continue Cécile. Tu faisais semblant de dormir, mais je t'avais vu ouvrir les yeux. Je savais que tu étais éveillé, que tu avais été témoin du viol.

— C'est faux, Cécile, articule péniblement Lucas. Et tu le sais très bien.

— Bien sûr que non. Oui, je sais, ça paraît incroyable que tu n'aies pas cherché à me défendre, à l'empêcher de m'agresser. C'est ce que je me suis dit, en tout cas. Le lendemain, j'ai passé la journée à y repenser, à me demander pourquoi tu ne t'étais pas levé pour l'écarter de moi, mais je t'ai accordé le bénéfice du doute. Je me suis dit que tu n'étais pas certain d'avoir bien vu, ou que tu ne voulais pas me faire honte…

Voyant Cécile s'approcher de son frère, Elin se tend. Malgré le froid ambiant, elle sent des gouttelettes de sueur perler sur son front.

— Pas une seconde je n'ai cru que les choses en resteraient là, Lucas. Je n'ai pas cessé d'attendre que tu dises quelque chose, que tu me demandes ce qui s'était passé, si j'allais bien. (Cécile hésite, puis reprend sur un rythme plus neutre, comme si elle était passée en mode automatique.) J'avais déjà prévu la suite, que faire après notre discussion ; il faudrait en parler aux parents, prévenir la police…

Comme Elin, Lucas s'est rendu compte que quelque chose cloche dans le ton robotique de Cécile. Il se redresse légèrement pour changer de position, puis encore un peu plus, bougeant lentement et laborieusement du fait du sédatif administré par sa sœur.

— Or ce moment n'est jamais arrivé, Lucas.

— J'étais un gamin, Cécile… Toi aussi, tu étais très jeune, d'ailleurs. Je ne savais pas vraiment ce qui s'était passé, je n'ai pas su gérer la situation.

— Non, Lucas, tu n'étais plus un ado. Un gosse aurait menti une fois, pas deux. (Cécile se tourne vers Elin.) Il a menti délibérément. Quelques semaines plus tard, j'ai trouvé le courage de parler aux parents. Et ils t'ont interrogé, Lucas, je le sais. Et toi, tu leur as encore menti. Tu as juré que tu n'avais rien vu.

Elin décèle pour la première fois une émotion dans la voix de Cécile. Elle remarque en outre quelque chose dans sa main – une lame, sur laquelle l'éclairage extérieur se réfléchit. Ses doigts s'agitent, à tel point qu'elle doit serrer les poings pour faire cesser ces tremblements.

— Après tout ce que j'avais fait pour toi… Toutes

ces heures à l'hôpital, puis à l'école, à te défendre face aux brutes des cours de récréation. C'est la seule fois de ma vie où j'ai eu besoin de ton aide, mais tu ne me l'as pas donnée. Tu n'as pas voulu te mouiller dans cette histoire.

Sur le visage de Lucas, le choc cède la place à la culpabilité. Son regard vacillant reste un temps fixé sur sa sœur, puis il baisse la tête :

— Je suis désolé…

— Non, ça ne suffit pas, Lucas, dit Cécile, serrant si fort son arme que les articulations de ses doigts blanchissent. Comme tu ne t'es pas porté à mon secours et comme tu ne leur as pas dit la vérité, les parents ont tenté d'étouffer l'affaire, pour ne pas créer de remous. Ils ont pensé qu'il y avait une « explication ». (Elle lève les yeux au ciel.) Ils savaient que j'avais le béguin pour lui ; je n'ai jamais su s'ils ne m'ont pas crue ou s'ils ont opté pour la solution de facilité. Ils ont décidé de ne pas créer de remous. La famille de Daniel était amie avec la nôtre, et papa adorait Daniel. Ils m'ont seulement dit que c'était du passé, que des choses regrettables se produisaient parfois et qu'il était inutile de revenir dessus et de me bouleverser davantage. (Elle décoche un sourire glacial.) Et même quand on s'est aperçu que j'étais enceinte, ils m'ont dit de me taire. J'ai subi un avortement, et tout a été terminé. Du moins pour eux.

Lucas ferme les yeux, la tête en arrière contre la chaise longue.

Elin comprend cette réaction : il cherche à chasser la culpabilité et Cécile de ses pensées.

— Dès lors, ma vie a été changée à jamais. Quand je nageais, je croyais voir son visage s'approcher du mien à chaque brasse, à tel point que j'aurais juré en distinguer les moindres pores, les moindres taches de rousseur. Je sentais encore son corps plaqué sur le mien, me prouvant qu'il était plus fort que moi… Du jour au lendemain, j'ai eu la sensation d'être… une faible créature. Toute ma force que je croyais sentir en nageant n'était plus qu'un effet de mon imagination, totalement inutile face à lui.

Elle avance de quelques pas, faisant tourner le manche du couteau entre ses doigts ; Lucas, qui a perçu ce mouvement, ouvre les yeux.

— C'est l'impression que j'ai eue quand il m'a agressée, tu comprends ? Je me suis sentie minuscule. (Elle lève la main, le pouce et l'index séparés de quelques millimètres à peine.) Pas plus grande que ça. Je n'étais qu'une imposture vivante. Quand je suis retournée à l'eau, j'ai été incapable de rééditer mes performances habituelles. Il n'était plus question de participer à des compétitions.

— Tu ne m'en as jamais parlé, se défend Lucas, qui a toujours autant de difficulté à enchaîner les mots. Je ne savais pas que ça t'avait marquée à ce point.

— Tu ne t'en es pas inquiété, Lucas. Tu ne m'as jamais posé de questions parce que c'était plus facile de détourner le regard. Daniel était ton ami ; tu l'as fait passer avant moi.

Elle se tait un moment. Elin n'intervient pas, devinant que l'histoire n'est pas finie.

— J'ai enfoui cet épisode au fond de ma mémoire et j'ai tout fait pour mener une vie normale. J'ai renoncé à la natation et entrepris des études d'hôtellerie à Lausanne. Je me suis peu à peu convaincue que mon avenir n'était pas fichu, qu'il m'était possible de vivre indépendamment de l'agression commise par Daniel. (Elle donne un coup de pied dans la neige.) Puis j'ai fait la connaissance de Michel. Un an plus tard, nous avons décidé d'avoir un enfant. Rien ne s'est produit. Nous avons passé des tests et le résultat est tombé : je ne pouvais plus avoir d'enfant. Une infection due à l'avortement m'avait rendue stérile.

Elin se méfie du ton pris par Cécile, de la cohérence factice de ses mots bien ordonnés. Quelque chose ne va pas.

— C'est à partir de là que notre couple s'est effondré, qu'une distance s'est instaurée entre nous. Michel m'a quittée huit mois plus tard, prétendument parce que j'avais changé, mais je savais pertinemment que c'était à cause de ce nouveau handicap. Il voulait une femme saine et fonctionnelle.

— Tu aurais dû m'en parler, lui reproche Lucas. Tu aurais dû me raconter tout ça.

Cécile continue, implacable, comme si elle n'avait pas entendu son frère :

— C'est vers cette époque que tu m'as parlé de ton projet de rénovation du sanatorium, en me proposant d'y prendre part. J'ai rapidement appris que tu avais choisi Daniel pour en être l'architecte. (Elle hoche la tête, l'air sinistre.) J'y ai vu une chance de lui parler, d'au moins lui faire savoir les dégâts qu'il avait causés.

— Tu lui as parlé ? s'étonne Lucas, qui change de nouveau de position.

Du sang ruisselle sur son visage, de son sourcil à sa joue, mais il ne l'essuie pas, focalisé sur sa sœur et son histoire.

Celle-ci s'approche encore ; elle est à présent tout près de lui, presque détendue, si l'on ne tient pas compte du couteau dans sa main.

— Oui, quelques semaines après mon retour. Je lui ai dit que tu m'avais proposé de travailler pour toi et que je voulais savoir s'il était d'accord.

— Qu'est-ce qu'il a répondu ?

— Qu'il n'y voyait aucun inconvénient. Il n'a pas tiqué une seconde. Je me suis souvent demandé s'il y repensait, si son geste l'avait rongé au fil des années, s'il me revoyait terrifiée le soir, quand il fermait les yeux. Ce jour-là, j'ai compris qu'il n'était aucunement traumatisé par ce qu'il m'avait fait, qu'il n'aurait jamais de comptes à rendre à personne pour son geste, pas même à sa conscience. Il avait balayé ce souvenir. Peut-être s'était-il même convaincu que j'avais désiré qu'il me viole. À moins qu'il n'ait carrément tout oublié… Quoi qu'il en soit, il m'a définitivement blessée, il m'a enfermée dans ce souvenir. Exactement de la même façon que les médecins d'ici, autrefois, en qui on avait tant confiance mais qui séquestraient certaines patientes.

Cécile se tourne vers Elin.

— Vous avez tort de penser que les meurtres ne sont pas liés au sanatorium, à ce qui s'est déroulé ici autrefois. Cet endroit, ses secrets… c'était la goutte de trop. (Elle revient à son frère). Dis-lui, Lucas. Dis-lui la vérité à propos de cet endroit.

89

Lucas se lance à mi-voix, l'élocution encore quelque peu difficile.

— Avant le lancement des travaux, Margot nous a contactés et nous a posé des questions sur un membre de sa famille. Elle avait découvert que cette personne avait été transférée d'une clinique en Allemagne au sanatorium. Nous avons effectué des recherches, sans rien trouver dans les dossiers officiels. Je lui ai promis de continuer à chercher des informations sur sa parente.

— Margot vous a contactés directement ? s'étonne Elin, remuant ses doigts engourdis par le froid.

— Oui. En fouinant un peu partout, nous avons fini par découvrir quelque chose dans un placard d'un des anciens pavillons ; une boîte, que de toute évidence personne n'avait ouverte depuis des années. Elle contenait des documents, des photos et des dossiers de patientes, ainsi que des journaux intimes ; tout cela ne concernait que des femmes. En les lisant, je me suis rendu compte qu'elles n'étaient absolument pas atteintes de tuberculose ; on les avait envoyées ici pour une tout autre raison.

Elin assimile ce récit, devinant vers où il tend inexorablement.

— Elles venaient de la clinique allemande. Ici, elles ont participé à des essais. Elles ont expérimenté des nouveaux traitements, dans un premier temps, puis, apparemment… les choses ont dégénéré. Nous allions de découverte en découverte en parcourant ces documents ; photos et comptes rendus indiquaient clairement qu'il ne s'agissait plus d'expériences mais… d'autre chose.

— De l'exploitation, intervient Cécile d'une voix à peine audible. L'abus de pouvoir, vieux comme le monde ; l'exploitation de femmes vulnérables. (Elle regarde Elin droit dans les yeux.) Ces malheureuses ne souffraient d'aucune pathologie ; elles avaient été envoyées à la clinique par leur père, leur mari ou leur médecin, sous prétexte d'une maladie à traiter, mais bien souvent elles ne devaient leur triste sort qu'à leur comportement sortant de la norme et jugé inacceptable pour des femmes. Elles avaient trop d'idées et les exprimaient trop ouvertement. Ce genre de sanction n'était pas rare à l'époque. (Elle baisse les yeux, inondée d'un profond dégoût.) Et certaines, moins chanceuses que les autres, ont été transférées ici.

— Pourquoi n'avez-vous pas fait connaître l'existence de ces dossiers ?

— Lucas a jugé que les articles négatifs de la presse nuiraient à la réputation de l'hôtel. Il n'avait qu'une idée en tête : poursuivre la rénovation. (Une grimace se dessine sur le visage de Cécile.) Daniel a eu la même réaction quand nous l'avons mis au courant ; tout cela appartenait au passé, il fallait tout oublier…

— Tu es injuste, Cécile, affirme Lucas, tentant de se redresser. Si le grand public avait eu vent de cette histoire, une enquête aurait été ordonnée et aurait chamboulé nos projets.

— Rien ne pouvait t'arrêter, pas vrai ? L'hôtel était tout ce qui comptait pour toi. (Cécile se tourne vers Elin.) Lucas et Daniel étaient alors déjà au courant de la présence de tombes comme celle que vous avez vue sur une photo ; elles ont été signalées lors de l'étude du site. Lucas a choisi d'ignorer ce détail, de poursuivre son projet, de verser un pot-de-vin de plus. Et quelqu'un d'autre a lui aussi décidé de regarder ailleurs.

Lucas lâche un soupir pesant et change de position :

— Je ne voyais aucune raison pour que des événements survenus un siècle plus tôt ruinent le potentiel prometteur de cet endroit.

— Tu ne comprends pas que c'est justement là le problème, Lucas ? s'agace Cécile, qui s'accroupit de façon à avoir le visage à quelques centimètres de celui de son frère. Ce genre de choses se produit encore de nos jours. Abus de pouvoir, viols, harcèlement… Rien de tout ça n'a disparu. C'est trop facile de tendre l'autre joue, d'ignorer les conséquences. Et le pire, dans tout ça, c'est que nous sommes tous complices, les femmes comme les hommes.

— Les femmes ? relève Elin.

Elle s'approche d'un pas, espérant que Cécile ne s'en rende pas compte.

— Oui. Adèle, par exemple. Elle était avec le gardien embauché par Lucas quand il a découvert le corps de Daniel – c'était sa petite amie. Lucas a également acheté son silence, en lui offrant un job ici avec un salaire généreux. Ça a suffi pour qu'elle se taise.

Ainsi s'explique le lien unissant Adèle et Lucas, la photo postée sur Instagram.

— Nous avons trouvé une photo sur laquelle Adèle et Lucas sont en pleine conversation, ici même, à l'hôtel, lors d'une soirée. On dirait qu'ils se disputent.

— C'est bien ça ; elle réclamait davantage d'argent, révèle Lucas, d'une voix étouffée.

Elin revient à Cécile :

— Mais vous aviez tué Daniel. Vous l'aviez assassiné. Pourquoi auriez-vous voulu qu'Adèle raconte ce qu'elle avait vu ?

Pour la première fois, Elin décèle une authentique émotion dans le regard brillant braqué sur elle.

— Parce que je n'ai jamais voulu rester dans l'anonymat, avoue Cécile. Lorsque j'ai tué Daniel, je m'attendais à être arrêtée. Je voulais qu'on raconte mon histoire dans les journaux, ainsi que celle de ces pauvres femmes. Je voulais que les gens se demandent pourquoi j'avais tué Daniel de cette façon précise, mais non, tout le monde a préféré étouffer l'affaire.

— Vous auriez pu alerter la police ou la presse, pour que votre histoire soit révélée au grand public.

— Dans ce cas, ça aurait été ma parole contre celle de Daniel. Personne ne m'ayant cru à l'époque du viol, je n'imaginais pas qu'il puisse en être autrement des années plus tard. La seule façon de rétablir un semblant de justice était de m'en charger moi-même. De leur faire payer leur lâcheté.

Sans quitter Cécile des yeux, Elin voit sa vision des choses gagner en netteté, les pièces du puzzle s'assembler selon une logique brute et macabre. Tout se résume à une vengeance sous sa forme la plus brutale : faire basculer la balance du pouvoir de l'autre côté.

— Pourquoi avez-vous laissé passer tant de temps entre le meurtre de Daniel et celui d'Adèle ?

— J'attendais le bon moment. Quand j'ai appris qu'Adèle réclamait davantage d'argent à Lucas, quelque chose a fait tilt en moi. J'ai compris qu'il fallait que je la fasse disparaître.

— Vous aviez déjà enrôlé Margot, j'imagine ? Vous aviez profité de sa vulnérabilité pour l'amadouer.

— Je ne dirais pas que je l'ai amadouée. Disons plutôt qu'elle s'est montrée ouverte à mes suggestions. Sa mère venait de mourir et elle semblait obsédée par le sort qu'avait connu un membre de sa famille.

— Vous appelez ça une obsession ? Elle était malade, Cécile. Elle souffrait d'une sévère dépression psychotique. J'ai trouvé des articles dans le bureau de Laure. J'ai supposé qu'elle était victime de ce mal, mais en réalité elle effectuait des recherches car elle se faisait du souci à propos de Margot. Ayant elle-même souffert de dépression, elle en avait reconnu les signes chez Margot.

Fendant l'air d'un grand geste, Cécile balaie cet argument avec impatience.

— Peu importe le nom que vous mettez dessus ; l'essentiel est la raison qui l'a poussée à se ranger à mes côtés.

— Cécile…

— C'est la vérité ! Avant de mourir, la mère de Margot lui avait demandé d'enquêter sur ce qui était arrivé à son arrière-grand-mère, dont la disparition avait épouvanté toutes les générations de la famille. Sa grand-mère et sa mère en étaient littéralement mortes de chagrin. Ces femmes réclamaient des réponses. Mais cela n'a pas apporté la paix à Margot. Bien au contraire, cette vérité a libéré quelque chose de sombre chez elle. Elle conservait en permanence sur elle l'enveloppe que vous avez trouvée, avec les photos… Elle en était obsédée.

— Vous vous êtes empressée d'exploiter cette obsession. Sa vulnérabilité l'a changée en marionnette. Vous l'avez utilisée. Elle vous a aidée à commettre les meurtres, n'est-ce pas ?

— C'est ce qui m'a fait comprendre la vérité, dans le tunnel, intervient Lucas, à mi-voix. Quand j'ai compris que Margot avait un complice, j'ai deviné que c'était forcément Cécile. C'était la seule à pouvoir connaître l'existence du tunnel et ce qui était arrivé à l'arrière-grand-mère de Margot. Elle avait facilement pu exploiter cela et inciter Margot à se ranger à ses côtés.

— Mais pourquoi m'avoir enfermée ? demande Elin.

— Je voulais avoir une discussion en tête à tête avec elle, entre frère et sœur, lui donner une chance de s'expliquer, mais ça ne s'est pas fait. Elle m'attendait et n'avait aucune envie de parler.

Elin se tourne vers Cécile :

— Qu'avez-vous ordonné à Margot ?

— D'attacher nos prisonnières ; elle n'avait pas assez de tripes pour en faire plus. (Un léger sourire se dessine sur les lèvres de Cécile.) C'est la faute de Lucas si elle en est arrivée là. Elle ne demandait rien d'autre qu'une reconnaissance des faits s'étant autrefois déroulés au sein du sanatorium, que l'histoire de son arrière-grand-mère soit largement partagée, qu'on s'en souvienne, qu'elle laisse une trace, que les voix de ces femmes soient entendues, mais il n'a rien fait.

Je comptais ouvrir la salle des archives…

— Mais tu ne l'as jamais fait. Tu n'as jamais eu l'intention de dévoiler le passé du sanatorium au public. Tu as seulement prétendu ça pour que Margot cesse de te harceler. Pire encore, tu lui as offert un job à l'hôtel pour apaiser ta culpabilité. Comme si ça pouvait suffire… (Cécile semble dépitée, dégoûtée, et ses joues sont luisantes de larmes et de neige.) Et que dire de ces boîtes en verre que tu as disséminées un peu partout dans l'hôtel… Tu as exposé le passé du sanatorium en guise de divertissement pour les clients. Malgré tout ce que tu avais appris.

— Vous avez donc décidé d'inverser les rôles… dit Elin.

— Tout à fait. J'ai moi aussi exposé ces boîtes en verre, comme ces médecins avaient exposé leurs cobayes sur les photos.

— Mais que vient faire Laure dans cette histoire ? demande Elin, dont la voix s'enroue en évoquant la fiancée de son frère. Pourquoi l'avoir tuée ? C'était votre collègue, et elle était amie avec Margot.

— Parce qu'elle a fait preuve de la même lâcheté que les autres, explique Cécile, se passant une main sur le visage. Tout a commencé après son aventure avec Lucas, qui s'était mal comporté avec elle. Devenue amère après leur séparation, elle a posé des questions sur la rénovation et les accusations de corruption. Elle voulait tout raconter sur son blog, l'accuser au grand jour, mais elle n'est jamais passée à l'acte. Puis elle s'est remise en couple avec votre frère et a décidé d'oublier toute cette histoire.

— C'est là que vous êtes intervenue, devine Elin.

Une vive inquiétude s'empare d'elle lorsqu'elle voit le couteau s'approcher du visage de Lucas.

— En effet, convient Cécile, brandissant sa lame. C'est à ce moment que je suis passée à la vitesse supérieure. J'ai demandé à Margot de lui envoyer la clé USB contenant les dossiers censurés et de lui révéler toute la vérité. Nous pensions que Laure, indignée, réagirait vivement, mais non. Elle a dit qu'elle ne souhaitait pas s'impliquer dans cette affaire et n'a pas changé d'avis quand Margot lui a ensuite fait voir les dossiers non censurés.

— C'est une réaction compréhensible. Elle était sans doute terrifiée…

— Non, absolument pas, tranche Cécile, le visage à présent chiffonné et rouge de colère. Elle a préféré détourner le regard, c'est tout. Comme Lucas. Comme Adèle. Et même comme Margot, qui, au bout d'un moment, en a eu assez et a voulu tout arrêter.

— Mais pourquoi avoir tué Laure ? Elle ne constituait aucune menace pour vous.

Elin aimerait inspirer profondément, mais sa poitrine reste comprimée – non pas en raison du froid, mais sous l'effet de la colère. Malgré ses craintes sur ce que s'apprête à commettre Cécile, elle n'est aucunement touchée par les justifications de cette dernière pour des actes qui n'ont de sens que pour elle.

— C'était nécessaire. Quand Lucas et moi sommes revenus plus tôt que prévu de notre déplacement, Laure a compris que je prévoyais quelque chose. Elle m'a appelée un soir, la veille de sa disparition, déterminée à m'empêcher d'agir. Quand j'ai refusé de lui obéir, elle m'a dit qu'elle avait de quoi faire pression sur moi.

— La clé USB.

— Exactement. J'avais chargé quelqu'un de pirater la base de données de la clinique allemande afin de récupérer les dossiers, mais il était possible de remonter jusqu'à moi. C'est pour ça qu'elle a disparu, en espérant que je croirais qu'elle avait déguerpi pour ne plus jamais revenir, mais je savais qu'elle était restée ici, qu'elle me surveillait, prête à me dénoncer.

— Voilà pourquoi Laure conservait la clé USB sur elle, comprend Elin. Mais vous ne comptiez pas lui laisser l'occasion de s'en servir. Vous l'avez enlevée.

— Avec l'aide de Margot. Laure l'a contactée juste après vous avoir donné rendez-vous par texto, espérant la convaincre de l'aider à m'empêcher d'agir. Margot lui a proposé de la retrouver en tout début de matinée.

— Avant que je ne monte dans la suite…

— Exact. C'était un piège. Laure croyait retrouver Margot mais c'est sur moi qu'elle est tombée.

— Et vous l'avez tuée.

— Oui. Ça a été facile, très simple. Elle ne s'est rendu compte de rien. Je pensais avoir toutes les cartes en main, malheureusement j'avais commis une erreur.

— Vous avez laissé la clé USB dans la poche de Laure.

— Je savais qu'elle l'avait sur elle, mais j'ignorais qu'elle avait copié les dossiers que contenait la clé que je lui avais donnée sur une autre camouflée en briquet. J'ai cherché sur son corps la clé que je connaissais, et forcément je ne l'ai pas trouvée.

— Ce qui explique que vous soyez arrivée plus tard que prévu dans la suite.

— Exact. Mais tout ça n'a plus d'importance. Mon

plan a fonctionné, exactement comme en ce moment. (Elle se redresse et oblige Lucas à se lever.) Elin, s'il vous plaît, je ne souhaite pas vous faire de mal. Nous nous ressemblons, vous et moi ; nous sommes des solitaires. Des combattantes. Nous réclamons des réponses, la justice. (Sa main tremble sur la taille de Lucas.) Nous devons supporter nos frères égoïstes. Laissez-moi terminer ce que j'ai commencé.

Ses yeux sont réduits à deux fentes, et sa splendide chevelure, à présent trempée par la neige, est plaquée sur son crâne.

Lucas tousse, les jambes flageolantes.

Elin ne fait pas un geste ; la lame métallique pressée sur le cou de Lucas renvoie des reflets de l'éclairage. Elle avance lentement ; elle doit procéder avec soin, comme il faut.

— Je ne peux pas m'en aller, Cécile, répond-elle d'une voix ferme, sans cesser d'approcher. Ce… Ce n'est pas la bonne façon de régler cette histoire. Vous en êtes peut-être convaincue, mais vous faites fausse route.

— Fichez le camp d'ici, lui ordonne Cécile, haussant le ton, les joues ruisselantes de larmes.

— Je ne peux pas m'en aller, Cécile. Nous pouvons discuter, éclaircir certains points avant que vous ne décidiez quoi faire. Je comprends que…

— Vous comprenez ? s'emporte Cécile. (Elin sent qu'un point de bascule a été atteint. *Elle perd tout contrôle d'elle-même.*) Personne ne sait ce que j'ai enduré ! Personne ! Comment pourriez-vous me comprendre, Elin ?

— Je peux au moins essayer, non ? Prenons le temps d'en parler, et…

— Parler ne changera rien, je dois agir. C'est ça qu'il

faut que je fasse ! (Elle accentue la pression sur la gorge de Lucas, dont la peau, autour de la lame, blanchit nettement.) C'est ça qu'il faut que je fasse ! Pour moi et pour toutes ces femmes !

— Cécile…

— Non ! Ne cherchez pas à m'en empêcher ! Vous voulez tous m'empêcher d'agir, de crier la vérité, d'avoir ma vengeance…

Elle a conclu sa phrase en hurlant, les yeux rivés sur Lucas, dont le visage est figé en un masque de terreur. Elin comprend que l'effet du sédatif se dissipe, qu'il a pleinement conscience de la situation dangereuse dans laquelle il se trouve.

C'est maintenant ou jamais !

Elin se jette sur Cécile, les bras tendus.

90

Le geste d'Elin suffit à déséquilibrer Cécile, qui bascule sur le côté en grimaçant, agitant le bras gauche pour conserver son équilibre. Une étincelle d'espoir surgit en Elin : si elle réussit à immobiliser la tueuse, à la clouer au sol… hélas il n'en est rien ; son angle d'attaque n'est pas assez précis.

Tout se déroule comme au ralenti : Cécile, qui a pivoté, chute dans la piscine, entraînant Lucas avec elle. Celui-ci s'effondre sur elle dans une grande gerbe d'eau. Cécile remonte à la surface quelques secondes plus tard à peine, le visage dégoulinant. Sans perdre un instant, elle se juche sur son frère et lui serre le cou à deux mains.

Elin comprend qu'en tant que nageuse de haut niveau, Cécile est certainement capable de les entraîner tous les deux au fond du bassin. Le regard de Lucas reflète la panique qu'elle éprouve : le pire scénario est en train de se produire.

Toute cette eau. Je suis incapable de plonger là-dedans…

Paralysée par une terreur familière aussi aiguë qu'aveuglante, elle a la sensation que le monde se renverse, que ses sens lui sont dérobés ; un par un, ils s'effacent.

Dans la piscine agitée, Lucas se défend tant bien que mal, tandis que Cécile cherche à l'enfoncer sous l'eau.

Malgré cette scène, le corps d'Elin, hostile, refuse de lui obéir. Elle sent la neige sur son visage, ainsi que de la sueur, mais elle ne l'essuie pas, incapable d'esquisser le moindre geste.

Retrouvant enfin ses forces, comme si le contact de l'eau l'avait tiré de la léthargie restante, Lucas repousse sa sœur et nage vers le bord du bassin. En vain : sans même reprendre sa respiration, Cécile le rejoint et le frappe avec son coude.

Une fois, deux fois, des coups secs sur la trachée.

Lucas hurle de douleur. Ses yeux ont le temps d'afficher sa terreur avant qu'il ne soit de nouveau plongé sous la surface.

Cette vision libère en Elin un souvenir, un écho de cette funeste journée estivale. De Sam. Puis d'autres, de l'enquête qui l'a achevée, il y a un an. Elle revoit son inaction, sa peur, sa paralysie.

Elle ne va tout de même pas laisser ce schéma se reproduire ?

Elle porte la main à sa chaîne et agrippe fermement le crochet, puis tire sèchement. La chaîne cède ; un morceau tombe dans la neige, mais elle tient l'autre serré dans sa main.

Après s'être accordé une profonde inspiration, la main crispée sur le pendentif, Elin plonge dans la piscine.

Revenue à la surface avec souplesse, elle nage aussitôt vers Cécile, sans se donner le temps de réfléchir ni d'analyser la situation. La tueuse ne s'est même pas retournée vers elle, focalisée sur la mise à mort de Lucas. Elin se positionne face à elle et, après avoir calé le crochet entre ses doigts, abat le poing en un grand arc sur son visage. Bien qu'émoussé, le crochet se plante dans la peau douce de la joue de Cécile.

Sans temps mort, Elin frappe de nouveau.

Un cri de douleur s'élève. L'intervention d'Elin a suffi pour que Cécile lâche son frère. Son couteau lui échappe. Elin passe un bras autour du torse de Lucas et tente de l'éloigner de sa sœur, espérant au moins lui permettre de reprendre son souffle.

En se retournant, elle repère un fragment métallique scintillant sous la surface de l'eau. Sans hésiter, elle se jette vers l'arme, la main gauche tendue. Cécile s'est également précipitée, la joue en sang. Leurs mains se touchent mais ce sont les doigts d'Elin qui se referment sur le manche. Le serrant fermement, elle l'éloigne de la tueuse d'un grand geste circulaire. Profitant de ce répit, celle-ci fond sur Lucas qui s'accroche au bord du bassin et tente de s'y hisser, mais il n'en a pas la force, ses mains glissent sur le carrelage couvert de neige. Cécile n'a besoin que de quelques secondes pour le rattraper et le plonger de nouveau dans l'eau.

— Arrêtez, Cécile ! Lâchez-le !

— Jamais ! Il doit payer pour ses mensonges.

— Il paiera pour tout ça, je vous le promets. Je sais ce que vous voulez depuis le début : que votre histoire soit entendue. Justice. Reconnaissance. Vous les avez, Cécile. Nous savons ce qui vous est arrivé maintenant, et ce qui est arrivé à ces femmes. Leurs histoires vont être racontées. Vous avez fait surgir la vérité – la leur, la vôtre. Tuer Lucas ne vous apportera rien de plus.

— Il m'a laissée tomber ! lâche Cécile, les épaules secouées de sanglots.

Elle crie toujours mais ses mots ont perdu leur puissance, noyés dans ses larmes.

— Je sais, mais vous lui avez décrit ce que vous ressentiez ; il va devoir vivre avec ça à partir de maintenant. Mais pas vous. Vous pouvez aller de l'avant.

Elin retient son souffle et attend, sans quitter Cécile du regard. Enfin, celle-ci, comme au ralenti, lâche Lucas et s'éloigne vers le milieu du bassin.

Elin passe avec précaution un bras autour du torse de Lucas et l'entraîne vers l'échelle. Elle sort la première de l'eau, puis l'aide à en faire autant. L'air glacé s'attaquant à sa peau mouillée, il frissonne, saisi de convulsions.

Tout aussi agressée par le froid, Elin se retourne vers Cécile.

Celle-ci fait la planche au milieu du bassin, bras et jambes écartés, suivant du regard le ballet des flocons qui tombent du ciel.

91

Cinq semaines plus tard

— On est en avance, dit Will en consultant sa montre. Il nous restera quelques minutes avant le départ du funiculaire.

Elin hoche la tête, le cœur serré à l'idée de s'en aller. Isaac et elle n'ont jamais été doués pour les au revoir – trop de souvenirs, trop à perdre.

Elle fait quelques pas sur le trottoir, les yeux rivés sur le dos d'Isaac. Une minuscule plume blanche, qui a trouvé le moyen de s'extirper de la couture de sa doudoune bleue, est un moment secouée par le vent avant d'être emportée.

Un car chemine lentement sur la route, soulevant un peu de sel et de terre. La cage métallique fixée à l'arrière du véhicule est bourrée à craquer de skis et de snowboards. Elin le laisse passer puis traverse la chaussée dans les pas d'Isaac, en direction de la station.

Le bâtiment de béton n'a rien de séduisant ; son aspect rudimentaire et fonctionnel et son toit plat aux bords émoussés tranchent violemment avec la beauté crue des pics enneigés se dressant en arrière-plan. Le ciel est d'un bleu éclatant ; sans commune mesure avec le bleu pâle d'une journée d'hiver anglaise, cette nuance profonde fait ressortir la blancheur des montagnes et ancre les traînées nuageuses, solides.

Ce temps est installé depuis si longtemps qu'il est difficile de se rappeler la tempête et les vagues de panique ressenties à chaque heure passée dans le vent et sous la neige.

— C'est la grande foule, constate Isaac en entrant dans la station.

En effet, on s'entasse un peu partout autour d'eux : un couple âgé, un groupe d'adolescentes chargées d'énormes sacs à dos, une classe en voyage scolaire…

Sur la gauche, un stand propose du café et des pâtisseries. Le mélange d'odeurs amères et sucrées qui en émane fait gargouiller l'estomac d'Elin.

— Je vais acheter les billets, annonce Will avant de se diriger vers le comptoir, traînant leurs bagages derrière lui.

Elin a saisi qu'il leur offre un peu de temps et d'espace pour se dire au revoir. Isaac racle le bitume du bout de sa chaussure, les traits froissés :

— C'est bizarre de se séparer. Je m'étais tout juste habitué à ta présence…

Il n'achève pas sa phrase. Sa main est si serrée sur sa bouteille d'eau que le plastique craque bruyamment. Elin acquiesce, incapable de détacher son regard de ses yeux, de ses cheveux, de son air pincé, presque angoissé.

Elle n'est guère à l'aise à l'idée de l'abandonner ici, seul.

— Viens avec nous, alors, propose-t-elle de but en blanc. On peut te réserver un billet. Passe quelques semaines chez moi, tu verras bien ce que ça donne…

— Non, c'est trop tôt, dit Isaac en détournant le regard. Je veux d'abord essayer de reprendre une vie normale. Je pense sans arrêt au fait que j'ai douté d'elle. Juste avant que tu m'annonces sa mort, j'avais brûlé les photos d'elle que je gardais dans mon portefeuille. Je pensais qu'elle m'avait trahi, alors qu'elle ne s'était pas éloignée un instant. J'aurais pu la retrouver, au lieu de…

— Ça ne sert à rien de t'inonder de reproches, Isaac. La situation était épouvantable. Moi aussi j'ai douté de toi, je te rappelle. Quand j'ai découvert qu'on t'avait accusé d'avoir intimidé des collègues, j'en ai aussitôt tiré des conclusions, alors qu'il aurait été si simple de te poser la question.

Elin se sent rougir de honte en pensant qu'elle a osé contacter l'université.

— On ne s'était pas vus depuis des années, et nos relations étaient tendues, souligne Isaac. Il est normal que tu aies douté de moi. Mais Laure et moi, on était fiancés, je n'aurais pas dû douter d'elle.

— Comment tu aurais pu deviner la vérité ? Elle s'est cachée dans une dépendance désaffectée, où elle savait que personne ne la trouverait. Sans vidéosurveillance, tu ne pouvais pas le retrouver.

— Je sais, mais j'ai l'impression qu'une mouche tourne en rond dans mon crâne. Dire qu'elle était tout près…

— C'est justement pour ça que tu devrais nous accompagner, ça te changerait les idées. (Elle esquisse un sourire.) Ne serait-ce que le fait de supporter ma cuisine catastrophique. Tu peux te charger des repas, d'ailleurs, si tu veux.

Elle se rapproche de son frère et lève brièvement la main, pour aussitôt suspendre son geste en s'adressant des reproches.

J'en fais trop.

Plusieurs secondes s'écoulent en silence.

Isaac rajuste son sac à dos, calé sur son épaule.

— Je vous rendrai visite un jour, promet-il, avant d'enfin la regarder droit dans les yeux. Et ce ne sont pas des mots en l'air.

— Je sais, dit Elin, se mordant la lèvre.

— Je le pense vraiment, insiste Isaac en lui effleurant le bras. Je ne retomberai pas dans mes travers d'autrefois. Tout a changé entre toi et moi. Nous avons tous les deux changé.

— C'est vrai. C'est toujours bon à prendre.

J'ai changé.

— Je dis au revoir à Will et j'y vais sans attendre, c'est mieux… (Il se tourne vers le stand.) Will ! J'y vais.

Will s'approche, les billets en main, et ils échangent un check poing contre poing avant de s'agripper les deux mains.

Isaac revient auprès d'Elin et la serre contre lui. Elle est au bord des larmes.

Pourquoi ça me semble si mal de l'abandonner ici ?

Le ronronnement bruyant de la machinerie s'intensifie. Le funiculaire est presque là.

— Avant de partir, je voulais te donner quelque chose, dit Isaac, élevant la voix par-dessus le vacarme et plongeant la main dans son sac. J'ai fait une copie de cette photo. Will m'a dit que tu n'en avais aucune de Sam et nous deux, chez toi.

Bien que ce soit presque au-dessus de ses forces, Elin se force à baisser les yeux sur la photo.

Ils sont tous les trois sur la plage, les jambes pleines de sable. Un château de sable bancal se dresse derrière eux, orné de drapeaux de papier.

Son regard se pose sur Sam. Son petit frère.

Enfin une véritable image pour remplacer les flash-back flous qui hantent son esprit.

92

Le funiculaire s'ébranle et le paysage défile. Le ciel et la neige cèdent rapidement la place à des arbres, des chalets aux toits enneigés et des 4 × 4 progressant sur d'étroites routes de montagne.

Un décor de carte postale.

Les doigts sur la vitre, Elin sent le regard de Will posé sur elle.

— Tu comptes faire réparer ta chaîne ?

D'instinct, elle porte la main à son cou, mais, bien entendu, le bijou n'y est plus. Elle hausse les épaules :

— Je ne sais pas.

Le vide dans le creux de son cou n'est pas désagréable. Elle se sent plus légère. Libre.

Will se racle la gorge.

— Elin… Tu es certaine de… (Il lui prend la main ; sa paume est chaude) d'être prête à laisser Isaac ?

Elle se force à soutenir son regard :

— Il va s'en sortir, je pense, sachant que Cécile a été arrêtée. Ça l'aide, d'après lui.

— Tu sais ce qu'est devenu Lucas ?

— Oui, Berndt me l'a dit ce matin. Il a été arrêté pour son rôle dans les événements – il s'est débarrassé du corps de Daniel et a dissimulé des preuves, il a tu la vérité à propos du passé du sanatorium… Il a reconnu avoir eu connaissance des dossiers et de l'existence des tombes, et il a avoué avoir acheté le silence de fonctionnaires.

— Et toi ? relance Will, après quelques instants de silence. Ça te convient qu'on s'en aille ?

— Oui, je crois.

Ce départ a toutefois quelque chose d'étrange. Elin ne quitte pas seulement cet endroit ; elle laisse également derrière elle bien d'autres choses : Isaac, Laure, ainsi qu'une version de la vérité qui l'a si longtemps habitée, jusqu'à la définir et faire partie intégrante de sa personnalité.

Désormais, elle doit vivre avec une nouvelle vision des choses.

— Je m'inquiète plutôt à ton sujet, espèce de blessé ambulant.

— Je suis sur la voie de la guérison, assure Will, une main sur l'estomac.

Ce geste est si typique de lui, tout en sobriété, qu'Elin a soudain une furieuse envie de le serrer contre elle, de le toucher, de s'ouvrir à lui comme jamais jusque-là.

Elle l'attire contre elle pour une étreinte maladroite et inspire l'odeur familière de sa peau.

— Je suis vraiment navrée, dit-elle d'une voix qui lui semble étrange. Jamais je n'ai voulu t'entraîner dans cette histoire. Tu… tu es tout ce qui compte pour moi.

— Je sais… murmure-t-il dans ses cheveux. Mais c'est du passé. On peut tourner la page.

— À ce propos…

Elin se penche, ouvre son sac et en sort un magazine. Elle rabat un coin qui s'est plié, puis le tend à Will.

— *Livingetc* ? Tu as dégotté un magazine de décoration intérieure anglais ici ?

— Oui, au supermarché de Crans-Montana. Il m'a coûté vingt livres, mais… (Elle fait défiler les pages, jusqu'à celle qui l'intéresse.) Tiens, regarde ça. Ce canapé. Qu'est-ce que tu en penses ?

— Pourquoi tu me demandes ça ? s'étonne Will.

— Pour notre futur appartement.

Il reste muet un moment, puis sourit :

— Il me plaît.

Elin ne peut ajouter quoi que ce soit, interrompue par une vibration de son téléphone, dans sa poche. Elle le sort et consulte l'écran.

— Qui est-ce ? s'enquiert Will.

— Le boulot.

Elle lit et relit le message.

— Ils ont accepté un délai, vu ce qui est arrivé à Isaac, mais ils attendent ma réponse la semaine prochaine.

Will hoche la tête et se tourne vers la vitre. Elin suit son regard ; les chalets ont été remplacés par des maisons et des vignes nappées de neige, mais que l'on aperçoit par endroits, points noirs sur le tapis blanc. Ils ont presque atteint la vallée.

— Tu as pris ta décision ? demande Will.

— Oui, je crois.

Non loin d'eux, un passager ouvre une vitre. Elin lève la tête, la brise lui caresse le visage.

Même si le mois de mars n'a pas encore commencé, elle le sent, ce goût de printemps dans l'air.

Cette vie nouvelle.

Épilogue

Il a pris place dans le compartiment suivant.

Ils pourraient même l'apercevoir, si par hasard ils se retournaient. Adossé à la vitre, il est le seul passager à ne pas admirer la vue.

Devant lui, un petit groupe de touristes venus du Moyen-Orient est passablement agité, une bouteille d'eau circulant de main en main. Jacassant en arabe à un rythme ahurissant, ils désignent régulièrement quelque chose à travers la vitre sale : un chalet, une église ou encore quelque grange en bois en ruine. Ils n'ont même pas remarqué sa présence, pas un n'a posé les yeux sur lui.

Derrière lui se trouve une famille suisse – la mère, le père et deux fillettes de dix ans tout au plus en combinaison de ski fluo qui projettent des reflets irisés à chacun de leurs mouvements. La plus jeune, une petite rousse au visage parsemé de taches de rousseur, mâchonne un sandwich bien garni, une joue contre la poitrine de sa sœur aînée. Tandis que la mère les prend en photo, le père soupire, agacé. Il faut dire qu'il est chargé comme une mule, avec ses bâtons de ski, son sac à dos et un épais anorak sur le bras.

Personne ne prête attention à lui lorsqu'il tend le cou pour regarder par-dessus le groupe de touristes.

Il voit Elin, très animée et tout sourire, dire quelque chose à son compagnon. Cela fait longtemps qu'il ne l'a pas vue ainsi.

Il est évident qu'elle ne le voit pas, pas plus qu'elle n'a remarqué sa présence à l'hôtel. De même, elle a occulté ce qui lui est arrivé dans le trou d'eau froide ; elle ne se demande plus qui l'y a poussée.

Peu importe. L'anonymat lui convient. Rien ne presse.

Son expérience lui a appris qu'il vaut mieux attendre que sa proie soit détendue, qu'elle ait baissé la garde.

Car alors se présente le moment idéal.

L'instant fugace entre le bonheur et la peur.

Article publié sur le site *TheLocal.ch* en août 2020

La police suisse aurait découvert 32 tombes humaines dans un sanatorium suisse reconverti où des femmes auraient été « abusées physiquement et mentalement ».

Une unité spéciale de la police suisse aurait mis au jour des fosses renfermant des restes humains au Sommet, un ancien sanatorium consacré au traitement de la tuberculose reconverti en hôtel de luxe.

Ces tombes ont été découvertes au cours de fouilles du site menées par la police, dans le cadre d'une enquête ordonnée en janvier dernier sur trois meurtres perpétrés au sein de l'établissement.

Des archives attestent qu'au moins 32 Allemandes ont été envoyées au sanatorium du Plumachit, souffrant prétendument de tuberculose.

Des recherches sont menées dans d'autres régions européennes ; on redoute de n'être qu'au début d'une longue série d'enquêtes concernant ces méfaits.

La police suisse aurait découvert 32 tombes humaines aux alentours du Sommet, hôtel suisse situé dans la station de Crans-Montana, dans lequel des femmes auraient été illégalement internées et physiquement et mentalement abusées à la fin des années 1920 et au cours des années 1930.

Des anomalies indiquant la présence de tombes potentielles ont été découvertes sur ce site anciennement connu sous l'appellation de sanatorium du Plumachit, où l'on soignait autrefois des patients atteints de tuberculose.

La police judiciaire du Valais a découvert ces fosses au cours d'une enquête sur les récents meurtres commis à l'hôtel, rapporte le *Matin*.

L'un des suspects ayant révélé que le mobile de ces meurtres était en lien avec le passé trouble du sanatorium, la police a examiné le site plus en détail.

Les tombes ont été découvertes au nord-est de l'hôtel, où l'on suppose que ces femmes ont été enterrées il y a des décennies, avant la fermeture du sanatorium suite à l'avènement des antibiotiques dans le cadre de traitements contre la tuberculose.

Grâce à des outils de haute technologie – notamment des radars – et en analysant des échantillons du sol, la police scientifique du Valais et des techniciens de l'université de Lausanne ont mis au jour 32 fosses.

Les archives du sanatorium ne font pas état de ces fosses et prétendent que les patientes concernées ont été transférées ailleurs pour y être enterrées. Cependant, des documents dissimulés jusque-là mais récemment retrouvés confirment que quantité de femmes sont mortes dans des circonstances mystérieuses, vraisemblablement à la suite de blessures consécutives à des abus perpétrés sous le couvert de traitements médicaux.

Ces femmes auraient toutes été transférées au sanatorium depuis la clinique Gotterdorf, en Allemagne. Il n'est pas encore établi si ces patientes étaient réellement atteintes de tuberculose ou si ce diagnostic était imaginaire dans le seul but de les faire admettre en ce lieu.

À l'époque, il n'était pas rare de voir des femmes placées dans de telles institutions pour y être traitées contre leur volonté et sans la moindre justification médicale. Bon nombre ont été internées dans des cliniques européennes sur ordre d'un tuteur ou d'un membre masculin de la famille ; c'était une façon de faire main basse sur un héritage ou de juguler leur désir d'indépendance.

Le procureur Hugo Tapparel, qui collabore avec la police du Valais, a déclaré : « Nous avons reçu le rapport et étudions les informations et découvertes qui y sont détaillées. Nous contacterons les familles des victimes afin de discuter de ce qu'il convient de faire des corps. »

Une parente d'une de ces victimes a ajouté : « Nous estimons que ces femmes étaient sous l'emprise du Dr Pierre Yerly, un célèbre chirurgien pulmonaire de l'époque connu pour ses traitements expérimentaux. Dès que l'enquête sera close, nous comptons ériger un mémorial à la mémoire des victimes. »

REMERCIEMENTS

J'aimerais adresser mes remerciements à tous ceux qui ont contribué à donner vie à cet ouvrage. J'étais loin d'imaginer le nombre de personnes nécessaires pour qu'un tel roman franchisse toutes ces étapes. J'ai conscience d'être infiniment privilégiée d'avoir bénéficié de leur expertise et de leur éclairage.

Un énorme merci à Tash Barsby, ma brillante éditrice chez Transworld. Jamais je ne te remercierai assez d'avoir tant tenu à donner vie à ce livre et d'avoir investi tant de temps et de compétences pour développer et parfaire ce récit. Ton œil infaillible et tes remarques pertinentes ont donné du piquant à l'histoire ; tu as bouleversé mon monde de la meilleure façon qui soit. Un merci plus général à toute l'équipe de Transworld, avec une mention spéciale à Sarah Day pour son talent de révision.

Un autre énorme merci à Jeramie Orton, ma merveilleuse éditrice chez Pamela Dorman Books. Je n'aurais pu rêver d'une éditrice plus professionnelle et plus inspirée pour présenter mon roman à mes lecteurs américains.

Un gros merci à Charlotte Seymour, mon fantastique agent littéraire, qui a su déceler quelque chose dans mon écriture et a cru en cette histoire dès le tout début (et s'est tant intéressée à mes œuvres de scrapbooking !). Tu as déniché pour moi les éditrices idéales ; ta confiance inflexible en mon travail compte énormément pour moi.

Merci également à toute l'équipe de Andrew Nurnberg Associates, en particulier les merveilleuses personnes chargées des droits de traduction ; elles ont vendu mon roman dans plus de pays que je ne l'aurais cru possible. Un merci spécial à l'inépuisable Halina Koscia, dont les e-mails m'ont apporté tant de merveilleuses nouvelles de la part de toute l'équipe. Tu as pris l'habitude de m'offrir une grande joie une fois par semaine ! Merci également à mes éditeurs étrangers d'avoir cru en mon ouvrage.

Un grand merci à tous ceux qui ont aimablement partagé leurs réflexions avec moi au cours de mes recherches préliminaires, en particulier la police de Sion. Merci d'avoir été si patients et de m'avoir consacré tant de temps. Nos conversations à base de « Et si… ? » m'ont permis de résoudre bien des blocages au fil de ma rédaction, et même si Elin s'est trouvée livrée à elle-même, nous sommes tous d'accord pour reconnaître que la police suisse est capable d'intervenir n'importe où et n'importe quand. Les éventuelles imprécisions quant aux procédures policières suisses sont soit des erreurs de ma part soit volontaires dans l'intérêt du récit.

J'ai également eu la chance de bénéficier du soutien de plusieurs membres de la BASI, l'Association britannique des moniteurs de sports d'hiver, notamment Jaz Lamb, de l'École de ski et de snowboard britannique de Morzine, qui a répondu à mes nombreuses questions et m'a présentée à l'équipe de sauvetage de haute montagne des Portes du Soleil, et à Jeremy Helvic, un de ses directeurs – *Merci.* À Crans-Montana, Stéphane Romang nous a orientés vers les lieux abritant l'héritage des sanatoriums de la ville. Quantité d'autres locaux m'ont inspiré certaines scènes.

Sur un plan plus personnel, merci à Axel Schmid et sa famille pour m'avoir fait découvrir l'endroit unique qu'est

Crans-Montana, dans les Alpes suisses – son atmosphère à nulle autre pareille et son décor spectaculaire m'ont inspiré ce roman. Je vous en suis reconnaissante chaque fois qu'avec ma famille je retrouve cette « ville heureuse ». À bientôt à l'Amadeus.

Un gigantesque merci à mes parents et mes sœurs, de qui tout est parti. Merci d'avoir entretenu mon amour de la lecture et de m'avoir encouragée à écrire. Mon enfance a été baignée de mots – d'interminables histoires avant de se coucher, de livres audio et d'escapades hebdomadaires à la bibliothèque. Vous m'avez écoutée et vous m'avez donné beaucoup de temps, d'amour et d'inspiration (et de nourriture !). Sans vous, rien de tout cela n'aurait été possible, et je suis aux anges de pouvoir partager ce roman avec vous tous. Merci également à mes merveilleux amis en ligne comme dans la vraie vie, pour leur soutien sans faille – votre gentillesse et vos conseils (et vos cafés) n'ont pas de prix.

Merci à ma grand-mère, qui lisait à toute allure au moins un livre par jour et m'a prêté tant de ses romans préférés, et à mon grand-père, qui, malgré sa dégénérescence maculaire, lisait mes nouvelles même si cela lui prenait un temps fou. Vous auriez tous les deux été ravis de me voir évoluer, et j'espère que vous me voyez de là-haut.

Enfin, merci à mes filles, Rosie et Molly, et à mon mari, James, pour leur enthousiasme et leur passion pour ce roman depuis le début. Merci de partager mon amour des montagnes et des départs à six heures du matin, et de m'avoir aidée à éclaircir les scènes les plus complexes, m'obligeant à pousser encore plus loin mon travail. Savoir que ma famille me soutient et croit en moi contre vents et marées me donne l'énergie d'écrire jour après jour. Je suis fière de vous. Franchement, je ne sais pas ce que je ferais sans vous.

PAPIER À BASE DE FIBRES CERTIFIÉES

Le Livre de Poche s'engage pour l'environnement en réduisant l'empreinte carbone de ses livres. Celle de cet exemplaire est de :
400 g éq. CO_2
Rendez-vous sur
www.livredepoche-durable.fr

Composition réalisée par Soft Office

Achevé d'imprimer en novembre 2022 en France par
Maury Imprimeur – 45330 Malesherbes
Dépôt légal 1re publication : octobre 2022
N° d' impression : 266778
Edition 02 - novembre 2022
LIBRAIRIE GÉNÉRALE FRANÇAISE
21, rue du Montparnasse – 75298 Paris Cedex 06

44/3776/2